你轉身之後

After You

喬喬・莫伊絲 JOJO MOYES
葉妍伶—譯

01

吧臺最後一個座位上的彪形大漢冒汗冒個不停，他低頭對著雙份威士忌沉吟，但每隔幾分鐘他就抬起頭轉身往門外看。霓虹燈映出他一層薄汗。他顫顫地吁了一大口氣，乍聽之下像是嘆息，然後又繼續喝。

「嘿，不好意思？」

我原本正在擦拭玻璃杯，聞聲抬起頭。

「可以再幫我倒一杯嗎？」我想告訴他這真的不好，沒任何幫助，搞不好他還會醉倒。但他身形魁梧，而且距離打烊時間還有十五分鐘，根據公司規定，我沒理由拒絕他，所以我走了過去，執起他的玻璃杯，對著燈光端詳。他的下巴對著酒瓶點了點，「兩份，」他肥碩的手掌撫著濕黏的臉龐。

「七鎊二十分，謝謝。」

星期二晚上十點四十五分，東城機場的愛爾蘭主題酒吧「酢漿草與幸運草」正準備休息了，這酒吧大概只有名字和愛爾蘭有關係而已。通常最後一班飛機起飛後，過十分鐘酒吧就會打烊，現在店裡只有我、一個認真使用筆記型電腦的年輕男子、二號桌的聒噪女人和這個點了雙份「尊美醇愛爾蘭威士忌」的大個子。他不是在等飛去斯德哥爾摩的SC107班機，就是要搭DB224去慕尼黑，那一班已經延遲了四十分鐘。

我今天中午就來上班了，因為卡莉胃痛請假回家。我無所謂，我待再晚也沒關係。我聽到

「愛爾蘭綠寶石島風笛樂曲第三章」，輕輕地跟著哼，同時走過去二號桌替那兩個女人收玻璃杯，她們專心地盯著手機上的影片，自在愜意地笑著。

「我孫女，五天前出生的，」金髮的那個在我伸手收杯子的時候對我說。

「很可愛。」我笑答。所有的嬰兒在我眼中都像葡萄乾麵包。

「她住在瑞典，我從來沒去過，但我得去看看第一個孫女兒呀，是不是？」

「我們要好好地大肆慶祝一番！」她們又開懷地笑了，「和我們喝一杯吧？來嘛，休息個五分鐘，我們這一瓶絕對喝不完。」

「噢！我們該走了，朵兒，來吧。」她們看到酒吧的班機螢幕提示，拿起隨身物品，但或許只有我注意到她們走向安檢的時候有點蹣跚。我把她們的酒杯放在吧臺上，環顧四周看還有沒有東西要洗。

「妳從來都不會心動嗎？」個子比較小的那一個回來拿圍巾。

「不好意思，妳說什麼？」

「下班以後不多想就跳上任何一班飛機？要是我就會這麼做。」她又笑了，「每天都會！」

我揚起嘴角，露出那種隨她任意解讀的專業微笑，回頭面對吧臺。

四周的專櫃都在打烊了，鐵捲門嘎啦嘎啦地降下來，把昂貴的皮包和臨時伴手禮三角巧克力都關起來。三號、五號、十一號登機門的燈都熄了，今天最後一批旅客眨著眼睛飛向夜空。剛果籍的清潔人員阿紫推著工具車朝我走過來，她步伐緩慢，橡膠鞋在光潔晶亮的環保地板上踩出聲音。「晚安，親愛的。」

「阿紫，晚安。」

「小甜心，妳怎麼這麼晚還在這裡？這時候妳應該和妳愛的人待在家裡。」

她每個晚上都對我說一樣的話。「要回去了。」我每個晚上都回一樣的話。她滿意地點點頭繼續向前走。

專心筆電男與冒汗威士忌男都走了。我把玻璃杯疊好，點完現金，收銀機的紀錄和抽屜裡的金額一樣，我確認了兩次，然後再檢查了帳本、設備、訂單。這時候我才注意到大個子的外套還在椅背上。我走過去，抬頭看螢幕。前往慕尼黑的班機才剛開始登機，如果我要奔過去還外套還來得及。我又看了一眼，慢慢地走向男廁。

「呃？有人在嗎？」

我聽到了一陣悶悶的聲音，接近歇斯底里。我推開門。

喝威士忌的大個子趴在洗手臺上，朝臉上潑水。他面白如紙。「他們在叫我登機了嗎？」

「才剛開始，你應該還有幾分鐘。」我準備離開，但腳步卻停了下來。那人盯著我瞧，兩顆眼睛就像啟動焦慮症的按鈕。「我辦不到。」他抓著紙巾擦臉。「我沒辦法搭飛機。」

我等著他說完。

「我應該要飛過去見我的新主管，但我做不到。我也沒膽子跟他說我不敢搭飛機。」他搖搖頭，「不是怕，根本嚇死了。」

我讓身後的門關了起來。「你的新工作是什麼？」

他眨眨眼睛。「嗯……汽車零件。我是新的區域資深經理，負責杭特汽車的備胎升降器支架和固定支架。」

「聽起來是份高階工作，」我說，「你有……很多支架。」

「我在這一行做很久了。」他用力吸一口氣。「所以我才不想在一團火球裡給活活燒死。我真的不想在空中被燒死。」

我很想說就算是火球也不是在空中，而是失速後墜地，但我覺得這樣講幫不上他。他又潑了點水，我遞張紙巾給他。

「謝謝。」他顫著吐了一口氣，立起身，努力振作起來。「我猜妳一定沒見過這麼大的人還跟個白癡一樣，對吧？」

「大概一天四次。」

他的綠豆眼突然瞪大。

「我大概每天要把四個人趕出男廁，而且通常都是因為他們不敢搭飛機。」

他眨著眼睛瞅著我。

「不過，你知道，我跟每個人都說，這機場飛出去的飛機都很安全。」

他的頭往後一縮。「真的？」

「零空難。」

「就連……在跑道迫降也沒有？」

我聳聳肩。「其實這裡蠻無聊的，大家上了飛機，去他們要去的地方，過幾天就回來了。」我把身體重心放在門上，往外推。盥洗室到了這時候總是不好聞。「再說，我自己覺得啦，你的生命中搞不好會有比墜機更糟糕的事。」

「這個，我覺得妳說的沒錯，」他想了一想，左右顧盼，「一天四個啊？」

「有時候更多。好了，如果你不介意的話，我真的該回去了。我不想被人看到我一直進出男廁。」

他微微一笑，那一分鐘內我可以看出他在其他場合是什麼樣子，他是個感情奔放的人，笑口常開。一個在汽車零件產業裡叱吒風雲的人。「你知道嗎，我想他們在廣播要你登機了。」

「妳覺得我會平安降落吧？」

「你會一路平安的，這間航空公司很安全。你這輩子也不過就飛這幾小時，我跟你說，SK491幾分鐘前才抵達，你從登機門走出去，就會看到那些空服員準備回家，一路有說有笑。對他們來說，搭飛機和搭公車差不多；有些人一天飛個兩次、三次、四次，他們又不是笨蛋，如果不安全的話，他們才不會這麼做，對吧？」

「就像搭公車一樣。」他重複著我的話。

「或許還更安全咧。」

「嗯，這是當然的。」他抬起眉毛，「馬路上白痴很多。」

我點點頭。

他整整領帶。「而且這工作很不錯。」

「錯過就太可惜了，為了這點雞毛蒜皮的事失去大好機會，你就嘔了。你下次再搭飛機就會好好享受了。」

「或許我會，謝謝妳……」

「我叫露薏莎。」我說。

「謝謝妳，露薏莎，妳真是個善良的女孩。」他認真地看著我。「我想……妳願不願意……改天出來喝一杯？」

「先生，我想他們在廣播要你登機了。」我打開門讓他走出去。

他點點頭，為了掩飾他的尷尬，匆匆地拍拍口袋。「對，好，那，我走了。」

「希望你和汽車支架相處愉快。」

他離開後過了兩分鐘，我才發現第三間廁所給他吐得亂七八糟。

凌晨一點十五分，我回到家，走進寂靜的公寓裡。我換上睡褲和連帽上衣，打開冰箱，拿出白酒倒了一杯。酸到令人抿起嘴唇。我讀著酒標，才發現我一定昨晚就開了，然後忘記塞好瓶口，我覺得這種事最好不要太計較，於是便捧著酒杯跌坐在椅子上。

壁爐架上有兩張卡片。一張是我爸媽寄來的，祝我生日快樂。媽媽寫下的「誠摯祝福」看起來和刀疤一樣怵目驚心。另一張是我妹妹寄來的，說她和湯瑪士週末可以來看我，那已經是六個月前的事情了。我的手機裡有兩則語音訊息，一則是牙醫留的，另一則不是。

「嗨，露薏莎，我是傑瑞德。我們在『髒小鴨』見過面，有印象嗎？嗯，我們聊得很來（掩住口，尷尬的笑聲）。就是……妳知道……我聊得很開心。我想或許我們可以再見一面？妳有我的號碼……」

酒沒了，我想再買一瓶，但我不想出門了。我不希望繼續聽到二十四小時便利商店的薩米爾開我玩笑，說我只喝灰皮諾。我不想和任何人說話。我突然感到疲憊不堪，但累歸累，腦子裡有個細微的聲音卻說就算我躺在床上也睡不著。我想起傑瑞德，他的指甲形狀很奇怪。形狀奇怪的指甲會困擾我嗎？我盯著客廳毫無裝飾的牆面，驀然發現我需要的是空氣。我真的需要新鮮空氣。我打開窗，搖搖晃晃地沿著逃生梯走到屋頂。

我第一次上來的時候是九個月前，房仲帶我看前一任房客把屋頂布置成一個小的空中花園，四處點綴著小盆栽，還有一張小板凳。「當然，這區域不算妳的，」他說，「但只有妳房間可以直通頂樓。我覺得還不賴。妳還可以在這上面辦派對！」我凝視著他，心想我看起來真的像是會辦派對的人嗎？

盆栽早就枯死了。我顯然很不會照顧生命。我站在屋頂，俯瞰下方，暗夜中的倫敦忽暗忽亮。我身邊有一百萬個人存活著、呼吸著、咀嚼著、爭執著。一百萬個與我無關的生命。真是詭異的安寧。

路燈閃爍，樓層高度過濾了城市的喧囂，夜裡聽得見汽車引擎的呼嘯還有關門的聲音。往南幾英里隱約傳來警用直升機野獸般的聲響，光束在公園裡搜索消失無蹤的歹徒。更遠方還有警笛聲，這城市的警笛聲從未停歇。「只要稍微布置一下就很有家的感覺了，」房仲對我說。我差點笑出來。這座城市對我來說一直很陌生，不過，那些日子裡，每個地方都是陌生的。

我遲疑了一下，然後跨出矮牆，舉起雙臂，有點像個微醺的人在走鋼索。雙腳一前一後，沿著水泥牆，微風吹過，讓我手臂上的寒毛都站了起來。我剛搬到這裡時，最難受的時候，有時會賭自己敢不敢沿著牆從這頭走到另一頭。當我走完，我就會對著夜空大笑。你看到沒？我在這——我還活著——勉強撐著。我照著你的話做了！

這成了一個祕密的習慣，我、倫敦的天際線、幽暗的安逸感、完全的匿名者，在這裡沒有人知道我是誰。我抬起頭，感覺到夜晚的涼風、聽見樓下的笑聲、酒瓶破裂的細微聲響。車陣蜿蜒著進入市區，車尾的紅色燈光綿延不盡，連成一條血脈。只有凌晨三點到五點才算稍微平靜，酒醉的人都癱在床上，餐廳主廚脫下白色圍裙，酒吧關上大門。下半夜的寧靜偶爾被打斷，時而是油罐車，時而是猶太人麵包坊開張，或是送報車輕輕地放下刊物。我知道城市裡最細微的舉動，因為我再也沒入睡過。

「白馬」現在是打烊以後的熟客時段，最潮的人都聚在那。下方某處有對情侶在街上爭執，城市另一端的綜合醫院治病扶傷，吞吐著那些差點過不了今天的人。這上頭只有空氣、黑暗、從倫敦希斯洛機場飛往北京的聯邦快遞貨運專機、還有客機上數不盡的旅客，就像威士忌男，正在前往一個新地點。

「十八個月。整整十八個月。究竟要多久才夠？」我對著一片幽暗道。又來了——我可以感覺到這種沒來由的怒意又開始沸騰。我往前兩步，低頭望著腳下。「因為這感覺一點都不像活著。什麼都不是。」

兩步，再兩步。我今晚就可以直接抵達轉角。

「你他媽的沒打算讓我活下去，對不對？真的沒有。你只是把我以前的生活搞爛，砸成碎片。我接下來要怎麼過？我什麼時候才會覺得——」我張開雙臂，用肌膚去感覺夜晚的冷冽空氣，才發現我又哭了。「去你的，威爾。」我悄聲說，「去你的，你竟然離開我！」

悲傷像潮水突然湧來，強烈而幾乎滅頂。就在我感覺自己要溺斃時，一個聲音從暗處傳出來，「我覺得妳不應該站在那裡。」

我旋過身，發現逃生梯那邊有張蒼白的小臉，深色的眼睛圓睜。驚愕之中，我的腳從矮牆上滑了出去——但重心落錯了邊。我的心臟突然猛烈亂跳，轉瞬之間我的身體再也不受控制，接下來，就像一場夢魘，我失去了重力，在幽冥暗夜裡，頭下腳上，我聽到了一陣尖叫，可能是我自己的聲音——

碰！

然後什麼都沒有了。

02

「親愛的，妳叫什麼名字？」

有人捧著我的頸子。

有一隻手撫著我的頭，很輕，很快。

我還活著。真是意外。

「好，張開眼睛，看著我，來。看著我，妳講得出妳的名字嗎？」

我想說話，想開口，但我的聲音朦朦的、蠢蠢的。我猜我咬到舌頭了。口中有血，很溫熱，有鐵鏽的味道。我動彈不得。

「我們要把妳放上固定擔架，可以嗎？妳大概會有一分鐘的不舒服，但我會幫妳打點嗎啡止痛。」那男人的聲音很沉著冷靜，相當淡定，好像跌在水泥上、全身骨折、只能傻傻望著黑暗的天空是全世界再正常不過的事情了。我想笑，我想告訴他我在這裡真是太荒謬了，但我好像什麼都沒辦法做。

他的臉從我的視線中消失了。有個穿著螢光色外套的女人，深色髮髮紮成馬尾，這時靠近我，拿著一支小手電筒粗魯地照著我的眼睛，她盯著我的樣子絲毫不感興趣，好像我是標本，不是活人。

「我們得把她裝起來嗎？」

我想說話，但腿上的痛讓我分了心。天啊，我說，但我不知道自已有沒有叫出來。

「多處骨折、瞳孔正常有反應；收縮壓九十舒張壓六十。還好她先撞上雨篷。但跌在日光浴沙發上的機率也太小了吧，是不是？不過這瘀青啊……」上腹部涼涼的，溫暖的手指輕輕地壓。「內出血？」

「我們還需要第二組支援嗎？」

「先生，你可以往後退嗎？拜託？退後點？」

另一個男人的聲音傳了出來：「我出來抽根菸，她就突然降落在我他媽的陽臺上。他媽的差點砸到我！」

「那就好囉——她可就沒這麼幸運。」

「我差點被嚇死了！妳從來沒想過有人會從天而降吧？那躺椅是精品店買來的，要八百英鎊……妳覺得我可以申請理賠嗎？」

一陣安靜。

「先生，你想怎麼做都可以。我跟你說，你申請理賠的時候還可以要求她付費清理陽臺的血跡。怎麼樣？」

第一個人側眼看著同事。時間過去了，我思考著。我從屋頂墜樓嗎？我的臉很冰，我微微感覺得自己開始發抖。

「山姆，她要休克了。」

廂型車的門從下方開啟。我身體下方的固定擔架開始移動，很快地痛、痛、痛——眼前又什麼都沒有了。

警笛聲搭配著閃藍光——倫敦的警笛聲從不停歇。我們在移動，救護車內反射出霓虹燈，一閃一爍，照亮著設備齊全的車廂。穿著綠色制服的那個男人正在用手機打字，然後調整我頭部上方的點滴。已經沒那麼痛了——是嗎啡的關係嗎？但隨意識而來的是恐懼。我旁邊有個巨大的氣囊正在充氣，逐漸擋住我的視線。糟了，不，糟了，不要。

「呃，不毫一絲？」

我講了兩次他才注意到我，他的手臂撐在扶手上，才能聽到我的聲音。他側過來看著我的臉，身上有檸檬清香；他刮鬍子的時候有一兩處沒有刮乾淨。「妳還好嗎？」

「偶是不是——？」

那人低下頭。「對不起，警笛聲讓我什麼都聽不到。我們很快就到醫院了。他的手放在我的手上，乾淨、溫暖、讓人放心。我突然很心慌，不希望他放手。「再撐一下。唐娜，還要多久？」

我說不出話來。嘴巴被舌頭塞滿了。我的思緒混濁、千思百轉。他們把我抬起來的時候，我有動到手臂嗎？我有把右手舉起來吧，有沒有？

「我攤販了嗎？」聲若蚊鳴。

「什麼？」他的耳朵貼近我的嘴。

「攤販？偶攤販了嗎？」

「妳說癱瘓？」那人遲疑了一下，望著我的雙眼，然後轉頭過去看我的腿。「妳可以動動腳趾頭嗎？」

我努力回想該怎麼移動我的雙腳，好像得很專心才能辦得到，以前很輕鬆呀。那人挪了一下身體，輕輕地摸我的腳趾頭，似乎要提醒我腳趾頭在哪裡。「再試試。行了。」

雙腿突然一陣疼痛，我倒吸一口氣，或許是啜泣。是我的腳。

「妳沒事，會痛才好。我沒辦法診斷，但我想妳的脊椎應該沒受傷；不過屁股摔裂了，其他地方也有骨折。」

他凝視著我的雙眼，友善的眼眸。他似乎知道我多麼需要確認。我感覺到他的手掌覆上我的手，我從來沒有這麼需要撫觸。

「真的。我很確定妳沒癱瘓。」

「噢，寫天寫地。」我聽到自己的聲音，彷彿來自遠方。眼眶盈滿淚水。「拜偷不要放收。」我悄聲說。

他的臉又靠近了一點。「我不會放開妳的手。」

我想說話，但他的臉變得模糊，我又昏了過去。

後來他們告訴我，我從五樓跌到三樓，穿過了雨篷，跌在安東尼·蓋丁納先生的陽臺，他是版權律師，也是我從未謀面的鄰居，我摔在他昂貴的藤製躺椅和防水透氣的大帆布上頭。我的臀部裂成兩半、斷了兩根肋骨、鎖骨也碎裂、左手的兩根手指斷、蹠骨也斷了，穿出肌膚，害醫學院的學生一看就暈倒，我的X光片讓大家爭相傳閱。

我一直聽到照顧我的護理人員說話：妳永遠不知道從高處墜下會發生什麼事。顯然我非常幸運。他們說完，帶著微笑等著，好像我應該咧嘴笑開懷回應他們，或手舞足蹈起來。我不覺得自己很幸運。我什麼感覺都沒有。我睡睡醒醒，有時後我正上方的景象就是手術房的強光，那是個很安靜的房間，毫無動靜。只有護理師的臉和間斷的對話。

你有沒有看到D4那個老女人搞成什麼樣子？值班真是累死了，是吧？

你待過伊麗莎白公主醫院，對吧？你可以跟他們說我們知道怎麼管理急診室，哈哈哈哈哈。

露薏莎，妳就休息吧。我們會打點一切，休息就是了。

嗎啡讓我很睏。他們加強了我的劑量，正是我身體想要的冰涼忘情水。

我張開眼睛時發現我媽站在床腳。

「她醒了，柏納，她醒了。我們要去叫護士嗎？」

她換髮色了，我模模糊糊地想著。然後：喔，是我媽耶！我媽早就不跟我說話了。

「喔，謝天謝地。謝天謝地。」我媽的手往上挪，揪著頸間的十字架。這讓我想到了一個人，但我想不起來是誰。她往前一傾，輕輕地撫著我的臉頰。不知怎地，淚水突然湧上。「喔！我的女兒啊。」她靠過來，好像要保護我，不讓我受傷害。我聞到她的香水，就好像我的。「喔，小露。」她拿面紙擦拭我的眼淚。「我接到他們電話的時候，魂都要沒了。妳痛嗎？妳需要什麼嗎？妳不舒服嗎？我可以給妳什麼？」

她連珠炮地問，我根本沒辦法答。

「我們一聽到就立刻趕來了。翠娜在照顧爺爺，他也很關心你。嗯，他就是會唸一唸，但妳知道的，我們都曉得他的意思。喔，親愛的，妳怎麼會把自己搞成這樣？妳究竟在想什麼？」

她好像不需要我接話，我只要躺在這兒就行了。

我媽媽擦擦眼睛，又擦擦我的。「妳還是我的女兒呀。而且……如果妳有個三長兩短，我怎麼受得了，我們又不是……妳知道。」

「沒——」我把話吞回去。我的舌頭感覺很奇怪，聽起來好像醉了。「我從賴就不想——」

「我知道。但妳這樣我很難受，小露。我沒辦法——」

「現在別這樣，親愛的，行不行？」爸爸拍著她的肩膀。

她別過頭望向遠方，然後牽起我的手。

「我們一接到電話。喔，我以為——我不知道——」她又抽抽噎噎了起來，手帕緊按著嘴唇。「柏納，幸好她沒事。」

「她當然沒事，她可是橡膠做的，對吧？」

爸靠了過來。我們最後一次通電話是兩個月前，但我自從離家以後已經十八個月沒見到他了，他看起來好高大好熟悉，但微微地，略顯疲態。

「度不起，」我低語，不知道還能說什麼。

「別傻了，我們看到妳沒事就開心了。儘管妳看起來好像是和拳王泰森搏擊了六個回合。妳進醫院以來有照過鏡子嗎？」

我搖搖頭。

「或許……我應該再慢一點兒來。妳知道泰瑞．尼寇斯？他有一次煞不住車就衝進超商裡，嗯，妳只差兩撇鬍子，看起來就和他一模一樣。其實，」他端詳著我的臉，「這麼一說啊……」

「柏納。」

「我們明天帶鑷子來。總之，妳下次如果想上飛行課，我們去找合格教練，好嗎？猛拍著手臂往下跳是飛不起來的。」

我想笑。

爸和媽一起彎下身子靠過來。他們的臉部線條很緊繃，很焦慮。這就是我的父母。

「她瘦了，柏納，你不覺得她瘦了嗎？」

爸爸靠近一點，我看到他的眼眶濕濕的，笑容沒有平時開朗。「啊……親愛的，她看起來很美啊。妳看起來美極了。」他捏捏我的手，然後牽起我的手放在嘴邊，親了一下。他這輩子從來沒這樣對我過。

這時我才明白我本來可能會死掉，驀然悲從中來，止不住哭泣。我閉上雙眼想擋住熱淚，我感覺到他碩大的手掌，像原木般粗糙的手掌捧著我的手。

「小甜心，我們在這，沒事的，一切都會好的。」

接下來這兩週，他們每天穿梭五十英里，搭最早的火車進城。兩週後改成隔幾天來一趟。爸刻意請假，因為媽不願意一個人來。畢竟，倫敦什麼怪人都有。她已經提了好幾次，每次講起都會帶著緊張兮兮的表情，好像有人穿著連帽上衣，拿著刀正溜進病房裡。翠娜留在家裡照顧爺爺。我媽說起這件事情的時候顯得很為難，讓我覺得或許我妹並不情願。

媽在家裡做好飯菜帶過來，因為有一天我們三人一起盯著我的醫院膳食，仔細檢查了五分鐘還是看不出來那是什麼碗糕。「而且還用塑膠盤，柏納，又不是監獄。」她難過地拿叉子戳一戳，又聞一聞。從那天起，她就會做好龐大的三明治、手揉英式橄欖油麵包夾著厚片火腿或乳酪，搭配家常熱湯。「真材實料。」她把我當小嬰兒一樣餵食。我的舌頭慢慢消腫了，顯然是我著地的時候咬著舌頭，他們說這很常見。

我動了兩次手術縫合臀部的傷，還有左腳和左臂都得上石膏。醫院的工作人員基斯問我可不可以在上面簽名——據說如果石膏都白白的話會有厄運——結果他寫下的留言太過下流，菲律賓籍的護理師艾芙琳還得再上一層石膏蓋過去，免得被諮商師看見。當基斯推我去照X光或是去藥局的時候，他會告訴我醫院裡的八卦。我不得不聽他說哪些病患死狀淒慘漫長，而這樣的人似乎為數不少；說這些讓他很開心。我有時很納悶他在別人面前怎麼講我。我是那個從五層樓公寓摔下來還活著的女生。在醫院裡面，這遭遇讓我不必去C棟人擠人，我的待遇也好過那個拿園丁剪刀不小心截斷拇指的女生。

沒想到一個人可以這麼快就習慣住院生活。我起床後，就給一群人檢查，現在我已經認得他們了；我儘量對諮商師說出對的話，然後等我爸媽來。我爸媽在病房裡忙進忙出，在醫生面前格外恭敬。我爸還會為了我沒迅速康復而道歉，我媽用力踹他腳踝，他才住口。

醫生巡房結束以後，我媽通常會去樓下商店街繞一繞，回來的時候大驚小怪地說速食店真的太多了。

「心臟病房那個只有一條腿的人，柏納，他就坐在那兒，把臉埋進起司漢堡和薯條堆裡，你絕對不會相信的。」

爸坐在我床角的椅子上看當地報紙。第一個禮拜，他一直看我的意外有沒有上報。我試著告訴他，在倫敦這一區，就連雙屍命案都上不了新聞，但在老家斯坦福堡，上週當地報紙的頭版報導是「超市推車該不該留在停車場？」。再之前一週則是「校童在水鴨池塘邊傷心不已」，所以他不相信我講的話。

我動完最後一場臀部手術的那個禮拜五，我媽帶了一件過大的禮服和一大袋雞蛋三明治來。我不必問就知道是什麼：她一打開袋子，可怕的硫磺味就塞滿整個病房。我爸捏住鼻子。

「喬絲，護士會怪我。」他把門開開關關。

「吃蛋才有營養，她太瘦了。再說，這裡沒有你說話的餘地。你身上發臭的時候還會怪狗，明明那兩年我們已經沒養狗了。」

「我總是得保持浪漫啊，親愛的。」

我媽壓低聲音說：「翠娜說她上一個男朋友放屁的時候會拿棉被蓋住她的頭。妳能想像嗎！」

我爸轉過來看著我。「如果是我放屁，妳媽根本不會待在鎮上。」

雖然他們談笑甚歡，但我知道他們心上有事。我感覺得出來。當妳的全世界小到只剩四面牆時，妳對氣氛的變化會很敏銳：醫檢師在看X光片、或是護理師掩著嘴討論剛往生的病患時都是這樣。

「怎麼了？」我說。「什麼事？」

他們尷尬地互看一眼。「那個……」我媽坐在床沿，「醫生說……諮商師說……他們不確定妳怎麼會墜樓？」

我咬了口雞蛋三明治，我現在可以用左手拿東西了。「喔，這個啊，我分心了。」

「在沿著屋頂走的時候。」

我嚼了一分鐘。

「小甜心，妳有沒有可能是在夢遊呢？」

「爸——我從來沒有夢遊過。」

「有啦，妳有。妳十三歲的時候有一次夢遊下樓，把翠娜的生日蛋糕吃了大半。」

「嗯。我其實那時候沒睡著。」

「還有妳血液中的酒精濃度。他們說……妳喝了……挺多的。」

「我那晚工作很辛苦。我才喝了一兩杯，就上樓去呼吸新鮮空氣。有個聲音害我不專心。」

「妳聽到了一個聲音。」

「我站在屋頂——往外看。我有時後會那麼做。然後背後傳來一個女生的聲音。我嚇了一跳才失足。」

「女生？」

「我真的聽見她的聲音。」

我爸往前一傾。「妳確定真的有個女生嗎？不是妳想像——」

「爸，我是屁股摔爛了，腦子沒事。」

「他們說確實是一個女生叫了救護車。」媽碰了碰爸的手臂。

「所以妳意思是這真的是一場意外。」他說。

我吃到一半停了下來。他們心虛地看著對方。「怎麼？你們……你們以為我跳樓？」

「我們沒有那樣說。」爸爸搔著頭。「只是——嗯——自從……一切都不太對勁……我們很久沒見到妳了……我們沒料到妳會三更半夜在屋頂上沿著外牆走。妳以前很怕高的。」

「我以前還和一個睡前會計算自己燃燒了多少卡路里的人訂婚。天啊。你們是因為這個才對我這麼好嗎？你們以為我打算自殺嗎？」

「只是因為他問了我們一大堆……」

「誰問了什麼？」

「精神科醫師。他們只是想確定妳沒事，親愛的。我們知道一切都──嗯，妳知道──自從──」

「精神科醫師？」

「他們把妳列在候選名單上，讓妳看一個醫生，談一談，妳知道。我們也和醫生聊了很多，妳也會跟我們回家，只是是康復後。妳現在這樣根本沒辦法在那間公寓自己生活。這──」

「你們去過我的公寓？」

「嗯，我們得去拿妳的東西啊。」

接下來是一陣沉默。我想像著他們站在我的門口。我媽雙手插進口袋，掃視著我沒洗的髒床單、壁爐架上排了一列空酒瓶、冰箱裡只有半條果乾巧克力棒。我想像著他們看著彼此搖頭。柏納，你確定我們沒走錯嗎？

「妳現在需要的是家人，在妳康復之前。」

我想說我可以在我的公寓裡過得好好的，不管他們怎麼想。我想繼續工作、回到公寓後什麼都不想，直到上班時間又出門。我想說我不想回去斯坦福堡，又變回那個女孩，那個不知道是誰的女孩。我不想要承受我媽刻意掩飾的不認同、我不想要承擔我爸打起精神說「沒關係，一切都很好」，彷彿多說幾遍就真的會很好。我不想要每天經過威爾的家，想起我曾經身在其中，以為這一切可以繼續下去。

但我什麼都沒說，因為我突然倦了，一舉一動、一景一音都碎心傷神，我再也無力抵抗。

我爸兩週以後開著工作用的廂型車載我回家。前座只能坐兩個人，所以媽留在家裡整理房子，當我們在高速公路上急駛時，我感覺到自己緊張到胃都開始打結了。

小鎮景致過去會讓我興高采烈，現在卻看起來很陌生疏遠。我漠然地冷眼旁觀，發覺這一切看起來好渺小、好陳舊、好矯情。我才發覺原來威爾發生意外後第一次回到家時一定也是用這種情緒看待這一切，但我又立刻甩開這念頭。我們在街上駛著，我察覺到自己在座位上坐低了一些。我不想和鄰居打交道、不想做任何解釋，我不需要他們來評斷我做的事。

「妳還好嗎？」我爸轉過頭，好像猜到了我腦中的思緒。

「沒事。」

「乖女孩。」他拍拍我的肩膀。

我們靠邊停的時候媽已經站在門口了。我猜她大概半小時前就一直站在窗邊。爸把我的包包放在階梯上，然後把另一個包包背在肩上，繞過來扶我下車。

我小心翼翼地把拐杖架在人行道上，感覺到我身後的窗簾拉開來，我慢慢地朝門口走去。你看那是誰呀？我可以聽到他們交頭接耳。你們覺得她這次又幹了什麼事？

爸爸攙著我往前，仔細地看著我的腳步，好像我的雙腳可能會突然爆衝，前往某個禁地。「行嗎？」他一直說。「不要急。」

我可以看到爺爺出現在我媽身後，他站在玄關，穿著格子襯衫和刻意挑選的藍色毛衣。一切都沒變；壁紙花色還是一樣、客廳地毯還是一樣。地毯上壓出的線條可以看出來我媽今天上午才剛吸過地板。我看到鉤子上掛著我的藍色舊外套。十八個月，我覺得我好像離開了十年。

「別催她。」媽媽合起手掌說，「柏納，你走太快了。」

「她又不是奧運長跑選手。如果再慢一點，她就是月球漫步了。」

「小心臺階。柏納，上臺階的時候你應該站在她後面吧？你知道，要是她往後倒怎麼辦？」

「我知道臺階在哪裡，」我咬著牙，「我在這裡才住了二十六年。」

「當心她別把嘴脣給咬破了，柏納，她上脣已經撕裂了。」

噢，天啊，我心想。威爾，你也是這樣嗎？每一天？

我妹這時出現在門口，推開我媽。「喔，老天啊，媽，快點，快上來。你們快變成馬戲團了。」

翠娜放低肩膀，架著我的腋窩，怒目睨著鄰居，揚起眉毛好像是說，看什麼看？我幾乎可以聽見他們窸窸窣窣地闔上窗簾。

「一群該死的三姑六婆。算了，快點，我答應湯瑪士在他參加聚會之前可以看看妳的疤。天啊，妳瘦了多少？妳的胸部現在看起來一定很像襪子裡的兩顆柳丁。」

一邊走一邊笑實在很辛苦。湯瑪士衝過來擁抱我，我得停下來，一手撐在牆上，他撞上來的時候才能保持平衡。「他們真的把妳切開來又包回去嗎？」他說，抬起頭看著我的胸口。他少了四顆門牙。「外公說他們包起來的時候可能弄錯了。只有上帝知道我們能不能看出差別。」

「柏納！」

「我開玩笑嘛！」

「露薏莎。」爺爺的聲音很低沉很遲疑。他蹣跚地走過來抱我，我也抱著他。他抽身後，年邁的手掌抓著我的手臂，沒想到他抓得這麼緊，然後他皺著眉瞪我，假裝生氣。

「我知道，爸爸，我知道，但她現在回家了。」媽說。

「妳回妳以前的房間吧。」爸說。「只不過我們為了湯瑪士，用變形金剛的壁紙重新布置過了，妳不介意狂派和博派機器人，對吧？」

「我屁股裡有蟲蟲。」湯瑪士說，「媽媽說我走出家門後就不能講這件事，也不能把手指放在——」

「噢，老天啊。」我媽說。

「小露，歡迎回家。」爸爸說完就把我的包包放在我腳邊。

03

現在回想起來，威爾剛離開的那九個月，我還搞不清楚狀況。我直接前往巴黎，根本不想回家，自由讓我飄飄然的，威爾攪動了我平靜的心，讓我一意想嚐鮮。我找了一份工作，在外派人員最喜歡的酒吧裡，大家都不在意我的破法文，我漸漸地愈講愈好。我在第十六區租了一間小閣樓，就在中東餐廳的樓上，我清醒地躺著，聽深夜裡的酒客和清晨的宅配員發出聲響。日復一日，我覺得自己在過著別人的生活。

剛開始的那幾個月，我好像脫了一層皮，血管神經裸露在外——各種感受都更加敏銳深刻。笑著或哭著起床，我眼中的畫面好像少了一層濾鏡。我品嚐沒吃過的食物、走在陌生的街道上、用不屬於我的語言和別人對話。有時候，我覺得他陰魂不散，好像我正在透過他的雙眼看世界，好像他的聲音縈繞在我耳中。

那麼，克拉克，妳覺得這怎麼樣？

我就知道妳會喜歡這個。

吃下去！嚐嚐看！快呀！

我們原本每天都有一套固定的流程，不必再進行之後反讓我悵然若失。我的雙手不再每天碰觸到他的身體，我花了好幾個禮拜才終於適應，否則我總覺得這一雙手失去了用途。我原本要為他柔軟舒適的襯衫扣上釦子；我原本要溫柔地清潔他溫暖但無法動作的手掌；我的手指還能感覺到他絲緞般的頭髮。我想念他的聲音、我想念他難得的笑聲、我想念指頭畫過他嘴脣的觸感、我想念他睏倦時低垂的眼瞼。我媽到現在仍無法相信我的經歷，她說儘管她愛我，她還是沒辦法想像這個露薏莎就是她拉拔長大的那個女兒。所以我失去了我的家人、失去了我愛的男人；我和過去的每一個連結都斷裂了。飄飄盪盪、無牽無掛，往未知的宇宙散去。

就這樣，我展開了新的人生。隨意交友不交心，我的朋友多是旅人：放下學業的年輕英國學生、探訪文人故居的美國人信誓旦旦地說他們絕對不會再回去中西部的文化沙漠、富裕又年輕的銀行家、觀光客、經常做不同時空打扮的演員，和其他要逃離生活的人。我對自己說：我所做的就是他想要的。至少，這麼做會很愉快。

冬天放過了巴黎，春日明媚。我在一夜之間變了心，隔天醒來就發覺自己不愛這座城市了。或者，至少，我不覺得自己的巴黎性格強烈到要留在這裡。外派人員的故事聽起來千篇一律，巴黎人似乎很不友善——或，至少，我每天留意到上百種我格格不入的理由。這座城市固然魅力四射，但就像我買了一件高級訂製服，再怎麼時尚華美終究不適合我。我提了辭呈，開始遍遊歐洲。

接下來的這兩個月，我覺得自己真的很沒用，我幾乎從頭到尾都很孤單寂寞；我討厭每個晚上都不知道要去哪裡落腳，火車時刻表和各國貨幣讓我一直很焦慮，因為我沒辦法信任我遇見的人，結果我根本無法交朋友。我還能對自己說什麼？當別人想認識我，我只能用最模糊籠統的方式匆匆帶過。所有我重視的、喜歡的一切都沒辦法和別人分享。既然沒有人可以對話，我看到的一景一物——不管是特雷維噴泉和阿姆斯特丹運河——都成了待辦清單上的一個格子。歐洲旅遊的最後一週，我在希臘的海灘度過，回憶不久之前我才和威爾一起去海灘，這思念太逼人。那一週，我在沙灘上驅趕許多古銅色肌膚的男人，他們好像都叫做狄米崔，我努力說服自己其實正在享受悠閒好時光，但最後，我放棄了，再度返回巴黎。因為我當時才明白，我根本無處可去。

我在酒吧同事的沙發上睡了兩週，努力想找點事做。我記得我和威爾討論過職業，於是申請了幾間大學的時尚課程，但我沒有相關工作經驗，所以收到了很禮貌的婉拒信。威爾剛去世的時候，我曾經申請上一個學程，但因為我沒在期限之內要求保留學籍、延遲入學，所以他們把我的名額給了別人。教務處說我可以隔年再申請，但那人的口氣聽起來就知道我不會再申請了。

我在網路人力銀行找工作，雖然經歷了這麼多，但對於我真正有興趣的工作來說，我還是資格不符。恰巧，就在我不確定要做什麼的時候，威爾的律師打電話來建議我該處理威爾留下的現金。我正需要一個遷徙的藉口。他幫我斡旋買下倫敦金融區裡一間貴得要命的房子，之所以會買主要是因為我記得威爾曾經提起那個街角的一間酒吧，讓我覺得這樣可以離他近一點。那個房子裡有兩間臥室，不太需要整修、家具齊備。六週後，我回到英國，在「酢漿草與幸運草」找到了這份工作，我曾經和一個叫菲爾的男人有過一夜情，但從此不會再見面。我一直在等待真正開始生活的感覺。

九個月過去了，我依然在等待。

回到家的第一週，我不太出門，全身痠痛而且容易疲倦，所以經常躺在床上，超強效止痛劑讓我昏昏沉沉，而我對自己說：讓身體恢復最重要。不知怎地，回到我們小小的家很適合我：自從我離開家以後，我第一次連續睡超過四小時；因為房子很小，我隨時都可以扶著牆壁。媽餵我吃飯、爺爺陪我（翠娜帶湯瑪士回大學去了），我白天一直看電視，不知道為什麼低利貸款的廣告總是沒完沒了，而且因為我離開英國快要一年，電視上的名人我都不認得了。我就好像在一個小小的繭裡面，只是我得承認，是隻肥碩的大象蹲在繭裡。

只要任何可能會破壞這微妙平衡的話題我們都絕口不提。不管日間電視節目介紹什麼藝人的新聞我都照單全收，還可以在晚餐的時候說「嗯，夏娜．威斯特呢？」我爸媽會很感激地立刻接續這個話題，說她是個壞女人，和她以前頭髮很漂亮，還有她其實可以過得更好。我們也聊「閣樓拍賣會」（「我一直很納悶妳媽那個維多利亞式花盆會值多少……又老又醜的。」）以及「郊區好宅」（「我才不會在浴室裡幫狗洗澡。」）。我不去想吃完飯以後要做什麼？連更衣刷牙都充滿挑戰時，我無暇多想。我媽還給了我很多任務（「妳知道，親愛的，我出門的時候，妳可以把要洗的衣服分類一下。我會先洗有顏色的。」）。

但，外頭的世界就像不懈的潮水，堅持一步步逼近。我聽到鄰居趁我媽晾衣服的時候問她問題。*你們家小露回來了，是不是？*

媽總彆扭地簡短回答：*是啊。*我發覺自己總避開看得到城堡的那幾個房間。但我知道城堡就在那兒，吐納著它和威爾的連結。有時候我很納悶他們後來怎麼了？我在巴黎的時候曾收到崔諾太太的信，她客氣地感激我為她兒子所做的一切。「我明白妳盡力了。」就這樣。那一家人曾經是我生活的全部，現在是一段光陰的鬼魅，而我不允許自己去回想。每天傍晚城堡的影子就籠罩著我們的街道，我覺得崔諾一家人的存在如同責難。

我在家住了兩個禮拜以後才發現我爸媽已經不去他們的俱樂部了。「今天不是星期二嗎？」我在第三週的時候問，我們都坐在餐桌上。「你們不是早該出門了嗎？」

他們互瞥了一眼。「啊，不，我們想在家。」爸爸啃著豬排說。

「老實說，我沒事的。」我告訴他們，「我現在好多了，而且我看電視就夠了。」其實我心裡渴望獨處，不要任何人看管。打從回家以後，我獨處的時間幾乎不會超過半小時。「真的。出去好好享受，別管我。」

「我們……我們真的已經不去俱樂部了。」媽媽一邊切馬鈴薯一邊說。

「大家……他們很八卦。」爸爸聳聳肩，「到最後，置身事外比較輕鬆。」此話一出，大家安靜了整整六分鐘。

還有許多更具體的人事物提醒我過去的生活。其中有一個是穿著特殊排汗設計的緊身運動褲。

派屈克四度在慢跑時經過我家，我想這可能不是巧合。他第一次經過時，我聽到他的聲音，慵懶地靠在窗邊。我從窗簾縫隙往外瞄。他就在我家樓下，一邊和金髮馬尾妞聊天，一邊拉腿筋；她穿著藍綠色萊卡運動服，緊到我幾乎可以看出她早餐吃了什麼。他們看起來好像兩個奧林匹克運動選手，只差一輛雪橇。

我從窗邊往後退一步，免得他抬起頭看到我，不出一分鐘，他們就消失了，沿著小路往下跑，背脊打直，雙腿節奏規律，就像兩匹鬃毛發亮的藍綠色小馬。

兩天後我在換衣服的時候聽到他的聲音。派屈克很大聲地聊著澱粉，那女孩狐疑地朝我家瞅了一眼，好像不確定他們為什麼要在同一個地點停下來兩次。

他第三次經過的時候，我和爺爺在靠近門口的房間。「我們應該練短跑。」派屈克大聲說，「跟妳說，妳從這裡跑到第三根路燈再跑回來，我幫妳計時。兩分鐘間歇。衝！」

爺爺刻意翻了個白眼。

「我回來以後他一直這樣嗎？」

爺爺的白眼都要翻去後腦杓了。

我從窗簾縫隙看出去，派屈克兩眼直盯著碼錶，側身對著我這面窗。他穿著黑色拉鏈上衣和同款式的萊卡短褲，就站在離窗簾幾呎之外，我姑且還能盯著他看，真不曉得我以前怎麼可以愛他愛這麼久還深信不疑？

「繼續跑！」他抬起頭大叫。那女孩就像聽話的獵犬，拍了他旁邊的路燈一下又往外衝。「四二．三八秒。」他肯定地點點頭，她氣喘吁吁地折回來。「我想妳可以在快個〇．五秒。」

「他這麼做是為了妳。」我媽端著兩個馬克杯走進來。

「我猜到了。」

「他媽媽在超市碰到我的時候，問我妳是不是回來了，我說是。不要這樣子看我——我根本沒辦法對女人撒謊。」她朝著窗戶點點頭。「這女生胸部整過了。那可是斯坦福堡的話題焦點。顯然可以在上面放兩杯茶。」她在我旁邊站了一會兒。「妳知道他們訂婚了嗎？」

我以為會心頭一震，但我幾乎無感。「他們看起來……很配。」

我媽站了一陣子，看著他們。「小露，他不是壞男人。只是……妳變了。」她把馬克杯遞給我就轉身離去。

終於，那天早上，他在我家門口的人行道上做伏地挺身，我打開前門走出去。我倚著門廊，雙臂交疊在胸前，等他抬起頭。「我要是你可不會在這裡停留太久，隔壁家的狗把人行道當作牠的地盤。」

「小露！」他大聲喊著，好像他根本沒料到我會站在自己的家門口，明明我們在一起的那七年裡，他每個禮拜都會來好幾趟。「嗯……我很驚訝看到妳回來。我以為妳去征服寬廣的世界了！」

他的未婚妻就在他旁邊做伏地挺身，稍微抬頭一下，又低頭看著人行道。或許是我的錯覺，但她的翹臀好像變得更緊緻了。上、下，她猛烈地快速擺動。又上又下。

我竟然擔心起她的新胸部。

他一躍而起。「這是凱洛琳，我的未婚妻。」他的眼神沒離開我，或許在等我的反應。

「我們在為下一屆鐵人特訓做準備，我們已經一起參加了兩屆。」

「好……浪漫。」我說。

「嗯，凱洛琳和我覺得能共同參與很好。」他說。

「這樣啊。」我回應道。「兩個人都是藍綠色萊卡運動服！」

「噢，對，團隊色。」

我們靜默了一下。

我在空中揮拳。「加油！」

凱洛琳躍起，開始伸展大腿肌肉，像鸛鳥一樣把腿折到後方。她朝我點點頭，最客氣就是這樣了。

「妳瘦了。」他說。

「對啊，呵呵，不吃飯只打點滴就會瘦。」

「我聽說妳……出了意外。」他歪著頭，很同情的樣子。

「消息傳很快嘛。」

「不過，我很高興妳沒事。」他抽抽鼻子，低頭看路面。「這一年妳一定很辛苦。妳知道，經歷過那些事。」

就這樣。我努力地控制呼吸。凱洛琳固執地不肯看我，不停地伸展她的腿。「總之……恭喜你們要結婚了。」然後我說。

他驕傲地打量著他未來的妻子，她結實的腿讓他失了神。「嗯，就像他們說的——碰到就知道了。」他給我一個佯裝歉意的笑容，我的理智線就斷了。

「我相信你碰到了。我猜你存了不少錢來籌備婚禮吧——結婚不便宜，是吧？」

他們兩個都看著我。

「把我的經歷賣給報社。他們付了你多少錢，派屈克？幾千英鎊？翠娜永遠都查不到實際金額。不過，威爾的死還夠你買幾件萊卡運動服，對不對？」

凱洛琳的頭迅速轉向派屈克，我看得出來派屈克還沒有告訴她這段過去。

他瞪著我，臉上一陣青一陣白。「那件事情和我無關。」

「當然沒有，總之，派屈克，很高興見到你。凱洛琳，祝妳好運，婚事順利！我相信妳會是……最結實的新娘。」我轉身慢慢地走回屋內。關上門，靠在門上，心臟狂跳直到我確定他們終於慢跑離開為止。

「王八蛋。」爺爺在我跛行回到客廳時說，然後又不屑一顧地朝窗戶瞥了一眼。「王八蛋。」他說完就自顧自地笑了。

我望著他，然後完全出乎意外，我發覺自己開始笑了，我已經不記得這感覺了。

「妳決定好以後要做什麼了嗎？等康復以後？」

我躺在床上，翠娜從大學打電話回家，她在等湯瑪士足球練習結束。我盯著天花板，湯瑪士在天花板上貼了整面螢光貼紙，如果要撕掉的話可能會拆掉半面天花板。「還沒。」

「妳得找點事情做，妳不能永遠賴在家躺著。」

「我不會一直賴在這躺著。而且，我的屁股還是蠻痛的。物理師說我最好趴著。」

「爸媽很想知道妳打算做什麼？斯坦福堡沒有職缺。」

「這我知道。」

「但妳在閒晃。妳好像對什麼都沒興趣。」

「小翠，我剛從頂樓摔下來。我在復健。」

「墜樓之前妳四處旅遊。後來妳決定在想清楚之前先去酒吧工作。妳遲早要想清楚。如果妳不打算回學校，妳得搞清楚妳的人生究竟要做什麼？我只是這樣說說，總之，如果妳要留在斯坦福堡，妳得把那房子租出去，爸媽不可能一直養妳。」

「是誰過去八年都靠『爸媽銀行』在養？」

「我是全職學生，這不一樣。總之，妳住院期間我看過了妳的存摺，我把妳的帳單都付清了，算一算妳還有一千五百英鎊，包括法定病假工資。對了，那幾通國際電話是怎麼回事？有夠貴的。」

「不關妳的事。」

「好，我幫妳列出那區域負責租賃的仲介，我想或許我們可以再看一下大學申請表，或許妳想上的課有人退學了。」

「小翠，妳讓我好累。」

「散漫沒好處。等到妳有個重心，妳就會覺得好多了。」

我妹妹這樣嘮叨雖然很煩，但卻能讓人心安。其他人都不敢惹我。我爸媽似乎還認為我的心理出了問題，一定要把我當小孩子。媽把我的衣服洗好之後整齊地摺疊在床尾，每天幫我煮三餐，當我發現她在看我的時候，她會尷尬地淺淺一笑，那笑容裡包括了我們不想和對方說的話。爸爸帶我去做物理治療，他會坐在沙發上陪我看電視，甚至不搶遙控器。只有翠娜對待我的方法一如以往。

「妳知道我要說什麼，對吧？」

我側躺，皺著臉。

「知道，也不知道。」

「嗯，妳知道威爾會怎麼說。妳答應他了，妳不能反悔。」

「好。就這樣，小翠。我們的對話結束了。」

「行。湯瑪士剛從更衣室走出來。星期五見！」她說。好像我們剛才在聊音樂一樣，還是聊她要去哪裡度假，或連續劇劇情。

留下我盯著天花板。

妳答應過他了。

對。看看現在變成什麼樣子。

儘管翠娜抱怨了一堆，打從我回家以後，這幾個禮拜以來我也有不少進展；我已經不需要拐杖了，拄拐杖的時候我覺得自己好像八十九歲。我回家以後不管去哪裡都不會帶拐杖。通常上午我會應我媽的要求帶爺爺去公園附近散步，醫師指示他要每天運動，但有一天我媽跟蹤爺爺，發現他只走到街角買了一包豬肉乾，然後慢慢地邊吃邊踱回家。我們慢慢散步，兩個人都有點跛，兩個人都沒有真正歸屬的地方。

媽一直建議我們去城堡廣場「換換風景」，但我不理她，每天早晨關上家門之後，爺爺就堅定地朝公園的方向點點頭。並不是因為這條路比較短，或是靠近投注站。我想他知道我不想去城堡。我還沒準備好，我不知道我會不會準備好。

我們慢慢地沿著水鴨池塘繞兩圈，在濕潤的春陽下坐在長凳上看小娃娃和他們的爸媽一起餵肥鴨，看著青少年叼著菸互相叫鬧，年少懵懂的時候總是用這種方式表達愛慕。我們散步到投注站，這樣爺爺就可以在一匹名叫「搖擺狗」的賽馬身上輸掉三英鎊。接下來，當他把彩票揉成一團扔進垃圾桶裡，我就說我會去超市買個果醬甜甜圈請他吃。

「噢，肥死了。」他說。

我們站在烘焙區，我對他皺眉。

「噢，肥死了。」他指著我們的甜甜圈大笑。

「噢，對，我們就這樣對媽媽說。低熱量甜甜圈。」媽說他的新藥會讓他傻笑。我知道人生中還有很多更糟的事。我們排隊結帳的時候，爺爺還因為自己的笑話笑個不停。我頭低低的，在口袋裡掏零錢，心想著這個週末要幫爸整理院子，所以當我後面的人竊竊私語時，我花了一點時間才聽出來。

「是因為內疚啦，他們說她當時打算跳樓。」

「噢，不會吧，妳會嗎？我知道我自己一定活不下去。」

「我真沒想到她還會在附近露臉。」

我站得直直地。

「妳知道，可憐的喬絲・克拉克還驚魂未定。她每個禮拜都去懺悔告解，但妳知道呀，那女人無辜地和白紙一樣。」

爺爺指著甜甜圈，用唇語對結帳櫃檯後的女生說：「噢，肥死了。」

她禮貌地笑了笑。「八十六便士，謝謝。」

「崔諾一家和以前都不一樣了。」

「是啦，整家人都被毀了，不是嗎？」

「八十六便士，謝謝。」

我隔了幾秒鐘才回神發現收銀員看著我，她在等我。我從口袋裡拿出一堆銅板。我在點零錢的時候，指頭不禁發顫。

「妳覺得喬絲應該不敢讓她單獨照顧她爺爺吧，覺不覺得？」

「妳不覺得她……」

「這個，妳怎麼知道，畢竟，她做過一次……」

我的兩頰火熱，零錢散落在櫃臺上。爺爺還在對著困惑的收銀員重複著：「噢，肥死了。噢，肥死了。」希望她可以領會這個笑話。我拉拉他的袖子。「來吧，爺爺，我們得走了。」

「噢，肥死了。」他堅持再講一次。

「對。」她友善地笑了。

「拜託，爺爺！」我覺得又熱又暈，好像會暈倒。

他們或許還在講，但我耳鳴太大聲已經聽不到了。

「再見。」他說。

「再見了。」那女孩說。

「真好。」爺爺說，我們走進陽光裡，這時他看著我：「妳為什麼在哭？」

經歷過毀滅性的人生大事以後要注意：你以為你要面對的就只是這毀滅性的人生大事，但往事歷歷在目、夜裡輾轉失眠、回憶不斷重播；你會一直問自己究竟做得對不對？說得對不對？你當初有沒有辦法改變這一切？有沒有不同的做法？

我媽曾經告訴我：和威爾在一起會影響我的餘生，我以為她指的是我的心理，我以為她指的是我要學著不再自責、面對悲傷、治療失眠、控制沒來由的怒意，並停止在腦子裡不斷地和那個已經不存在的人對話。但我現在發現不只是我而已：在數位時代裡，我永遠都是那個人。就算我把整件事從記憶裡刪除，我永遠都無法切斷我和威爾死訊的連結。只要有螢幕有位元的地方，我的名字永遠都會和他的名字綁在一起。大家會根據最粗淺的資訊來評斷我，甚至在毫無資訊的情況下妄加評論，而我什麼都沒辦法做。

我剪了個鮑伯短髮、改變了穿衣風格，我把會讓我獨樹一格的服飾全都打包起來塞進衣櫥最深處。我學翠娜總是穿著牛仔褲和普通的棉質上衣。現在當我在報紙上看到盜用公款的銀行行員、殺害親生兒子的女人、無緣無故失蹤的家人時，已經不會和過去一樣驚恐地發抖了，我會好奇著沒有白紙黑字寫出來的真實故事究竟是什麼？

我覺得我和他們之間有種詭異的親切感，我也被染色了，繪聲繪影。我身邊的世界都知道。更糟的是，我也開始明白了。

我把深色短髮塞進帽子裡，戴上太陽眼鏡，走進圖書館，儘量不讓人看出我跛著腳，儘管我得專心吃力地咬著牙咬到下顎痛。

我經過在童書區唱遊的小朋友，再繞過熱衷於家譜學的安靜讀者，他們正努力地想確認自己和理查三世國王有無血緣關係。我在舊書報檔案區的角落坐下來，要找到二〇〇九年八月的報導不難。我深呼吸，從中間翻開，遍尋各大標題。

本地男子在瑞士安樂死診所自我了斷

崔諾一家請大眾在此「難過的時刻」尊重隱私。

斯坦福堡城堡管理人史蒂芬·崔諾的兒子年僅三十五歲，選擇在爭議頻繁的瑞士尊嚴安樂死診所結束生命。崔諾先生自二〇〇七年交通事故之後便四肢癱瘓。他在家人與看護的陪伴下前往診所。他的看護露薏莎．克拉克今年二十七歲，也來自斯坦福堡。

警方正在調查當時狀況．消息來源指出他們不排除訴訟的可能。

露薏莎．克拉克的雙親柏納．克拉克與喬瑟芬．克拉克住在仁福路上，他們對此事拒絕評論。

卡蜜拉．崔諾為本地法官，據了解她已在兒子自殺後離開法務工作。當地消息來源指出，她的家人既然做出了這樣的行為，顯然她「無法勝任」這份職務。

就在那兒，威爾的臉孔，從報紙印刷顆粒過粗的照片裡露出來。那個略帶輕蔑瀟灑的笑容、無所畏懼的直視目光，讓我一時之間喘不過氣。

崔諾先生成功的事業隨著他的生命一同結束了，他擅長不帶情緒、鐵血而冷靜地進行資產談判，而且對於企業交易的眼光卓越。他的同事昨天前去致哀，他們認為他是

我闔上報紙。在我確定我能夠控制表情的時候才抬起頭。在我的周圍，圖書館勤勉安靜地低鳴著；童書區的小朋友繼續哼唱著，他們曲不成調，他們的媽媽則慈愛地圍著孩子打拍子。我背後的管理員悄聲和同事在討論著泰式咖哩怎麼做最好吃；我身旁的男人則指著舊膠卷，喃喃地說，「費雪、費茲、費次……」

我什麼都沒做。已經過了至少一年半，我什麼都沒做。我在兩個不同國家的酒吧裡賣飲料，我一直自怨自艾。而現在，我回到從小長大的那個家，我可以感覺到斯坦福堡延伸出觸角要把我吸回來，要讓我知道在這裡也可以很好。一切都沒事。當然，這裡可能沒有什麼大冒險，而且當人們重新適應我的存在時可能會有點不安，但世界上還有很多事情比和你的家人在一起更糟，對嗎？和家人在一起會感覺備受疼愛、安全感十足？安心？

我低頭看著眼前的那疊報紙。最近的頭版標題是：

郵局前的殘障停車位引發居民爭執

我想起了爸爸，他坐在我醫院病床上，努力地在報紙裡找尋我那樁意外的報導，卻徒勞無功。

我辜負你了，威爾。我徹徹底底地辜負你了。

當我終於回到家時，整條街都可以聽到尖叫聲。我一打開門，湯瑪士哭嚎的聲音就立刻灌入耳中。我妹妹在罵他，在客廳角落裡不斷搖動著指頭。媽媽捧了一盆水和毛巾，低身靠著爺爺，而爺爺禮貌地要她走開。

「怎麼回事？」

媽媽往旁邊一站，我才終於看清楚爺爺的臉。他臉上有一對粗黑的眉毛和亂七八糟的鬍鬚。

「防水馬克筆，」媽媽說，「從現在開始，爺爺午睡的時候不可以和湯瑪士獨處了。」

「你不可以再亂塗鴉了。」翠娜大吼大叫，「只能在紙上，懂嗎？不可以畫牆壁、不可以畫臉、不可以畫雷諾太太的狗、不可以畫我的褲子。」

「我在裝飾！」

「我不需要裝飾過的褲子！」她怒吼，「如果我需要的話，我至少會把字給拼對。」

「別罵他，小翠，」媽媽低頭去看她有沒有擦掉一點痕跡，「原本還可能更糟。」

在我們狹小的房子裡，老爸下樓的腳步聲就像打雷一般。他迅速走進房間，沮喪地拱著肩，頭髮都撥到一邊。「我休假的時候難道不能在家裡好好睡個覺嗎？這屋子跟杜鵑窩一樣。」

我們都停下動作盯著他。

「怎麼？我說了什麼？」

「柏納——」

「啊，拜託。我們的小露才不會以為我在說她——」

「喔，我的老天啊。」媽媽立刻摀著臉。

我妹妹把湯瑪士推到房外。「喔，天啊！」她低聲警告他，「湯瑪士，你最好現在出去，因為我保證等你外公抓到你——」

「怎麼？」我爸皺著眉，「怎麼回事？」

爺爺發出笑聲，揚著手指。

太精采了。湯瑪士用藍色馬克筆塗滿我爸整張臉。他的眼睛看起來像是蔚藍海洋中的兩顆醋栗。「怎麼了？」

湯瑪士消失在走廊尾端時還繼續傳出抗議。「我們在看阿凡達！他說他想當阿凡達！」

老爸睜大眼，走到壁爐架上的鏡子前。

屋內短暫安靜了一會兒。「喔，我的天。」

「柏納，這時候叫天天不靈了。」

「喬絲，他把我塗成他媽的藍色了！我想我現在想叫誰都可以。這是防水馬克筆嗎？湯瑪士？你是用防水馬克筆嗎？」

「爸，我們可以擦掉啦。」我妹關上院子的門，門後還是可以看到湯瑪士在啼哭。

「我明天本來要去看城堡的新圍籬。我都把承包商叫來了，這整張藍臉是要怎麼去面對承包商？」爸吐口水在手上，開始搓臉。墨水微微地暈染開來，不過幾乎都染到他手掌了。「擦不掉啊，喬絲，擦不掉啊！」

媽媽的注意力從爺爺身上轉移，拿著濕毛巾擦爸。「柏納，坐好，我儘量。」

翠娜去拿電腦包。「我上網看看。我想一定有辦法的，牙膏或去光水或漂白水或——」

「妳不准拿漂白水碰我的臉！」我爸低吼著。爺爺頂著剛長出來的海盜鬍鬚坐在角落咯咯笑。

我從他們身邊走過。

媽左手捧著爸的臉用力地擦，她轉過來，好像這時才注意到我。「小露！我都沒問——妳還好嗎，親愛的？妳去散步了嗎？」

大家都突然停下動作對我微笑，那微笑就是在說「小露，這裡都沒事。妳別擔心。」我恨透了那種微笑。

「很好。」

這是他們想要的答案。媽媽轉頭去看爸爸。「太棒了，是不是啊，柏納？」

「是啊，好消息。」

「親愛的，如果妳把白色衣服分開來，我晚點就丟進洗衣機和爸爸的一起洗。」

「其實，」我說，「不要麻煩了，我一直在想，我該回家了。」

大家都不說話，媽媽望著爸爸。爺爺又咯咯笑了一陣，用手捂著嘴。

「也好。」我爸表現出一個中年藍莓臉男子所具的莊重和權威。「露薏莎，妳要回去就回去吧，只不過有一個條件……」

04

「我的名字是娜塔莎，我先生三年前罹癌往生了。」

悶熱的週一夜晚，「繼續向前」悲傷團體輔導的成員在五旬節教會禮堂，用橘色辦公椅排成一個圈圈。馬克負責主持，他很高，留著大鬍子，他的存在散發出一種疲憊的鬱悶，有一張椅子空著。

「我是佛瑞德，我的妻子潔莉九月的時候走了，她七十四歲。」

「我是桑尼爾。我的雙胞胎哥哥兩年前死於白血病。」

「我是威廉，我爸走了，在六個月前。老實說有點可笑，因為他生前和我根本不親。我一直問自己我怎麼會在這裡？」

這裡有種悲傷的獨特氣味；聞起來像是潮濕、通風不良的教會禮堂和劣質茶包；聞起來像是廚餘和過期的香菸在冷天裡烘烤；聞起來像是濕答答的頭髮和腋窩；聞起來像是絕望深淵裡的一丁點勝利曙光。光是這個味道就足以告訴我：我不屬於這裡，不管我答應我爸什麼。

我覺得自己像個騙子，而且他們全都看起來好……傷心。

我不安地在椅子上晃來晃去，馬克發現我了。他給了我一抹微笑，要我放心。我們懂，那微笑的意思是，我們都經歷過。

我敢說你們絕對沒有，我在心裡頂嘴。

「對不起，對不起我遲到了。」門一開，送進一陣暖空氣，拖把頭青少年一屁股坐在那張椅子上，他彎起手臂和雙腿，好像他的四肢一直都太過修長。

「傑克，你上禮拜沒來。沒事吧？」

「對不起，我爸工作忙壞了，沒辦法送我來。」

「不要緊，你來了就好。自己拿點喝的東西。」

那男孩的雙眼從長瀏海下往外看，他環顧室內，當他的目光停留在我亮綠色的裙子上時稍微遲疑了一下。我拉拉腿上的包包想要遮掩，於是他別過頭。

「哈囉，親愛的，我是達芙妮。我先生自我了斷。我覺得應該不是因為我很囉唆！」那女人勉強的笑容透露出極大的痛苦。她拍拍仔細打理的髮型，又尷尬地低頭看著雙膝。「我們很幸福。原本很幸福。」

那男孩把手掌壓在大腿下。「我是傑克。我媽過世了，兩年前。我這一年都有來，因為我爸沒辦法面對，我需要找個人聊。」

「傑克，你爸爸這禮拜過得怎麼樣？」馬克問。

「不賴。我是說，他上星期五晚上帶了個女生回家，不過，呃，他後來沒有坐在沙發上哭，所以算是有進步。」

「傑克的爸爸有自己的方法來面對哀傷。」馬克對我說。

「做愛，」傑克說，「他多半靠做愛。」

「我希望這件事發生在我更年輕的時候，」佛瑞德沉思半晌，他穿了襯衫打了領帶，他就是那種覺得沒打領帶就等於半裸的人。「我覺得我會比較能面對潔莉的死亡。」

「我表妹在我阿姨的喪禮上把了一個男人，」坐在角落的女生好像叫做黎恩，我不記得了。她矮小圓胖，厚重的瀏海呈巧克力色。

「就在喪禮上？」

「她說他們領了三明治之後就去旅館，」她聳聳肩，「應該是情緒張力太強。」

我果然來錯地方，我現在看出來了。我偷偷摸摸地拿起自己的東西，不確定我應該向大家告別還是直接跑出去。

果不其然，馬克轉過來看我。

我兩眼空洞地盯著他。

他揚起眉毛。

「喔，我？其實，我正準備離開，我想我……我是說，我不覺得我——」

「哦，親愛的，每個人第一次來的時候都想走。」

「我第二次、第三次也都很想走。」

「我就知道是因為餅乾難吃，我一直跟馬克說我們應該要準備好吃一點的點心。」

「如果妳願意，直接說出來吧，別擔心。妳身邊都是朋友。」

他們都在等，我跑不掉。我頹然坐回去。「嗯，好，我的名字是露薏莎，我……我愛的人……三十五歲就死了。」

幾個人同情地點點頭。

「太年輕了。露薏莎，這是什麼時候的事？」

「二十個月前，又一週，又兩天。」

「我先生是三年，兩週又兩天。」娜塔莎從圓圈的另一頭對我微微笑。

有些人憐憫地低語了起來。達芙妮坐在我旁邊，這時伸出圓潤厚實的手掌拍拍我的腿。

「我們在這裡討論過，這麼年輕就離開讓人格外難受。」馬克說。「你們在一起多久？」

「呃，我們……這個……接近六個月。」

有幾個人藏不住驚訝的表情。

「那——很短暫。」有個聲音說。

「我相信露薏莎的傷痛一樣深刻。」馬克溫柔地說。

「露薏莎，他怎麼走的？」

「走去哪？」

「過世。」佛瑞德想幫忙。

「噢。他——呃——他自己結束了生命。」

「那一定讓人無法接受。」

「不盡然。我知道他原本就有規劃。」

原來，當滿屋子的人都以為他們完全理解失去摯愛是什麼感受，而妳讓他們曉得其實人外有人的時候會導入這種特殊的沉默。

我吸了一口氣。「在我認識他之前，他就知道他想這麼做了。我努力改變他的想法，卻改不成。所以我改為支持他，因為我愛他，當時這麼做好像很合理，但現在似乎看起來沒什麼道理。所以我才會出現在這裡。」

「死亡從來就沒有道理。」達芙妮說。

「除非你是佛教徒，」娜塔莎說，「我一直提醒自己佛教投胎的觀念，但我擔心歐勒夫投胎變成一隻老鼠怎麼辦，可能會被我毒死。」她嘆了一口氣。「我得減少老鼠藥的劑量。我們社區鼠害很嚴重。」

「妳永遠都沒辦法擺脫牠們，老鼠就像跳蚤一樣。」桑尼爾說。「你看到一隻，表示窩裡面有好幾百隻。」

「娜塔莎，親愛的，妳可能得三思，」達芙妮說，「我們周遭可能有好幾百個小歐勒夫跑來跑去。我的亞倫可能混在裡面。妳搞不好會把他們兩個都毒死。」

「這個嘛，」佛瑞德說，「如果是佛教徒，他會投胎成其他東西，是不是？」

「但如果是一隻蒼蠅，也被娜塔莎殺了呢？」

「我可不想投胎成蒼蠅。」威廉說，「噁心的黑色小東西，還有毛。」他哆嗦一陣。

「唉唷，我又不是連續殺人魔。」娜塔莎說，「妳講的好像我要大開殺戒，把每個轉世回魂的丈夫都幹掉。」

「好，那隻老鼠就算不是歐勒夫，也可能是別人的老公。」

「我覺得我們應該把話題導回來，」馬克揉揉太陽穴，「露薏莎，妳願意來說出妳的經歷真的很勇敢。妳何不多講講妳和——他叫什麼名字呢？——妳和他是怎麼認識的？這是一個信任圈。我們都答應過，絕對不會把妳說的話傳出去。」

這時候，我剛好迎上了傑克的眼神。他瞄了達芙妮一眼，再看著我，輕輕地搖搖頭。

「我工作的時候認識他，」我說，「他的名字是……比爾。」

儘管我答應了爸，但我壓根兒沒打算繼續參加「繼續向前」團體輔導的活動，只不過重返職場真的太辛苦了，工作結束之後我實在不想回去面對空蕩蕩的公寓。

「妳回來了！」卡莉把咖啡杯放在吧臺上，拿走商務人士的零錢，擁抱了我一下，同時把銅板都放到收銀機抽屜裡，動作流暢無比。「究竟發生了什麼事？提姆只跟我們說妳出了意外就離開了，我根本不知道妳會不會回來。」

「說來話長，」我瞪著她瞧，「呃……妳穿的是什麼？」

星期一上午九點，機場一片藍灰色，幾乎都是男性乘客，忙著替筆電充電、看手機、翻報紙，或低調地對著電話討論市佔率。卡莉看到櫃檯另一邊那個人的眼神。「對，嗯，妳離開之後這邊有點不一樣。」

我轉頭看到有個生意人站在酒吧的內側。我眨眨眼睛看了他一眼，把包包放下來。「嗯，請您稍等一下，我馬上為您——」

「妳一定就是露薏莎。」他握手的方式很親切但沒有溫度。「我是新的酒吧經理。理查．派西渥。」我端詳著他滑順的髮絲、他的西裝、淡藍色的襯衫，納悶著他實際上經營過哪一種酒吧？

「很高興認識你。」

「妳就是休假休了兩個月的那個員工。」

「嗯，對，我——」

他沿著酒櫥走，掃視每一瓶酒。「我只想讓妳知道，我不喜歡大家無止盡地一直請病假。」

我的頸子在衣領內稍微挺起。

「我只想把規則講清楚，露薏莎，我不是那種會睜一隻眼閉一隻眼的經理。我知道很多公司把員工休假當成一種員工福利，但我的公司可不是這樣。」

「相信我，我從來不覺得過去這九週是種福利。」

他檢查啤酒機正下方，沉思地用拇指擦一擦。

我吸了一口氣才開口。「我從樓頂摔下來。或許我可以給你看我手術後的疤痕，這樣你就可以放心我不太可能再做一次了。」

他瞪著我。「沒必要這麼酸，我不是說妳還會再發生什麼意外，不過通常病假天數是依照年資比例計算，妳才在這公司做沒多久就請這麼長的假實在罕見。我只是想把這點指出來。讓妳知道我們會注意。」

他的袖釦上刻了跑車。

「我明白了，派西渥先生。」我說，「我會儘量避免發生其他瀕死意外。」

「妳必須穿制服。給我五分鐘，我從儲藏室拿一套出來。妳穿什麼尺寸？十二？十四？」

我瞪著他。「十號。」

他揚起眉毛，我也揚起一邊眉毛。當他走去辦公室的時候，卡莉從咖啡機那邊靠過來，甜甜地朝他的方向笑。「豬頭，有夠豬頭。」她的聲音從嘴角發出來。

她說的沒錯，用我爸的話說：從我回來以後，理查．派西渥就好像一件難看的西裝讓人渾身不自在。他吹毛求疵，酒吧的每一個角落他都會徹底檢查有沒有原子大小的花生碎片；他不斷進出廁所要求衛生，而且還會盯著我們結帳，等到收銀機的紀錄和今天實際入帳的金額一毛不差才放我們走。

我再也沒時間和顧客聊天了，再也沒時間查班機時刻表，再也沒時間把客人忘記帶走的護照送回去，再也沒時間隔著大玻璃窗看飛機起飛。我甚至連被愛爾蘭風笛音樂惹毛的時間都沒有。如果有個顧客坐下來超過十秒鐘都還沒有人招呼，理查就會神奇地從辦公室走出來，大搖大擺地嘆著氣，然後不斷地高聲道歉，因為顧客真的等太久了。卡莉和我，通常忙著招呼其他顧客，這時就會偷偷地、輕蔑地、委屈地互覷一眼。

他每天花一半的時間和業務開會，其他的時間都在和總公司通電話，大談平均客單價和足球。他要我們每次顧客在點餐點酒的時候都順便促銷其他品項，如果我們忘記，他就會把我們叫到旁邊唸一頓。這已經夠糟了。

還不包括制服。

我才要換好衣服，卡莉就走進女生廁所，站在我旁邊，面對著鏡子。「我們看起來好像兩個白癡。」她說。

可能某個位處企業高層的天才不喜歡深色裙子配白色襯衫，而且覺得道地的愛爾蘭服飾可以讓「酢漿草與幸運草」連鎖酒吧的業績更好。這個人對道地的愛爾蘭服飾還很講究，他可能相信此時此刻整個都柏林的職場女性和收銀小姐都穿著格子粗呢大衣、及膝長襪和蕾絲舞鞋，全身閃著綠光在踮起腳尖旋轉。喔，還有一頭長鬈假髮。

「天啊，如果我男朋友看到我穿這樣一定會把我甩了。」卡莉點了一根香菸，爬到水槽上面以免天花板的煙霧偵測警鈴大響。「話說回來，他可能會先把我給做了，那個變態。」

「男生要穿什麼？」我拉拉短裙側邊，緊張地看著卡莉的打火機，不知道我會不會燒起來。

「妳看外頭。只有理查。他得穿那件有綠色商標的襯衫，好可憐。」

「就這樣？沒有精靈舞鞋？沒有小妖精的帽子？」

「驚訝吧。只有我們女生才要穿得像是要演色情片的妖精。」

「我戴這頂假髮看起來好像桃莉·芭頓[1]在《年輕歲月》這張專輯封面的樣子。」

「拿紅色的，我們真幸運，還有三種顏色可以選。」

我們聽到理查在外頭喊著。

1. Dolly Parton，是一位美國歌手、詞曲作者、作家和慈善家。她以獨特的女高音、粗俗的幽默、華麗的服飾和風騷的身姿而聞名。

我一聽到他的聲音胃就開始糾結。

「總之，我不想幹了。我要跳著踢踏舞離開，一路跳向下一份工作。」卡莉說。「他可以把他媽的酢漿草插進他那個小小的屁眼裡。」她酸溜溜地跳下來，離開了女廁所。我接下來整天都因為靜電一直被電到。

「繼續向前」的聚會九點半結束。我走進潮濕悶熱的夏季夜晚，白天輪值兩班再加上晚上的聚會讓我精疲力竭。我脫下外套，實在太熱了，驀然覺得我在一屋子陌生人面前赤裸坦誠和穿著偽愛爾蘭舞衣其實沒有太大的差別。

我沒辦法開口談威爾的事——沒辦法像他們一樣，好像他們深愛的人還是他們生命的一部份，或許就在隔壁房間。

—噢，對，我的潔莉以前也常這樣。

—我沒辦法刪掉我哥哥的語音訊息。我只要覺得快要忘記他的聲音時就會聽一聽。

—有時候我會聽見他在隔壁。

我連威爾的名字都說不出來。聽他們說起和家人的關係，說起長達三十年的婚姻，說起他們共有的房子、生活、孩子，我覺得我好像詐騙份子。我當一個人的看護當了六個月，我愛上他了，我看著他結束自己的生命。這些陌生人怎麼可能了解威爾和我在那段時間裡對彼此的意義？我要怎麼解釋我們很快就能明白對方的意思、我們才懂的小笑話、血淋淋的真相和赤裸的祕密？我要怎麼描述那短短的幾個月已經徹底改變了我對一切的感受？他如此全面地顛覆了我的世界，當他消失以後，我的世界再也沒有道理。

話說回來，一直重新檢視你的悲傷有什麼用？就好像一直揭傷疤不復原。我知道我經歷了什麼，我知道我的角色，一直回溯有什麼用？

我下禮拜不會來了，我現在很清楚。我會找個理由說服爸。

我慢慢地走過停車場，在包包裡翻找我的鑰匙，跟自己說至少今晚我沒有獨自坐在電視前，等著明天上班前的十二個小時慢慢虛度。

傑克從我旁邊的階梯跳下來。

「他的名字不是比爾，對吧？」

「不是。」

「達芙妮是單人廣播電臺，她沒惡意，但她社交圈裡的每個人可能都會知道妳的個人故事，而妳甚至還來不及講她老公投胎成老鼠的事情。」

「謝謝你提醒。」

他咧著嘴朝我笑，然後對我的金銀蔥織紗短裙點點頭。「對了，織得很細，很適合穿來悲傷輔導。」他稍停一下綁鞋帶。

我也停下來，遲疑了一下後說，「我很遺憾你媽媽離開了。」

他憂鬱陰沉地說，「妳不可以講這個。就像監獄一樣——妳不可以問其他囚犯為什麼入獄。」

「真的？喔，對不起，我不——」

「騙妳的。下週見了。」

有個男人靠在重型機車上，舉起手打招呼。

傑克穿越停車場的時候，那人往前走了過來，熊抱起他，親親他的臉頰。我停下腳步凝望，主要是因為我很難得見到大男人這樣在公開場合抱兒子，尤其他已經不是要包尿布的年紀了。

「聚會怎麼樣？」

「還行，和平常一樣，」傑克指著我，「喔，這是……露薏莎，新來的。」

那人瞇起眼睛看著我。他高挑修長，雙肩寬闊。鼻子可能之前斷過，讓人覺得他以前也許是拳擊手。

我禮貌地點點頭，「很高興認識你，傑克。再見了。」我舉起手，準備朝我的車走去。但我經過那人身邊時，他仍繼續盯著我，我覺得自己被他熾熱的眼神看得滿臉通紅。「妳就是那個女孩。」他說。

噢，不，我的思緒突然變慢了。不要連在這裡都會被認出來。

我低頭看地面看了一會兒後深呼吸，然後面對他們兩人。「好，就像我在聚會的時候講得很清楚，我朋友做了自己的決定。我所做的就是支持他。老實說，我真的不想在這裡講這件事，而且還是對著完全陌生的人。」

傑克的爸爸繼續瞇著眼睛看我，他扶著額頭。

「我知道不是每個人都能懂，但事情就是這樣。我不覺得我需要為我的選擇爭辯。我真的很累了，今天很辛苦，我想我現在就要回家了。」

他歪著頭，然後說「我完全不知道妳在講什麼。」

我蹙眉。

「跛腳，我注意到妳跛著腳，妳住在那個大型建築附近，對不對？妳就是從屋頂跌下來的那個女生，在三月還四月吧？」

我立刻記得他了。「喔——你是——」

「醫護人員。是我們把妳抬起來的。我還在想妳後來怎麼了。」

我心頭一鬆，任眼神遊走於他的臉龐、他的髮絲、他的手臂，霎時間像科學家一般仔仔細細地回想起他令人安心的姿態；救護車的警笛聲，還有淡淡的檸檬味。我吁了一口氣。「我很好，嗯，也不能說好，屁股摔裂了，還有我的新老闆是個王八蛋，而且——你知道——我在潮濕悶熱的教會禮堂裡參加悲傷輔導，我身邊的人真的真的……」

「很悲傷。」傑克幫我把句子說完。

「妳的臀部會逐漸康復，絕對不會阻礙妳的舞蹈生涯。」

我的笑聲聽起來像喇叭聲。

「噢，不。這是……這套服裝和我王八蛋老闆有關，我平常不會穿這樣。總之，謝謝你。哇……」我的手撐著頭。「這感覺好奇妙，你救了我一命。」

「見到妳真好，我們通常都不知道病患後來怎麼了。」

「你做得很好。這……嗯，你真的很善良。我一直惦記著。」

「德納達[2]。」

我直勾勾地看著他。

「德納達，西班牙文，不客氣的意思，我沒做什麼。」

「喔好，那，我都收回來。謝謝你什麼都沒做。」

他微微笑，舉起像船槳一樣大的手。

在那之後，我不知道我為什麼這麼做。「嘿。」

他回頭看我。「其實，我的名字是山姆。」

「山姆。我沒跳樓。」

「好。」

「不，真的。我是說，我知道你剛剛看到我從悲傷團體輔導走出來，還有這一切，但是——嗯，我只是——我不會跳樓。」

他看了我一眼，那眼神好像在說他什麼都見過、都聽過。「那就好。」

我們互相凝視了一分鐘，然後他又舉起手。「露薏莎，很高興見到妳。」

他戴上安全帽，傑克爬上後座。我發覺自己一直目送他們離開，因為我一直看個不停，我注意到傑克戴上安全帽的時候誇張地翻了白眼，然後我想起他在聚會時說的話。

像罹患強迫症那樣一直做愛。

2. De nada，西班牙文的「不客氣」。

「白痴。」我對自己說，然後又一跛一跛地走在柏油路上，我的車在燠熱的夜晚裡靜靜地沸騰著。

05

我住在倫敦市區的邊緣。如果我沒記錯的話，馬路對面就是一棟龐大的辦公大樓，周圍有很多工寮，上頭寫著：法星格爾——倫敦市區的起點。我們存在的位置就是亮晶晶的玻璃帷幕大樓想要吃掉的舊建築物，但這裡骯髒老舊的咖哩餐廳、二十四小時雜貨行、脫衣舞酒吧、計程車派遣中心都拒絕退讓。我的公寓就座落在這些建築難民中間，管線外露像倉庫一樣的建築物盯著玻璃與鋼鐵不斷在天際線廝殺，好奇著這些建築物能撐多久，或許只有時髦的果汁吧或快閃店才能帶來救贖。我只認識便利商店的薩米爾和貝果烘焙坊的太太，她一見到我就會露出微笑，但她好像不會講英文。

最主要是這種隱姓埋名的生活很適合我。畢竟，我來這裡就是為了逃離我的過去，不想察覺到每個人都知道我的每件事。而這座城市開始改變我了，我逐漸瞭解這個小角落、它的律動和它的危險之處。我學到，如果你在公車站給過醉漢零錢，他接下來八個禮拜都會坐在你家門外；如果我晚上要經過廣場，最好手裡捏著鑰匙；如果我深夜要出門買酒，最好不要多看串燒店門口的年輕人兩眼。警方直升機在空中盤旋的哄哄聲已經不會打擾我了。我可以活下來。而且，我比別人更清楚，生命中還可能有更糟的事。

「嘿。」

「嘿，小露，又睡不著啦？」

「這裡才剛過十點。」

「那，怎麼啦？」納森之前是威爾的復健師，他九個月前去紐約幫一位中年總裁工作，他在華爾街享負盛名，他家在紐約市中心，有四層樓而且屋況極好。我過了午夜之後如果失眠就會打給他，已經變成習慣了。知道有人可以懂我，黑夜之中有人在外頭陪伴著，這感覺很好，儘管有時候他的消息經常帶來小小的打擊——大家都已經拋下過去往前邁進了。每個人都完成了什麼。

「大蘋果[3]怎麼樣？」

「還不賴？」他慢聲慢氣地說話反倒讓每個答案聽起來都像問句。

我躺在沙發上，把腳抬到扶手上。「好，你實在沒講太多。」

「好，行，我加薪了，那蠻酷的，我訂了一張機票，幾週之後回家看長輩，所以那也不錯。他們樂歪了，因為我姊生了個小孩。哦，我還在第六大道的酒吧裡遇見一個身材很好的妞兒，我們很聊得來，所以我就約她出去，但我跟她介紹完我的工作以後她就說抱歉她只和上班穿西裝的男人約會。」他哈哈大笑。

我發覺自己嘴角勾了起來。「手術袍不算嗎？」

「顯然不算，雖然她說如果我是真正的醫生，她或許會改變心意。」他又笑了。納森向來淡定。「沒關係，那樣的女生很挑，如果你沒帶她們到好餐廳或沒打點好細節她們就會有意

3. Big Apple，紐約的暱稱。

見，早點知道也好，是吧？那妳呢？」

我聳聳肩。「還撐得過去，算是吧。」

「妳還穿著他的衣服睡覺嗎？」

「沒有了，那衣服已經沒有他的味道了。而且，老實說，那衣服開始有點難聞。我後來拿去洗，用絹紙包起來。但我心情不好的時候會拿出他的毛衣。」

「有備案總是比較好。」

「哦，還有我開始參加團體輔導了。」

「怎麼樣？」

「爛透了，我覺得自己像是個騙子。」

納森等我說下去，我調調枕頭的位置。「納森，這一切是我的想像嗎？有時候我覺得我好像在腦子裡把我和威爾之間的感情放大了很多，就是，我怎麼可能在這麼短的時間裡那麼愛一個人？我只要想到我們兩個——我記得的感受都是真的嗎？我們愈往前進，我愈是覺得那六個月好像只是一場奇怪的……夢。」

納森遲疑了一下下才回說，「夥伴，那不是妳的想像。」

我揉揉雙眼。「只有我這樣嗎？還那麼想他？」

又一陣短暫的沉默。「不。他是個好人，最好的。」這是我喜歡納森的原因之一，他不介意電話裡漫長的空白。

我終於坐起身，擤鼻子。「總之，我覺得我應該不會回去團體輔導了，我覺得那不適合我。

「試試看，小露，妳不能只參加一次就下定論。」

「你聽起來好像我爸。」

「嗯，他講的話一直都蠻有道理的啊。」

門鈴突然響了，讓我嚇了一跳。從來沒有人按過我家門鈴，除了十二號的內利絲太太，有一次郵差不小心搞混了我們的信件。但我覺得這麼晚了不會是她，我很確定沒有人要寄時尚插畫雜誌給我。

門鈴又響了，第三次，尖銳又堅持。

「我得掛了，有人在門口。」

「打起精神，夥伴，妳會沒事的。」

我把電話放下來，戒慎恐懼地站起來。我沒有朋友住這附近，我也不知道搬到新環境之後卻大部分的時間都在工作要怎麼交新朋友？如果我爸媽決定要介入我的生活，帶我回斯坦福堡，他們一定會趁尖峰時段過來，因為他們兩個人都不喜歡開夜車。

我等了一下，不曉得那個人會不會發覺自己搞錯了就直接離開，但門鈴又響了，不但刺耳還不肯罷休，好像那個人的手指就壓在門鈴上。

我走到門邊。「哪位？」

「我得和妳談一談。」是個女孩的聲音。我從門上小洞往外瞄。她低頭看著雙腳，所以我只能看到她的栗子色長髮，穿著一件過大的飛行夾克。她微微左搖右擺，揉了揉鼻子。喝醉了嗎？

「我想妳搞錯門牌號碼了。」

「你是露薏莎·克拉克嗎？」

我暫停了一下。「妳怎麼知道我的名字？」

「我得和妳談一談。妳可以開門嗎？」

「現在接近十點半了。」

「對，所以我不想站在外面走廊上。」

我已經大了，我知道不可以替陌生人開門。在倫敦的這個角落，有些毒蟲就會隨便按人門鈴想要討點現金，這種事情也不少。但這女孩口齒清晰，年紀又小，她太年輕了，不像是八卦記者，想要來知道年輕英俊又意氣風發的企業家怎麼會想要結束自己的生命。但她這麼年輕，這時間也不應該在外面吧？我轉動著頭部，想看看走廊上還有沒有其他人。好像空的。「要談什麼事？」

「不要在這裡講，不行。」

我打開門，但安全鎖鏈沒解開，這個縫只能讓我們對上眼。「妳得多給我一些訊息。」

她看起來絕對不超過十六歲，臉頰還有小朋友的嬰兒肥。她頭髮很長很光滑、修長纖細的雙腿穿著緊身黑色牛仔褲、細眼線、五官很標緻。「那……妳剛剛說妳叫什麼名字？」我問。

「莉莉。莉莉·霍頓-米勒。聽我說，」她揚起下巴約幾公分高，「我得和妳討論我爸的事情。」

「恐怕妳找錯人了，我不認識任何姓霍頓－米勒的人。妳大概把我和另一個同名同姓，叫露薏莎・克拉克的人給搞混了。」

我打算關上門，但她把鞋尖卡在門縫裡。我低頭看了一下，然後慢慢地抬頭看她。

「我沒有跟著他的姓，」她的口氣好像是覺得我很智障，當她說話的時候她雙眼很堅定，好像在尋找什麼訊息。「我爸的名字是威爾・崔諾。」

莉莉・霍頓－米勒站在我的客廳中間，用一種不感興趣的表情打量著我，好像科學家在端詳著新品種的無脊椎動物一樣。「哇，妳穿的那是什麼衣服啊？」

「我——我在一間愛爾蘭酒吧上班。」

「跳鋼管？」她顯然對我失去了興趣，慢慢地轉身環顧這個空間。「妳真的住在這裡嗎？妳的家具呢？」

「我才剛搬進來。」

「一張沙發、一臺電視、兩箱書？」她朝我坐的那張椅子點點頭，我的呼吸還很不順，想要搞清楚她剛剛告訴我的事情。

我站起來。「我得去喝點東西，妳要什麼嗎？」

「有酒嗎？沒有的話就給我可樂。」

「妳幾歲？」

「幹嘛問？」

「我不懂……」我走到廚房流理臺後面。「威爾沒有小孩。有的話我一定知道。」我對著她皺起眉頭，突然間覺得事有蹊蹺。「這是在開玩笑嗎？」

「開玩笑？」

「威爾和我……什麼都聊，他一定會告訴我的。」

「對，嗯，顯然他是沒告訴妳。我得跟一個不會一聽到他名字就大驚小怪的人談一談，我家裡的人只要聽到他的名字就抓狂。」

她拿起我媽寄來的卡片又放下。「我不會說這是在開玩笑，我是說，嗯，我親生父親是個坐在輪椅上的可憐蟲，這有什麼好笑的？」

我遞了一杯水給她。「但……妳的家人是誰？我是說，妳媽媽是誰？」

「妳有沒有菸？」她開始在客廳裡來回踱步，東摸西摸，把我僅有的幾樣東西拿起來看看又放下。當我搖了搖頭，她就說，「我媽叫做譚雅。譚雅．米勒。她嫁給我繼父，他叫做法蘭西斯．屎臉．霍頓。」

「名字取得好。」

她放下水杯，從她的飛行夾克裡拿出一包菸，點了一枝。我本來想告訴她不可以在我家抽菸，但我太震驚了，所以我只能走到牆邊去開窗。

我無法將目光從他身上挪開。我或許可以看到一點威爾的影子，在她湛藍色的眼睛裡、在那略帶焦糖色的肌膚裡。她每次開口說話的時候都會稍微傾斜著下巴，她直勾勾地看著人的時候都不眨眼。還是我只看到我想看到的？她從窗子往外看著下方的街道。

「莉莉，我們討論之前我得先——」

「我知道他死了。」她急急地吸了一大口，然後在客廳中間吐菸圈。「我是說，我就是這樣才發現的。電視上有個紀錄片在講安樂死，他們提到他的名字，我媽沒來由地整個抓狂，衝進浴室裡，屎臉男跟著她進去，我當然就在外面聽。她超驚嚇，因為她不知道後來他都坐著輪椅。我聽到了完整的對話。我是說，我不是不知道屎臉男不是我親生父親。只是我媽以前只會說我親生父親是個大混蛋，他根本不想認識我。」

「威爾不是大混蛋。」

她聳聳肩。「他聽起來是啊，反正，總之，我想要問她問題，然後她就會開始崩潰，然後說關於他的一切，我該知道的都知道了，然後說屎臉法蘭西斯是個好爸爸，威爾・崔諾絕對不會對我那麼好，所以我應該放下這一切。」

我小口小口喝著水，我從來沒這麼想喝酒。「然後呢？」

她又吸了一口菸。「我上網查他的資料，不然呢？然後我就找到妳了。」

我得一個人靜一靜，消化她剛剛告訴我的事情。這太無法承受了。這個難搞的小女生在我的客廳裡走來走去，擾動著空氣，我不知道該拿她怎麼辦。

「所以他都完全沒有提到我嗎？」

我盯著她的鞋子：芭蕾舞平底鞋，磨損地很嚴重，好像在倫敦街頭跋涉了太久。我覺得天旋地轉。「莉莉，妳幾歲？」

「十六。那我看起來像他嗎？我在網路上找到一張圖，但我想或許妳有他的照片。」他環顧著客廳。「妳的照片都收在盒子裡嗎？」

她看著我放在角落的紙箱，我不確定她會不會真的過去打開來東翻西找。我很確定她即將打開的那一箱裡面有威爾的毛衣，忽然間我驚慌了起來。「嗯。莉莉。這一切……對我來說太突然了，如果妳真的是妳說的那個人，那我們——我們有很多事情要討論。但現在快十一點了，我覺得現在不適合開始討論。妳住在哪裡？」

「聖約翰伍德。」

「好。呃，妳爸媽應該在擔心妳的去向。不然我給妳我的電話，然後我們——」

「我不能回家。」她面對著窗戶，手指熟練地彈菸灰。「嚴格來說，我根本不應該在這裡，我應該在學校。我念寄宿學校，如果他們發現我不在學校一定會抓狂。」她抽出手機，然後好像突然想到了什麼，在她看到螢幕的時候突然臉色很難看，就把手機收回口袋裡。

「嗯，我……我不確定我還能做什麼——」

「我在想或許我可以住這裡？今晚就好？然後妳可以多告訴我一點他的事？」

「住這裡？不，不。不好意思，不行。我不認識妳。」

「但妳認識我爸啊，妳剛剛是不是說他完全不知道我的事？」

「妳得回家去。聽我說，我們來打電話給妳爸媽，他們可以過來接妳。我們先這樣然後我——」

她瞪著我。「我以為妳會幫我。」

「我會幫妳，莉莉。但不是用這方法——」

「妳不相信我，對不對？」

「我根本不知道要相信什麼——」

「妳不想幫我，妳什麼都不想做。妳到底說了什麼關於我爸的事情？什麼都沒有。妳到底幫了什麼？都沒有。真是多謝了。」

「等等！這不公平——我們才——」

但那女孩把菸蒂往窗外一扔，就從我身邊走過。

「什麼？妳要去哪裡？」

「哦，妳管得著嗎？」她說，然後在我還來不及多說什麼，她就重重甩上門離開了。

我僵坐在沙發上，努力消化著這一小時發生的事，莉莉的聲音還迴盪在耳中。我有沒有聽錯？我一遍又一遍地回想著她告訴我的事情，儘管耳中嗡嗡響，我努力地回想著她說的話。

我爸爸是威爾．崔諾。

一定是莉莉的媽媽說威爾不想和她有任何牽連。但他一定曾經對我提過吧？我們對彼此沒有任何祕密，我們難道不是無所不談嗎？我懷疑了一下：威爾難道沒有我想的那麼誠實？他難道具備了從意識中完全掃除親生女兒的能力？

我的想法一個接著一個地不斷繞圈圈。我抓起我的筆記型電腦，盤腿坐在沙發上，搜尋「莉莉．霍頓．米勒」，沒有任何搜尋結果，我又嘗試了幾種不同的拼法，最後搜尋「莉莉．霍頓－米勒」找到了什羅浦郡提爾頓中學曲棍球隊的照片。我點下照片放大，看到她了，所有曲棍球員都興高采烈，只有她面無表情。「……莉莉．霍頓－米勒的防守相當勇敢，儘管不甚成功。」那是兩年前的照片。寄宿學校。她確實說過她這時候應該在寄宿學校裡，但這不代表她和威爾有關係，或她媽媽在解釋血緣的時候的確吐實了。

我又搜尋「霍頓－米勒」，結果找到了法蘭西斯與譚雅．霍頓－米勒參加薩福伊銀行晚宴時的照片日誌，還有一筆預約紀錄，是前一年他們在聖約翰伍德那裡要去參觀酒窖。

我往後一坐，想了一下，然後搜尋「譚雅．米勒」與「威廉．崔諾」，沒有結果。我又試了一次，這次輸入的是「威爾．崔諾」結果我看到杜倫大學校友會粉絲頁下面的討論，有幾個女生的留言，她們的名字裡都有「拉」——愛絲特拉、芬妮拉、雅拉貝拉——她們在討論威爾的死訊。

我聽到新聞的時候完全不敢相信。竟然是他！威爾，願你安息。

沒人可以安穩過一生。妳們知道羅利．艾波頓往生了嗎？他在特克斯和凱科斯群島出了快艇意外。

他是不是和我們一起上地理課，紅頭髮的？

不是，是哲學課。

我很確定我在新生舞會的時候和羅利接過吻，超級大舌頭。

我不是在開玩笑，芬妮拉，但妳品味真差。那可憐的人已經往生了。

威爾・崔諾是不是大四那年都和譚雅・米勒交往啊？

我不知道為什麼我提起可能親過一個已經往生的人這樣就是沒品味。

我不是說妳要重寫歷史。只是他太太可能也會看到，她應該不想從臉書上知道她愛的人曾經把舌頭塞到某個女生嘴裡。

我相信她知道他的舌頭很大，我是說，她都嫁給他了。

羅利．艾波頓結婚了？

譚雅嫁給一個銀行家。這裡有連結。我大學的時候一直以為她和威爾最後會結婚，他們好登對。

我點開連結，看到一張照片，金髮紙片人頭上梳了個精緻慵懶的髮髻，她笑容滿面地站在戶政事務所門口的階梯上，身旁有個年紀稍長、髮色很深的男子。不遠處，在照片的角落，有個小女孩穿著白色薄紗洋裝，一臉不爽。看起來就像我剛剛見過的莉莉．霍頓－米勒。但這是七年前的照片，事實上這可能是任何棕髮臭臉小花童的照片。

我又把她們的留言看了一遍，闔上筆記型電腦。我應該怎麼做？如果她真的是威爾的女兒，我應該打給學校嗎？我很確定校規不會讓陌生人輕易接觸青少女。

如果這其實是精心布置的騙局呢？威爾留下不少遺產，現實社會裡真的有些人會設下繁複的騙局要從死者家屬身上撈錢。我爸的朋友恰奇死於心臟病的時候，就有十七個人出現在守靈儀式跟他太太說他欠他們賭金。

我得搞清楚，我想。如果我弄錯，那生活中會有太多苦痛和波折。

但當我上床入睡的時候，我一直聽到莉莉的聲音迴盪在安靜的公寓裡。

威爾．崔諾是我爸爸。

06

「對不起，我的鬧鐘沒響。」我匆匆經過理查身邊，掛起外套，把金銀蔥織紗短裙拉到大腿上。

「遲到了四十五分鐘，不可接受。」

現在是上午八點半。我注意到，酒吧裡只有我們兩個人。

卡莉已經離職了：她甚至懶得當面向理查辭職。她只傳了一則簡訊給他，說她這個禮拜的工作結束後會把他媽的難看制服留下來，說公司還欠他媽的兩週的假，那就和辭職得他媽的提早兩週前通知打平了。

他勃然大怒地說，「如果她翻過員工手冊的話，就知道這兩件事情根本不能打平。規則寫得明明白白，就在第三節，如果她肯翻一翻的話。而且他媽的這種粗言穢語根本沒必要。」

他現在非得找個人補職缺，這表示在他找到新員工之前，這裡只有我，和理查。

「我很抱歉。我家……有事。」

我七點半的時候醒過來，幾分鐘內還想不起我究竟在哪一個國家，也記不得自己的名字，我躺在床上動彈不得，零碎地回想前一晚發生的事。

「好員工不會把家務事帶來職場。」理查吟誦著。他手持記事本把我推開。我看著他離開，不知道他有沒有家庭生活？他好像從來沒花時間在家。

「對，嗯。好主管不會讓員工穿著連大嬸都嫌俗氣的制服。」我嘟囔著，同時在收銀機裡輸入員工代號，一手騰出來拉拉裙擺。

他迅速轉過身，走到吧臺對面。「妳剛剛說什麼？」

「沒有啊。」

「有，妳剛剛有說話。」

「我說我以後會記得，非常謝謝你提醒我。」

我甜甜地對他笑。

他以對峙的眼神瞋著我，那時間長到我們兩人都不自在了。最後他說，「清潔工又請病假了，妳先去打掃男廁再來弄吧臺。」

他持續著原本的目光，心想我絕對不會回嘴。我提醒自己現在需要這一份工作，於是吞下這口氣。「好。」

「喔，第三間廁所蠻亂的。」

「那真是太好了！」我說。

他踏著晶亮的皮鞋轉身走回辦公室。我在心中默默展開巫毒弓箭朝他後腦杓射過去。

「這禮拜『繼續向前』的討論主題是愧疚感——未亡人的愧疚感，我們會怪自己做得不夠多……有時候是這股愧疚感讓我們繼續向前。」

馬克停頓了一下，讓我們把餅乾桶傳來傳去，然後在塑膠椅子上稍向前傾，他的雙手合掌在前。有些人小聲地抱怨這次沒有波本奶油口味，但他當做沒聽見。

「我以前對潔莉很不耐煩，」佛瑞德打破沉默，「我是說，她痴呆的時候，她會直接把髒盤子收進碗櫥裡，我過好幾天才發現……我覺得這很丟臉，但我對她咆哮過好幾次，」他擦擦眼眶，「她原本是萬能主婦，這才是最糟糕的地方。」

「佛瑞德，你和潔莉的老人癡呆症共存了好長一段時間，如果你都不發脾氣那就是超人了。」

「髒碗盤一定會把我逼瘋，」達芙妮說，「我想我可能在咆哮的時候會說出很可怕的氣話。」

「但那不是她的錯啊，對不對？」佛瑞德挺直腰桿，「我經常想起那些碗盤，我希望我能回到過去，我會一聲不吭就把碗盤給洗乾淨了。我會好好抱她一下。」

「我發現自己會對地鐵裡的男生產生幻想，」娜塔莎說，「有時候當我搭手扶梯的時候，我會隨意地對另一個來向的人放電。我還沒走到月臺，腦子裡就已經幻想出了我們的感情。就是，他感受到我們之間有股魔力，所以衝下手扶梯來追我，我們就站在人群之中，凝望著對方，任人潮洶湧，接下來我們會去喝杯酒，再來就是——」

「聽起來好像李察·寇蒂斯的電影，就是《真愛每一天》、《愛是你，愛是我》那種。」威廉說。

「《書店老闆遇到愛》。」達芙妮說。

大家討論暫停了一下。「達芙妮，我想那部電影是《新娘百分百》。」馬克說。

「我喜歡達芙妮的電影名稱。怎麼？」威廉哼了一聲，「我們現在不可以笑嗎？」

「後來，在我腦海裡，我們結婚了，」娜塔莎繼續著，「然後當我們站在教堂祭壇前，我心想，我在幹嘛？歐勒夫三年前才往生，我已經在幻想著和其他男人相處了。」

馬克往後一倒。「妳不覺得，獨身三年之後這麼想很正常嗎？期待對下一段感情？」

「但如果我真的愛歐勒夫，我當然不會想和別人在一起。」

「現在又不是封建時代，」威廉說，「妳不必守著貞節牌坊。」

「如果死的是我，我可不希望歐勒夫愛上其他人。」

「妳又不知道，」威廉說，「妳都死了。」

「露薏莎，妳呢？」馬克發現我很安靜，「妳曾經受愧疚感所苦嗎？」

「可不可以——換別人講？」

「我是天主教徒，」達芙妮說，「每件事情都會讓我很愧疚，就像修女一樣，妳知道。」

「露薏莎，為什麼妳覺得這話題很難參與？」

我啜了一口咖啡，覺得每個人的眼神都落在我身上。拜託，我對自己說，然後吞了一口口水，「我沒辦法阻止他，」我說，「有時候我覺得如果我聰明一點，或者……用不同的方式……或更——我不知道，為他多做一點。」

「比爾的死讓妳有愧疚感，因為妳覺得妳原本可以阻止他？」

我拉拉衣服上的線頭，每當我這樣做時，腦中的千絲萬結彷彿就會鬆開。「還有，我答應他我會活得充實精采，但我現在的生活並不充實精采。還有，他留給我的錢讓我買了一間公寓，我妹妹大概永遠都買不起這樣的房子，這也讓我很愧疚。還有，我雖然買下來卻沒真正住進去，因為那房子沒有屬於自己的感覺，如果我要裝潢布置的話感覺又不對，因為我心中覺得威——比爾已經死了，我之所以擁有這間公寓都是因為他的遺產，都是因為他已經死了。」

大家沉默了一會兒。

「妳不應該為了房子的事情愧疚。」達芙妮說。

「我希望有人留了一間房子給我。」桑尼爾說。

「但其實這是童話故事般的結局，不是嗎？男主角死了，每個人都有收穫，每個人都繼續生活，從他的結束中創造驚奇。」我不假思索，「結論是我什麼都沒做，我搞砸了每一件事。」

「我爸每次搞上不是我媽的女人就一直哭。」傑克脫口而出，雙手絞在一起。他的眼神穿透瀏海。「他發揮魅力讓女人願意和他上床，但結束之後他又很傷心，好像只要他覺得很愧疚就沒事。」

「你覺得他用愧疚感來當拐杖。」

「我只是覺得你要嘛跟人上床，然後覺得可以做愛很爽——」

「我要是有人可以做愛才不會愧疚。」佛瑞德說。

「——要不然就是把女生都當做值得尊重的人，確保自己不會因此而愧疚。否則就不要和任何人上床、珍惜與媽的回憶，直到你真的可以前進。」

他的話擲地有聲，下顎緊繃。此刻，我們已經很習慣大家的表情突然繃緊，一群人不說話代表著我們別開眼神，不讓眼淚掉下來。

馬克的聲音很溫柔。「傑克，你和爸爸談過你的感受嗎？」

「我們不談媽的事。你知道，只要我們不提起她，他就很好。」

「這對你來說負擔很沉重。」

「是啦，嗯……所以我才會在這裡啊，不是嗎？」

大家又安靜了一下。

「吃塊餅乾吧，傑克，親愛的。」達芙妮說，我們又把餅乾桶傳回來，看到傑克終於拿起一片餅乾的時候，大家又模模糊糊地感覺到心安，沒人知道緣由。

我一直想起莉莉。我幾乎沒在聽桑尼爾說他在超級市場烘焙區啜泣的事，當佛瑞德提到他拿一堆氣球獨自慶祝潔莉的生日時，我也才勉強露出憐憫的表情。雖然過了幾天，莉莉的事情好像一場夢，生動卻超越現實。

威爾怎麼可能有女兒？

「妳看起來很開心。」

我走過教堂停車場時見到傑克的爸爸倚在機車上。

我在他面前停下腳步。「這是悲傷輔導的活動。我總不能直接踩著舞步離開。」

「也是。」

「不是你想的那樣，我是說，不是我啦，」我說，「是……和一個青少年有關。」

他的頭略往後仰，瞄向我身後的傑克。「喔，對，那，我完全可以理解。妳看起來很年輕，不像是小孩都已經到了青少年的年紀，希望妳不介意我這麼說。」

「喔，不，不是我的！這件事……很複雜。」

「我很願意分享爸爸經，但我其實根本不懂。」他往前走一步，把傑克抱個滿懷，這孩子悶悶不樂地忍下來了。「年輕人，你沒事吧？」

「我很好。」

「那很好。」山姆側眼看了我一下說，「妳看吧，青少年對每件事情的反應都一樣。戰爭、饑荒、樂透，他們的反應都是『很好』。」

「你不必來接我。我要去茱兒那裡。」

「要搭便車嗎？」

「她就住在那邊，就那個轉角，」傑克一指，「我想我自己過去沒問題的。」

山姆的表情還是很淡定。「那，要不然你以後傳個簡訊給我好了？省得我來這裡等？」

傑克聳聳肩就離開了，背包掛在肩上。我們安靜地目送他遠去。

「傑克，晚點見，好嗎？」

傑克舉起手，連頭都沒回。

「好，」我說，「現在我覺得好一點點了。」

山姆用最小的幅度搖搖頭。他看著兒子離開，好像，就算是現在，他也無法承受失去他。

「有時候，他的感受格外深刻。」然後他轉過來看著我，「露薏莎，妳想去喝杯咖啡或什麼嗎？這樣我就不會覺得自己是世界上最失敗的人了？妳的名字是露薏莎，沒錯吧？」

我想起傑克那天晚上說的話。上禮拜五，我爸帶了一個神經兮兮的金髮妞回家，她叫做梅格，對他超痴迷的。他去洗澡的時候，她一直問我他有沒有提起過她。

性愛強迫症患者。不過他人很好，而且在救護車上，他還救了我一命，如果不去喝咖啡，我就是在家裡一直好奇著莉莉．霍頓－米勒的腦子到底出了什麼事。「只要不聊青少年就可以。」

「可以聊妳的服裝嗎？」

我低頭看著我的綠色裙子和愛爾蘭舞鞋。「絕對不行。」

「值得一試囉。」他說完便跨上重型機車。

我們挑了一間離我家不遠的酒吧，幾乎沒有客人，我們就坐在外面。他喝黑咖啡，我喝果汁。

既然我不在停車場閃避來往的車輛或躺在醫院擔架上給五花大綁，我就可以偷偷觀察他了。他的鼻樑很高，當他的眼睛瞇在一起就表示他什麼奇怪的人什麼都見過，可能還覺得有點有趣。他高大挺拔，他的五官比威爾的粗獷，但動作很溫柔，好像他已經學會了怎樣不因為魁梧的身材而粗手粗腳地四處搞破壞。他顯然在傾聽的時候比說話的時候自在，又或許只是因為我不停地吱吱喳喳因為我已經太久沒和男生獨處了，是我才不安。我聊起酒吧的工作，他聽到理查和制服的事情就哈哈大笑，還有我回家住了短短一陣子感覺很奇怪，還有我爸的冷笑話、爺爺和他的甜甜圈，以及我外甥不當使用防水馬克筆。不過我說話的時候很謹慎，這些日子以來我經常注意到我不會提起威爾，不會提起前一晚的超現實奇遇，也不會提起我自己。和威爾在一起的時候，我從來不必在意自己說了什麼：和他對話就像呼吸一樣輕鬆隨意，現在我很擅長完全不提起自己。

他就坐著，點點頭，看著車水馬龍，飲幾口咖啡，好像對他來說和一個穿著亮綠色迷你裙而且話匣子停不下來的陌生人打發時間再正常不過了。

「那，妳的屁股現在怎麼樣？」他一問我終於停下來。

「不賴。不過我希望自己不要再跛了。」

「會好的，只要妳繼續去復健科報到。」那一刻，我可以聽到救護車車廂裡傳來的聲音。冷靜、沉著、令人安心。「其他傷勢呢？」

我低頭看看自己，好像我會透視一樣。「嗯，除了好像有人拿鮮豔的紅筆在我身上畫了一堆疤痕之外，還不錯。」

山姆點點頭。「妳很幸運，墜樓很危險。」

又來了，我的胃又揪在一起，想起腳下的冷風。*妳永遠不知道從高處墜下會發生什麼*

事。「我並不是要——」

「妳說過了。」

「但我覺得沒人相信我。」

我們尷尬地互笑了一下，有那麼一分鐘，我不知道他是不是也不相信我。「那……你撿過很多墜樓的人嗎？」

他搖搖頭，望著馬路的另一端。「我只撿過屍塊。我很高興，妳那一次，一切都癒合了。」

這次我們安靜地坐了久一點。我一直想我該說些什麼，但我實在不太習慣和男人相處——至少清醒的時候沒有——我一直緊張，嘴唇開開合合像金魚一樣。

「那你要不要告訴我青少年的事？」山姆說。

能解釋給別人聽真的讓我鬆一口氣。我告訴他深夜有人敲我的門，我們尷尬的相遇，還有我在臉書上發現的事，以及我還沒機會想清楚能怎麼做她就跑掉了。

「哇，」他聽完以後說，「這真是……」他輕輕地搖搖頭。「妳覺得她說的是事實嗎？」

「她看起來有點像他，但我真的不知道。我是不是在找線索呢？我是不是只看到我想看到的呢？有可能。我有一半的時間都想著他還留了一點什麼下來，真棒。另一半的時間則好奇著我是不是個徹頭徹尾的蠢蛋？這中間還有很多玄機——像她究竟是不是他女兒？他從來沒見過她，這公平嗎？他爸媽有辦法面對這件事嗎？如果見過女兒，他會不會有不同的念頭？如果這件事能說服他……」我愈講愈小聲。

山姆在椅子上往後一倒，蹙著眉頭。「這個人就是妳參加悲傷輔導的原因。」

「對。」

我可以感覺到他在觀察我，或許重新評估威爾對我的意義。

「我不知道該怎麼做，」我說，「我不知道要不要把她找出來，或我是不是就該別管這件事了。」

他看著城市街道，思索著，然後說，「嗯，他會怎麼做？」

就這樣，我懂了。我望著這個高大的男人，直接迎向他的目光、他兩天未刮的鬍渣、他友善且能幹的雙手。我的思緒都瞬間蒸發。

「妳沒事吧？」

我灌下一大口飲料，想隱藏我臉上明顯的表情。忽然之間，我也不知道為什麼，我非常想哭，太多情緒了。那奇異、失序的夜晚。威爾又再度現身，出現在每一段對話裡。我突然可以看見他的臉、他冷嘲熱諷般地揚起眉毛，好像在說，克拉克，妳到底想怎樣？

「我只是……今天很累。那個，你介不介意我——」

山姆推開椅子站起來。「不，不，妳走吧。對不起，我不——」

「今晚真的很愉快，只不過——」

「沒問題，今天很累，還有悲傷輔導活動。我懂。不，不——別擔心，」他看到我伸手拿皮夾時說，「真的，一杯柳橙汁我請得起。」

我想我可能一路奔跑上車，儘管我還跛著。我感覺到他的視線一直沒離開。

我把車子開進停車場，深吐一口氣，好像我從酒吧就一直憋著這口氣。我瞄了街角小店一眼，又看看我的公寓，決定要拋開理智。我想要酒，好幾杯酒，喝到我能說服自己不再回頭看過去，或許哪兒都不看。

我下車的時候屁股很痛。自從理查來了以後，我的痛楚就沒間斷過。醫院裡的復健師叫我不要太常把重心放在雙腳上，可是一想到要和理查解釋那麼多我就很絕望。

這樣啊，妳在酒吧工作，但是妳希望能整天坐著，是嗎？

那個乳臭未乾就準備升中階主管的嘴臉、那個仔細呵護的髮型、那個高人一等的氣燄，明明他才比我大兩歲。我閉上雙眼，希望我胃中的焦慮感能趕快紓解。

「這樣就好，謝謝。」我把一瓶冰涼的白蘇維濃放在收銀臺上。

「要開派對嗎？」

「什麼？」

「衣服很有趣。妳是要當——別破梗，」薩米爾撫著下巴說，「白雪公主？」

「當然。」我說。

「妳最好注意一點。白酒熱量很高的。喝伏特加比較好，口感單純，或許擠一點檸檬。我對吉妮也是這樣建議，對面那個。妳知道她是脫衣舞孃吧，是嗎？她們得注意身材。」

「飲食建議，真好。」

「糖分就是這樣，妳要注意糖分。如果買低脂的食物又吃進一堆糖不是白費工夫嗎？零卡的拿去，就在那裡，這種化學糖分的最糟糕，會累積在身體裡。」

他拎起酒，把找零遞給我。

「薩米爾，你在吃什麼？」

「煙燻培根泡麵。老兄，這超好吃。」

我沒了頭緒——痠痛的骨盆、絕望的工作與突然想吃煙燻培根泡麵的慾望讓我迷失，就在這時，我看見她了。

她在我家門口，坐在地上，雙臂圈著膝蓋。我從薩米爾手中接過零錢，邊走邊跑過了馬路。「莉莉？」

她慢慢抬起頭。

她的聲音很含糊，雙眼都是血絲，好像一直在哭。「沒有人願意讓我進去，我每一戶門鈴都按過了，但沒有人願意讓我進去。」

我笨手笨腳地把鑰匙插進門裡，用包包擋著，彎身從她身邊過去。「怎麼了？」

「我只是想睡覺。」她揉揉雙眼，「我好累好累。我想搭計程車回家但是我沒有錢。」

我聞到酒精的酸味。「妳喝醉了嗎？」

「我不知道。」她對我眨眨眼睛，歪著頭。我不知道這是不是酒精的作用。「如果我沒醉，就是妳變身成愛爾蘭小妖精了。」她拍拍口袋。「喔，妳看——妳看我有什麼！」她舉起半條香菸，我聞得出來那不只是菸草。「莉莉，我們來抽根菸嘛！」她說，「喔，不，妳是露薏莎，我才是莉莉。」她咯咯笑了，笨拙地從口袋裡掏出打火機，迅速地點燃錯誤的那一端。

「夠了，妳，該回家了。」我從她手中奪下香菸，不理會她微弱的抗議，立刻用鞋跟踩熄菸。「我幫妳叫計程車。」

「但我沒——」

「莉莉！」

我抬起頭，街道對面有個年輕男子，雙手插在牛仔褲口袋裡，一直看著我們。莉莉看了他一眼就別過頭。

「那是誰？」我說。

她盯著雙腳。

「莉莉。過來。」明確的佔有感。

他站著，雙腳略開，好像從那個距離就希望她聽他的話，這感覺馬上讓我很不安。

沒人移動。

「那是妳的男朋友嗎？妳要我去跟他講話嗎？」我小聲地說。

她第一次開口的時候我聽不清楚，我得靠近一點請她再講一次。

「叫他走開。」她閉上雙眼，然後把臉對著門。「拜託。」

他開始過馬路，朝我們走過來。我站著，想要讓自己聽起來儘量權威一點。「你可以離開了，謝謝。莉莉會和我進屋去。」

他就停在馬路中央。

我迎著他的視線。「你有話改天再對她說，行嗎？」

我的手按著對講機，朝我想像中相當具有男人味但脾氣很不好的虛擬男友說。「對，大衛，你要不要下來幫我？謝謝。」

那男生的表情意思就是這還沒完。他轉過身，一邊離開一邊從口袋裡拿出手機，倉促低語一番，計程車必須閃避他，所以連按了幾聲喇叭他也完全不在乎，最後回頭匆匆看我們一眼。

我嘆了一口氣，沒料到我的呼吸有點發顫，架起她，以及不優雅的動作搭配幾聲髒話，把莉莉・霍頓－米勒給拖進客廳。

那天晚上她睡在我家，我不知道還能拿她怎麼辦？她在浴室裡吐了兩次，我想幫她把頭髮撩起來，卻被她趕走了。她不肯告訴我她家電話，也可能是她不記得了，她的手機卻又上了鎖。

我幫她梳洗了一下，讓她穿上我的運動短褲和短袖上衣，帶她進到客廳。「妳整理過了！」她輕輕地驚呼了一下，好像是我刻意為她打掃了一番。我倒了一杯水給她，讓她在沙發上休息，弄個隨時都可以嘔吐的姿勢，儘管我很確定她胃裡應該沒東西可吐了。

我撐起她的頭，放在枕頭上，她張開雙眼，好像終於認出我是誰。「對不起。」她好小聲，我一度不確定她到底說了什麼，她的眼睛還泛出了淚光。

我替她蓋上被子，看著她入睡——她蒼白的臉、黑眼圈、眉毛的弧線和威爾的一樣，還有淺淺的雀斑。

我多加思索了一下，決定鎖上公寓大門，把鑰匙拿進臥室，塞在枕頭底下，我不知道是要防止她偷東西，還是要阻止她離開。我躺著卻清醒著，思緒忙碌來回想著警笛聲、機場、教堂裡那些人的臉孔，還有馬路對面那年輕男子知情而倔強的眼神，還有我屋簷下收容了一個陌生人。我在想這些事情的同時，一直有個聲音在問我：妳究竟在做什麼？

要不然我能怎麼做？終於，等鳥兒開始唱歌，樓下麵包店貨車開始出貨，我的思緒也慢了下來，靜了下來，我睡著了。

07

我聞到了咖啡香，花了好幾秒的時間才搞清楚為什麼整間公寓瀰漫著咖啡味。當我一得到答案時，我整個人彈起來，跳下床，套起連帽上衣。

她盤腿坐在沙發上抽菸，用我的唯一沒破的馬克杯當菸灰缸。電視開著——年輕又瘋狂的主持人穿著鮮豔但荒謬的服裝——兩個保麗龍杯子就安放在壁爐架上。

「噢，嗨，右邊那杯是妳的，」她略轉過頭看我一下，「我不知道妳喜歡什麼，所以買了美式咖啡。」

我眨眨眼睛，菸味讓我皺起鼻子。我穿過客廳去開窗，然後看著時鐘。「已經這麼晚了嗎？」

「對啊，咖啡可能涼了。不知道要不要叫醒妳。」

「我今天休假。」我伸手去拿咖啡，還溫溫的。我感激地喝了一口，然後瞪著杯子。「等等，妳怎麼有辦法去買咖啡？我明明把前門給鎖了。」

「我從防火梯爬下去，」她說，「我沒有錢，所以我跟麵包店的人說妳住哪一間，他說妳可以晚點再去付錢。喔，然後你還欠他兩份煙燻鮭魚與乳酪貝果的錢。」

「我有嗎？」我想發脾氣，但突然間真的好餓好餓。

她順著我的視線看過去。「喔，那兩份被我吃掉了。」她在客廳中央吐了個菸圈。「妳冰箱裡沒什麼，妳真的該好好打理這間公寓。」

早晨的莉莉和我昨晚在街上扛回家的那個女孩大不相同，我很難相信她們是同一個人。我走回臥室換衣服，聽著她看電視，又聽到她回廚房給自己倒了杯水。

「嘿，那個……露薏莎，妳可以借我一點錢嗎？」她大喊。

「如果又是要拿去喝醉就不行。」

她沒敲門就走進我的臥室。我趕緊拉拉衣服遮住胸部。「那我今晚可以住在這裡嗎？」

「莉莉，我得跟妳媽媽談一談。」

「做什麼？」

「我得稍微知道現在到底是什麼情形。」

她站在門口。「所以妳不相信我。」

我做個手勢要她轉過去，這樣我才可以把內衣穿好。「我相信妳，但如果我們要講清楚；妳想要從我這裡得到一點東西，我也得先多瞭解妳。」我的上衣才剛套過頭頂，她就轉回來了。

「隨便妳。反正我也得回家拿幾件衣服。」

「為什麼？妳這幾天都住哪裡？」

她從我身邊經過，好像沒聽到我說話，然後聞聞腋下。「我可不可以借妳的浴室？我臭死了。」

一個小時候，我們開車到聖約翰伍德高級住宅區。我精疲力竭，因為昨晚經歷太多事情，而我身旁的莉莉又不斷散發出奇異的能量。她一直毛毛躁躁地，一根菸接著一根菸，然後又安靜地坐著，沉重到我都幾乎能感覺到她思緒的份量了。

「那他是誰？昨晚的那個男生？」我的臉朝著前方，聲音儘量保持中立。

「就朋友。」

「妳說那是妳的男朋友。」

「那就是吧。」她的聲音強硬了起來，臉色陰沉了一些。我們愈來愈靠近她爸媽的家，她的雙臂抱膝，下巴抵著膝蓋，眼神堅定又叛逆，好像已經在打一場無聲的硬仗。我本來擔心她帶我來聖約翰伍德會不會是在撒謊，不過她指著一條寬闊的林蔭道路，要我在第三條巷子左轉，然後我們來到了應該是外交官或美國駐外銀行家才會住的社區，這種路上向來沒有行人。我把車子停好，看著車窗外的白色高聳灰墁建築，仔細修剪的紫杉圍籬，一塵不染的窗框。

「妳住在這裡？」

她用力甩上乘客座的車門，力氣大到我的小車都在晃。「我不住這，他們住這。」

她逕自開門入內，我尷尬地跟進去，感覺好像私闖民宅。我們走進了挑高而寬敞的門廳，踏在拼花地板上，牆上有一大面鍍金的鏡子，許多白色邀請函裱在畫框裡隨意散置。小小古董桌上有精心擺設的鮮花，花香瀰漫在空氣中。

樓上傳來一陣騷動，可能是小朋友的聲音——很難判斷。

「我同母異父的弟弟。」莉莉不屑一顧地說完便走進廚房，應該是要我跟過去。這間偌大的廚房以充滿現代感的灰色為主調，蘑菇色的拋光流理臺長得看不到盡頭。每一樣家電都要砸大錢才買得起，包括復刻版經典烤吐司機和夢幻逸品咖啡機，這部咖啡機相當巨大且複雜，就算出現在米蘭的咖啡廳也適得其所。莉莉打開冰箱看一眼，最後拿出一盒切好的新鮮鳳梨，直接用指頭捏起來吃。

「莉莉？」樓上傳來急促的女聲。「莉莉，是妳嗎？」腳步聲急行下樓。莉莉翻了翻白眼。一名金髮女子出現在門口，她盯著我看，然後望著莉莉，她才正一副無所謂地把鳳梨塞進嘴裡。她走過去從她手中奪下保鮮盒。「妳到底去哪裡了？學校什麼都不知道。爸爸開車在社區裡一直找。我們還以為妳被謀殺了！妳去哪了？」

「他不是我爸。」

「小女孩，少在那邊耍嘴皮子。妳不能一副什麼事情都沒發生的樣子走進來！妳知不知道妳惹了多少麻煩？我和妳弟弟半夜還醒著，我煩惱到睡不著覺，不知道妳發生了什麼事。我們本來要去霍頓奶奶家，我還得取消，因為我們不知道妳在哪！」

莉莉冷冷地瞪著她。「妳何必呢？妳又不常在乎我在哪。」

那女人氣到全身僵硬。她很瘦，這種身材一定是靠特別飲食或強迫運動才能保持，她的髮型看起來很昂貴，剪髮和染色都很自然。我猜她穿著名牌設計師牛仔褲，不過她的臉露餡了，雖然晒出小麥肌，但看起來很疲倦。

她轉身看我。「她是不是待在妳那裡？」

「嗯，對，不過——」她上下打量我，然後大概很不喜歡她所見到的樣子。「妳知道妳惹了什麼麻煩嗎？妳曉得她幾歲嗎？妳想從年紀這麼小的女生身上得到什麼？妳一定，我看，三十歲有吧？」

「其實我——」

「是這樣嗎？」她問女兒，「妳和這女人在一起嗎？」

「噢，媽，閉嘴啦，」莉莉又捏起鳳梨，吃完之後舔舔指頭，「不是妳想的那樣，她什麼麻煩也沒惹。」她把最後一片鳳梨放進嘴裡，嚼一嚼才開口，或許是為了讓她說的話更有戲劇效果。「她就是照顧過我爸的人，我真正的爸爸。」

譚雅．霍頓－米勒的奶油色沙發上有數不盡的抱枕，她倚在上頭，攪拌著咖啡。我歇在她對面的沙發上，凝視著碩大的法國頂級香氛蠟燭，還有精心擺放的《豪邸》雜誌，我暗自擔心著如果我想和她一樣優雅地斜倚著，我的咖啡可能會灑在大腿上。

「妳怎麼會認識我女兒？」她口氣很不耐煩，無名指上的那兩顆鑽石是我見過最大顆的珠寶。

「不是我去認識她的，真的。她出現在我家門口，我根本不知道她是誰。」

這資訊她消化了一分鐘。「那妳以前照顧過威爾．崔諾。」

「對，直到他過世前。」

對話稍停，我們不約而同開始一起研究著天花板——某些東西好像在我們上方爆炸了。

「我兒子。」她嘆口氣，「他們有行為問題。」

「他們是妳……？」

「他們不是威爾的小孩，如果妳想問的是這個。」

我們安靜地對坐，或幾近安靜，因為我們還是可以聽到樓上憤怒的尖叫聲。接下來傳出一聲重擊，又接著一陣可怕的沉默。

「霍頓－米勒太太，」我說，「這是真的嗎？莉莉是威爾的女兒嗎？」

她微微揚起下巴。「是。」

我忽然渾身一顫，趕緊把咖啡杯放桌上。「我不懂，我不懂怎——」

「這很簡單。威爾和我大四那年在一起，當然，我完全愛上他了，大家都是。不過，我應該說其實是我一廂情願——妳知道嗎？」她嫣然一笑，然後等著，好像希望我可以接點話。

我接不上話。威爾怎麼有女兒卻不告訴我？我們都經歷了那麼多？

譚雅慢條斯理地說下去：「總之，我們是金童玉女。舞會、划船、小旅行，妳知道那一套，威爾和我——嗯，我們哪裡都去過了。」她說起這些往事時好像回憶都還很新鮮，好像她經常在腦子裡重播又重播。「就在社團高峰舞會那一晚，我得離開去照顧我朋友麗莎，她把自己搞得一團亂，等我回去的時候，威爾已經離開了。我不知道他去哪。我等了好久，車子把每個人都接回家了，最後有個我不熟的女生跟我說威爾和一個叫做史黛芬妮．路頓的女生走了。

沒有人知道她是誰，不過她已經愛他愛很久了。剛開始我不相信，但我還是開車去她家，坐在外面，當然了，凌晨五點，他從裡面走出來，他們在門口接吻，好像根本不怕被別人看到。我下車和他對質，他根本一點都不羞愧。他說我沒必要這麼情緒化，反正我們撐不過大學畢業。」

「後來，當然，大學畢業了，老實說我也鬆了一口氣，因為誰想要當那個被威爾．崔諾甩掉的女生？但這一段真的很難熬，因為一切中斷得太突然。我們分手以後，他開始在市區工作，我寫信給他，問他可不可以見最後一面，喝杯飲料，這樣我就可以搞清楚到底哪裡錯了？因為，就我所知，我們在一起真的很開心，妳知道嗎，他卻讓他的祕書送來一張卡片，說她很抱歉，威爾的行程真的非常滿，他目前沒有時間，但他祝我萬事順利。」她輕蔑地說。「萬事順利。」

我默默苦著臉，雖然我很不想相信她的故事，但我知道她描述的威爾沒有錯。威爾他曾經很清晰地回顧年輕的歲月，他曾經坦承他以前對女生不夠好。（他的原文是：「我曾經是個王八蛋。」）

譚雅還在回顧。「後來，兩個月後，我發現我懷孕了，當時已經太晚了，因為我的生理期一直都不規律，我也沒發覺已經兩個月沒來，所以我決定生下來，才有了莉莉，不過——」她又揚起下巴，好像要振作起來為自己辯護。「——沒必要告訴他，尤其在他說了那些話、做了那些事之後。」

我的咖啡冷了。「沒必要告訴他？」

「他講得很清楚，他不想和我有瓜葛，要是他知道一定以為是我故意的，想綁住他或什麼的。」

我的嘴巴開開，又闔起來。「但妳——妳不覺得他有權利知道嗎？霍頓－米勒太太？妳不覺得他或許會想見見他的孩子嗎？儘管你們之間有一段過去？」

她放下她的咖啡杯。

「她今年十六歲，」我說，「他過世時她應該十四、五歲。這麼長的——」

「當時她已經有法蘭西斯了，他是她的爸爸，他很疼她，我們是一家人。一家人。」

「我不懂——」

「威爾不配認識她。」

這句話在我們之前亙立著。

「他是個王八蛋，行嗎？威爾．崔諾是個自私的王八蛋。」她撥開臉旁的一綹髮絲。「看來我是不知道他怎麼了，這件事對我來說也很意外，但我認為即便如此我的決定也不會改變。」

我花了一點時間才有辦法出聲。「對他，或許會改變一切。」

他尖銳地看著我。

「威爾自殺了，」我的聲音破碎，「威爾結束了他的生命因為他找不到繼續的理由，如果他知道他有個女兒——」

她站起來。「喔，不，妳別把這帳算在我頭上，我連妳名字都不知道，我才不會為一個男人自殺的決定負責。妳以為我的生活還不夠複雜嗎？妳豈敢來這裡評斷我！如果妳經歷過我一半的經歷……沒什麼好說，威爾．崔諾就是個爛男人。」

「威爾．崔諾是我認識過最好的男人。」

她又上下打量著我。「好，對，或許對妳來說是這樣沒錯。」

我想我從來沒有這麼快就這麼討厭一個人。

我準備要起身離開時，一個聲音打破了沉默。「所以我爸真的不知道我的存在。」

莉莉直直地站在門口。譚雅．霍頓－米勒的臉色刷白，然後又很快恢復。「莉莉，我是為了不讓妳受傷，我很清楚威爾的為人，我不打算讓他羞辱我們，我們不可能說服他接受一段他根本不想要的關係。」她順順頭髮，「而且妳真的得戒掉偷聽的壞習慣，妳很可能聽到不完整或錯誤的訊息。」

我完全聽不下去了。起身走到門邊，樓上的男孩們又開始叫囂。一輛塑膠貨車從樓梯口飛馳下來，在底端摔成碎片。一張焦慮的臉——看起來是菲律賓藉？——隔著欄杆瞅著我。我開始往下走。

「妳要去哪裡？」

「我很抱歉，莉莉，我們——或許我們改天再聊吧。」

「但妳根本沒講起我爸的事。」

「他不是妳爸爸。」譚雅．霍頓－米勒說。「法蘭西斯從妳小時候給妳的關愛與照顧絕對比威爾願意做的還多。」

「法蘭西斯不是我爸。」莉莉怒吼。

樓上又傳來撞擊聲，有個女生的聲音用我聽不懂的語言在大叫。玩具機關槍在空中掃射。譚雅用手撐著頭。「我受不了了，我完全受不了了。」

莉莉在門口堵住我。「我可以和妳住嗎？」

「什麼？」

「妳的公寓？我不能住這裡。」

「莉莉，我不認為——」

「今晚就好，拜託。」

「喔，請便吧，讓她陪妳住個一兩天，她是個很討喜的室友呢。」譚雅揮揮手。「有禮貌、會幫忙、簡直是美夢成真！」她板起臉色。「我們看看這行不行得通，妳知道她會喝酒嗎？還會在家裡抽菸？她還被學校停課？她有沒有告訴妳啊？有嗎？」

莉莉似乎很無聊，好像她已經聽過一百萬遍了。

「她連考試都懶得去，我們為了她，什麼都做了。輔導、轉學、家教。法蘭西斯把她當做親生女兒來疼，她卻完全不給面子。我老公現在有財務困難，我兒子又有行為問題，她卻絲毫不體諒。她從來不在乎。」

「妳懂什麼？我半輩子都和保母在一起。弟弟一出生，妳就送我去寄宿學校。」

「我沒辦法照顧這麼多人！我只能盡力！」

「妳想怎樣就怎樣，妳就是想重新打造一個完美家庭，沒有我。」莉莉又看著我。「拜託？一下就好？我保證我不會麻煩妳，我真的會幫忙。」

我應該拒絕她的，我知道我應該這麼做，但我實在太氣那女人了，那一瞬間我覺得我好像應該為了威爾挺身而出，做些他沒辦法做的事。「好。」我說，一大塊樂高積木從我耳邊呼嘯而過，在我腳邊砸成許多小色塊。「把妳的東西收一收，我在外面等。」

那天後來發生的事情都很模糊，我們把空房間裡的箱子搬出來，疊在我的臥室裡，清出空間給她，至少不再像是儲藏室，我們把我一直沒修理的窗簾掛起來，又在房裡放了一盞燈和我沒用的床頭桌。我買了一張行軍床，我們一起搬上樓，還有一個吊掛架給她用、一組全新的床單和枕頭套。她似乎很喜歡找事情做，而且要和幾乎不認識的人同居這件事好像完全沒嚇到她。我那天傍晚看著她在客房裡整理她的東西，莫名地感到悲傷。一個女孩究竟要多麼不開心才會想放棄奢華的一切，來到和紙箱一般大的房間裡，躺在行軍床上，用一根搖搖晃晃的桿子收納衣物？

我煮義大利麵，我知道為別人下廚很奇怪，我們一起看電視。八點半，她的電話響了，她向我要了紙筆。「喏，」她草草寫下，「這是我媽的手機號碼，她想要妳的手機號碼和地址，以免有意外。」

我不禁納悶著，她覺得莉莉多久會來一次。

十點，累得半死，我說我要睡了。她還在看電視，盤腿坐在沙發上，抱著筆電傳訊息。

「不要太晚睡，好嗎？」從我口中聽起來很假，好像有人在假裝當大人。

她的眼睛黏在電視上。「莉莉？」她抬起頭，好像這時才注意到我在屋內。

「喔，對，我一直想告訴妳，那時候我在。」

「哪裡？」

「屋頂上，妳墜樓的時候，是我叫救護車的。」

我驀然看著她的臉，她的大眼睛、她的皮膚，黑暗中那蒼白的臉。「但妳那時候在那裡做什麼？」

「我查到妳的地址，家裡每個人都瘋了。我只是想先知道妳是怎樣的人，再跟妳說話。我發現我可以順著防火梯上來，妳的燈亮著。真的，我只是在等妳。但妳上頂樓以後就開始沿著屋緣亂走，我那時候覺得如果我開口，一定會把妳嚇死。」

「妳就把我嚇死了。」

「對，我不是故意的。我還真以為我害死妳了。」她緊張地大笑。

我們坐了一分鐘。「每個人都以為是我想跳樓。」

她的臉轉過來對著我。「真的？」

「對。」

她想了一下。「因為我爸的事？」

「對。」

「妳想他嗎？」

「每天都想。」

她不說話，最後她說，「妳下次休假是哪一天？」

「星期天，怎麼啦？」我拉回思緒。

「我們可以去妳家的那個小鎮嗎？」

「妳想去斯坦福堡？」

「我想去看看他住過的地方。」

08

我們要來之前我沒先告訴我爸，因為不確定這段對話該怎麼開始。我們把車子停在我家外面，在車上坐了一分鐘，而她凝視著窗外，我知道我爸媽的房子和她家相比起來是多麼地狹小而乏味。我說我媽一定會留我們在家吃午餐，她當時就提議要買束花帶來，我原本說要在加油站買康乃馨，她一聽就生氣，雖然這花是要買給她沒見過的人。

我開車到小鎮另一頭的超市，她選了小蒼蘭、牡丹、花毛茛，紮成一大束，是我付的錢。

「在這等一下，」我眼見她就要下車，「我先解釋一下妳再進來。」

「但──」

「相信我，」我說，「他們會需要一點時間。」我踏上前院小徑，敲了門。

我可以聽到客廳傳來電視聲，想像爺爺在那裡看賽馬轉播，他的嘴脣隨著賽馬的雙腿無聲地加油。這些家的景象和聲響；我想起我這幾個月來刻意保持距離，不知道他們還歡不歡迎我？我一直不允許自己去想踏上這條小徑是什麼感覺、不去想我媽的擁抱有什麼香味、不去想我爸爸的笑聲多麼洪亮。

是爸開的門，他立刻揚起眉毛。「小露！我們不知道妳要來！……妳有講嗎？」他往前踏一步，滿滿地抱著我。

我這才明白我其實喜歡回到家人身邊。「嗨，爸爸。」

他在臺階上等我，張開雙臂。烤雞的香味漫著走廊，「妳要進來，還是我們就在門口野餐？」

「我得先跟你講一件事。」

「妳失業了。」

「不是，我沒有失——」

「妳又去刺青了。」

「你知道我已經刺過了？」

「我是妳爸爸呀，我知道妳和妳妹三歲以來幹過的每一件事。」他往前傾一點，「妳媽媽絕對不會讓我去刺青。」

「不，爸，我沒有新的刺青。」我深呼吸。「我……有了威爾的女兒。」

爸爸全身僵硬，媽媽出現在他後方，穿著圍裙。「小露！」她發覺爸爸臉色不對。「怎麼了？什麼問題？」

「她說她有了威爾的女兒。」

「她有威爾的什麼？」媽媽粗啞地怪叫著。

爸爸臉色刷白，他扶著背後的暖氣機，雙手握得老緊。

「怎麼了？」我焦慮地問，「怎麼回事？」

「妳——妳該不會是取了他的……妳知道……他的小傢伙？」

我板著臉。「她在車上。今年十六歲。」

「喔，謝天謝地，喔，喬絲，謝天謝地。這一陣子，妳實在……我根本不知道——」他恢復鎮定，「威爾的女兒，妳剛剛說的嗎？妳從來沒提過他——」

「我也不知道，沒人知道。」

媽從他身後瞄著我的車子，莉莉想假裝不知道我們在討論她。

「嗯，妳最好帶她進屋子裡來，」媽媽的手扶著頸子，「這隻雞還不小，我再多燉幾顆馬鈴薯就夠我們一起吃了。」她不可置信地搖搖頭，「威爾的女兒，哦，老天啊，小露，妳真是驚喜不斷。」她對莉莉揮揮手，莉莉怯怯地朝她揮揮手。「親愛的，進來吧！」

我爸舉起手打招呼，然後小聲地低語。「崔諾太太知道嗎？」

「還不知道。」

爸爸揉揉胸口。「還有其他事嗎？」

「像什麼？」

「還有其他妳必須告訴我的事情嗎？妳知道，除了跳樓和帶回失散多年的孩子？妳該不會加入了馬戲團或是認養了哈薩克的小孩之類的吧？」

「我保證這些事情我都——還沒做。」

「嗯，感謝老天爺。現在幾點了？我想我該喝一杯了。」

「莉莉，妳念哪間學校？」

「什羅浦郡的一間小寄宿學校，沒人聽過，都是一些有錢的笨蛋和摩爾達維亞皇室的遠房親戚。」

我們在前廳擁擠地圍繞著餐桌，七個人膝蓋碰膝蓋，其中有六個人希望沒有人需要去上廁所，因為如果有人要離席，每個人都得站起來，合力把桌子抬起來，往沙發移二十公分。

「寄宿學校啊？有福利社，半夜在宿舍吃宵夜，對吧？我猜寄宿生活很刺激。」

「才不是，我們學校的福利社去年就關了，因為學校女生有一半都有飲食失調的問題，有的吃巧克力棒吃出問題。」

「莉莉的媽媽住在聖約翰伍德，」我說，「她這幾天跟我住，讓她……讓她更瞭解她另一個家庭。」

媽媽說，「崔諾一家已經在這裡住好幾代了。」

「真的？妳認識他們？」

媽媽一僵，「喔，也不算……」

「他們的房子像怎樣？」

媽媽臉色一凝。「這種事情妳還是問小露吧，是她……大部分時間都在那。」

莉莉等了一下，爸爸接著說，「我和崔諾先生共事，他負責管理城堡。」

「爺爺！」爺爺大叫後又大笑。莉莉覷了他一眼，然後又看著我。我微微一笑，儘管提起崔諾先生的名字讓我有點莫名地不平衡。

「沒錯，爸，」媽媽說，「他會是莉莉的爺爺，和你一樣。好了，誰還想要馬鈴薯？」

「爺爺。」莉莉小聲地重複著，看起來很開心。

「我們等一下打給他們……告訴他們，」我說，「如果妳想，我們離開的時候可以開車經過他們家，讓妳看一眼。」

我們在談話的時候，我妹始終不發一語。莉莉坐在湯瑪士旁邊，可能是為了讓他乖一點，儘管他極有可能會提起他的體內寄生蟲。翠娜端詳著莉莉，她比我爸媽多疑，我不管說什麼我爸媽都接受。飯前她趁我爸帶莉莉看院子的時候把我揪上樓，問了一堆我腦袋瓜裡原本就存在的各種奇想，她就好像被關在房間裡的鴿子一樣。我怎麼知道她真的是威爾的女兒？她要什麼？還有，最後，為什麼她的親生母親會讓她跟妳住？

「她要住多久？」她在桌邊問我，這時我爸爸在告訴莉莉怎麼照顧青橡樹。

「我們還沒討論過。」

她露出那種表情，一邊表示我是白痴，一邊表示她一點都不意外。

「她這兩個晚上都睡在我那邊，翠娜，她還那麼小。」

「這就是我的重點啊，妳哪會照顧小孩？」

「她也不算小孩。」

「她比小孩還難照顧。青少年就是有賀爾蒙又已經學會走路的小孩——他們會想要做一些沒常識的事，她可以搞出各種麻煩，我真不敢相信妳竟然會這麼做。」

我把裝肉醬的缽端給她。

「哈囉，小露，妳在景氣這麼艱困的時候還能保住工作真不錯，恭喜妳撐過了可怕的意外，見到妳真好。」

她把鹽罐遞給我，然後屏氣嘟囔著，「妳知道，妳絕對沒辦法應付這個，還有……」

「還有什麼？」

「妳的憂鬱症。」

「我沒有憂鬱症。」我低聲嘶吼。「我不憂鬱，翠娜，拜託妳好不好，我沒有跳樓。」

「妳好一陣子都不像妳自已了，自從威爾的事情以後。」

「我要怎麼做才能說服妳？我認真工作、我為了屁股的傷勢定期去復健科、我還去參加悲傷團體輔導，就是為了不要胡思亂想。我覺得我做得還不錯，行嗎？」所有的人都在聽我講話。「其實——事情是這樣的，喔，對，莉莉在那裡。她看到我摔下去了。其實是她幫我叫救護車的。」

我家的人都看著我。「妳看，沒錯，她目睹我掉下去了。我沒跳樓。莉莉，我剛剛才在跟我妹說，我墜樓的時候妳在場，不是嗎？我是失足，對不對？」

莉莉原本盯著餐盤，這時候抬起頭，口中還在嚼。從我們坐下來以後，她一口接著一口沒停過。「對，她根本沒打算自殺。」

爸媽互看一眼，我媽嘆口氣，偷偷在胸前畫個十字然後微笑。我妹揚起眉毛，這就是她道歉的姿態了。我霎時間心情一振。

「對，她只是對著天空叫罵，」莉莉舉起叉子，「真的真的很生氣。」

大家又安靜了一會兒。「喔，」爸爸說，「嗯，那真是——」

「那真是……好。」媽媽說。

「這雞肉真好吃，」莉莉說，「我可以再來一點嗎？」

我們一直待到接近傍晚，一部分是因為我每次要起身離開，媽就會夾更多食物給我們，另一部分是因為有其他人和莉莉聊天的話整個情勢就不會那麼奇怪和緊張。爸和我走到後院去，我們那兩張椅子竟然撐過了另一個寒冬都沒壞（不過一坐上去最好動也別動）。

「妳知道妳妹在讀《女太監》[4]嗎？還有另外一本蠢書叫做《女性的臥房》還是什麼的。她說妳媽就是典型受壓抑的女性，而且愈否認就代表她愈壓抑。她試著告訴她我應該要做飯、打掃、還有我根本就是穴居人。但如果我膽敢反駁，她就會一直要我『想想我有多少特權』。想想我有多少特權！我說我倒是很想知道妳媽給了我什麼特權。」

「我覺得媽很好啊。」我啜了一口茶，突然覺得有點愧咎，因為我聽到我媽在洗碗。

他側眼瞥了我一下。「她已經三個禮拜沒刮腿毛了。三個禮拜，小露！如果我老實告訴妳，她的腿碰到我的時候我被扎得好癢，我前兩個晚上都睡在沙發上。我不曉得耶，小露，為什麼大家原本好端端的，不繼續下去呢？妳媽本來很幸福快樂、我很幸福快樂，我們知道我們的角色是什麼。我才是長腿毛的人，她就適合戴塑膠手套。就這麼簡單。」

莉莉在院子裡教湯瑪士用一片厚葉子學鳥叫。他把葉子夾在拇指中間舉起來，但可能因為

4.《The Female Eunuch》，作者為吉曼・基爾（Germaine Greer），被視為二十世紀後期第二波女權運動重要的代表人物之一。

缺了四顆牙說話漏風，弄半天只吐出一顆覆盆莓和一大堆口水。

我們陪著對方安靜地坐了一陣子，聽著鳥叫、爺爺吹口哨，還有隔壁的狗為了想進屋一直吠。回家讓我很開心。

「崔諾先生好嗎？」我問。

「啊，他很好。妳知道他又要當爸爸了嗎？」

我在椅子上小心翼翼地轉過頭。「真的？」

「不是崔諾太太生的，她在那之後就搬出去了……妳知道，這孩子的媽是個紅髮女子，我不記得她名字了。」

「黛拉。」我突然想起來。

「就是她。他們似乎認識了好一段時間，但我想這整件事情，妳知道，生孩子的事情對他們兩個來說都很意外。」爸爸又開了一瓶啤酒。「他是很高興，我想他再添個兒子或女兒也好，生活有個重心。」

我有點想評斷他，但我可以輕鬆地想像在經歷這一切之後，多麼需要創造一點美好，多麼需要爬出低潮，不管用什麼方式。

他們還在一起都是為了我，威爾曾經告訴我，不只一次。

「你覺得他看到莉莉會怎麼想？」我問。

「親愛的，我完全沒頭緒。」爸爸想了一下。「我想他會很開心，這好像找回了他兒子的一部分，是不是？」

「你覺得崔諾太太會怎麼想？」

「親愛的，我不知道，我連她住哪裡都不曉得。」

「莉莉……不好搞。」

我爸爆笑出聲。「妳還敢講！妳和翠娜快要把我和妳媽搞瘋了，這幾年來妳們不是半夜吵鬧，就是交男朋友，要不就是分手。妳也該嚐嚐報應了。」他喝了一口啤酒，然後又哈哈大笑。「親愛的，這真是好消息，我很高興妳那間公寓不再空空蕩蕩了。」

湯瑪士的葉子終於發出聲音。他的臉亮了起來，他把葉子朝空中一拋，我們都舉起大拇指表揚他。

「爸爸，」他轉過來看著我，「你知道我沒事，對吧？」

「我知道，親愛的。」他溫柔地拍拍我肩膀，「但擔心是我的天職。我會一直擔心到我沒辦法站起來為止。」他低頭看著椅子。「提醒妳，這件事可能會來得很早。」

我們在五點之前離開。從後照鏡看過去，只有翠娜沒揮手道別。她站著，雙臂交叉胸前，慢慢地搖頭，看著我們離開。

我們到家的時候，莉莉跑去屋頂了。我自從墜樓意外之後就沒上去過。我告訴自己，春天根本不適合上樓，一直下雨讓防火梯太濕滑了，而且見到那些枯萎的盆栽會讓我很歉疚，但，其實，是我很害怕。一想到要上樓我的心跳就開始加速，我不需多想就可以回憶起整個世界在我下方消失的感覺，好像腳下的地毯突然被人抽走一樣。

我看著她從窗戶爬出去，然後我朝著上方大喊，要她在二十分鐘內下樓。過了二十五分鐘後我開始焦慮了。我往窗外大喊，但只聽到路上的交通。三十五分鐘後我發現自己小聲地罵著髒話往外爬。

這個溫暖的夏季夜晚，頂樓的柏油散發著熱氣。我們下方的這座城市拼寫著緩慢移動的週日車流，居民拉開窗戶，音樂大聲流洩，年輕人在街角閒晃，遠方其他樓的屋頂傳出烤肉的炭香。

莉莉把一個盆栽翻過來當椅子坐，鳥瞰著這座城市。我倚著水塔站著，努力在她靠近屋緣的時候不要反射性地恐慌起來。

我不該上來。我感覺腳下的瀝青在搖晃，就像船艦甲板一樣。

我搖晃蹣跚地走向生鏽的鐵椅，慢慢坐下去。我的身體知道站在往外突出的屋簷上是什麼感覺，知道好好地活著和結束一切之間可能就差那麼幾個微小的單位：幾公克、幾公釐、幾度，這件事情讓我手臂上的寒毛都站起來，一層薄汗從後頸滲出來。

「莉莉，妳可以下來嗎？」

「妳的盆栽都死光了。」她拔下脫水小樹叢的乾葉子。

「對，嗯，我離開了好幾個月。」

「妳不該讓植物死掉，好殘忍。」

我尖銳地看著她，想看看她是不是在開玩笑，但她似乎不是。她停了下來，折斷小樹枝，檢查乾枯的枝脈。「妳怎麼認識我爸的？」

我伸手摸向水塔的角落，想讓雙腿不再發抖。「我應徵當他的看護，然後錄取了。」

「儘管妳沒有醫療訓練。」

「對。」

她想了一下，在空中揮著枯死的樹枝，然後起身，走到露臺另一端，站在那兒，雙手托著臀部，雙腿併攏，像個瘦骨嶙峋的亞馬遜戰士。「他很帥，對不對？」

屋頂在我腳下搖晃，我得下樓。「莉莉，我沒辦法在這裡聊。」

「妳真的在害怕嗎？」

「我真的希望我們下樓去，拜託。」

她歪著頭凝眸看著我，好像要想清楚她該不該照我的話做。她往牆壁靠近一步，然後冒險舉起一隻腳，好似要從邊緣跳下去，那瞬間長到讓我冒出汗來。然後她轉過來，咧嘴一笑，咬著香菸，往防火梯走來。「傻瓜，妳不會又墜樓一次的，沒人這麼倒楣。」

「對，好，我現在真的不想試探我的命數。」

幾分鐘後，我終於可以讓大腿聽大腦的話了，我們踩著鐵梯往下兩級。我們在窗外停了一下，才發現我抖得太厲害，沒辦法爬進去，我得在階梯上坐下來。

莉莉翻了白眼，等著。然後，當她發現我確實一動也不能動時，她就在我身邊坐下來。我們或許只比剛剛降了十英呎，但我隔著窗戶就能看到家，而且兩邊都有扶手，總算又能正常呼吸。

「妳知道妳需要什麼嗎？」她舉起她的捲菸。

「妳是認真地要我嗨起來嗎？在四樓高的地方？妳知道我曾經從屋頂摔下去嗎？」

「這可以讓妳放鬆。」

後來，因為我沒從她手上接過菸，她就激我，「喔，來嘛。怎樣——妳是認真地要當全倫敦最正直的人嗎？」

「我又不是倫敦人。」

接下來，我真不敢相信我竟然被一個十六歲小孩慫恿，但莉莉就像是校園裡的風雲女孩，妳會很希望被她注意到的那種女孩。她還沒繼續說下去，我就從她手上接過菸，試探地吸了一口，儘量不在菸味衝到喉嚨時咳出來。「總、之，妳才十六歲，」我低語著，「妳不應該這麼做。像妳這樣的人從哪裡弄到這種東西？」

莉莉從扶手空隙往外望。「妳很哈他嗎？」

「哈誰？妳爸嗎？剛開始沒有。」

「因為他坐輪椅？」

因為他在模仿電影《我的左腳》裡丹尼爾·戴—路易斯的腦性麻痺患者角色自艾自憐，把我嚇得要死，我很想這麼說，但這要解釋太久了。「不，輪椅是最不重要的事情了，我剛開始不喜歡他是因為……他很憤怒。還有點嚇人，這兩點讓人很難喜歡上他。」

「我長得像他嗎？我上網搜尋過他的照片，但我看不出來。」

「有點，你們的顏色一樣，或許是妳的眼睛吧。」

「我媽說他真的很帥，然後就是因為帥他才機車、是個王八蛋。我只要惹我媽不爽，她就會說我像他。喔，天啊，妳簡直就像威爾．崔諾。不過她總是稱他威爾．崔諾，而不是『妳爸』。她一直灌輸我那個醜八怪是我爸，但他根本就不是。好像她覺得只要她堅持下去，我們就是一家人。」

我又抽了一口，我可以感覺到自己飄飄然。除了有一個晚上在巴黎參加的轟趴不算，我已經好多年沒抽大麻了。「妳知道，若不是從防火梯上也有渺小的墜樓危險，我可能會很享受這根菸。」

她從我手中接過菸。「天啊，露薏莎，妳真的需要一點樂子。」她深吸一大口，然後仰著頭。「他有沒有講過他有什麼感覺？講真的？」她又吸了一口，把菸遞給我，她看起來完全不受大麻影響。

「有。」

「你們吵過架嗎？」

「蠻常的，但我們也有很多歡笑。」

「他喜歡妳嗎？」

「喜歡我？……我不知道『喜歡』這個字對不對。」我的嘴靜靜地動著，吐不出適合的字。

我要怎麼向這女孩解釋威爾和我對彼此的感覺，我覺得全世界沒有人像他一樣懂我，未來也不會有人懂？她怎麼會明白失去他就好像我的身體裂了一個洞，持續而痛苦地提醒著我永遠都無法完整？

她定睛看我。「他有！我爸喜歡妳！」她開始咯咯笑。這麼說很荒謬，拿我與威爾對彼此的感情相比，這個字幾乎無用，但我也無法自持地笑了起來。

「我爸煞到妳了。很瘋狂嗎？」她倒吸一口氣。「喔，我的天啊！如果是在另一個宇宙，妳搞不好會變成我的繼母。」

我們假裝害怕地互看著對方，然後這件事好像在我們之間膨脹了起來，就像個快樂的泡泡停在我胸口。我開始大笑，接近歇斯底里的笑，笑到胃疼，笑到光是看著她又會繼續笑。

「你們有上床嗎？」

一句話消滅所有笑意。

「好，這對話開始不對勁了。」

莉莉板著臉。「你們的關係聽起來就不對勁啊。」

「才沒有，我們……我們……」突然這一切都太過了：屋頂、問題、大麻、威爾的回憶。我們好像是從兩人之間憑空把他捏造出來：他的笑容、他的肌膚、他臉龐的觸感。我不確定我想不想這麼做。我把頭靠著膝蓋。深呼吸，我對自己說。

「露薏莎？」

「怎麼了？」

「他一直都想去那個地方嗎？瑞士的安樂死診所？」

我點點頭，一直要自己深呼吸，試圖壓抑恐慌。吸，吐。只要深呼吸。

「妳有試著改變他的想法嗎？」

「威爾……很固執。」

「你們有為了這件事情吵架嗎？」

我嘶了一口，「一直吵到最後一天。」

最後一天。我為什麼要這麼說？我閉上雙眼。

當我終於張開眼的時候，她正盼著我。

「他死的時候，妳在他身邊嗎？」

我們四目相接。我心想，初生之犢多麼令人畏懼啊。他們沒有界線、他們什麼都不怕，我可以感覺到她脣邊立刻就會有下個問題，我感覺到她搜索的眼神。但或許她沒有我想得那麼勇敢。

最後她的眼神示弱了。「那妳打算什麼時候告訴他爸媽我的事？」

我的心一沉。「這禮拜，我這禮拜打給他們。」

她點點頭，別過頭讓我看不到她的表情。我看著她又抽了一口，然後粗魯地從防火梯間的縫隙把菸扔下去，站起身，頭也不回地爬進屋裡。我等腿恢復知覺，足夠撐起身體以後才跟著她爬回窗內。

09

我星期二午休的時候打了電話，德國和法國航管人員聯合罷工一日，我們的酒吧幾乎沒人。我等到理查去批發商那兒，然後站在機場大廳，安檢前的最後一間女廁所外面，在手機上搜尋著我始終沒辦法刪除的號碼。

鈴響了三聲、四聲，那麼一瞬間我幾乎克制不了衝動要掛上電話。但這時一個男人接起，他的聲音很急促，音調很熟悉。「喂？」

「崔諾先生？我——我是小露。」

「小露？」

「露薏莎．克拉克。」

我們安靜了一下，我可以聽到他的回憶傾瀉而出，只不過是聽見我的名字，而我不禁內疚了起來。我上次見到他是在威爾的墓前，一個提早衰老的男人，不斷地提醒自己挺起胸膛，同時面對著悲傷的重量而不斷掙扎。

「露薏莎，喔……天啊。這真是——妳好嗎？」

我移動了一下腳步，讓阿紫和她的推車經過。她會意一笑，用騰出來的那隻手調整了她的頭巾。我注意到她的指甲彩繪畫了小小的英國國旗。

「我很好，謝謝，你好嗎？」

「喔——，妳知道的，其實，我也很好。自從我們上次見面之後情況有些變化了，不過一切都……妳知道……」

他的話聽起來一點也不歡喜，讓我幾乎站不穩。我深吸一口氣。「崔諾先生，我打這通電話來是因為我有件事必須告訴你。」

「我以為邁可．洛勒已經把所有財務細節都安排好了。」他的語調稍微有了變化。

「這件事和錢沒有關係，」我閉上雙眼，「崔諾先生，我不久之前有一位訪客，我想你必須見見她。」

有個女生的滾輪行李箱撞到了我的腳，她用脣語說了抱歉。

「好，這件事已經沒有其他做法，我得直接講出來了。威爾有個女兒，她自己出現在我家門口。她非常想見你一面。」

這次沉默了很久。「崔諾先生？」

「對不起，妳能重複妳剛剛說的話嗎？」

「威爾有個女兒。他不知道她的存在。孩子的媽是他大學時代的女朋友，是她決心不讓他知道。他女兒自己追蹤到我的住處，她真的很想見你。她十六歲，名字是莉莉。」

「莉莉？」

「對。我和她媽媽談過，看來她真的是威爾的女兒。那個女子姓米勒。譚雅．米勒。」

「我——我不記得這個名字，但威爾以前女朋友很多。」

又一陣漫長的沉默，當他再度開口的時候，他的聲音失控。「威爾有個……女兒？」

「對，妳的孫女。」

「妳——妳真的認為她是他的女兒？」

「我見過她媽媽，也聽過她的說法了，沒錯，我相信她是威爾的女兒。」

「噢，喔，天啊。」

我聽到背景傳來「史蒂芬？史蒂芬？你沒事吧？」

另一陣沉默。「崔諾先生？」

「我很抱歉，只是——我有點……」

我的手按著頭。「很驚訝，我知道，我很抱歉，我想不出更好的方法來知會你。我不想直接出現在你家門口，以免……」

「不，不，別擔心。這是好消息。天大的好消息。孫女啊。」

「怎麼回事？你怎麼會這樣坐下來？」背景的聲音聽起來很關切。

我聽見他的手摀著話筒，然後說，「我沒事，親愛的。真的。我——我晚點再解釋給妳聽。」

更多模糊的對話，然後他又對著我說話，只是聲音突然很不安：「露薏莎？」

「是？」

「妳很篤定？我是說，這實在是太——」

「我很確定，崔諾先生，我很願意向你多解釋一點，但她才十六歲，精力旺盛，而且她……嗯，她很渴望能多瞭解這個她從未擁有過的家庭。」

「喔，我的天。喔，我的……露薏莎？」

「我還在。」

當他又開口時，我發覺我的眼眶竟然濕了。

「我要怎麼見她？我們要怎麼見……莉莉？」

我們那個星期六驅車前往。莉莉不敢一個人去，但也不願多說什麼。她只告訴我，由我來向崔諾先生解釋會比較好，因為「老人之間溝通會比較順利。」

我們在車上很安靜，我一想到要進入崔諾家就緊張到要吐，我沒辦法解釋給我旁邊的乘客聽。莉莉什麼都沒說。

他相信妳嗎？

相信，我告訴她。我想他相信的，儘管聰明一點的話應該先驗血，這樣讓大家都放心。

是他要求要見我的嗎？還是妳建議的？

我不記得了，我光是要和他說話，腦子就一陣鬧哄哄。

如果我和他期待的不一樣怎麼辦？

我不確定他有什麼期待，他才剛發現他有個孫女兒。

莉莉星期五晚上就出現在我家，我本以為她星期六上午才會來，她說她和她媽大吵一架，屎臉法蘭西斯說她還不夠成熟。她嗤之以鼻。「講這話的人還為了火車模型騰出一個空房間！」

我說我其實很歡迎她，只要（一）我跟她媽先確認過她始終都會知道她在哪裡；（二）她不能喝酒；（三）她不能在我的公寓裡抽菸，這表示我洗澡的時候，她過馬路到薩米爾的店裡去，和他聊了很久，足足抽了兩根菸才回來，但為了這件事情和她吵架似乎太小心眼了。譚雅・霍頓－米勒整整二十分鐘都在哭訴著這一切多麼不合理，她四度說我一定會在四十八小時內把莉莉送回家，一直到背景傳來小孩的尖叫聲她才願意掛上電話。我聽著莉莉在我的小廚房裡鏗鏗鏘鏘，我聽不懂的音樂震動著客廳裡的每一件家具。

*好，威爾，*我靜靜地對他說，*如果你要用這種方法把我推向嶄新的生活，你一定是戴上了眼罩。*

隔天上午，我走進客房要叫醒莉莉時發現她已經起來了，她的手臂圈著雙腿，拉開窗戶抽著菸。床上散著一堆衣服，好像她已經試穿了十幾件，卻沒一件滿意。

她瞪著我，似乎是賭我不會說什麼。我突然見到了威爾，坐在輪椅上從窗邊轉過頭來，眼神憤怒又痛苦，那一秒我幾乎無法呼吸。

「我們半小時內出門。」我說。

我們十一點之前就到了小鎮外。夏天又把成群的觀光客帶回斯坦福堡狹窄的街道上，就像春去秋來的彩燕，他們抓著旅遊書籍和冰淇淋，漫無目的地穿梭在咖啡廳和紀念品小店外，這種小店專賣城堡圖案的杯墊和行事曆，他們買回家之後一定立刻收進抽屜裡，再也不見天日。

我慢慢地經過城堡，「國家信託」前面有長長的車流，看著年復一年幾乎未曾改變的雨衣、風衣、遮陽帽。今年是城堡第五百週年，到處都是海報，宣傳著土風舞、烤豬、節慶活動……

我開到他家門口，很感激我們不會直接看到別院，我曾經在那裡花了許多時間和威爾共處。我們坐在車裡，聽著引擎熄滅。我發現莉莉幾乎把指甲都要啃光了。「妳還好嗎？」

她聳聳肩。

「那我們進去囉，好嗎？」

她盯著雙腳。「如果他不喜歡我怎麼辦？」

「他為什麼會不喜歡妳？」

「沒人喜歡我。」

「那不是真的。」

「學校裡沒人喜歡我，我爸媽等不及要擺脫我。」她野蠻地嚙著最後一小片指甲。「哪種媽媽會讓女兒去和幾乎不認識的人住在又老又破的公寓裡？」

我深吸一口氣。「崔諾先生人很好。我如果覺得這件事不會順利，我就不會帶妳來了。」

「如果他不喜歡我，我們可以直接離開嗎？我是說，馬上走？」

「當然。」

「我感覺得出來，光從他看我的眼神我就會知道了。」

「有必要的話，我們一人兩輪立刻閃。」

她不情不願地扯開笑容。

「好了，」我儘量不讓她察覺到我和她一樣緊張。「我們走吧。」

我站在階梯上，看著莉莉，這樣就不必太認真去想我身在何處。門慢慢地開了，他站在那兒，依然穿著那件藍色的矢車菊襯衫，就和兩個夏季前一樣。不過他的頭髮剪短了，或許是想抵抗極度悲愴導致的蒼老，卻徒勞無功。他張開口，彷彿想對我說什麼，但又忘了原本要說的話，然後他看著莉莉，眼睛張大了一些。「莉莉？」

她點點頭。

他認真地端詳著她。沒人移動，他緊抿著嘴，眼眶盈淚，往前站一步立刻將她掃進懷中。

「噢，親愛的，噢，我的天啊，噢，見到妳真是太好了。噢，我的天哪。」

他低下頭，灰白的頭髮靠著她的髮。我略擔心了一下，怕她會抽身退後。莉莉不是特別喜歡肢體接觸的那種人，但我看到她怯怯地伸出手，環著他的腰、揪著他的襯衫。她的關節泛白，雙眼緊閉，任由他抱在懷中。他們那樣站著，似乎就是永恆，老人與孫女，在前門樓梯上一動也不動。

他往後一站，淚水潸然兩行。「讓我看看妳，讓我瞧瞧。」

她瞥了我一眼，既羞赧又愜心。

「對，對，我看得出來。瞧瞧妳！瞧瞧妳！」他立刻轉過來看我。「她很像他，是不是？」

我點點頭。

她定睛看著他，或許是在尋找她爸爸的影子。當她低下頭，他們還牽著對方的手。

直到那一刻，我都沒發現我哭了。崔諾先生憔悴蒼老的面容上寬心慰藉的表情顯露無疑。那種失而復得的喜樂，兩人找到彼此之後出乎意外的欣忭。當她對著他微笑——帶著歸屬感的、甜美而緩慢的笑容——我的緊張以及我對莉莉．霍頓－米勒遲疑都煙消雲散了。

才不到兩年，這間格蘭塔宅邸已經和我最後一次見到的樣子差很多了。龐大的古董櫃、桃心花木桌上的精巧小盒、厚重的窗簾都不見了。黛拉．蕾頓像鴨子一樣走過來，這才是那些家具消失的原因。屋內還是有幾件光澤動人的古董家具，沒錯，但除此之外所有傢私不是白色就是明亮的顏色，新的陽光色桑德森設計款窗簾和淺色的地墊、現代感的不規則相框。她慢慢地朝我們走過來，微笑中透著些微警戒，似乎她不得不戒備。我發現當她愈靠近，我就愈不由自主地後退，妊娠後期的孕婦很驚人——她身形碩大，肚子的線條幾乎讓人生畏。

「哈囉，妳一定就是露薏莎了。真高興認識妳。」

她光澤閃耀的紅髮用夾子盤了起來，淡藍色的棉質上衣挽在稍微水腫的手腕上。我沒辦法忽略她無名指上那巨大的鑽戒，心中微微一震，不曉得崔諾太太這幾個月來過著什麼樣的日子。

「恭喜。」我指指她的肚皮說。我想說點別的，但我一直搞不清楚對一個胖孕婦該說什麼才適當，大？不大？很厲害？容光煥發？或其他講的那些稱讚的話？其實都是用來掩飾他們真正想說的，其實就是「我的媽呀」。

「謝謝妳。這是個驚喜，但我們很期待這個驚喜。」她的目光從我身上移開，望向崔諾先生和莉莉。他還緊緊牽著她的手，他一邊輕輕地拍著她的手，一邊介紹這棟房子，如何一代傳一代地由崔諾家看守。「有人要喝茶嗎？」她問，然後又問了一次。「史蒂芬？茶？」

「當然好，親愛的，謝謝妳。莉莉，妳喝茶嗎？」

「我可以喝果汁嗎？或水？拜託。」莉莉笑答。

「我來幫忙。」我對黛拉說。

崔諾先生指著大廳裡的祖先肖像畫，他的手扶著莉莉的手肘，說她遺傳了這個人的鼻子、遺傳了那個人的髮色。

黛拉看了他們一陣子，我似乎注意到她臉上閃過一絲不快。她發現我在看她，立刻笑了，好像是她覺得自己的感受表現得如此赤裸露骨很難堪。「好啊，謝謝妳。」

我們在廚房裡來來回回，一下拿牛奶、一下拿糖、一下拿茶壺，禮貌地討論著對方想吃什麼口味的餅乾。我屈身拿茶杯，因為黛拉不方便彎腰，然後我把茶杯放在廚房流理臺上。我注意到，這是新茶杯，現代的幾何圖案，而不是前任夫人喜歡的老舊花朵瓷杯，那些杯子上有植物花卉的圖案和拉丁文。崔諾太太三十八年的光陰都被無情而迅速地抹滅了。

「這房子看起來……很棒，很不一樣。」我說。

「對啊，嗯，史蒂芬離婚的時候損失了很多家具，所以我們得做點變化。」她伸手取茶罐，「他們家世代相傳的家具都沒了，當然了，她想要的都不放過。」

她朝我掃了一眼，好像在評估我會站在哪一邊。

「我自從威爾……就沒和崔……卡蜜拉說過話了。」我覺得自己很不忠誠，感覺很怪。

「總之，史蒂芬說那女孩突然出現在妳家門口啊。」她的笑容很淺很僵。

「對，我完全沒料到，但我見過莉莉的媽媽了，她……嗯，她有一陣子和威爾很親密。」

黛拉用手扶著後腰，轉身去看水壺。媽說她曾經去過隔壁小鎮名不見經傳的律師事務所。要是有三十歲還沒結婚的女人，妳可就要提防了，她輕蔑地說，然後又迅速地看了我一眼。四十，我是說四十。

「妳覺得她想要什麼？」

「抱歉？」

「妳覺得她想要什麼？那女孩？」

我聽見大廳傳來莉莉的聲音，她有好多問題，像個孩子般充滿興趣，我莫名地保護慾氾濫。「我不認為她想要任何東西。她只是剛發現她有個未曾謀面的父親，想更瞭解他的家人。她的家人。」

黛拉用熱水溫過茶壺之後又把水倒掉，量了幾匙茶葉（散茶，我注意到，這點和崔諾太太一樣）。她慢慢地在壺中注入滾水，小心地不濺到自己。「我愛了史蒂芬很久。他——他——這一年多來很難熬。如果……」她說話的時候沒看著我，「……莉莉這時候來讓他的生活更複雜，他會很難受。」

「我不認為莉莉想要讓你們任何人的生活更複雜，」我小心翼翼，「但我認為她有權利認識她的爺爺。」

「這是當然。」她平順地說，自動笑容又定位了。我在那時發現，我沒通過她的試探，而且我不在乎。接下來，黛拉喃喃地點了點托盤上的項目，端起來，我提議由我來端蛋糕和茶壺，她同意後我們一起走到畫室。

「那，露薏莎，妳近來可好？」崔諾先生在安樂椅上往後一躺，鬆弛的臉上綻放著寬闊的笑容。喝茶的時候他幾乎不間斷地一直和莉莉對話，問起她媽媽、她住在哪裡、她學了什麼（她沒讓他知道學校裡的問題）、她喜歡水果蛋糕還是巧克力（「巧克力？我也是！」）、喜不喜歡薑（不喜歡）和槌球（沒興趣——「喔，我們得下點功夫了！」）她似乎讓他很安心，因為她像他兒子。這時候，就算她說她媽媽是巴西來的脫衣舞孃他應該也完全不會介意。

我看著他偷瞄莉莉，他在她說話的時候研究著她的側臉，或許他也看到了威爾的影子。有時候我在他的表情裡看到一絲鬱鬱。

不曉得他想的是不是和我想的一樣：他兒子將永遠不知道她的存在，又添一抹新愁。接著他會立刻振作起來，逼自己打起精神，臉上重現沉穩的笑容。

他花了半小時帶她四處參觀，兩人回來的時候崔諾先生驚呼著莉莉自己走出了迷宮，「第一次就自己走出來了呢！這一定是妳的基因。」莉莉笑顏如花，好像贏了大獎。

「那，露薏莎呢？生活還好嗎？」

「我很好，謝謝。」

「妳還在當……看護嗎？」

「不。我——我旅行了一陣子，現在在機場工作。」

「喔！很好！英國航空嗎，我猜？」

我感覺到兩頰發燙。

「管理職，是嗎？」

「我在機場的酒吧工作。」

他遲疑了一下，不到一秒，就立刻穩重地點點頭。「大家總是需要酒吧的，尤其在機場，我上飛機前總要雙份威士忌，是不是啊，親愛的？」

「是，你總要先喝一杯。」黛拉應著。

「我想每天看著每個人飛向不同地方一定很有趣，很刺激吧？」

「我還有其他想做的事情。」

「當然了，好，很好……」

我們沉靜了一下子。

「預產期什麼時候呢？」我想把注意力從我身上轉開。

「下個月。」黛拉撫著肚子說。「是女生。」

「好棒，你們打算取什麼名字？」

他們互看了一眼，就是那種準父母已經選好名字但還不想公開的眼神。

「喔……我們還不曉得。」

「覺得不太習慣，又要當爸爸了，尤其我這年紀，很難想像。妳知道的，要換尿布那些。」他朝黛拉瞧了一眼，然後又為了讓她安心，「不過這感覺很奇妙。我很幸運，我們都很幸運，是不是啊，黛拉？」

她對他一笑。

「我相信。」我說。「喬琪娜好嗎？」或許只有我注意到崔諾先生的表情變了一點點。

「喔，她很好，還在澳洲。妳知道的。」

「對。」

「她幾個月前來過……不過她大部分的時間都和她媽媽在一起。她很忙。」

「當然了。」

「我想她交了個男朋友。我很確定有人跟我說過她現在有男朋友了。那……那很好。」

黛拉撫著他的手。

「誰是喬琪娜？」莉莉本來在吃餅乾。

「威爾的妹妹，」崔諾先生轉過去對著她說，「妳的姑姑！對！其實，妳和她這年紀的時候長得很像。」

「我可以看照片嗎？」

「我找一張來給妳看。」崔諾先生揉揉側臉。「我想不起來畢業照收在哪裡。」

「你的書房，」黛拉說，「親愛的，你留在這裡，我去拿。我走動走動也好。」她從沙發上撐起身子，沉重地離開了畫室。

莉莉很堅持要和她一起去。「我想看看其他照片，我想看我像誰。」

崔諾先生看著她們離開，臉上還掛著笑意。我們安靜地坐著喝茶。「妳和她說過話了嗎……卡蜜拉？」

「我不知道她住哪裡，我正要問你她的聯絡方式，我知道莉莉也想見她。」

「她那陣子很不好過，不過，是喬琪娜說的，我們沒說話。這很複雜因為……」他朝門的方向點點頭，然後發出幾乎無法察覺的嘆息。

「你想告訴她嗎？莉莉的事？」

「噢，不，噢……不。我不認為她想……」他摸摸眉毛，「或許由妳開口比較好。」

他在紙上抄下她的地址和電話交給我。「有點遠，」他歉然一笑，「她想要有個全新的開始。幫我向她問好，行嗎？在這種情況下，終於有個孫女兒，有點怪……」他降低音量，「說來有趣，卡蜜拉是現在唯一能真正懂得我感受的人。」

若他是其他人，我可能當下會給他一個擁抱，但我們是英國人，他又曾經算是我的雇主，所以我們尷尬地對笑了一下。或許希望我們身在他方。

崔諾先生在椅子上挺直身軀。「不過，我是個很幸運的人。在這年紀還能從頭開始。不確定我配不配擁有這種幸福。」

「我想幸福沒有配不配的。」

「那妳呢？我知道妳以前對威爾有好感……」

「在他之後很難有其他人。」我感覺到喉嚨一緊，當喉頭鬆開來的時候，崔諾先生還在看著我。

「我兒子在乎的就是好好生活，露薏莎，這不需要我來提醒妳。」

「但這就是問題所在，不是嗎？」

他等我開口。

「他只是比我們其他人都更擅長生活。」

「露薏莎，妳會走出來的。我們都會走出來的，用自己的方式。」

他摸摸我的手肘，表情很溫和。

黛拉回到畫室後開始收托盤，把杯子都疊在一起，送客意味明顯。

「我們該走囉。」我對莉莉說，她一捧著相框走進來我就起身。

「她看起來跟我很像，對不對？妳覺不覺得我們的眼睛一模一樣？妳覺得她會想跟我說話嗎？她有電子郵件嗎？」

「我相信她會想和妳說話，」崔諾先生說，「但如果妳不介意的話，莉莉，我想自己告訴她。這對我們來說都是需要消化的大新聞，最好給她幾天的時間去咀嚼。」

「好，那我什麼時候可以搬過來？」

在我右手邊，我聽到黛拉差點摔落了一只杯子。她微微躬身，把托盤上的杯盤疊好。

「搬過來？」崔諾先生身子往前一彎，好像不確定自己有沒有聽錯。

「是啊，你是我爺爺，我想或許我可以在這裡住到暑假結束？多認識你一點。我們有很多要彌補的時光，不是嗎？」她的臉因為期望而亮了起來。

崔諾先生看著黛拉，她的表情讓他把他原本要說的話給吞了回去。

「以後很歡迎妳來，」黛拉把托盤端在面前，「但我們目前有大事要準備。」

「這是黛拉的第一個孩子，妳懂吧，我想她想要——」

「我需要一點時間保留給自己和史蒂芬，還有小寶寶。」

「我可以幫忙。我很擅長照顧小嬰兒，」莉莉說，「我弟弟小的時候都是我在幫忙。他們根本是小惡魔，超恐怖的嬰兒。他們幾乎一直在尖叫。」

崔諾先生看著黛拉。「我相信妳很聰明伶俐，」他說，「但現在這時機不適合。」

「但你們這裡房間那麼多，我只要住在其中一間客房就好了。你們根本不會注意到我的存在。我真的很會幫忙換尿布那些的，而且我可以幫你們看小孩，這樣你們還可以有自己的活動。我只要……」莉莉說不下去了，她輪流看著那兩個人，等他們回應。

「莉莉……」我不安地守在門邊。

「你們不要我。」

崔諾先生往前踏一步，準備要把手放上莉莉的肩膀。「莉莉，親愛的，不是——」

她閃開了。「你覺得有個孫女很好，但妳根本不希望我出現在你的生活中。你只是——你只是要我偶爾來探望你。」

「莉莉，是時機的問題，」黛拉冷靜地說，「只是——嗯，我為史蒂芬——你爺爺——等了很久，有寶寶的這段時間對我們而言很珍貴。」

「而我就不珍貴。」

「不是這樣的。」崔諾先生又朝她邁進。她甩開他

「喔，天啊，你們都一樣！你和你的完美小家庭，超級封閉，沒有人願意給我一點空間。」

「喔，拜託，莉莉，不要這麼情緒化——」黛拉開口。

「滾開！」莉莉大吼著，黛拉退縮了一步，崔諾先生驚恐地張大眼。她跑走了，我二話不說，把他們留在畫室，朝莉莉追過去。

10

我寄了封電子郵件給納森。他回信了：

小露，妳是吃錯藥了嗎？搞什麼鬼？

我寄出第二封，多加了一點細節，淡定的他回來了。

嗯，那老狗，還是有辦法變出新把戲，是吧？

我已經兩天沒莉莉的消息了，我有點擔心，但也有點鬆了一口氣的感覺，因為我終於能有片刻冷靜。我納悶著，她對威爾的家人原本抱著童話故事般的幻想，這泡泡一旦戳破了，她會不會比較願意和自己的家人搭橋？接著我又納悶著崔諾先生會不會直接打電話給她，解決這一切紛擾。我還想著莉莉會在哪裡？她會不會和那天在我家門口出現的那個年輕男子一起消失了。他絕對沒那麼簡單——我問起他的時候，莉莉那麼閃避——我一直記得這件事。

我也經常想起山姆，很後悔那天離開得那麼倉促。現在回想起來，這一切都太情緒化也太詭異了，我怎麼就那樣從他身邊跑掉。雖然我常常說我不是那種人，但我一定就是那種人。我暗自決定下次我在聚會場所外面見到他的時候，要冷靜以對，或許用非憂鬱症的人那種模糊難解的方式微笑打招呼。

工作還是死氣沉沉。來了一個新的女同事：薇拉，是個一板一眼的立陶宛人，她可以用同一種表情完成吧臺的所有工作，看起來就好像有人在她周圍放臭屁一樣。當她離開理查收聽範圍的時候，她就會說所有的男人都是「骯髒下流的野獸」。

他開始每天上午進行「勵志」對話，然後我們要打氣、跳躍、叫喊著「耶！」，這個步驟每次都會把我的假鬈髮給甩出去，然後他就會皺起眉頭，好像這個失誤突顯了我的個性，他根本沒注意到尼龍髮片沒辦法固定在我的頭上。薇拉的假髮一動也不動，或許連她的髮片都不敢掉下來。

有一個晚上，當我回到家以後，我上網搜尋青少年問題，想知道我是不是可以修補上週末的傷害。不過這網站多半是在講荷爾蒙爆發的現象，沒提到帶十六歲女孩去見她四肢癱瘓的亡父一家人以後要怎麼處理。十點半，我放棄了。我環顧臥室，有一半的衣服都還放在箱子裡，於是我答應自己這個禮拜一定要來整理，又安慰自己說這個晚上一定能入眠。

凌晨兩點半，有人想強行打開我的大門，這聲音把我給吵醒了。我踉蹌下床，抓起拖把，心臟砰砰跳，眼睛從門上小洞往外瞧。「我要報警了，」我大叫著，「你要幹嘛？」

「哎唷，我是莉莉。」我一開門她就跌進來，叼著菸笑著，睫毛膏暈染了整個眼窩。

我攏起睡衣，鎖上大門。「天啊，莉莉，現在是半夜。」

「妳想不想去跳舞？我覺得我們可以去跳舞。我喜歡跳舞，其實，這樣講不完全對，我喜歡跳舞但這不是我來的原因。我媽不讓我回家，他們把鎖給換了。妳相信嗎？」

我很想回答這個問題，但我鬧鐘設定在六點，真好笑，我其實可以聊下去。

莉莉用力地跌撞在牆上。「她不肯開那道白痴的門，她隔著信箱對我咆哮，好像我是……遊民一樣。所以……我想說我來這裡好了，或者我們可以去跳舞……」她搖搖晃晃地經過我身邊，走向我的喇叭，把音樂開到震耳欲聾。我立刻過去降低音量，但她揪著我的手。「露薏莎，我們來跳舞！妳得學點舞步！妳總是那麼傷心！放輕鬆！來嘛！」

我扭開手，立刻按下音量鍵，免得第一道聲波傳到樓下。等我轉過身，莉莉已經消失在客房裡了，她搖晃了幾步終於倒在行軍床上。

「喔，我．的．天．啊，這張床好——爛。」

「莉莉？妳不能這樣進來就——喔，天啊。」

「只待一分鐘，」她搗著嘴回話，「我只是中途休息一下，等會我要去跳舞，我們去跳舞。」

「莉莉，我明天要上班。」

「我愛妳，露薏莎。我有跟妳說過嗎？我真的很愛妳。只有妳會……」

「妳不能倒在這裡——」

「嗯嗯……呃……」她沒動。

我摸摸她的肩膀。「莉莉……莉莉？」

她輕輕地傳出鼾聲。

我嘆了一口氣，等了幾分鐘，然後小心翼翼地脫下她的鞋，把她口袋裡的東西掏出來（香菸、手機、一張皺巴巴的五英鎊紙鈔），我把她的東西都收進我房間。我讓她側躺著，這樣才好恢復體力，最後，凌晨三點時我相當清醒，我知道我或許無法再入睡，因為我擔心她會窒息，於是我坐在椅子上看著她。

莉莉的臉蛋很安詳，戒慎恐懼的、暴躁易怒的、陰晴不定的、虛偽矯枉的表情都褪去了，她現在看起來有種脫俗的清麗，髮絲隨意散落在肩上。儘管她的行為失序，但我卻沒辦法生氣。我一直忘不掉她星期天那受傷的神情。莉莉和我完全相反。她不會遮蔽傷口，也不懂得療傷。她的情緒傾瀉而出，任自己爛醉，天曉得她還做了什麼來讓自己忘記這一切。我沒料到她這麼像她爸爸。

威爾，你怎麼看？我默默地問他。

不過，就像我不懂得怎麼幫他，我也不知道能為她做什麼？我不知道要怎麼改善情勢。

我想起我妹說的話：妳知道，妳絕對沒辦法應付這個。在那靜謐的黎明前，我討厭她說的沒錯。

我們發展出了一套模式，莉莉每隔幾天就會來找我。我永遠沒辦法知道站在門口的是哪個莉莉：欣喜雀躍的莉莉吵著要去餐廳吃飯，或要看樓下牆外那隻可愛的貓咪，或在客廳裡隨著她新發現的樂團起舞；也可能是那個委屈可憐的莉莉，安靜地點點頭就走進來躺在沙發上看電視。有時候她會隨意問起威爾——他喜歡什麼樣的電視節目？（他幾乎不看電視，他比較喜歡電影。）他最喜歡哪種水果？（無籽葡萄，紅色的。）我最後一次見到他大笑是什麼時候？（他不常大笑。不過他的笑容……我現在還能清楚地記得，彎彎的眼睛、潔白的牙齒、緋紅的臉頰。）我永遠不確定她是否滿意我的答案。

接下來，大概每隔十天，我會見到酒醉的莉莉，或更糟（我永遠不確定），她會連續好幾個小時用力捶打我的門，無視於我提醒她當時有多晚，也完全忽略我需要睡眠，然後莽莽撞撞地經過我身邊，頂著被睫毛膏弄髒的臉，可能少了一隻鞋，就直接倒在行軍床上，就連我上午出門她也不願意起床。

她好像沒有什麼興趣，也沒幾個朋友。她在街上可以和任何人聊天，或就像個野孩子一樣漫不在乎地請人幫忙。但家裡打來的電話她都不接，而且她似乎覺得她遇見的每個人都不喜歡她。

私立學校的暑假已經開始了，我問她不在我家也沒去看她媽媽的時候，她都在哪裡？她遲疑了一下然後說：「馬丁那兒。」當我問起他是不是她男朋友的時候，她擺出所有青少年都有的那種臉色，表示大人剛剛講了很蠢而且很噁心的話。

有時候她很憤怒，其他時候她很無禮。但我總沒辦法拒絕她。儘管她行為脫序，但我感覺得出來我的公寓是她的避風港。我發覺自己一直在尋找線索：檢查她的手機想偷看訊息（上鎖了）、檢查她的口袋看有沒有毒品（沒有，除了上次那根大麻捲菸），還有一次，在她淚汪汪且醉醺醺地走進來之後，她往樓下看著一輛車，那輛車的喇叭足足按了四十五分鐘才罷休。最後是我鄰居走下去，拉開窗戶罵人，那人才終於駕車離去。

「妳知道，我不是要評斷妳，但喝這麼醉不好，妳這樣根本不知道自己在做什麼，莉莉。」我有天早上替我們煮咖啡的時候說。莉莉太常來了，我不得不改變我的生活方式：生活用品要買兩人份、要收拾不是我弄亂的雜物、熱飲要沖兩杯、洗澡的時候要記得鎖門才不會聽到她驚聲尖叫著「喔，我的天，噁心死了！」

「妳明明就是在評斷我，妳剛剛那句話的意思就是『這樣不好』。」

「我是認真的。」

「我有告訴妳該怎樣過生活嗎？我有告訴妳說這間公寓死氣沉沉嗎？我有說妳的打扮就像是失去求生意志的人嗎？妳穿得像成人影片妖精的時候不算。我有嗎？我有嗎？沒有啊。我什麼都沒說，所以妳別管我。」

我當時好想告訴她。我想告訴她我九年前經歷了什麼事，那個晚上我喝多了，我妹天亮前帶我回家的時候，我打著赤腳，無聲地啜泣 。但她一定會幼稚地說我活該，就像她聽完我其他故事後的反應，而這段往事我以前只有勇氣對一個人說過。那個人已經不在了。「妳半夜把我叫醒不公平，我還得早起上班。」

「那妳給我一副鑰匙，這樣我就不會吵醒妳了，對吧？」

她露出一抹勝利的笑容，既罕見又迷人，像極了威爾，我竟把鑰匙交給她了。當我遞過去的時候，我完全知道我妹會說什麼話。

我那段期間裡和崔諾先生通過兩次話，他很焦慮地想知道莉莉好不好，而且很擔心她的生活方式。「我是說，她是個聰明的女孩，十六歲就輟學不好。她爸媽難道都沒說什麼嗎？」

「他們好像不常對話。」

「我該和他們談一談嗎？妳覺得她需要大學教育基金嗎？我得承認，我離婚之後手頭是比以前緊了一些，但威爾留下不少錢。所以我想那筆錢用在她的教育或許……比較適合。」他壓低聲音說，「不過，或許我們現在不要告訴黛拉這件事比較好，我不希望她有錯誤的解讀。」

我倒很想問他什麼是正確的解讀。

「露薏莎，妳覺得妳有辦法勸莉莉回來嗎？我一直想著她。我希望我們能再試一次。我知道黛拉也很想多瞭解她。」

我憶起我們在廚房裡近距離接觸時黛拉的表情，不知道崔諾先生是一廂情願還是過度樂觀。

「我儘量。」我答應他。

燠熱的夏季週末在倫敦一人獨處實在覺得這公寓格外安靜，我很早就起床了，四點值完班，五點回到家，雖然精疲力盡但其實那短暫的幾小時內，我心裡很感激我還有一個屬於我的家。洗了澡之後，我吃了幾片吐司，上網看看最近有沒有待遇好過基本工資的職缺，聽著溫暖空氣裡傳來城市的喧囂。往往，我對生活還算滿意。我參加了這麼多堂團體輔導以後開始明白對任何小確幸都表達感激很重要；我很健康、我和家人重修舊好了、我有工作。儘管我還沒辦法平靜地面對威爾已經離開了，但我至少感覺到自己從死亡的陰影中慢慢往外爬。

不過呢，像這樣的夜晚，當街道上有情侶牽手散步、當酒吧裡有人談笑風生、當城市裡的居民在想晚餐要吃什麼、晚上要去哪裡，或上哪間酒吧……此時我的內心就開始隱隱作痛；有個很原始的聲音說我不該在這裡，說我還少了什麼。

這種時候我最孤單。

我稍微整理家裡，洗了制服，就當我沉浸在安靜而難過的情緒裡，門鈴響了。我不耐煩地起身拿起對講機話筒，原本以為可能是快遞員要問路，或有人訂了夏威夷披薩卻送錯了地址，但我卻聽到了一個男人的聲音。

「露薏莎？」

「誰？」其實我一聽就知道是誰。

「山姆，救護車山姆。我下班途中路過妳這兒，我只是……嗯，妳那天晚上離開地很匆促，我想知道妳有沒有事？」

「隔了兩個禮拜才關心我？我搞不好已經被貓吃掉了。」

「我猜妳應該還沒被吃掉。」

「我沒養貓。」安靜了一下。「我沒事，救護車山姆，謝謝你。」

「那就好……聽到我就放心了。」

我換個姿勢，這樣我就可以從小小的黑白監視器螢幕裡面看到他。他穿著機車夾克，和平常的醫護人員制服不一樣，他原本一手撐在牆上，這時把手放下來，面對著馬路。我看到他吐了一口氣，這個小動作讓我不禁問：「那……你有什麼計劃嗎？」

「沒什麼計劃，只不過想隔著對講機和某個人聊天。大致上是這樣。」

我笑得太快，太大聲了。「我幾年前就放棄了，」我說，「這樣聊下去很難進展到喝一杯。」我看到他笑了。我環顧安靜的小公寓，未經思索就說：「別走，我馬上下去。」

我本來要去取車，但當他遞給我他多帶的安全帽時，如果還堅持自己開車好像太矜持了。我把車鑰匙塞回口袋，站著等他扶我上車。

「你是醫護人員還騎重機。」

「我知道，不過，以壞習慣來說，我只有這個。」他笑得像狼。我意外地顫動了一下。

「妳覺得和我在一起不安全嗎？」

這問題沒有合適的回答。我凝著他的目光，爬上了機車後座。如果他做出什麼危險的事，好歹他有能力把我給補起來。

「那我要怎麼做？」我把安全帽戴上。「我從來沒坐過重機。」

「抓緊扶手，然後跟著機車的律動。不要壓在我身上，如果妳不舒服，拍我的肩膀我就會停車。」

「我們要去哪裡？」

「妳擅長室內布置嗎？」

「完全無能。怎麼了？」

他啟動引擎，「我想讓妳看我的新家。」說完我們就進入了車陣，穿梭在汽車與公車之間，順著路標上高速公路。我得閉上眼睛，貼在他身後，希望他聽不到我的尖叫。

我們到倫敦最外圍，那裡的院子愈來愈大，最後變成田野，每一棟都有自己的名字而不是門排號碼。我們經過一個小村子，其實和前一個小村子相連，山姆經過一道閘門的時候慢下車速，最後終於熄火，扶著我下車。我脫下安全帽，耳中還能聽到心臟噗通噗通地跳，我想把溼漉漉的頭髮撩起來，但我的手指還因為剛剛緊抓著扶手而過於僵硬。

山姆打開大門，示意我走進去。這邊有一半是綠地，另一半則是水泥和空心磚。工地後面的那個角落有一道高高的圍籬，裡面停了一節列車車廂，旁邊有一隻雞和一群鳥停下動作，殷殷地看著我們。

「我家。」

「不賴！」我環顧四周。「嗯……你家在哪裡？」

山姆開始走下去。「那裡，地基在這裡，我花了三個月才打好。」

「你住在這裡？」

「對啊。」我看著水泥地，當我抬頭望向他，他的表情讓我把話給吞了回去。我揉揉我的頭。「那……你打算整個晚上都站在那裡嗎？還是你要帶我導覽一下？」

徜徉在傍晚夕陽下，環繞在青草與薰衣草的香氣中，聽著蜜蜂慵懶地哼著，我們慢慢地從這一頭走到另一頭，山姆指出門窗的位置。「這裡是浴室。」

「通風很好。」

「對，我得多花點功夫，小心，那其實不是門口，妳剛剛直接走進淋浴間了。」

他跨過一堆空心磚，踩上另一大片水泥地，伸出他的手讓我也可以安全地跨過去。「這裡是客廳，所以如果妳從窗戶看出去，」他用手指比出一個觀景窗的樣子，「妳可以看到一大片空曠的鄉間景色。」

我看著一片田野發出微光，覺得自己好像離倫敦市幾百萬英哩，而不只是幾十英哩。我深吸一口氣，享受這意外的靜謐。「很棒，但我覺得你的沙發擺錯位置了，」我說，「你需要兩張沙發，一張在這裡，或許另一張在那裡。我猜你那邊有一面窗吧？」

「噢，對，會有兩面窗。」

「嗯，而且你的收納空間得重新規劃。」瘋狂的是，才邊走邊聊幾分鐘，我就完全可以想像這屋子的模樣了。我順著山姆的手看過去，當他指著隱形的壁爐，想像中的摺疊防火梯和肉眼看不見的天花板，我完全可以看見挑高窗戶，還有他朋友用古董樺木刻出來的欄杆。

「這房子一定很漂亮。」我們憑空捏造出最後一間套房。

「大概要十年吧，不過，對啊，我相信這房子會很漂亮。」

我左右望著田野，把蔬菜田、養雞場和鳥鳴聲都納入懷中。「我得告訴你，這和我想像的完全不一樣。你沒打算……你知道的，請人來施工嗎？」

「可能最後會吧，但我喜歡自己來。蓋房子對靈魂很好。」他聳聳肩。「當你一整天都在縫補病患的傷口、幫自信過度的騎士急救、安置被丈夫當沙包的受虐妻子，還有因為濕氣而長期氣喘的小孩……」

「還有從屋頂墜樓的白痴女人。」

「對，還有她們。」他指指攪拌水泥的混凝機，還有那一堆磚塊。「我來蓋房子才有能量去面對那些事情。要啤酒嗎？」他爬進列車車廂，要我跟進去。

這已經不是車廂了，裡面有個精巧別緻的小廚房，角落有座位，空氣中還隱約聞得到蜂蠟與度假旅客的味道。「我不喜歡會移動的家，」他似乎是在解釋，然後朝座位揮揮手。「坐吧。」他從冰箱拿出冰涼的啤酒，開瓶之後遞給我，然後為自己煮了一壺熱水。

「你不喝嗎？」

他搖搖頭，「我工作幾年之後就知道我回家以後喝酒會放鬆，但一瓶變兩瓶，接下來兩瓶也不夠，有時候需要三瓶。」他打開茶葉罐，在馬克杯裡丟了一個茶包。「接下來……我失去了對我很重要的人，我覺得我當下不戒酒就永遠戒不了酒。」

他說這些話的時候沒看著我，只是在車廂內走來走去，他碩大的身材在這狹窄的空間裡竟然還挺從容。「我有時候會喝啤酒，但今晚不行，我晚點要送妳回家。」

這樣的言論一出，和不甚熟稔的男子共處在列車車廂裡就顯得沒那麼古怪尷尬了。如果這個人照顧過妳破碎且赤裸的身體，妳怎麼可能冷漠以對？如果這個人都說要帶妳回家了，妳怎麼還會焦慮緊張？這就好像我們第一次見面的方式就已經把相識過程中的尷尬和阻礙都清除了。他見過我只穿內衣的樣子。天啊，他見過我肌膚底下的碎骨。這表示我在山姆身邊能感受到一股別人給不了的安全感。

這車廂讓我想起小時候在故事書裡看到的吉普賽拖車，每樣物品都必須妥善收納在狹小空間裡。雖然有家的感覺，但很樸素無奇，而且男人味超重。這車廂有經過陽光烘烤的木頭香氣，有肥皂和培根的味道。我猜，這是個全新的開始。我很好奇他和傑克原本的家怎麼了。

「那……嗯……傑克覺得怎麼樣？」

他在長椅的另一端坐下來，捧著茶。「他一開始覺得我瘋了。現在他挺喜歡的。我在醫院值班的時候就由他餵雞。我答應他只要他滿十七歲我就教他在鄉下開車。」他舉起馬克杯。「願老天幫助我。」

我舉起啤酒敬他。

或許是我沒料到溫暖的週五夜晚竟然有個男子會如此深情地和我對望，他的頭髮讓妳很想讓指頭鑽進去，又或許是因為我喝了第二瓶啤酒，但我終於開始懂得放開一點了。

車廂裡有點悶，所以我們移到外頭的兩張摺疊椅上，我看著雞群在草地上啄食，這畫面竟意外地療癒，同時聽著山姆講起過胖的病患，得動用四組醫療人員才能把他扛出家門，還有年紀輕輕就混幫派的小伙子，就連躺在病床上縫合傷口的時候也想幹掉對方。我們一邊說，我發覺自己一直偷瞄他，瞄他捧著馬克杯的手，瞄他不經意露出的笑容，瞄他每次笑就在眼尾擠出三條小細紋，精準地刻劃在臉頰上。

他聊起他的父母：他爸爸是退休消防員，他媽媽在夜總會唱歌，她為了孩子放棄了工作（「我想這就是為什麼妳的穿著會吸引我，我很習慣亮片。」）他沒提起亡妻的名字，不過他觀察到他媽媽很擔心傑克的生命中缺乏女性長輩的關照。「她一個月來一次，把他帶回家，這樣她和姨婆可以一起呵護他、餵飽他，還買一堆襪子給他。」他的手肘擱在膝蓋上。「他每次去之前都唉唉叫，但其實他心裡很喜歡去。」

我說莉莉回來了，他聽起莉莉和崔諾夫婦見面的過程就皺起臉。我聊起莉莉複雜的心情，還有失序的行為，他點點頭，好像聽來都不意外。當我說起莉莉的媽媽，他就搖頭，「有錢人未必是好家長。」他說，「如果她領失業救濟金，那個媽媽還得接受社會局監督。」他朝我舉起馬克杯，「露薏莎．克拉克，妳做得對。」

「我不確定我做得好不好。」

「只要碰到青少年，沒人敢說自己做得好，」他說，「我覺得他們就是那樣。」

我很難把這個自在的養雞山姆和那個脫了人家裙子以後又後悔啜泣的山姆聯想在一起。但我非常清楚，你對外表現的性格和真實的內心可能很不一樣。我知道悲傷可以讓人做出自己無法理解的舉動。「我很愛你的車廂，」我說，「還有你的隱形屋。」

「那我希望妳還會再來。」他說。

性愛強迫症患者。我略感憂愁地想著，如果他都是用這種方法把妹，天啊，那他真是高手。這種組合太無敵了：具備紳士風範但走不出喪妻之痛的單親爸爸、難得一見的笑容、單手就能抱起一隻雞的粗獷——而且雞看起來很爽。我絕對不會讓自己變成他的神經女伴之一，我不斷對自己說。但如果只是和帥哥眉來眼去的話，其實還挺有趣愉快。偶爾除了焦慮感、生悶氣之外能有點不同的感受很棒，否則我的日常生活幾乎被這兩種情緒包圍。我過去這幾個月來若要碰到異性，通常一定有酒精，最後則是搭計程車回家在浴室裡厭惡自己到哭出來。

威爾，你覺得呢？這樣好嗎？

天色漸暗，我們看著雞群心不甘情不願地一路咕咕咕地回欄舍裡去。

山姆看著雞群，倒回椅子上。「露薏莎．克拉克，我有種感覺，當妳跟我講話的時候，妳內心有一段完全不同的對話。」

我很想伶牙俐齒地回覆他，但他說的沒錯，而我不知該說什麼。

「妳和我。我們都在迴避著什麼。」

「你很直白。」

「我現在害妳不自在了。」

「不，」我看著他，「嗯，或許，有一點點。」

在我們後方，一隻烏鴉聒噪地飛上天，拍著翅膀擾動靜滯的空氣。我壓抑著撫平頭髮的衝動，反倒把最後一口啤酒給吞了下去。「好，嗯，真心話考驗來了。你覺得身邊的人死了之後，要過多久才能走出傷痛？我是指你真的真的很愛的人。」

我不確定我為什麼要問他這個？這問題對他來說白目到幾乎殘忍，或許是我擔心他性愛強迫症即將發作所以要先潑點冷水。

山姆略睜大了眼睛。「哇。嗯……」他低頭瞇眼看著馬克杯，然後望著幽暗的田野。「……我不知道能不能走出來。」

「這答案真樂觀。」

「不。真的。我以前也常思考這問題。你會漸漸學著和這問題一起生活下去，和他們一起生活下去，因為他們會一直待在你身邊，就算他們已經沒有生命，已經停止呼吸。這和你一開始面對的那種錐心刺骨的悲痛不一樣，那種難過會淹沒你，會讓你想在不對的地方哭出來、讓你對還活著的白痴很憤怒，為什麼那些人還活著，你愛的人卻死了？你要學著去適應這種事情，就像習慣有個洞在那。我不知道，就像……從內餡飽滿的奶油麵包變成空洞的甜甜圈。」

他的表情太過淒楚，讓我突然間好內疚。「甜甜圈。」

「這比喻很蠢，」他牽起嘴角，「我不是指——」他搖搖頭，看著雙腳之間的青草，又瞥了我一眼。「來吧，我送妳回家。」

我們穿過田野，走到他的重機旁邊。溫度下降了，我雙臂交疊在胸前，他見狀就把外套給我穿，就算我說不冷他還是堅持。這外套的重量讓人很舒服，還有迷人的男子氣慨。我儘量不吸氣。

「你都這樣搭訕病人嗎？」

「只有活下來的。」

我聞言大笑，笑聲毫無預警地從體內冒出來，我沒打算笑那麼大聲。

「我們沒打算找病患出去約會。」他把安全帽遞給我。「但我想妳已經不算我的病患了。」

我接過安全帽。「這也不算約會。」

「不算嗎？」我爬上後座的時候，他饒富深意地輕輕點頭。「好。」

11

那個禮拜，我去參加「繼續向前」團體輔導時，傑克不在那兒。達芙妮說她在廚房裡若沒有男人幫忙，她就打不開玻璃罐。桑尼爾說他們要分配哥哥遺物的問題；而我只盼著教堂大廳那扇沉重的紅色大門能趕快打開。我對自己說：我是在意他好不好，我希望他可以在一個安心的地方說出其實他父親的的行為讓他很不安。我對自己說：我才不是想見到山姆倚在重機上。

「露薏莎，絆住妳的小事有哪些？」

或許傑克已經不必再繼續團體輔導了，我心想。或許他覺得他已經不需要了。很多人中途退出，大家都這麼說。一定是這樣，我以後見不到他們倆了。

「露薏莎？日常小事？一定有吧。」

我一直想起那片牧場，車廂裡整潔的臥舖，威爾用手臂夾著母雞在牧場裡散步的模樣，好像他捧著珍貴的包裹。牠胸口的羽毛一定柔軟地像耳邊輕語。

達芙妮輕推我一下。

「我們在討論日常生活裡有哪些小事會讓妳一直想著妳失去了什麼？」馬克說。

「我想念性生活。」娜塔莎說。

「那不是小事。」威廉接著說。

「你又不認識我老公。」娜塔莎輕哼出笑意，「等等，這笑話很難笑，我很抱歉。我不知道剛剛怎麼了。」

「開玩笑無妨。」馬克鼓勵她。

「歐勒夫其實天賦異秉，老天特別眷顧他。」娜塔莎的眼光掃視著我們。沒人接話後她舉起雙手，與肩同寬，然後毫無疑問地點點頭，「我們很幸福。」

大家又安靜了一下。

「很好。」馬克說，「聽妳這麼說就好了。」

「我不希望別人誤會我老公。以為他很小——」

「我相信沒有人會那樣想到妳先生。」

「如果妳再講下去，我就會。」威廉說。

「我不希望你想起我老公的老二。」娜塔莎說。「我禁止你去想我老公的老二。」

「那就不要再講了。」威廉說。

「我們可以不要再討論老二了嗎？」達芙妮說。「這話題讓我不太舒服，我們以前學校的修女就連我們說『那下面』都會用籐條抽我們。」

馬克的聲音現在聽起來很絕望。「我們可不可以把話題轉回來討論失去的意象。露薏莎，妳本來要告訴我們有哪些小事會讓妳想起妳失去的一切？」

我坐在那兒，想忽略娜塔莎又舉起手指，無聲地測量一段隱形的長度。

「我覺得我很想念有個人可以對話的感覺。」我答得很小心。

大家喃喃地表示同意。

「我是說，我不是那種朋友一大堆的人。我上一個男朋友交往了很多年，後來我們……

我們不太常出門。在那之後，我遇見了……比爾。我們無所不聊；聊音樂、聊人群、聊我們做過的事、聊我們想做的事，我從來不必擔心自己會不會說錯話或得罪誰，因為他『懂』我。你知道嗎？現在我搬來倫敦，開始獨自生活，離開我的家人，每次和他們講話總是有點……麻煩。」

「不能說錯話。」桑尼爾說。

「現在有一件事我真的好想跟他聊。我會在腦子裡和他對話，但這不一樣。我很懷念……想說什麼就直接開口『嘿，你覺得這怎麼樣？』而且我知道他不管說什麼幾乎都是對的。」

大家安靜了一分鐘。

「露薏莎，妳可以跟我們聊。」馬克說。

「這……很複雜。」

「這種事情向來都很複雜。」黎安說。我看著他們的臉，善良的臉龐透著期待，他們絕對不可能理解我要說的話。不會真的懂。

達芙妮拉拉絲巾。「露薏莎需要的是個能對話的年輕男子，一定是。妳那麼年輕、那麼漂亮，一定會找到下一個人。」她說，「至於妳，娜塔莎，妳也給我出門去走走。我年紀太大了，但妳們兩個不應該坐在這沉悶的大廳裡——馬克，失禮啊，但她們真的不應該在這裡。妳們應該出去跳舞，去享受歡笑。」

娜塔莎和我互看了一眼。顯然，她想跳舞的程度和我差不多。

我忽然想起了救護車上的山姆，又立刻屏除雜念。

「如果妳要另一個老二，」威廉說，「我相信我可以用鉛筆——」

「夠了，你們，我們來討論遺囑吧！」馬克說，「你們有沒有人看到遺囑之後很驚訝的？」

晚上九點十五分，我回到家，全身無力。莉莉穿著睡衣躺在沙發上看電視。我放下包包。

「吃過早餐就來了。」

「妳來多久了？」

「妳還好嗎？」

「嗯。」她臉色蒼白，看起來不是病了就是累了。

「不舒服嗎？」

她捧著大碗吃爆米花，懶洋洋地從碗底撈屑屑來吃。「我今天什麼都不想做。」

莉莉的電話響了，她無精打采地看一眼訊息就把手機塞到抱枕下。

「真的都沒事嗎？」我隔了一分鐘後問。

「沒事。」

她看起來不像沒事。

「有什麼我能幫忙的地方嗎？」

「我說了我沒事。」她講話的時候沒看著我。

莉莉那晚待在我的公寓裡。隔天，當我要出門上班的時候，崔諾先生來電說要和她講講話。她橫躺在沙發上，當她聽到我說出誰在電話上的時候，她只木然地看著我，然後，心不甘情不願地接過話筒。她聽他說話，我就站在那兒。我聽不到他說的話，但我可以聽出他的口氣：慈祥、和藹、溫柔。他說完以後，她沉默了一下下才開口說，「好啦，可以。」

「妳要再見他一次嗎？」我接過電話後說。

「他想來倫敦見我。」

「喔，那很好啊。」

「但他不能離開她太遠，她可能隨時要生產。」

「妳要我帶妳過去嗎？」

「不必。」她的下巴抵著膝蓋，伸長了手要拿遙控器轉臺。

「妳想聊一聊嗎？」我隔了一分鐘後說。

她沒回答，過一、兩分鐘之後，我才發現我們的對話已經結束了。

星期四，我回到自己的臥室，關上門後打給我妹。我們每個禮拜都會通話好幾次。現在我和爸媽的關係沒那麼疏離了，所以姊妹對話也輕鬆一點，沒有那麼多地雷。

「妳覺得這樣正常嗎？」

「爸說我十六歲那年曾經整整兩個禮拜不跟他說話，只發牢騷。我那時候其實還蠻開心的。」

「她連牢騷都不發，就是看起來很慘。」

「青少年都這樣，這是他們的預設值。那些笑口常開的才真的要擔心——他們搞不好有厭食症或暴食症都不說，或者會去藥妝店偷唇膏。」

「她這三天都只躺在沙發上。」

「妳的重點是？」

「我覺得不對勁。」

「她今年十六歲。她爸爸生前根本不知道她的存在，她還沒機會見到他，他就嗝屁了。她稱呼她媽媽嫁的那個人為屎臉男，她那兩個弟弟聽起來就像《金牌黑幫》裡的暴力雙胞胎，他們家還換了鎖不讓她進去。如果我是她，我會在沙發上躺一整年。」翠娜大聲地啜了一口茶。

「再說她的室友是個穿著螢光綠色緊身衣去酒吧上班還以為那是份穩定職業的人。」

「是制服，制服！」

「隨妳怎麼說，好了，那妳什麼時候要去找份正常工作？」

「快了，我只是要先搞清楚狀況。」

「嗯哼，狀況。」

「她真的很低潮，我都替她難過了。」

「妳知道什麼事情會讓我很低潮嗎？就是妳一直答應要過另一種生活，然後人生道路中卻又一直收容流浪動物或流浪兒，還犧牲自己。」

「威爾不是流浪動物。」

「但莉莉是。妳根本不認識那女孩，小露。妳應該把重心放在怎麼前進。妳應該把履歷寄出去、找人牽線、想辦法搞清楚妳的強項，不是找理由讓自己的生活停擺。」

我往外望著倫敦的天空，可以聽到門外的電視聲、可以聽到莉莉起身走向冰箱、可以聽到莉莉又頹坐回沙發上。我壓低聲音：「翠娜，妳會怎麼做？若這小孩的爸爸是妳愛過的男人，她出現在妳家門口，每個人幾乎都把責任壓在她身上。是妳也會一走了之，對嗎？」

我妹一時之間啞口無言。這還真難得，害得我得自顧自地說下去填補沉默。「那如果湯瑪士八年以後跟妳鬧翻了，先不管原因是什麼，假設他一個人孤立無援，又行為脫軌——他只能向一個人求救，妳覺得那個人在評估後如果覺得太麻煩就不用插手嗎？他應該為自己打算，把自己管好就好嗎？」我的頭靠著牆。「翠娜，我很想做對的事，妳饒過我，好不好？」

無聲。

「這麼做會讓我比較好過，可以嗎？我知道我在幫忙，這樣會好過一點。」

我妹安靜太久了，久到我都懷疑她掛上電話。「翠娜？」

「好，嗯，我記得我看過一篇社會心理學的文章，內容說青少年覺得面對面接觸很耗費心神。」

「那妳是要我隔著一道門跟她說話嗎？」遲早有一天我和我妹通電話的時候不會聽到她嘆

氣嘆得好像跟智障解釋很累一樣。

「不是，白痴，那意思是說如果妳要她開口，妳們就要一起做點什麼，肩並肩。」

星期五晚上在我回家的路上，經過了五金材料行。回到家後，我把居家裝修材料扛上四樓，笨手笨腳地開門進屋去。不意外，莉莉就在那裡：橫躺在電視前面。「那是什麼？」她問。

「顏料。這公寓有點舊了，妳一直說我應該要讓這空間亮起來。我想我們可以把原本單調的木蘭花色換掉。」

她還是不起來。我只好裝忙，給自己倒了杯飲料，從眼角餘光看她伸懶腰然後走過去檢查油漆罐。「這還是很無聊啊，妳買的都是淺灰色。」

「老闆說灰色現在很潮。如果妳覺得不好看我就拿回去換。」

他瞄了一眼。「沒關係，還行。」

「我覺得客房可以有兩面牆是奶油色，一面是灰色。妳覺得配嗎？」我忙著拆開油漆刷和滾筒的包裝。等我換上舊衣服和短褲之後就問她可不可以播點音樂。

「哪一種？」

「妳選。」我把椅子拉到牆邊，沿著牆壁鋪上防污墊。「妳爸說我是音痴。」

她什麼都沒說，但至少我吸引到她的注意力了。我打開一罐顏料開始調色。「他逼我去參加我人生中的第一場音樂會，是古典樂，不是流行音樂。我當初會答應都是因為他這樣才願意走出那間房子，他剛開始的時候不喜歡出門。那天他換上襯衫和一件很好看的西裝外套，那是我第一次看到他像……」我還記得當時內心小鹿亂撞，在經過熨燙硬挺的藍色領口下，是發生車禍前那個意氣風發的他。我噓了一口氣，「總之，我本來以為會很無聊，但我下半場的時候哭得唏哩嘩啦，就像個神經病一樣，這是我生命中聽過最美妙的聲音。」

短暫的沉默。

「什麼曲目？妳聽哪一首？」

「我不記得了。西貝流士？這名字對嗎？」

她聳聳肩。我開始油漆，她走到我旁邊。

她拾起油漆刷，剛開始什麼都沒說，但她漸漸在重複的動作中忘了自己。她也很謹慎，仔細地拉著防污墊避免油漆滴到地板上，她會在油漆桶的邊緣把多餘的漆給刮掉。我們沒說話，除了偶爾低聲請對方幫忙：妳可不可以幫我拿小刷子？妳覺得刷兩層以後還看得到原本的顏色嗎？我們花了半小時才漆完第一面牆。

「妳覺得怎麼樣？」我一邊鑑賞一邊問。「妳覺得我們可以再漆一面嗎？」

她把防污墊拉過去，開始漆下一面牆。她選了我沒聽過的獨立樂團，這音樂很輕鬆，我們都喜歡。我也開始動手漆，儘管肩膀已經開始痠痛而且我很想打哈欠。

「妳應該去買幾幅畫。」

「對耶。」

「我家裡有一大幅康丁斯基的畫，不適合我房間，如果妳想要的話可以送妳。」

「那真是太好了。」

她動作加快了，很快就刷完一面牆，而且大窗戶的周圍她都很謹慎。

「我在想啊，」我說，「我們應該跟威爾的媽媽說說話，也就是妳奶奶。妳覺得我寫信給她好不好？」

她不發一語，蹲了下來，顯然是很小心地在漆牆腳板上方的牆面。最後，她站起來，「她像他一樣嗎？」

「像誰？」

「崔諾太太？她像崔諾先生嗎？」

我本來把箱子當梯子用，這時走了下來，在桶子裡蘸了點油漆。

「她……不一樣。」

「妳的意思就是她比較兇。」

「她不是兇。她只是——要多花點時間瞭解。」

「意思就是她比較兇而且她不會喜歡我。」

「我完全沒那個意思，莉莉。不過她不是會輕易表現情緒的人。」

莉莉嘆了一口氣，把油漆刷放下來。「全世界只有我根本不曉得爺爺奶奶的存在，等我知道以後，又發現他們根本不喜歡我。」

我們定睛對望。忽然間，毫無預兆地，我們都笑了。

我把油漆罐的蓋子蓋上。「來吧，」我說，「我們出去。」

「去哪？」

「妳一直說我需要找點樂子，妳來決定吧。」

我從儲藏箱裡拿出一堆上衣，讓莉莉決定哪一件適合。她帶我去倫敦西區後街的夜店，規模很小，和洞穴一樣，那裡每個人都叫得出她的名字，好像沒人在乎她還沒滿十八歲。「這是九〇年代的音樂。老歌！」她興高采烈地說，而我儘量不去想其實在她眼中我就是個老人。

我們一直跳舞一直跳舞，終於我不那麼拘謹了，汗水濕透了衣服，我們的頭髮亂得像雜草，我的屁股疼到我擔心自己隔週都站不起來。我們跳舞的樣子就像我們除了跳舞之外什麼都不做。天啊，這感覺真好！我都忘了活著的喜悅、我都忘了沉醉在音樂中的喜悅、我忘了人群之中屬於團體的感覺、我忘了在節拍中感受脈動的感覺。在那幾個燈光陰暗、節奏澎湃的小時裡，我放開一切。我活了過來、熱血沸騰。我看著人群中的莉莉，她的髮絲飛揚，雙眼微閉，這種又專心又自由的奇妙組合只有忘情於旋律時才會出現。她張開雙眼，舉起一個玻璃瓶，那裡面一定不是可樂，我本來想發脾氣，但我又想，這個生活一團糟的小孩根本不認識自己，但她卻能教我那麼多關於生活的事。

在我們的周遭，倫敦很吵鬧很繁忙，即便現在是凌晨兩點。我們停下腳步，讓莉莉可以在戲院前面幫我們自拍，這裡有一面中文招牌，還有一個穿大熊裝的人（顯然參加各種活動都需要拍照打卡），然後我們又穿過擁擠的街道找深夜裡的公車，我們經過深夜串燒店、經過講話很大聲的醉漢、經過皮條客、經過尖聲叫笑的女孩們。我的屁股又痠又疼，熱汗在濕黏的衣服下面冷卻以後很不舒服，但我還是覺得精力充沛，好像我又重新開機了。

「天曉得我們要怎麼回家。」莉莉手舞足蹈地說。

然後我聽見有人叫我。

「小露！」是山姆，從救護車的駕駛座車窗內探出頭來。當我舉起手打招呼，他立刻迴轉把車停在路邊。「妳們要去哪？」

「回家，但我們找不到公車站。」

「上車。來吧。只要妳們不說出去，我就不會說出去。我們剛值完班。」他看著旁邊的女同事。「啊，拜託嘛，唐娜，她是我們的病患啊，屁股摔裂的那個。我們不能讓她獨自走回家。」

今晚遭遇峰迴路轉，莉莉雀躍得不得了。救護車後門一開，穿著醫護人員制服的女生，翻了個白眼就趕我們上車。「山姆，你會害我們被罵的。」她示意要我們坐在病床上。「嗨，我是唐娜。喔，不——我記得妳。就是那個……」

「……從頂樓摔下來，對。」

莉莉摟著我在「救護車上自拍」，唐娜翻白眼的時候我儘量不看她。

「妳們去哪了？」山姆往後座喊著。

「跳舞。」莉莉說。「我一直想勸露薏莎不要當那種無聊的老頭。我們可以開警笛嗎？」

「不行。妳們去哪家？對了，無聊的老頭和夜店一點都不熟，妳不管講哪家我一定都沒聽過。」

「二十二。」莉莉說。「就在圖騰漢廳路那邊？」

「那就是我們上次要緊急做氣切的地方，山姆。」

「我記得。妳看起來好像今晚很開心啊。」他從鏡子裡面看著我的雙眼，我臉紅了一點點。我突然很高興我們今晚出門跳舞，讓我覺得自己好像完全變了個人。不是可憐兮兮的機場酒吧女僕，晚上唯一的消遣活動就是在屋頂大吼大叫。

「很棒。」我嫣然一答。

他這時低頭看著儀表板上的電腦螢幕。「喔，好極了，要去史賓塞那邊接一個綠色等級患者。」

「但我們已經要回醫院了，」唐娜說，「為什麼萊尼每次都要這樣對我們？那傢伙根本虐待狂。」

「其他人都沒空。」

「怎麼回事？」

「有新任務。我可能得提早讓妳們下車了。不過，這裡離妳家不遠了，可以嗎？」

「史賓塞。」唐娜深深嘆了一口氣，「喔，太棒了，女孩們抓緊了。」

警笛開啟，我們出發前往新任務，車頂閃著藍光讓我們在倫敦車河裡急速穿梭，莉莉興奮地尖叫。

我們牢牢地抓緊扶手，唐娜說幾乎每天晚上派遣中心都會接到史賓塞的電話，要他們去處理那些酒館打烊還醉得一塌糊塗就被丟出來的酒客，或是替那些幾杯下肚就打得頭破血流的年輕人縫個幾針。

「這些小伙子應該要覺得人生很精采，可是他們卻把賺來的每一塊錢都花得精光，每個禮拜都這樣。」

我們幾分鐘內就到了，救護車在外頭慢下來，避開人行道上三三兩兩的醉漢。史賓塞夜總會的窗戶被煙燻到幾乎模糊，窗內的霓虹燈寫著「晚上十點錢女生喝酒免錢」。儘管很多人來這裡辦單身聚會，有人吹著口哨，有人穿著俗氣的衣服，夜店區擁擠的街道上竟沒有狂歡的氣氛，比較像是衝突一觸即發。我發覺自己從窗內往外看的時候其實很緊張。

山姆開了後門，拎起包包。「待在車上。」他說完就跳下去了。

警察朝他走過來，低聲說了些話，有個年輕男子坐在水溝裡，血液從太陽穴的傷口汩汩流下。我們看著他們走過去，山姆蹲在他旁邊，警察想要把喝了酒的圍觀群眾、那些「想幫忙」的兄弟和一旁嗚咽的女友們往後趕，他身邊的人好像是影集「陰屍路」裡的喪屍，只是衣著整齊一點，他們心神不寧地晃來晃去、低聲交談，偶爾流血或摔跤。

「我最討厭這種任務。」唐娜迅速地檢查拋棄式醫療用品，「我比較想碰到破水的產婦，或是心肌症發作的老太太。喔，老天，他要開始了。」

山姆轉動那人的臉要檢查傷勢的時候，另一個人揪著山姆的肩膀，他頭上抹了很多髮膠，衣領都是血。「喂！我要上救護車！」

山姆慢慢地轉向那醉醺醺的年輕人，他一邊說話一邊噴口水和血。「兄弟，退後一點，可以嗎？讓我把我的工作做好。」

酒精讓那人呆呆傻傻的，他看了他的朋友一眼，然後對著山姆咆哮，「不要叫我退後。」

山姆不理他，繼續檢查另一人的臉。

「嘿！嘿，你！我要去醫院。」他朝山姆的肩膀用力一推。「嘿！」

山姆繼續蹲著，一動也不動，然後慢慢站起來，轉過身，和那醉漢對看。「我用你聽得懂的話再解釋一次，小朋友，你不准上車，知道嗎？就是這樣。你省省力氣吧，回去找你的朋友，敷點冰塊，明天上午去看家庭醫生。」

「你不准告訴我該怎麼做。你薪水是老子付的。我他媽的鼻子被打斷了。」

山姆定定地瞪著他，那男孩出拳擊向山姆的胸膛，山姆低頭看了一眼。

「噢喔！」唐娜在我旁邊說。

山姆開口的時候幾近怒吼。「夠了，我現在警告你——」

「你不准警告我！」那人很輕蔑。「你不准警告我！你以為你誰啊？」

唐娜下車往警察跑去，在他耳邊悄聲說了幾句話，我看他們一起別過頭。唐娜在拜託他。那人還繼續叫囂飆髒話，這時一直推著山姆的胸膛。「你先處理我的傷口再來照顧那個討厭鬼。」

山姆拉拉領口，他的臉色沉著地很危險。

我才剛發現自己都不敢呼吸時，警察就擋在兩人中間了。唐娜拉著山姆的袖子，把他帶回去看水溝蓋上面的那個人。警察喃喃地對著無線電說了幾句話之後就押著醉漢的肩膀，那男孩扭來扭去，朝山姆的外套吐口水後罵聲「幹你娘！」

所有人都驚嚇地安靜了下來，山姆僵了。

「山姆！拜託，幫個忙，好嗎？我需要你。」唐娜把他往前推。當我看到山姆的臉時，他的眼睛發出冷靜又堅毅的光芒，就像鑽石。

「來吧。」唐娜說。他們把半昏迷的傷患抬上救護車。「我們離開吧。」

他一路上都很安靜，莉莉和我擠在前座，就在他旁邊。他直直地往前看，帶著鬍渣的下巴很執拗，唐娜把他夾克後面擦乾淨了。

「這還不算糟，」唐娜輕鬆地說，「上個月有人吐在我的頭髮上，而且那個小怪獸是故意的。他用手指拼命催吐之後，從我後面跑過來，就只因為我不肯載他回家，搞得我好像是他媽的計程車一樣。」

她站起來，指指她放在前座的能量飲料。「根本浪費資源，妳想想看我們能做什麼，但我們卻在挖這些……」她灌下一口，然後低頭看著這個幾乎失去意識的年輕人。「我不懂，妳真的搞不清楚他們腦袋裡裝什麼。」

「什麼都沒有。」山姆說。

「是的。不過這傢伙我們要拴緊一點，」唐娜拍拍山姆的肩膀，「他去年被記了一支警告。」

山姆側眼看我，突然很像小男孩。「我們去接商務街上的一個女孩，臉被揍成肉醬，是家暴。我要扶她上擔架的時候，他男朋友從酒吧飛奔出來，又補了她兩拳。我忍不下去了。」

「你揍他一拳嗎？」

「不只一拳。」唐娜嗤聲說。

「對啊，嗯，那陣子不好過。」

唐娜對我做了個苦臉。「總之，這傢伙不能再惹麻煩了，要不然他得離開這行業。」

「謝謝，」我在他讓我們下車的時候說，「我是說，謝謝你讓我們搭便車。」

「總不能把妳留在那裡。」他說，雙眼看進我的眼睛，唐娜關上門，他們就走了，載著遍體鱗傷的患者回醫院。

「妳超哈他的。」莉莉說。我們目送著救護車消失在眼前。

我都忘了她就在我旁邊。我嘆了一口氣，伸手到口袋裡掏鑰匙。「他四處亂上床。」

「那又怎樣？這種人我一定上。」莉莉在我開門讓她進去的時候說，「我的意思是，如果我年紀夠大，又很飢渴，跟妳一樣的話。」

「我覺得我還沒準備好談感情，莉莉。」

她走在我後面，所以我沒辦法證明，但我發誓我可以聽到她爬樓梯的時候都在我後面扮鬼臉。

12

我寫了信給崔諾太太。我沒提起莉莉，只說我希望她過得很好，說我已經旅行回來了，幾個禮拜之後會和朋友到她那附近，如果有機會的話希望能打個招呼。我以最急件寄出，當這封信噗通跌入郵筒的時候，我感到莫名地刺激。

我爸在電話上跟我說，威爾過世之後的幾週內，崔諾太太就離開了格蘭塔宅邸。他說城堡裡的員工都很驚愕，但我記得我以前就看到崔諾先生和黛拉一同進出，現在這女的還懷了他的孩子，我不曉得究竟有多少員工是真的驚愕。小鎮裡沒有太多祕密。

「她很難受，」我爸說，「她一走，那個紅頭髮的女人就立刻趁虛而入。她看到了自己的機會，也沒錯，這老頭個性不錯、沒禿頭、房子很大，他可不會單身太久，是吧？講到這個，小露，妳——妳願意和妳媽媽談談腋毛的事情嗎？她再不刮就可以編辮子了。」

我一直想起崔諾太太，努力去想像她聽到莉莉的事情會怎麼反應？我記得崔諾先生第一次見到莉莉的時候臉上那種喜悅卻難以置信的表情。莉莉可以幫她療傷嗎？有時候我見到莉莉看電視的時候笑出來，或是失神地望著窗外發呆，我從她的五官裡清楚地看到了威爾的神韻——她鼻樑的精準角度、斯拉夫人才有的顴骨——讓我幾乎忘了呼吸（這時候她就會咕噥著「不要再像個變態一樣看我了，克拉克，妳讓我覺得很毛。」）

莉莉已經來住兩個禮拜了。譚雅．霍頓－米勒曾經打電話來說他們全家要去托斯卡尼度假兩週，但莉莉不想和他們一起去。「老實說，妳要是問我啊，以她現在這個樣子，不去也好。

她快把我累死了。」

我指出莉莉根本不在家，而且譚雅換了大門的鎖，莉莉怎麼可能累死她？她又沒有敲著窗戶在外面唱哀歌。我說完她就安靜了一下。

「露薏莎，等妳有自己的小孩就會知道我在講什麼了。」喔，她打出了家長的王牌。我怎麼可能懂？

她給了我一筆錢，支付那兩週內莉莉的食宿。我很得意地說我連做夢都不會拿這筆錢，儘管，坦白說，莉莉住在這裡花的錢超越我的想像。其實，晚餐吃土司夾豆子或乳酪三明治滿足不了莉莉。她會跟我拿一筆現金，然後拎著師傅烤好的麵包、熱帶水果、希臘優格、有機雞肉回家——這種食材只會出現在富裕的中產家庭廚房裡。我想起譚雅的家，莉莉站在龐大的冰箱旁邊，毫不多想就把鳳梨一口一口塞進嘴裡。

「對了，」我說，「馬丁是誰？」

她遲疑了一下。「馬丁是我之前的伴。莉莉很堅持要見他，雖然她明知道我反對。」

「可以跟我說他的電話號碼嗎？我只是想在妳去度假的時候確認一下她在哪？」

「馬丁的號碼？我怎麼會有馬丁的號碼？」她大聲抗議後就掛上了電話。

自從我遇見莉莉之後，很多事情都變了。不只是我學會在空蕩蕩的公寓裡接納青少年爆炸般的凌亂而已，其實我是真的開始喜歡有莉莉在我的生活中：有個人可以一起吃飯、一起坐在沙發上、看電視的時候討論著如果是我們會怎麼做？或是當她發表可笑的評論時擺出一張撲克臉。噢，我怎麼會曉得馬鈴薯沙拉裡的馬鈴薯要先煮熟？拜託，那是沙拉耶。

工作的時候，我在酒吧裡會注意到爸爸們在出差登機前向孩子道晚安：你要乖乖地陪媽咪哦，路克……你有沒有……？有啊？你是不是好聰明！——或是齜牙咧嘴地在電話裡爭奪監護權：不，我沒說我那天可以接他放學。我那時候人在巴塞隆納……對，我是……不，不，妳根本沒聽我講話。

我沒辦法相信妳可以生下小孩以後愛他們、養他們，但是到了十六歲那年卻說自己已經太累了，所以把家門的鎖給換掉，不讓他們進來。十六歲還是個孩子，這有什麼好說。儘管她很逞強，我看得出來莉莉還只是個孩子。很多事都會讓她覺得很新鮮，她容易一頭熱，她的脾氣說來就來，她會在我的浴室裡對著鏡子換好幾種妝容，睏意來襲的時候根本擋不住，睡著以後又那麼無辜天真。

我想起我妹妹，還有她對湯瑪士那單純的愛。我想起我爸媽，他們一直鼓勵著、擔憂著、支持著我和翠娜，儘管我們早就已經長大成人了。在這種時候，我總覺得威爾在莉莉的生命中缺席了，就像他在我的生命中缺席了。你應該在這裡的，威爾，我靜靜地對他說，她真正需要的是你。

我請了一天的假——據理查的說法，這實在太超過了。（「妳才回來上了五週的班，我實在不懂妳為什麼又要消失一天。」）我笑而不答，優雅地用愛爾蘭舞者謝幕的方法鞠了個躬，等我開車回家的時候，我看到莉莉在客房的牆上刷著生動的翠玉綠。「妳說妳想要讓空間亮起來啊。」她見到我目瞪口呆的時候說，「別擔心，油漆錢我自己付了。」

「好啊，」我脫掉假髮，鬆開鞋帶，「我只想確定妳今天就可以刷完，因為我明天休假。」我換上牛仔褲之後說，「我想給妳看一些妳爸爸喜歡的東西。」

她停下動作，翠綠色的油漆滴到了地板上。「什麼東西？」

「妳看了就知道。」

我們驅車前往目的地，莉莉的播放清單一會兒是令人心碎的分手歌曲，一會兒是震破耳膜、仇恨全人類的憤怒音樂。我在高速公路上逐漸懂得讓自己的專注力超越噪音，聚焦於路況。莉莉坐在我旁邊，時而跟著節拍點頭，時而在儀表板上打鼓。這樣很好，我心想，她在自己找樂子。誰需要一對完整的耳膜，是吧？

我們從斯坦福堡開始，然後一一經過我和威爾曾經坐下、用餐的地方，我們曾經在小鎮上方那片草原野餐，城堡裡面威爾最喜歡的長凳，莉莉很有氣質地假裝她不無聊。老實說，要對一大片青青草地表現出興趣真的很難。所以我們找了個地方坐下來，我說出我第一次見到他的過程，那時候威爾根本不離開家，後來我硬著頭皮找了一大堆理由才讓他跨出來。「妳得將心比心。」我說，「妳爸爸很討厭依賴別人，我們出門不僅表示他得依賴別人，而且他還會被別人看到他無法行動自理。」

「就算是依賴妳。」

「就算是依賴我。」

她沉吟了一會兒。「我也會討厭被別人看到那樣。我連頭髮濕濕的時候都不想被看到。」

我們參觀了藝廊，他曾經在那裡為我說明「精采」和「差勁」的現代藝術有什麼差異（我還是看不出來），她則完全不滿意牆上的每一幅畫。我們在小酒店裡探了個頭，他曾經在那裡逼我品嚐各種不同的酒（「不行，莉莉，我們今天不品酒。」），然後走到刺青店，他曾經在那裡逼我紋身。她問我可不可以借她錢刺青（當老闆說未滿十八歲不可以紋身的時候我鬆了一口氣，差點哭出來），然後她說她要看我的小蜜蜂。我很難得有這種機會可以在她面前炫耀。當我說出威爾為自己刺的字樣時，她立刻哈哈大笑：他在胸口刻上了使用期限。

「你們的幽默感一樣可怕。」我說，而她聽了很得意卻又不想表現出來。

刺青店老闆一直在偷聽我們對話，這時候才說他留著照片。「我所有的刺青圖案都有照片，」他的聲音從翹八字鬍下方傳出來，「我喜歡保留紀錄，日期妳記得嗎？」

我們安靜地站著等他翻開護貝檔案夾。就在那兒，幾乎兩年前，黑白刺青的特寫，俐落地印在威爾焦糖色的肌膚上。我站著凝視那張照片，那份熟悉感令我幾乎無法呼吸。小小的黑色字樣，我每天都拿紗布巾輕輕擦，待我擦乾以後，我會塗上防晒油，把我的臉貼在他的胸口上。我想伸手去摸，但莉莉搶先一步，她的指頭和光禿禿的指甲在她爸爸的肌膚上撫著圖案。

「我也想要刺一個，」她說，「我是說，和他的一樣，等我夠大的時候。」

「他最近好嗎？」

莉莉和我轉身，刺青師傅坐在椅子上，揉著色彩斑斕的手臂，「我記得他，我們這裡四肢癱瘓的患者不多。」他咧嘴一笑。「他挺有個性的，是不是？」

我喉頭一緊。

「他死了。」莉莉唐突。「我爸爸，他死了。」

刺青師傅皺起臉。「對不起，親愛的，我不曉得。」

「這張可以給我嗎？」莉莉開始把威爾的照片從檔案夾裡面往外抽。

「當然，」他急急忙忙地答，「如果妳想要就拿去吧。喏，連塑膠套一起，免得下雨淋濕了。」

「謝謝你。」她說完就把照片夾在腋下。刺青師傅又結結巴巴地道了歉，送我們離開。

我們安靜地在咖啡廳裡吃午餐——其實是全日早餐。感覺這天的好心情已經離我們遠去了，我開始找話題，我把威爾的情史、職場的風光都告訴莉莉，我說他這種人就是會讓妳很希望能得到他的認同和肯定，不管是要做些厲害的事或者講冷笑話。我提起我們剛認識的時候他是怎樣的人，後來又怎麼改變；他後來很溫柔，開始可以在小事裡得到幸福，儘管很多小事都是在虧我。「譬如說，我不太敢嘗試不同的食物，我媽基本上只會做十道菜，過去這二十五年來不斷地輪流。那十道裡都沒有藜麥、或馬鞭草、或鱷梨醬。而妳爸什麼都願意吃。」

「現在妳也吃了吧？」

「其實，我每幾個月就會吃一次鱷梨醬，說實在的，我是為了他。」

「妳不喜歡嗎？」

「味道還不錯，我覺得，我只是受不了那一盤看起來很像鼻涕。」

我提到她的前女友，然後我們如何在她的婚禮舞會上搶鋒頭，我坐在威爾的大腿上，他在舞池上用電動輪椅載著我轉圈圈，她的飲料從鼻孔裡嗆出來。「真的？她的婚禮？」

在那狹小又溫度過高的咖啡廳裡，我儘量生動地描繪她的父親，或許是因為我們離開了複雜的家庭，又或許是因為她爸媽在不同的國家，又或許，難得那麼一次，有人說起她父親單純而風趣的往事，她開懷地笑了，問了很多問題，當她聽到我的答案時又肯定地點點頭，好像她早就知道了。對，對，他就是那樣。對，或許我也會那樣。

我們整個下午都在暢談，任茶杯恣意冷卻，沒事可做的服務生又過來問我們要不要把土司收走，我們已經吃了兩小時還沒吃完，我這時明白的一件事：這是我第一次想起威爾卻不感到悲傷。

「那妳呢？」

「那我呢？」我把最後一口土司邊放進嘴裡，朝服務生看了一眼，她好像接獲指令又可以靠過來了。

「我爸死了以後，妳呢？我是說，妳和他在一起的時候好像做了很多事——儘管他還被困在輪椅上——妳現在根本沒做什麼。」

麵包忽然噎在我口中，我努力地吞下，最後，當那口食物消失在喉嚨，我說，「我有啊。

我只是很忙。工作啊，我是說，要上班的時候很難做什麼計劃。」

她輕輕地抬了抬眉毛，但沒多說什麼。

「而且我的屁股還很痛，根本不可能去登山。」

莉莉空然地攪拌著茶。

「我的生活很充實，我是說，從屋頂摔下來可不是小事。這一年算很刺激了！」

「但這算不上是妳為自己做了什麼，不是嗎？」

我們安靜了一會兒，我深呼吸，想屏除耳朵裡轟轟響的聲音。服務生站在我們中間，把空盤子收走以後以勝利的姿態端回廚房。

「嘿，」我說，「我有沒有跟妳講過我帶妳爸去看賽馬？」

時機相當地完美，我的車竟然在高速公路上過熱拋錨，我們距離倫敦還有四十英哩。莉莉打從內心興奮透頂。她好奇死了。「我從來沒看過汽車拋錨。我不曉得現在的汽車還會拋錨。」

我一聽她這麼說，下巴都掉下來了（我爸經常對老廂型車大聲地禱告，還保證一定會給她喝高級無鉛汽油，定期檢查胎壓、愛她愛到天荒地老絕不換車，只求她順利載他回家）。她說她爸媽每年都要換一輛新的賓士，主要是因為她同母異父的雙胞胎弟弟對真皮座椅的傷害太大了。

我們把車停在高速公路路肩，等拖吊車過來，看著小車呼嘯、大車飛馳。最後，我們覺得還是下車比較安全，於是爬到護欄外，坐在草地上，看著下午的太陽漸漸冷卻，往橋的另一邊下沉。

「那，馬丁是誰？」我們把汽車拋錨相關的話題都聊完了。

莉莉拔起腿邊的草。「馬丁．史帝爾？看著我長大的人。」

「我以為是法蘭西斯看著妳長大。」

「不，屎臉男在我十一歲的時候才出現。」

「妳知道嗎，莉莉，妳最好不要再這樣叫他了。」

她斜眼睨了我一下。「行，妳說的也對。」她躺在草地上，甜甜一笑，「以後就叫他雞巴男。」

「我們還是維持屎臉男好了，那妳怎麼還一直去見他？」

「馬丁？他是我唯一記得的爸爸。我很小的時候我媽就和他在一起。他是音樂家，創作力充沛，他以前會念故事給我聽，還會編一些和我有關的歌，會做很多那種事。我只是……」她愈講愈小聲。

「怎麼了？他和妳媽媽怎麼了？」

莉莉伸手到口袋裡，拿出一包菸點了一支。她吸了一口，然後吐出好長一串菸，動作很慢，好像快要脫臼了。「我有天和保姆一起放學回家，我媽說他走了。她說他們已經沒辦法繼續了，所以他同意離開。」她又抽了一口。「顯然他對她的自我成長沒興趣，或他不懂她對未來的規劃。狗屁啦。我覺得她只是認識了法蘭西斯，然後她知道馬丁沒辦法提供她要的一切。」

「她要什麼？」

「錢、大房子、整天購物和八卦的機會，還有調整脈輪能量那些的。法蘭西斯和其他私人銀行經理在私人銀行靠私人理財服務賺了很多。」她轉過來對著我說，「所以，基本上，前一天馬丁還是我爸——我是說，我從小就一直叫他爸爸，一直到他離開的那天為止——隔天他就不是了。以前都是他帶我去幼稚園、帶我去小學、帶我去每個地方——結果她突然說她受不了他了，等我回到家，他就……走了。那是她的房子，所以他走了。就這樣。而我還不准見他，我也不准提起他，因為我只會『把事情弄得一團亂』，而且我很『難搞』。而她『痛苦萬分而且情緒低落。』」莉莉模仿譚雅的樣子像得恐怖。「有一天我真的對她發飆了，她才說我用不著那麼難過，因為他根本不是我親生父親。用這種方法弄清楚身世還真好。」

我端量著她。

「接下來，法蘭西斯出現在我家門口，整天送鮮花，還弄了個家庭日郊遊，基本上就是把我當電燈泡交給保姆，他們在親子友善豪華酒店裡黏來黏去。六個月以後，她帶我去披薩店，我還以為是要獎勵我，還是馬丁要回來了，但她說她要和法蘭西斯結婚了，說這樣很棒，他一定是全世界對我最好的爸爸，而且我『一定很愛他』。」

莉莉朝天空吐了個菸圈，看著菸圈聚起來，悠悠往上飄，然後散逸在空中。

「但妳不愛他。」

「我恨死他了。」她側眼看了我一下，「妳知道，其實妳感覺得出來別人只是在忍妳。就算妳年紀還小，他從來就不想要我，只想要我媽。我也懂啦——誰想要另一個男人的小孩一直在旁邊？所以他們一生雙胞胎就把我送去寄宿學校了。砰，任務結束。」

她的雙眼盈滿淚水，我想要伸出手臂抱她，但她雙臂圈著膝蓋，直勾勾地看著前方。我們安靜地坐了幾分鐘，看著車潮逐漸壅塞，夕陽漸漸西沉。

「妳知道嗎，是我找到他的。」

我轉過去面對她。

「馬丁，我十一歲的時候，我聽到我的保姆跟佣人說她不可以讓我知道他打電話來過。我就逼保姆講清楚，要不然我會跟我媽說她偷東西。我查到他的地址，他離我家才十五分鐘的路程。派克羅福特路那邊，妳知道嗎？」

我搖搖頭。「他見到妳很高興嗎？」

她遲疑了一下。「開心到要哭了，真的，他說他很想我，還說離開我很難過，他說我想的話可以隨時去找他，可是他已經和別人在一起了，他們有小孩。當妳出現在別人家，他們又有小孩的時候，那就是，他們有自己完整的家了，妳就知道妳已經不是他的家人了，妳是個拖油瓶。」

「我相信沒人把妳當——」

「對啦，隨便，反正，他真的人很好，我跟他說我其實不能見他，這樣太奇怪了，而且，妳知道，我又不是他親生女兒。他還是會一直打電話給我就是了。好蠢喔，真的。」莉莉憤怒地搖著頭。我們坐了一會兒，她抬頭看天，「妳知道什麼事情最惹我不爽嗎？」

「她一改嫁就把我給改名了。我自己的名字，根本沒人問過我的意見。」她的聲音破碎。「我根本不想姓霍頓－米勒。」

「喔，莉莉。」

她用手掌抹乾眼淚，好像被人看見她掉淚很丟臉。她抽了一口菸，然後捻熄在草地上，抽著鼻子說，「我跟妳說，這幾天雞巴男和我媽一直在吵架。他們如果分手了我一點也不意外，到時候，我們一定得搬家，然後又要改名字，大家都沒辦法發表意見，因為她很痛苦，她需要沉澱情緒往前進什麼的。不出兩年，一定會有另外一個屎臉男，然後我弟弟就要叫做霍頓－米勒－布蘭森，或是歐茲曼迪亞，或是什麼的。」她半笑著說，「幸好我那時候已經離開了，她也不會注意到。」

「妳真的覺得她那麼不在乎妳嗎？」

莉莉轉過頭來，那眼神以她的年紀來說太睿智，讓人心碎。「我知道她愛我，但她更愛自己，否則她怎麼能這麼做？」

13

崔諾先生的小孩隔天出生了，上午六點半，我的手機響了。在那短暫而恐怖的瞬間，我以為發生了可怕的事。崔諾先生上氣不接下氣，哽咽地用難以置信又驚喜萬分的口氣宣布，「是女兒！八磅又一盎司！她簡直太完美了！」他告訴我她有多麼美麗，和威爾嬰兒時期的模樣像極了，他叫我一定要去看她，又要求我把莉莉叫醒。我依言照做，看著她睡眼惺忪、不發一語地聽著崔諾先生的大消息，說她有了個……（他們花了一分鐘才搞清楚稱謂），姑姑。

「好，」她終於開口，然後，又聽了一會兒：「對……當然。」

她講完以後把電話還給我，看了我一眼，就穿著皺皺的睡衣回到床上，牢牢地關上門。

十點四十五分，我估計油腔滑調的壽險業務員上飛機之前還會再點一輪，我正猶豫著要不要鼓勵他加點，就看到一件熟悉的反光外套出現在酒吧裡。

「這裡沒有人需要急救，」我慢慢靠近他，「目前沒有。」

「妳這套衣服我永遠看不膩，我也不曉得為什麼。」

山姆坐上高腳椅，把手肘擱在吧臺上。「這頂假髮……真有趣。」

我拉拉我的金銀蔥織紗裙，「我的超能力就是製造靜電。你要喝咖啡嗎？」

「謝謝。不過，我不能待太久。」他檢查他的無線電，又收回外套口袋裡。

我替他倒了一杯熱美式，儘量不要顯得太高興。「你怎麼知道我在哪裡工作？」

「我們接到通知要到十四號登機門，有個疑似心臟病的病患。傑克說妳在機場工作，妳知道的，要追蹤到妳不難……」

業務員暫時消音了。我注意到，山姆的存在會讓其他男人安靜下來。「唐娜去偷逛免稅店看精品包。」

「我猜你已經把病患安頓好了？」

他咧嘴一笑。「沒有啊，我進來是想坐下來喝杯咖啡再問妳十四號登機門怎麼走。」

「真好笑。你到底有沒有把他救回來？」

「我給了她阿斯匹靈，建議她不要在上午十點前就喝到第四杯雙倍濃縮咖啡。妳竟然覺得我的工作每天都在和死神拼搏，實在是太恭維我了。」

我忍不住哈哈大笑，把咖啡端給他。他感激地喝了一大口。「那個……我在想啊……妳還想要再約會一次嗎？」

「有沒有救護車可以搭？」

「當然沒有。」

「可以討論問題青少年嗎？」我發現自己的手指竟然在捲假髮。我的天啊，我竟然在撥弄頭髮，這根本不是我的頭髮。我趕緊把手放下。

「妳想討論什麼都可以。」

「你有什麼計劃？」他沒立刻答話，讓我臉紅了起來。

「晚餐？在我家？今晚？我保證如果下雨的話，我不會讓妳坐在餐廳裡。」

「就這麼說定了。」

「我七點半去接妳。」

他灌下最後一口咖啡的時候，理查出現了。他看著山姆又看著我。我倚在吧臺上，距離他只有幾公分。「有什麼問題嗎？」他說。

「沒什麼問題。」山姆說完即站起身，整整比理查高出一個頭。

我可以從理查的臉上看出他閃過好多念頭，每一個都清清楚楚：這個醫護人員怎麼會在這裡？露薏莎為什麼沒在做事？露薏莎看起來一點都不忙，我好想教訓她一頓，可是這男的好魁梧，而且他們之間好像有什麼，我看不太出來，但我得小心他一點。我好想笑，快忍不住了。

「那，今晚，」山姆朝我點點頭，「假髮不要脫，好嗎？妳容易燒起來很好。」

紅光滿面又自我感覺良好的業務員往後倒在椅子上，任由襯衫勒出大肚腩。「你現在要警告我們別飲酒過量嗎？」

「不，先生，你儘量喝吧，」山姆朝他們點個頭，「一兩年後我們就會見面了。」

我看著他往出境大廳走去，在書報攤前面和唐娜會合。等我轉身面對吧臺的時候，理查正在打量我。「露薏莎，我得告訴妳，我不允許妳把個人生活帶到工作場所。」他說。

「好，下次我叫他不要理十四號登機門心臟病發的旅客。」

理查繃緊下顎。「還有他剛剛說的，什麼等一下要戴著假髮，那頂假髮是『酢漿草與幸運草有限公司』的資產。妳不准私下擅用。」

這次我忍不住了，我哈哈大笑。「真的啊？」

他竟然臉紅了，表示他還有點品。「這是公司政策，那算是制服。」

「可惡，」我說，「我猜我以後只好自己買愛爾蘭舞女的假髮了。嘿，理查！」我理直氣壯地喚住理查，他正往辦公室的方向走去，「公平起見，那是不是表示你和波絲佛太太小酌的時候也不可以穿公司的POLO衫？」

我回到家的時候沒見著莉莉的蹤跡，不過廚房流理臺上有一包早餐穀片，還有，我也不知道為什麼走廊地板上有一團泥土。我打了她的電話，沒人接，思考著要怎麼在「過度焦慮的家長」、「正常程度關心的家長」和「譚雅・霍頓－米勒」之間找到平衡。我衝進淋浴間準備參加一場絕對不是約會的約會。

下雨了，我們才剛到山姆的牧場，天空就破了一個洞，雖然他停放重機的地方離列車車廂不遠，但我們還是全身濕透。他關上門的時候我全身都在滴水，濕答答的襪子真的很難受。

「等我，」他撥掉頭上的水珠。「妳不能穿一身濕衣服就坐下來。」

「這感覺像是廉價成人影片的開場白。」我說。他停下動作，我才發現我竟然把這句話大聲說出來了，我給了他一道有點勉強的微笑。

「好吧。」他挑著眉毛。

他消失在列車車廂後方，回來的時候手上多了一件毛衣和慢跑褲。

「傑克的褲子，剛洗好，可能不太適合成人影片就是了。」他把衣服遞給我。「我的房間在那邊，妳可以在去那裡換，或在門後面的浴室。看妳。」

我走進他的臥室，關上門。大雨狂暴地敲擊車廂屋頂，在窗外放下無窮無盡的水珠簾幕。我本來想拉上窗簾，但是又沒人會看到，母雞也看不到。母雞緊緊地窩在一起，偶爾被雨滴到就不耐煩地甩掉。我把溼淋淋的上衣和牛仔褲脫下來，他除了乾淨衣服之外還準備了一條浴巾，我把自己擦乾。我一時興起，拿起手電筒隔著窗戶照母雞，後來發現這很像莉莉會做的事。牠們一點也不意外。我把臉湊到浴巾上，偷偷地嗅了一口，好像在嚐毒品。這條浴巾才剛洗好烘好，但還是有一股無法言喻的男人味。自從威爾離開以後，我就沒有聞過這味道。我一時之間無法自持，趕緊把浴巾放下來。

雙人床佔了臥室大部分的空間，床對面的小櫥櫃充當衣櫃，兩雙工作靴整齊地擺在角落。床頭桌上有一本書，書旁有一張照片，是山姆和一個微笑的女子。金髮紮了一個閑適慵懶的髻。她的雙臂環繞他的肩，對著相機盈盈地笑。她的美和超級名模不一樣，但她的笑容足以傾城。她看起來就像是愛笑的女人，她看起來就是女版的傑克。我忽然替他心碎了起來，我得趁自己傷心之前趕快別開目光。有時候我覺得我們在一條悲傷的河流裡跋涉，不願意向別人承認我們在勉力往前或是即將滅頂。我不禁納悶了一下，山姆不願意談起他的妻子，是不是也反映出我的不情願？你知道當你一打開盒子，就算才釋放一縷悲傷，也會讓所有對話籠上陰影。

我看著自己，深呼吸。「只是一個愉快的夜晚，」我悄聲地說，我們在「繼續向前」團體輔導的聚會裡面曾經說過：給自己享受片刻幸福。

睫毛膏已經在眼睛下方暈開了，我擦乾淨以後從小鏡子裡看著自己，頭髮已經沒救了。我穿上山姆的超大件毛衣，努力不去想穿上男人的衣服有多麼親暱，接著套上傑克的褲子，看著鏡子裡的映像。

威爾，你覺得怎麼樣？只是一個愉快的夜晚，不代表什麼，對吧？

我一走出房間就見到山姆開朗的笑容，他捲起毛衣的袖子。「妳看起來才十二歲。」

我走進浴室，擰乾牛仔褲、襯衫、襪子，然後掛在浴簾上。

「要煮什麼？」

「嗯，我本來要弄沙拉，但這天氣實在不適合沙拉，所以我還在發揮創意。」

他在爐上煮了一壺水，蒸汽讓窗子蒙上一層霧。「義大利麵妳吃吧？」

「我什麼都吃。」

「太棒了。」他開了一瓶酒，倒一杯給我，要我坐下。我面前的小餐桌已經布置好兩人餐具，我一見到心中就有股悸動；享受片刻愉悅無妨，我都出門跳舞了，還對著母雞閃手電筒，現在要準備和願意為我下廚的男人共度一個晚上。這都是進步，不同類型的進步。

或許山姆察覺到我內心的掙扎，因為他等我飲下第一口才開口，「今天跟妳講話的人是妳老闆嗎？妳之前提過的？」他邊問邊攪著鍋子。

紅酒很滑順，我又喝了一口，莉莉在我旁邊的時候我不敢喝酒，可能會卸下防備。

「對。」

「我知道這種人。不知道妳聽了會不會比較安慰，五年之內他一定會胃潰瘍或者因為壓力過大而有勃起障礙。」

我笑了。「這兩種都讓我感到莫名地安心。」

他終於坐了下來，盛給我一碗熱騰騰的義大利麵。「乾杯，」他舉起一杯水，「跟我聊聊妳那個迷失已久的小女孩。」

噢，能有個談話的對象真輕鬆。有人願意真心傾聽讓我很不習慣——酒吧裡的客人都只想聽到自己的聲音——和山姆對話簡直是一種救贖。他不會打斷我的話，也不會發表他的想法，或教我怎麼做。他認真聽，時不時點點頭，替我斟酒，最後當夜色已暗他才說，「妳承擔了好多責任。」

我在座位上往後一仰，抬起雙腿。「我覺得我好像沒有選擇，其實我一直用你說過的話問自己：威爾會希望我怎麼做？」我又啜了一口酒，「不過，這比我想像中還難很多。我以為我只要帶她去見她的爺爺和奶奶，就皆大歡喜，最後有個圓滿的結局，像電視尋人節目一樣。」

他端詳著雙手，我端詳著他。「你一定是覺得我瘋了才會捲入這件事。」

「不，太多人都只想順心逞意，完全沒想到他們醒來的時候會造成什麼傷害？妳一定不會相信我週末去救護的那些孩子，酗酒、嗑藥、腦殘，什麼狀況都有。他們的家長或許有自己要煩的事，或根本人間蒸發了，所以孩子就活在真空狀態，只會一直犯錯。」

「現在是不是比以前糟？」

「誰曉得？我只知道我見過各種生活一團亂的孩子。醫院裡面青少年精神科的候補清單比妳的手臂還長。」他苦笑著，「妳拿著肥皂箱，我得把雞關起來。」

我很想問，他這麼睿智的人怎麼會忽略親兒子的感受呢？我很想問，他知不知道傑克有多麼不開心。但這好像太嗆了，他說話那麼溫柔，而且他才剛替我做了一頓可口的晚餐……母雞一隻隻跳回雞舍的畫面讓我分了心，他回來的時候帶著一點點戶外的味道和涼爽的空氣，那時機就過了。

他又替我倒了更多酒，我一飲而盡，任自己享受小小車廂裡的舒適愜意、飽餐一頓的滿足過癮，聽著山姆說話。他說起夜晚值班時握著老人的手，他們不想大驚小怪。他說起管理人員設定了各種目標讓他們士氣低落，大家都覺得文書工作不是他們當初從醫的目標。我聽著他說話，任自己迷失在不同的世界裡，看著他的手生動地在空中揮舞，他覺得自己太投入個人情感的時候就會露出苦澀的微笑。我看著他的雙手，我看著他的雙手。

我發覺自己的思緒往那個方向前進的時候稍微臉紅了一下，趕緊喝口酒把那思緒埋起來。

「傑克今晚在哪裡？」

「平常根本沒見到人。應該在陪女朋友吧？我想。」他看起來很煩惱，「她家是那種大家庭，有一百個兄弟姊妹，媽媽整天都在家。他喜歡待在那裡。」他喝了一口水。「那莉莉在哪裡？」

「不知道。我傳了兩次簡訊給她，她根本懶得回。」

僅僅是他的存在，就比一般男生壯兩倍，也風趣兩倍。我的思緒一直飄，情不自禁地一直看著他的雙眼，他在聽我說話時會微微地瞇著眼睛，好像他要確保他完全理解我在說什麼⋯⋯他下顎有一點點鬍渣，柔軟的羊毛毛衣襯出他雙肩的線條。我的眼神不斷往下注意著他的雙手，擱在餐桌上，指頭輕輕地敲著桌面。好能幹的雙手。我還記得他捧著我頭的動作是那麼輕柔，我還記得我在救護車上抓著他，好像他是我唯一的基石。他看著我微笑，溫柔地探尋，我心中有個部分融化了。如果我就這樣陷下去，會不會很糟糕？

「露薏莎，妳要咖啡嗎？」

他電力十足。我搖搖頭。

「妳要不要——」

我根本沒多想，就在小餐桌上方，捧著他的後腦杓，吻了他。他只猶豫了一下，就湊上來回應我的吻。我們好像打翻了酒杯，但我停不下來。我想不停地吻他。我不去想這是怎麼一回事、這可能代表什麼，或我又給自己惹了什麼麻煩。拜託，好好活著，我對自己說。我一直吻他，直到理性離開了我的毛孔，我認真地活在當下，只為了和他在一起而活著。

他先抽身，微醺般地說，「露薏莎——」

餐具敲到了地板，我站著，他站起來擁我入懷。瞬時間我們在小小的車廂裡撞來撞去，我們的雙手、我們的雙唇忙碌不已。喔，天啊，他的氣息、他的味道、他的撫觸。就好像一陣陣的小煙火在我身上綻放，我以為已經失去知覺的部位紛紛甦醒。他抱起我，我環著他，感受他的力氣和肌肉。我吻著他的臉龐、他的耳朵，手指陷入他細軟的深色髮絲裡。他拉著我站起來，我們只距離幾公分，我們四目相對，他的表情中有點疑惑。

我喘著氣。「我自從……意外以後就沒有在別人面前脫過衣服。」我說。

「沒關係，我受過醫療訓練。」

「我是認真的，我身上一堆疤。」我驀然之間莫名地紅了眼眶。

「妳要我讓妳好過一點嗎？」

「這是我聽過最肉麻的臺詞——」

他掀起上衣，露出腹部，有一條五公分長的紫色疤痕。「妳看。我四年前被一個澳洲籍的身心障礙患者捅的。」他轉過身露出下背一塊巨大的綠黃色瘀青。「上週六有個醉鬼踹我。是女生喔。」他舉起手。「指頭，斷了。抬一個過重的患者時，手指被擔架夾住。喔，還有，對了——這裡。」他露出屁股，有一條短短的、銀色的、鋸齒狀的縫線痕跡，不是很顯眼。「刺傷。不知道怎麼搞的。去年在哈克尼路的夜店勸架，警察一直沒查清楚是誰弄的。」

我看著他結實強壯的身體和渾身傷疤。「這條呢？」我輕輕地撫著他腹部側邊的小疤痕。

他的肌膚在襯衫下發燙。

「那個？喔，盲腸炎，我九歲的時候。」

我注視著他的胸膛，再注視著他的臉，最後鎖著他的雙眸。我慢慢地脫起毛衣，不由自主地顫抖，我不知道是因為冷還是因為緊張。他靠近我，近到只距離我幾公分，他的指頭順著我的脣線移動。「我記得這個，我記得妳的嘴脣裂了。」他的手指刷過我的上腹，我的肌肉都縮起來了。「還有這裡，那時候紫了一片。我好擔心墜樓造成妳器官損害。」他的手掌貼上我的腹部，好溫暖，我無法呼吸了。

「我從來不知道『器官損害』可以聽起來這麼性感。」

「喔，我還沒開始呢。」

他慢慢地帶我走向他的床。我坐下來，眼神離不開他的雙眸，他跪下來，雙手游移到我的大腿。「還有這裡。」他捧著我的右腳，上頭有一條鮮紅的疤痕。他的拇指輕柔地沿著疤痕劃著。「這裡，裂了，軟組織傷害，應該很痛。」

「你記得好清楚。」

「大部分的人我隔天在街上遇見也不會記得。但是妳，露薏莎，嗯，妳一直留在我腦海裡。」他低下頭親吻我的腳踝，雙手慢慢地沿著我的腿往上，停在大腿外側，他撐起自己，在我的上方說，「現在不痛了，對吧？」

我搖搖頭，不發一語。我不管了。我不在乎他是不是性愛強迫症患者，或他是不是玩玩而已。我只想要他，我不在乎他會不會摔壞我另外半邊屁股。

他撫著我的身體，一吋又吋，就像潮水，我平躺在床上，他的每一個動作都讓我的呼吸愈來愈急促，最後我在一片安靜中只聽得到自己的呼吸。他低頭凝視著我，然後閉上雙眼吻我，既緩慢又溫柔。他在親吻之中慢慢貼近我的身體，近到我只能感覺到他誘人而無法抗拒的慾望，他堅硬的身體貼在我身上。我們吻著，他的雙脣熨燙在我的頸子，他的肌膚貼著我的肌膚，讓我幾乎天旋地轉。我不由自主地弓起身體迎向他，雙腿環扣著他。

「喔，天啊，」我喘著換氣，「我真希望你不是錯的人。」

他挑起眉毛。「這——呃——在挑逗我嗎？」

「你事後不會大哭吧，會嗎？」

他眨眨眼睛，「呃……不會。」

「那我先講清楚，我不是神經偏執狂，我不會一直纏著你。也不會趁你去洗澡的時候問傑克一大堆你的事情。」

「那……那就好。」

我們一把規則講清楚，我就翻過身，坐在他身上一直吻他吻到我完全不記得我們剛剛說了什麼。

大約一個半小時之後，我仰躺著暈暈然地看著低矮的天花板。我的皮膚在疼、骨頭在痠，我不知道身上有這麼多地方會痛，但我還有一種難得的寧靜感，好像我的內心就這麼融化了，重新塑成新的形狀。我覺得我大概沒辦法再站起來了。

妳永遠不知道從高處墜下會發生什麼事。

那絕對不是我。我想到前二十分鐘就開始臉紅。我真的——我真的……回憶不斷地互相追逐。我在床上從來沒這樣過。和派翠克在一起的那七年沒有。這就像是拿乳酪三明治去比較……什麼呢？世界上最奢華的訂製料理？超厚切牛排？我不由自主地嬌笑，趕緊遮住嘴。我覺得完全不像自己。

山姆在我一旁睡著了，我轉過頭去看他。噢，我的天，我心想，我看著他的輪廓、他的雙唇。目光落在他身上卻不撫摸他簡直不可能。我不確定我是不是該把臉湊過去，讓手靠近一點，這樣我就可以——

「嘿，」他溫柔地說，他慵懶地睜開眼睛

……然後我突然想到了——

喔，天啊，我和她們一樣了。

我們在一片寂靜中穿上衣服，山姆說要替我沖壺茶，但我說我應該要回去了，我得看看莉莉是不是在家？「她家人都去度假了。」我用手指鬆開幾乎塌平的頭髮。

「當然。噢，妳現在就想走了嗎？」

「對……麻煩你。」

我從浴室拿出我的衣服，覺得又窘又清醒。我不能讓他看出我現在多麼不平衡。我身上的每個細胞都專心地努力重新保持距離，讓我覺得好尷尬。我走出浴室的時候，他已經穿好衣服了，正在收拾晚餐。我儘量不看他，這樣比較簡單。

「我可以把這些衣服穿回家嗎？我的還很濕。」

「當然。只是……都行。」他翻箱倒櫃一陣之後拿出塑膠袋。

我接過塑膠袋，我們站在黑暗中。「今晚……很愉快。」

「『愉快』。」他看著我，好像他努力想找話說，「好。」

我們在潮溼的夜晚裡騎車回家，我努力不讓我的臉頰貼上他的背。他很堅持要借我皮外套，儘管我一直說沒關係。過了幾英哩之後，夜晚愈來愈冷，我很慶幸我穿著他的外套。我們十一點十五分到我家外面，其實是我看到時鐘才知道時間。我覺得從他接到我之後好像已經過了好幾輩子。

我從重機上爬下來，開始脫外套要還他，但他踢下腳架。「已經很晚了，至少讓我送妳上樓吧。」

我猶豫了一下。「好，你等我一下，我可以還你衣服。」

我儘量讓自己聽起來輕鬆，他聳聳肩，跟我進了大門。

我們在樓梯間就可以聽到走廊底端傳出音樂。我馬上就知道是從哪一戶傳出來的。我在走廊上快速地跛行，只在門口稍停一下就慢慢打開門。莉莉站在客廳中間，一手夾著菸，一手拿著酒杯。她穿著我在復刻精品服飾店買來的黃色花洋裝，以前我還會在乎自己的衣著。我瞪大了眼睛——當我見到她拿什麼搭配的時候我可能踉蹌了一下：我感覺得山姆攙著我。

「露薏莎，妳的衣服好別緻！」

莉莉踮著腳。她穿著我的綠色亮片鞋。「妳怎麼都不穿這些衣服了？妳的衣服這麼精采，但妳卻只穿牛仔褲和T恤。好——無聊哦！」

她又走回我房間，一分鐘後拿著一件七〇年代的金色輕駝羊毛連身衣，我以前總搭配著棕色的靴子。「我是說，妳看看！我現在超級想要穿連身衣的。」

「脫下來。」我好不容易能開口。

「什麼？」

「那雙褲襪，脫下來。」我的聲音很緊繃，連我都不認得。莉莉低頭看著黑黃相間的褲襪。

「不，我是說真的，妳這裡有好多復刻精品。法國的、義大利的，還有那件紫色的香奈兒經典。妳知道這東西值多少嗎？」

「脫下來。」

或許山姆察覺到我渾身僵硬，便輕輕把我往前推。「聽我說，我們要不要走進客廳再——」

「除非她把那雙褲襪脫下來，否則我一步也不會動。」

莉莉擺起臉色。「老天，用不著這麼幼稚吧。」

我氣到發抖，看著莉莉脫下我的大黃蜂褲襪，脫到踝邊的時候她用力地踢。

「別扯！」

「這只是一雙褲襪！」

「這不只是一雙褲襪，那是……一份禮物！」

「不過就是褲襪。」她咕噥著，終於把褲襪脫了下來，扔在地上成一團黑黃相間的布料。

我聽到另一個房間傳出衣架碰撞的聲音，應該是她把身上其他衣服都換下來了。

過了一會兒，莉莉回到客廳。只穿著內衣褲。她等到我們都注意到她了，才慢慢穿上一件短洋裝，招搖地套上，扭扭身體讓洋裝往下滑，蓋住她白皙小巧的臀部，然後甜膩地對我嫣然一笑。「我要去夜店了，妳先睡別等我，很高興又見到——」

「菲爾汀。」山姆說。

「菲爾汀先生。」她對我一笑，那根本不是笑容。然後她用力摔上門，就走了。

我顫抖著吐出一口氣，走過去撿起褲襪，坐在沙發上把褲襪攤開撫平，確定沒有裂痕也沒有菸灰。

山姆在我身邊坐下。「妳沒事吧？」他說。

「我知道你一定覺得我瘋了，」我終於開口，「但這是——」

「妳不必解釋。」

「以前的我很不一樣。」我抽抽噎噎地說。

我們坐在寂靜的公寓裡，我知道我該說點什麼，但我找不到合適的字，而我的喉頭好緊。

我脫下山姆的外套，遞給他。

「沒關係，」我說，「你不必留下來陪我。」

我感覺到他注視著我，但我的目光離不開地面。

「那我讓妳靜一靜。」

就這樣，我還來不及再說什麼，他就離開了。

14

我這個禮拜參加「繼續向前」的時候遲到了。莉莉留了一杯咖啡給我，她不但始終沒道歉，還把翠綠色油漆翻倒在走廊地板上、任一整桶冰淇淋融化在廚房裡、拿走我家鑰匙和車鑰匙，因為她找不到自己的，有一天晚上還擅自借走我的假髮。我從她房間地板上撿起來，戴回頭頂上的時候看起來好像英國古代牧羊犬在我頭上做了不可告人的事。

等我抵達教堂大廳的時候，每個人都坐好了，娜塔莎親切地往旁邊挪，讓我可以坐她旁邊的那張塑膠椅。

「今天晚上我們要討論『前進』的跡象，」馬克捧著一杯茶，「未必是什麼大事——新戀情，或斷捨離。或許是一些小事，讓我們覺得那可能是走出悲傷的路徑。大家可能不曉得，很多跡象都被我們忽略了，或我們拒絕承認，因為我們要往前進就覺得很歉疚。」

「我加入了一個交友網站。」佛瑞德說，「叫做『遇見春天』。」

有人小聲地表示驚訝，有些人鼓勵他。

「這樣很好啊，佛瑞德，」馬克啜了一口茶，「你希望在交友網站上得到什麼？有人陪嗎？我記得你特別懷念週日下午一起散步的時光，你們散步到野鴨池塘對嗎，你和你太太常去的地方？」

「喔，不，那是網路性愛的平臺。」

馬克把茶噴出來。一時之間沒人說話，有人遞了張面紙給他擦掉褲子上的茶。

「網路性愛，大家不是都這樣嗎？我加入了三個網站。」佛瑞德伸出手，掰開手指數著，「『遇見春天』都是喜歡大叔的年輕女生，『甜心乾爹』是喜歡有錢大叔的年輕女生，還有……嗯……『鮮肉直送』，」他想了一下，「就是什麼類型都有。」

大家不接話。

「佛瑞德，能這麼樂觀很好，」娜塔莎說。

「露薏莎，那妳呢？」

「嗯……」我猶豫了一下，因為傑克就在我正對面，然後我又想，管他的。「其實我上週末去約會了。」其他人嗚呼地歡呼助陣了一下。我怯怯地低下頭，只要一回想那個晚上，我的臉頰就燒起來。

「然後呢？」

「很……出乎意料。」

「她上床了，她一定上床了。」娜塔莎說。

「她滿面春光。」威廉說。

「他有沒有大絕招？」佛瑞德說。

「有什麼技巧？」

「那你是不是就沒那麼想念比爾了？」

「沒有想念到讓我停下來……我只是覺得我得做點什麼……」我聳聳肩，「……我想要感覺自己活著。」我一說出口，就聽到大家喃喃地表示認同。畢竟，我們都想要從悲傷中解脫，從冥界釋放。我們的心有一半都在冥界裡迷了路，或封鎖在小小的骨灰罈裡。能說出一點正面的感受真棒。

馬克鼓勵地點點頭。「我想這聽起來很健康。」

我聽著桑尼爾說他又開始聽音樂了，娜塔莎說她把亡夫的照片從客廳拿進臥室裡，「這樣就不會每次有訪客來我都一直提起他。」達芙妮已經不再偷偷地打開她先生的衣櫥，拿起他的襯衫來聞了，「如果我誠實面對自己，那些衣服早就沒有他的味道了，我猜我只是習慣了。」

「傑克，那你呢？」他看起來還是鬱鬱寡歡。

「我想，我比較常出門了吧。」

「你和你爸爸聊過你的感受了嗎？」

「沒有。」

他說話的時候我儘量不看著他。我感覺好赤裸，不知道他知道什麼。

「不過，我覺得他有喜歡的人了。」

「常做愛嗎？」佛瑞德問。

「不，我是說他對某個人動心了。」

我感覺到自己的臉紅了起來，我假裝要擦掉鞋子上的汙漬，這樣就不必抬頭。

「你從哪裡看出來，傑克？」

「他前幾天吃早餐的時候開始提到她，說他不該再繼續隨便找女人上床了。他說他碰到了一個人，可能會想和她走下去。」

我的臉亮得像燈塔一樣，我無法相信其他人都沒注意到我的異狀。

「那你覺得他終於知道尋找替代品不是前進的方法了嗎？或許他只是需要和不同的人交往看看才知道要和哪種人談感情。」

「他的替代品還真多，」威廉說，「簡直是收藏家。」

「傑克？那你對這件事有什麼感受？」馬克說。

「有點怪怪的，我是說，我想念我媽媽，但我覺得他能往前進或許也不錯。」

我努力去想像山姆會怎麼說。他提過我的名字嗎？我可以想像他們兩個在狹小的車廂廚房裡，在吃吐司配熱茶的時候認真地討論這個話題。我的臉頰像著火了一般，不確定我是不是希望山姆這麼快就開始投入這段感情。我應該說清楚，那個晚上不代表我們要談感情，太快了。而且讓傑克在大家面前討論這件事也太快了。

「你見過這女生嗎？」娜塔莎問，「你喜歡她嗎？」

傑克低下頭。「有啊，這就是討厭的地方了。」

我抬起頭。

「他禮拜天請她來家裡吃早午餐，她簡直是一場惡夢。她穿了一件超級緊身的上衣，一直拉著我勾肩搭背，好像跟我很熟一樣，而且她故意笑得好大聲。我爸在院子裡的時候，她就睜大眼睛看著我，然後問我『你好嗎？』，還故意歪著頭裝萌，看了真的很刺眼。」

「噢，歪頭那一招。」威廉說完大家低聲地表示同意。每個人都知道歪頭那一招。

「我爸回來的時候，她就一直笑，一直撥頭髮，好像她想裝年輕，但她至少三十歲了。」

他嫌惡地皺起鼻子。

「三十！」達芙妮看著兩旁說，「你想想看！」

「我其實還比較喜歡一直問我他最近在忙什麼的那個女生，至少她不會裝熟。」他接下來說的話我都聽不進去了。我開始耳鳴，嗡嗡響的聲音蓋掉所有對話。我怎麼會那麼蠢？我突然記得傑克第一次看到山姆和我對話的時候翻了個白眼。那就是個警告，這麼明顯，我卻白痴到忽略警告。

我燥熱到渾身發抖。我沒辦法留下來，我沒辦法再聽下去了。「嗯……我剛剛才想起來，我還有其他事。」我含糊地說完就拎著包包跳起來。「對不起。」

「露薏莎，沒事吧？」

「沒事，先走了。」我往門口衝，勉強的笑容僵在臉上，簡直要痛了。

他在那兒。他當然在那兒。他剛停好重機，正要脫下安全帽。我從教堂大廳走出來，停在階梯最上端，不曉得能不能繞過他去取車，但是不可能。我的大腦認出他的身形，而我的神經突觸立刻回想起歡愉與激情、回想起他的手掌貼在我身上。還有難以遏抑的怒氣、令人血脈賁張的恥辱。

「嘿，」他一見到我就露出輕鬆的笑容，雙眼盛滿笑意，電力滿點。

我慢下腳步，慢到讓他可以清楚看見我有多麼受傷。我不在乎。我突然覺得自己像莉莉；

我不想掩飾這一切，我不會下了這張床又立刻上了另一張床。

「幹得好，你這王八蛋。」我口出惡言後立刻跑進我的車子裡，才任自己從哽咽變成啜泣。

那禮拜，屋漏偏逢連夜雨。理查變得更龜毛了，他嫌我們笑容不夠多，還說我們不夠嗨，所以旅客都跑去「空中之翼燒肉吧」了。天氣也變差了，天空轉為槍械般的金屬灰，熱帶氣旋讓班機一直延誤，機場裡都是脾氣暴躁的旅客，接著，好巧不巧，行李搬運員又罷工。

「要不然妳想怎樣？水星逆行啊？」薇拉殘酷地說完，就對顧客齜牙咧嘴，因為她想要奶泡少一點的卡布奇諾。

在家呢，莉莉自己也烏雲罩頂。她坐在我的客廳裡，手機不離身，但不管上面顯示什麼她都開心不起來。她會對著窗外發呆，面無表情，就和她爸爸一樣，彷彿她的靈魂和他的一樣被囚禁了。我試圖向莉莉解釋說那雙黑黃相間的褲襪是威爾送我的禮物，重點不在那顏色或材質，而是——

「對，對，褲襪，隨便啦。」她說。

連續三個晚上，我幾乎沒睡。我盯著天花板，冷冽的怒火在我的胸口燃燒，不肯熄滅。我實在太氣山姆了，但我更氣自己。他傳了兩次簡訊給我，其中一則是故意裝無辜的「？？」我太不信任自己的判斷力了，所以我沒回。我做了所有女人都會做的事：忽略男人的言行，選擇相信自己的聲音：我對他來說不一樣。我吻了他，我任這一切發生，所以我只能怪自己。

我努力對自己說，或許這是「塞翁失馬焉知非福」。我暗自告訴自己（內心充滿驚嘆號）：現在發現總是比較好，勝過六個月以後才曉得！我努力從馬克的角度來看這件事：總之能往前進就好！我的經歷又多了一項！至少那場性愛很美好！一想到這兒，愚蠢的熱淚就會從我愚蠢的雙眼中流出來，我狠狠擦去後告訴自己：這就是讓別人靠近的下場。

我們從團體輔導的過程中學到：生活沒有重心的人特別容易沮喪和憂鬱。最好做點什麼，或至少有點計劃。有時候幸福的幻象說不定真的能創造幸福。我實在很厭倦每天晚上回家都看到莉莉癱在沙發上，而且我也很厭倦自己得努力看起來不煩躁，我星期五晚上說我們隔天要去找崔諾太太。

「但妳說她沒回妳的信啊。」

「或許她沒收到，不管啦，崔諾先生遲早會對他的家人提起妳，或許我們應該在那之前先去見她。」

她沒說什麼。我當做她同意了，就隨她去。

那天晚上我發覺自己無意中整理起莉莉拆開來的衣服，自從兩年前離開英國去巴黎之後我就沒碰過這些衣服。穿上也沒意義了，自從威爾過世以後我就變了個人。

不過，現在我覺得有必要換上牛仔褲或綠色愛爾蘭精靈裝以外的服飾。我找到了一件以前很喜歡的海軍迷你裙，看起來很適合微正式的拜訪，我燙好之後掛起來。我告訴莉莉，我們隔天早上九點出發，就上床準備睡覺。她除了悶哼一聲之外沒說什麼話，我不曉得原來和這樣的人生活在同一個屋簷下這麼耗費心神。

關上門之後過了十分鐘，門縫下多了一張手寫字條。

親愛的露薏莎：

對不起我借了妳的衣服，謝謝妳做的一切，我知道我有時候很討人厭。對不起。

莉莉（親親親）

附註：不過妳真的應該穿上那些衣服，比妳身上的好看太多了。

我一開門，莉莉就站在那裡，沒有笑容，她往前踏一步，給了我一個短暫但用力的擁抱，緊到我的肋骨都發疼了。接著她什麼都沒說就轉身消失回客廳。

破曉時曙光劃開天際，我們的心情也提振了一些。我們開了好幾個小時的車到牛津郡的小村莊，每一戶人家的花園都築上了芥末色的石牆，在陽光下烘烤。我一路上都在找話題聊，主要是為了掩飾我要再見到崔諾太太很緊張。我發現和青少年對話最辛苦的部份就是不管妳說什麼，都免不了聽起來像姨婆在婚禮上說出來的話。

「妳平常喜歡做什麼？沒上學的時候？」

她聳聳肩。

「妳畢業以後想要做什麼？」

她看了我一眼。

「妳從小一定有些興趣吧？」

她唸出了一長串活動：看表演、長曲棍球、曲棍球、鋼琴（五級）、越野賽跑、網球。

「這麼多？那妳都不想繼續嗎？」

她同時吸吸鼻子又聳聳肩，然後把腿抬到儀表板上，好像這對話已經結束了。

「妳爸喜歡旅遊。」我過了幾英哩之後說。

「妳說過了。」

「他有一次跟我說，除了北韓之外他每個國家都去過了，迪士尼除外。他有好多故事，有些地方我連聽都沒聽過。」

「我這輩的人不會去冒險。這世界已經沒有地方可以探索了。那些辭掉工作的背包客都無聊到不可思議。只會講他們在泰國帕岸島發現哪些酒吧，或是他們在緬甸雨林嗑了什麼迷幻的毒品。」

「妳不一定要當背包客。」

「對，但妳只要去過東方文華酒店，就什麼都見過了。」她打了個呵欠。「我讀過這附近的學校，」她望著窗外觀察了一陣子之後說，「其實那是我唯一喜歡過的學校。」她又繼續說，「我有個朋友，叫荷莉。」

「後來呢？」

「我媽很固執，她覺得那不是好學校。她說那間學校的排名不夠高或升學率不夠好。只是一間小寄宿學校，不學術，所以就幫我辦轉學了。後來我就懶得交朋友了。如果我認識新朋友後他們又要我轉學，那有什麼意義？」

「妳有和荷莉保持聯絡嗎？」

「沒有，如果不能見面，保持聯絡也沒意義。」

我還略微記得青少女之間的關係多麼緊密，那種姊妹情誼超越了友誼。「妳以後想做什麼？我是說如果妳真的不想繼續升學的話。」

「我不喜歡想以後的事。」

「但妳總得想一想，莉莉。」

她閉上眼睛一分鐘，然後把雙腳放下來，把拇趾上的紫色指甲油摳下來。「我不知道，露薏莎，我只想以妳為榜樣，和妳一樣做這些刺激的事情。」

我深呼吸了三回，才忍住沒把車子停在高速公路上。緊張，我對自己說，那只是她在緊張。為了惹惱她，我把廣播切到談話節目，音量調大，一直到終點。

我們攔下一個正在遛狗的當地居民問路才找到四畝巷，把車子停在狐狸小屋外面，這是一棟有茅草屋頂的白色別墅。房子外面，花園小徑的起點有一道鑄鐵拱門，上頭攀滿鮮紅色的玫瑰，嬌豔的花苞在整齊的花床上努力爭取空間。一輛小小的掀背式汽車停在車道上。

「她已經一貧如洗了。」莉莉往外瞄。

「這房子很別緻啊。」

「小的跟鞋盒一樣。」

我坐下來，聽著引擎熄火。「莉莉，聽我說，我們進去之前，妳別期望太多。」我說，「崔諾太太很拘謹，她要大家遵守儀節才放心。她或許對妳說話的方式很像老師，我是說，我不覺得她會像崔諾先生那樣抱著妳。」

「我爺爺是個偽君子。」莉莉鼻孔噴氣，「他讓妳覺得自己好像是全世界最珍貴的禮物，但其實怕老婆怕得要死。」

「請妳千萬別提起『怕老婆』的事。」

「我沒必要假裝成別人。」莉莉悶悶不樂地說。

我們在車上坐了一會兒，我發現我們都不想去當敲門的那個人。「我是不是該再打個電話給她？」我握著手機。「我今天早上已經撥了兩通，但直接進到語音信箱。」

「不要直接告訴她，」她忽然說，「我是說，別講我是誰。我只是……我只是想看看她是什麼樣的人，然後再告訴她。」

「好。」我口氣和緩了下來，我還沒能多說什麼，莉莉就下車走向前門，雙手握拳，就像要上擂臺的拳擊手。

崔諾太太頭髮都白了，她的頭髮原本還雜著深棕色，現在全都白了，也剪短了，讓她看起來比實際年齡更蒼老，或看起來像大病初癒。她可能比我上次見到的時候還瘦了十公斤，眼窩下方有肝斑。她困惑地看著莉莉，說她沒預期有訪客然後才看了我一眼，睜大了眼睛說「露薏莎？」

「哈囉，崔諾太太。」我往前一步，伸出手，「我們剛好在附近，我不曉得妳有沒有收到我的信？我就想來拜訪一下，打個招呼……」

我的聲音很假、很不自然、太雀躍了——連我都說不下去。她最後一次見到我的時候，我在清理她亡子的房間；在那之前則是當他嚥下最後一口氣時。我看著她在腦子裡重播那些場景。「我們剛剛只是在欣賞妳的花園。」

「大衛奧斯丁玫瑰。」莉莉說。

崔諾太太看著她，好像這會兒才第一次注意到她。她淺淺的微笑有點遲疑。「對，對，就是。妳好聰明呀。妳是——我真抱歉，我訪客不多，妳剛剛說妳叫什麼名字啊？」

「莉莉。」我說，我看著莉莉握著崔諾太太的手，認真地觀察她。

我們在她前門階梯上站了一會兒，最後，好像她終於發現自己別無選擇，於是轉身推開門。「我想妳們最好進來吧。」

這屋子很小，天花板很低，連我從門口走到廚房都要低著頭。崔諾太太泡茶的時候我在一旁等，看著莉莉在狹小的客廳裡繞來繞去，在高級古董家具之間穿梭，我想起了我在大宅裡的日子，便拿起一些小玩意兒看看又放下來。

「那……妳這陣子好嗎？」崔諾太太的聲音很平，好像她並不在乎答案。

「哦，還不錯，謝謝妳。」

超長的沉默。

「這村落很可愛。」

「是啊，嗯，我真的沒辦法待在斯坦福堡……」她在茶壺裡注入滾水，我忍不住想起黛拉碩大的身形在崔諾太太以前的廚房裡。

「妳認識這附近的人嗎？」

「不認識。」她回答的口氣好像這正是她搬過來住的原因。「妳可以幫我拿牛奶盅嗎？這托盤放不下了。」

接下來半小時的對話很辛苦。崔諾太太畢竟來自中上流社會，應該靠本能就可以應付各種社交場合，但現在她已經失去了溝通能力。我說話的時候她的魂好像飛了一半。她問了個問題，但十分鐘後又再問一次，好像她根本不記得答案。我不知道這是不是因為她在吃抗憂鬱的藥。莉莉偷偷地看著她，她臉上閃過各種念頭，我坐在她們兩人中間，整個胃都揪在一起了，我一直在等峰迴路轉的那一刻。

我在一片安靜中自顧自地說話，聊起糟糕的工作，聊起我在法國的生活，聊起我爸媽現在還不錯，謝謝妳——任何只要可以結束這可怕沉靜的話題就行，每次我停下來，這小空間就安靜地可怕。崔諾太太的悲傷凝結在這棟小房子裡，像迷霧。若崔諾先生在哀傷之後看起來很疲倦，崔諾太太就是完全被哀傷給吞沒。我認識的那個驕傲明快的女人已經幾乎完全消失了。

「妳怎麼會來這裡呢？」她終於問起。

「嗯……就是來看看朋友。」我說。

「妳們兩個怎麼認識的？」

「我……認識莉莉的爸爸。」

「那很好啊。」崔諾太太說，我們尷尬地笑了一下。我看著莉莉，等她開口，但她僵住了，好像她也無法面對這個女人的痛苦。

我們喝了第二杯茶。喝第三杯茶的時候聊起她別緻的花園，這可能是第四次談到她的花園了，我一直覺得她必須有超人的意志力才能面對我們持續的存在。她並不希望我們久留。她只是太客氣了所以沒送我們離開，但她顯然想一個人獨處。她的每一個動作──硬擠出來的笑容、勉強跟上所有話題──都表示她想獨處。我懷疑我們一離開之後，她是不是就會縮在椅子上不動，還是會上樓窩在床上。

然後我注意到一件事：這裡完全沒有照片。格蘭塔宅邸裡到處都是銀色相框，裡面有孩子的照片、全家合照、馬場的照片、滑雪度假的照片、爺爺奶奶的照片。這間小屋都沒有。有匹馬的青銅塑像，有一幅風信子的水彩畫，但沒有照片。我發覺自己坐立難安，不知道是不是因為我很想念那些放在桌上或窗上的照片？但不是的，這棟小屋冷酷地沒有人氣。我想起我的公寓，我也沒有添加任何人氣，或允許自己把那空間布置得像家。一時之間我覺得很沉悶，無比悲傷。

威爾，你對我們做了什麼？

「露薏莎，或許該走了，」莉莉刻意看著時鐘，「妳剛剛說不想塞車的。」

我認真地看著她。「可是——」

「妳說我們不要待太久的啊。」她的聲音很高亢很清晰。

「噢，對啊，塞車就不好了。」崔諾太太起身。

我怒瞪著莉莉，想反駁她的話，但這時電話響了。崔諾太太退縮了一下，好像那聲音很陌生。她看著我們，不確定要不要接電話，但好像發現她沒辦法忽略電話聲，所以致了個意，就走進另一個房間，我們聽到她接起電話。

「妳在幹嘛？」我說。

「感覺不對。」莉莉很失落地說。

「但我們不能不告訴她就走。」

「我今天沒辦法。這實在……」

「我知道這很嚇人，但妳看看她，莉莉，我真的覺得如果妳告訴她的話可以幫助她，妳不覺得嗎？」

莉莉張大眼睛。

「告訴我什麼？」

我轉過頭，崔諾太太一動也不動地站在門口。「妳們要告訴我什麼？」

莉莉看著我，又看著崔諾太太。我覺得時間在我們身邊過得好慢。她吞了吞口水，微微揚起下巴。「我是妳的孫女。」

一陣沉默。

「我的……什麼？」

「我是威爾．崔諾的女兒。」她的話迴盪在這小空間裡。

崔諾太太的目光滑進我的眼眶裡，好像想檢查這句話是事實還是個瘋狂的笑話。

「但……妳不可能。」

莉莉往後一縮。

「崔諾太太，我知道這一定讓妳很震驚——」我開口，但她卻聽不進去，她認真地盯著莉莉。

「我兒子如果有個女兒，我怎麼會不知道？」

「因為我媽沒告訴任何人。」莉莉的聲音好小，好像悄悄話。

「這麼久以來都沒說？妳怎麼可能一直是個祕密？」崔諾太太轉頭看我。「這件事妳知道？」

我吞了吞口水。「這就是我寫信給妳的原因，莉莉找到我了，她想多認識她的家人。崔諾太太，我們不想讓妳更痛苦，只是莉莉想要認識她的祖父母，她和崔諾先生見面的時候並不順利，而且……」

「但威爾總會說點什麼，」她搖著頭，「我知道他會的，他是我的孩子。」

「如果妳真的不相信我，我可以去做鑑定。」莉莉雙手抱胸。「但我並不圖你們的任何東西，我也不必來和妳一起生活什麼的。我自己有錢，如果妳剛剛在擔心這個的話。」

「我不確定我——」崔諾太太開口說。

「妳用不著看起來那麼懼怕，拜託，我又不是什麼妳剛染上的傳染病。我只是，妳知道的，妳的孫女。天啊。」

崔諾太太慢慢地滑坐在椅子上。過了一會兒，她的手顫顫地扶著額頭。

「崔諾太太，妳沒事吧？」

「我想我不……」崔諾太太闔上雙眼。她似乎縮回了內心深處。

「莉莉，我想我們該走了。崔諾太太，我會把我的電話抄給妳。等妳能接受這消息的時候我們再回來。」

「誰說的？我不會回來了。她覺得我是騙子。天啊，這家人。」

莉莉不可置信地看著我們，然後離開了這小房間，出去的時候撞倒了一張小胡桃木桌。我彎下腰把桌子扶起來，小心地把銀色小盒子都整齊地放回桌面上。

崔諾太太因驚嚇顯得更憔悴了。

「對不起，崔諾太太，」我說，「我們來之前我真的想先告訴妳。」

我聽見車門用力關上的聲音。

崔諾太太深呼吸。「如果我不知道寄件人是誰，我就不會打開信。我有收到幾封信，憎恨我的信，說我……我現在不太回信了……信上寫的都不是我想聽的話。」她看起來很困惑、蒼老、脆弱。

「對不起，我真的很對不起。」我拿起我的包包往外逃。

「什麼都別說，」莉莉在我上車的時候說，「別開口，行嗎？」

「妳為什麼要那麼做？」我坐在駕駛座上，鑰匙握在手上。「妳為什麼要破壞這一切？」

「我從她第一眼就可以看得出來她對我的感覺。」

「她是個母親，還在緬懷兒子的母親。我們才剛對她丟了個震撼彈。妳就像火箭一樣攻擊她。妳難道不能靜靜地讓她消化這一切嗎？為什麼妳要拒人於千里之外？」

「喔，妳又瞭解我了？」

「只要任何人想靠近妳，妳似乎就會決意要破壞你們的關係。」

「喔，天啊，是因為那件褲襪的蠢事嗎？妳什麼都懂嗎？妳這輩子都孤單地住在破爛公寓裡、沒有朋友、妳爸媽覺得妳是個魯蛇，妳沒膽子辭掉全世界最可悲的工作。」

「妳根本不知道找工作有多難，現在景氣很差，所以妳可別——」

「妳是個魯蛇！比魯蛇還糟，妳自己是魯蛇還敢跟別人說要怎麼做。憑什麼？妳坐在我爸的床邊看著他死掉，然後什麼都沒做。都沒做！我覺得妳根本沒資格跟別人說要怎麼做！」

車上的寂靜像玻璃一樣堅硬又銳利。我瞪著方向盤，直到我能正常呼吸。然後我發動汽車，在沉默中駛了一百二十英哩。

15

接下來這幾天我幾乎沒見到莉莉，這樣正好。我下班回家的時候會見到地上的麵包屑或是髒的馬克杯，證明她來過。好幾次我進家門以後，氣氛莫名地難受，好像有什麼事情在進行，但我卻說不上來。沒有少了什麼，也沒有家具或家電被換掉，我後來認為這應該就是和室友處不來的感覺。這是我第一次允許自己承認：我想念獨身的生活。

我打電話給我妹，她還算仁慈，沒說出「我就跟妳說吧」。嗯，或許至少這次饒過我了。

「當爸媽最慘的就是這樣，」她好像把我當成家長了，「妳得沉著穩重、妳得什麼都知道、妳得體貼溫柔、妳得應付各種狀況。有時候湯瑪士很粗魯，或我很累，我只想當著他的面把門甩上，或朝他吐舌頭說他是個大渾球。」

我也有同感。

工作已經到了悲慘的地步，我得在車上歡唱才有辦法從我家開車到機場去上班。

還有山姆的問題，我已經不去想他了。

我早上在浴室鏡子裡看到自己的裸體時不去想他。我不記得他的手指如何畫過我的肌膚，或他如何讓我鮮紅色的疤痕不那麼刺眼，因為那是我們共有的回憶——還有，我也不記得那個短暫的夜晚，我曾經奮不顧身、重新活過來。當我看著其他情侶低頭檢查登機證，準備在遙遠的度假勝地開始浪漫的旅程或享受狂亂的性生活時，我不會想起他。這種場面其實很多。我夜裡單獨坐在沙發上的時候絕對不會想起他，我看著電視節目卻說不出劇情，而我猜我看起來就像是地球上最孤獨的、最容易著火的成人影片妖精。

納森曾經打過電話來，留了個訊息要我回電。我不確定我能不能聽他說著紐約的新生活有多麼精采，所以把這件事默記在心裡，但我知道我永遠不會完成。譚雅傳簡訊說霍頓－米勒一家提早三天回來，因為法蘭西斯要處理工作。理查打過電話來說我星期一至五要值晚班，而且露薏莎請妳別遲到。我想再提醒妳一次，這是妳最後一次警告。

我做了我唯一能想到的事：回家，從倫敦開回斯坦福堡的路上，我把音樂開得極大聲，這樣我就不會和我的胡思亂想獨處。我對我爸媽很感激，幾乎覺得我和家之間有一條臍帶，正在把我拉回家，傳統家庭的週日午餐總能給我溫暖。

「午餐？」我爸雙臂擱在肚子上，下顎憤怒地僵著。「喔，不，我們週日已經沒有午餐了。午餐是一種父權壓迫的象徵。」

爺爺在角落，悲涼地點著頭。

「不，不，我們中午不做飯。我們現在星期天中午吃三明治或湯。顯然女性主義認為湯還過得去。」

翠娜拿餐桌當書桌，這時翻了翻白眼說，「媽現在星期天上午都會去『成人教育中心』參加女性詩社。她沒變成激進女性主義份子啦。」

「小露，看到沒？現在我得瞭解女性主義，而且這些女權份子把我該死的週日午餐給偷走了。」

「爸，你太誇張了。」

「哪裡誇張？星期日是家庭日啊。我們週日應該全家一起吃午餐。」

爸爸把報紙折起來，指著翠娜，「都是妳。妳媽咪和我本來很幸福，妳偏偏要說她不幸福。」

爺爺點頭表示同意。

「這裡一切都走樣了。我看電視的時候她一定會在旁邊碎念說『性別歧視』。明明是優格廣告啊！這也性別歧視、那也性別歧視；我前幾天買了八卦雜誌回家，其實我是要看運動版，結果她竟然把整本丟進火堆裡，因為『今日我最美』有辣妹。我根本不曉得接下來她還會去哪裡、會變怎樣？」

「一堂課兩小時。」翠娜溫和地說，雙眼沒離開她的書。「每個星期天。」

「爸，我不是要笑你，」我說，「但你手臂末端那是什麼？」

「什麼？」我爸低頭。「什麼？」

「你的手啊！」我說，「那可不是畫上去的吧？」

他皺著眉頭看我。

「我猜你可以做頓飯吧，等媽從詩社回來的時候讓她驚喜一下？」

我爸張大了眼睛。「我星期天做午餐？我？我們已經結婚了快三十年！露薏莎，我不會做該死的午餐。我負責賺錢、你媽負責做飯，就是這麼回事！我當初結婚就是為了這個！如果我在星期天穿上圍裙，在那邊削馬鈴薯像話嗎？這是什麼世界？這樣怎麼會公平？」

「爸，這就是現代生活。」

「現代生活。妳根本沒在幫我。」我爸悶哼一聲。「我猜妳那個該死的崔諾先生星期天一定有午飯可吃，他那個女人可不是女權份子。」

「啊，那你得先有一棟城堡，爸。城堡絕對大勝女權。」

翠娜和我開始哈哈大笑。

「妳知道嗎？難怪妳們兩個都沒有男朋友。」

「喔，紅牌！」我們一起舉起右手。他在空中揮了揮報紙，就怒氣沖沖地走去院子了。

翠娜朝我咧嘴一笑。「我本來是想建議我們來做午餐，不過……現在？」

「我不知道，我不想要讓父權壓迫復辟。去酒吧？」

「太好了，我傳簡訊跟媽說。」

我媽都六十五歲了才開始走出自己的殼，原本是像個寄居蟹一樣試探性地往外冒險，但現在顯然愈來愈充滿熱情。這麼多年來，她不曾單獨離開家，她在自己的三房小屋裡很怡然自得。但是自從我發生意外之後，她在倫敦待了幾週，讓她放下了原本的生活習慣，也點燃了她沉睡已久的好奇心，想體驗斯坦福堡以外的生活。翠娜在大學裡面參加「性別震盪社團」，收到幾本女性主義書籍，我媽開始拿來翻閱，這兩件事情加在一起，我媽就覺醒了。她在《女太監》之後又看完了《第二性》和《飛行的恐懼》。在讀完《女廁》之後，她驚愕地發現她的生活和書中描述的現象如此相似；她連續三天不肯做飯，直到發現爺爺囤了四盒已經發臭的甜甜圈。

「我一直想起妳那個威爾說的話，」我們坐在酒吧的露天座位上，看著湯瑪士不時地在充氣城堡裡面和其他小孩的撞頭。「妳這輩子只能活一次——這不是他對妳說的話嗎？」媽和平常一樣穿著藍色短袖上衣，不過我從沒見過她把頭髮紮起來，看起來格外年輕。「所以我想充實地過完這一生。上點課，偶爾脫掉橡膠手套。」

「爸鑾不爽的。」我說。

「講話不要那麼粗俗。」

「不過就是個三明治。」我妹說。「又不是要他橫跨戈壁沙漠四十天尋找食物。」

「這堂課才十週。他可以撐下去的。」媽堅定地說，然後往後一坐，掃描我們兩個。

「嗯，妳們看看，這樣不是挺好？我覺得我們三個好像很久沒這樣出來了，上一次是……嗯，從妳們上高中以後就沒有了，我們以前禮拜六還會一起去逛街呢。」

「翠娜一直抱怨說這裡的店家都沒什麼好逛的。」

「對，那是因為小露喜歡二手商店，聞起來都有別人的腋味。」

「看到妳又穿上妳最喜歡的衣服真好。」媽疼愛地對我點點頭，我今天穿了一件亮黃色上衣，希望能讓我看起來比實際上更開心。

她們問起莉莉，我說她回去和她媽媽一起住了，說前陣子挺忙亂，她們互瞥了一眼，好像原本就知道我會這麼說。我沒提起崔諾太太的事。

「這整件事根本有夠怪。我根本無法相信有這種媽媽會把女兒交給妳。」

「嘿，媽那句話沒有惡意。」翠娜說。

「不過妳那份工作啊，小露，親愛的，我不喜歡妳穿得那麼少在吧臺後面走來走去。這聽起來好像是那個什麼餐廳來著……？」

「波霸美式餐廳。」

「不是那種啦，我在機場耶。我的客人都穿西裝打領帶，他們也不是來看辣妹的。」

「那些人就是醉翁之意不在酒。」

「但妳服務的時候穿著充滿性別歧視的衣服啊，如果妳想要穿奇裝異服工作，那妳可以去……我不知道，巴黎的迪士尼樂園工作。如果妳是米妮或維尼小熊，那根本就不必露腿。」

「妳就快三十歲了，」我妹妹說，「米妮、維尼、舞女。妳選一個。」

「好嘛，」我在服務生端來烤雞和馬鈴薯的時候說，「我其實一直在想這件事，沒錯，妳說的對。從現在開始我要往前進了。我要專注規劃自己的事業。」

「妳可以再說一次嗎？」我妹從她的盤子上挖了一些馬鈴薯給湯瑪士。露天座位區開始嘈雜了起來。

「我要專注規劃自己的事業。」我這次更大聲了。

「不是，是妳剛剛講我說的對。妳大概從一九九七年之後就沒承認過我說的話對了吧？湯瑪士，不要回去充氣城堡！小甜心，你會吐的。」

我們在那兒悠閒地坐了一下午，爸爸傳了好多簡訊來問我們在幹嘛，一則一則怒氣漸增，我們完全沒理他。我從來沒和我媽媽、我妹妹坐在一起，像正常人、正常的成人一樣談話聊天，以前我們的對話內容都限於家事安排或誰誰誰好煩。我們這才發現原來我們這麼關心對方的生活和看法，好像我們這才明白自己的角色不只是聰明的那個、麻煩的那個、負責家務的那個。

這感覺真奇妙，把自己的家人當一般人。

湯瑪士吃完雞肉又跑去玩了。在五分鐘之內，他一定會把午餐全吐在充氣城堡裡面，為今日行程畫下句點。「媽，妳曾經在意過妳都沒有工作嗎？」

「不會啊，我喜歡當媽媽，我真的樂在其中，不過這感覺很怪……過去這兩年發生的事情確實會讓妳想很多。」

我等她說下去。

「我最近在看關於各種女性的書——她們有勇敢的靈魂，改變了全世界人的想法和作法。我看看我做過的事情，不禁納悶著，如果我不存在，究竟會不會有人察覺？」

她口氣很淡定，我不知道她其實心裡是不是更失落？只是她還沒準備好要表現出來。

「媽，我們不只會察覺到，我們很在乎。」

「但我並沒有太多影響力，不是嗎？我不知道，我一直很知足。但我好像三十年來只做了一件事；現在我看的書、我看的電視、我看的報紙，好像每個人都在告訴我，我做的事情沒有價值。」

我和我妹面面相覷。

「媽，對我們來說不會沒有價值啊。」

「妳們兩姊妹很窩心。」

「我是說真的。妳……」我忽然想起譚雅．霍頓－米勒，「……妳給我們安全感、妳給我們愛。我們每天回家都會見到妳，我喜歡這樣。」

我媽把手放在我的手上。「我沒事。妳們兩個讓我很驕傲，妳們在這個世界裡發展出自己的方向，真的，但我只是需要自己想清楚一些事情。這也是趟獨特的旅程；我喜歡那些書，圖書館的丁恩太太把她覺得我會感興趣的書都找來了。我接下來要開始看美國新浪潮女性主義。她們的理論全都很發人深省。」她把餐巾整齊地摺起來。「不過我希望他們別再吵了，我有時候真的很想巴他們的頭。」

「那……妳真的以後都不刮腿毛了嗎？」

我越界了。我媽的臉一沉，懷疑地看了我一眼。「有時候，妳要花很多時間才能看到壓迫的現象。我跟妳們的爸爸講過了，現在我跟妳們兩個說，哪天他要是去給二十一歲的年輕妹妹在腿上敷熱蠟再用力撕下來，我就開始除腿毛。」

斯坦福堡的夕陽漸漸收工，像融化的奶油。我原本沒打算待到那麼晚，直到入夜後才向家人道別，開車回家。我感覺很踏實，很牢靠。上一週太多情緒波折，能回歸正常真好。我妹一直都那麼好強不示弱，竟然承認她覺得這輩子會一直單身，就連我媽直說她「面貌姣好」的時候她也不當一回事。

「但我是個單親媽媽，」她說，「更糟的是，我不會放電。就算露薏莎站在男生後面拿著提字卡，我也還是不知道怎麼和男生聊天。這兩年來我見過的男人不是被湯瑪士嚇跑，就是別有所求。」

「噢，該不會是——」我媽驚呼。

「免費的會計諮詢。」

一時之間，從旁觀者的角度來看，我可以體會她了。她說的沒錯：其實我有一手好牌——自己的公寓，無牽無掛的未來，唯一阻擋我接納這一切的就是我自己。但事實上她沒有被她的現實遭遇擊垮已經很不簡單了。我離開之前用力抱了她一下，她有點意外，又立刻起疑心，她拍拍背確定我沒有要親她，然後才抱著我。

「有空來我那邊住住，」我說，「真的，來住住。我帶妳去我知道的夜店跳舞，湯瑪士可以交給媽媽。」

我妹大笑，然後替我關上車門。「好啊，妳跳舞啊？講的跟真的一樣。」我發動車子以後她還繼續笑著。

過了六天，當我值完晚班以後回到家，正走上樓梯就發現平時的寂靜已經被朦朧的笑聲和不規則的音樂節奏取代了。我在自己的家門外猶豫了一會兒，因為我實在太疲憊，心想或許是我搞錯了，於是我開了門。

大麻味首當其衝，強烈到我本能地屏住呼吸，不敢吸氣。我慢慢地走向客廳，打開門站在那裡，剛開始沒辦法相信面前的景象：在燈光昏暗的室內，莉莉躺在我的沙發上，她的短裙撩到只遮住內褲，口中叼著隨意捲好的大麻菸。兩個年輕男子倒在沙發旁邊，身邊都是空酒瓶、啤酒罐、空洋芋片袋子和保麗龍外帶餐盒。地板上還坐了兩個和莉莉同年紀的女生；其中一個把頭髮整齊地紮成馬尾，她挑起眉毛看著我，好像在問我怎麼會在這兒。音樂重擊著音響設備。啤酒罐的數量和滿載的菸灰缸表示他們已經待了很久。

「噢，」莉莉聲音很誇張，「嗨哎哎。」

「妳在做什麼？」

「對，我們本來在外面，但錯過最後一班公車，所以我想說我們應該可以在這裡過夜吧？妳不會介意，對不對？」

我太訝異了，簡直說不出話。「會，」我咬著牙地說，「其實，我很介意。」

「噢喔。」她開始咯咯笑。

我咚一聲就把包包放在腳邊，環顧身邊的垃圾堆，這本來是我的客廳。「派對結束了。我給你們五分鐘來收拾乾淨然後離開。」

「喔，天啊，我就知道，妳就是這麼無聊，對不對？呃。我就知道。」她戲劇般地倒回沙發上。她的聲音很模糊、動作慢半拍，是因為毒品嗎？我等她動起來。在那緊張的瞬間，兩個男人定定地瞪著我，我看得出來他們在盤算是該起身還是乾脆繼續坐著。

有個女生大聲地吸著牙齒。

「四分鐘，」我慢慢說，「我還在計時。」

或許是我理直氣壯的憤怒給了我權威感。或許是他們沒有表面那麼勇敢。一個接一個，他們站起來，經過我身邊走向敞開的前門。最後一個男生離開的時候，刻意招搖地揚起手，任啤酒罐摔在地板上，啤酒濺上牆、灑在地板上。等我終於面對莉莉的時候，我氣到渾身發抖。

「妳究竟在幹嘛？」

「天啊，就只是幾個朋友，可以嗎？」

「莉莉，這不是妳的公寓。這不是妳可以隨意帶朋友來的地方……」突然我念頭一閃，這種東西錯置的奇怪感覺在我一週前回家的時候也有過。「喔，我的天。這不是第一次，對嗎？上禮拜妳也帶人回來過，只是他們在我下班前離開了。」

莉莉搖搖晃地站起來。她拉拉裙子、撥撥頭髮，梳開打結的部份。她的眼線都暈開來了，頸子上有個像瘀青或吻痕的記號。「天啊，妳為什麼要這樣大驚小怪？就只是幾個人，可以嗎？」

「這是我家。」

「嗯，這根本不算是個家，算嗎？沒有家具、沒有人性。妳牆上連一幅畫都沒有。根本就像……車庫，沒有車的車庫。我看過比這更溫馨的加油站。」

「我家要怎樣布置不關妳的事。」

她打了個嗝，搧搧面前的空氣。「呃，都是燒烤味。」她拖著步伐走進廚房，打開三個櫃子才終於找到一個玻璃杯。她裝了水，大口大口灌下去。「妳連一臺像樣的電視都沒有。我不曉得現在還有人用十八吋的電視。」

我開始撿拾啤酒罐，丟進塑膠袋裡。「這些人是誰？」

「我不知道，就是人。」

「妳不知道？」

「朋友。」她聽起來很不耐煩。「我在夜店認識的朋友。」

「你們在夜店認識的？」

「對，夜店，囉嗦耶。妳幹嘛故意裝笨？對，就只是我在夜店認識的朋友。這就是正常人做的事，妳懂嗎？交朋友，一起出去。」

她把玻璃杯扔到洗碗用的小水桶裡——我聽到玻璃杯裂了——接著她忿恨不平地走出廚房。

我盯著她，心裡突然往下一沉。我衝進房間裡，打開最上層抽屜。我翻開襪子，想找出那個小小的珠寶盒，裡面有我祖母的項鍊和婚戒，我停下動作深呼吸，跟自己說我找不到是因為太慌了。一定在這，當然一定在。我開始翻箱倒櫃，小心地檢查所有物件，再把東西扔床上。

「他們進過我房間嗎？」我大叫著。

莉莉出現在房門口。「他們什麼？」

「妳朋友。他們進過我的臥室嗎？我的珠寶呢？」

莉莉似乎清醒了一點點。「珠寶？」

「喔，不。喔，不。」我打開每一個抽屜，把東西全翻出來倒在地上。「在哪裡？我急用的現金呢？」我轉身面對她。「他們是誰？他們叫什麼名字？」

莉莉不發一語。

「莉莉！」

「我——我不知道。」

「妳不知道是什麼意思？妳說他們是妳的朋友。」

「只是……夜店認識的朋友。米契……萊斯……另一個我不記得了。」

我衝到門外，沿著走廊狂奔，快步趕下四層樓，但等我到一樓大門時，走廊和街道上空無一人，前往滑鐵盧的晚班公車慢慢地開走了，車燈點亮了幽暗的馬路。

我站在門口，氣喘吁吁，然後閉上眼睛，努力忍著淚水，雙手垂在膝邊，這才發現我失去了我祖母的戒指、精緻的金項鍊、我小時候經常看她配戴的小墜子。我知道我再也看不到這幾件首飾了。我家代代相傳的寶物極少，現在連這些都沒了。

我慢慢地爬樓梯回去。

我打開前門的時候，莉莉站在玄關。「我真的很抱歉。」她小聲地說。「我不知道他們會偷妳的東西。」

「莉莉，走開。」我說。

「他們看起來真的很好。我——我應該知道——」

「我今天上班上了十三個小時，我得搞清楚我掉了什麼，然後我想睡個覺。妳媽已經度完假了，請妳回家吧。」

「但我——」

「不，夠了。」我緩緩地直起身，花了一點時間平復呼吸。「妳知道妳和妳爸爸哪裡不一樣嗎？他在最低潮的時候也從來沒有對任何人這樣。」

她看起來好像被我賞了一巴掌，我不在乎。

「莉莉，我不能再這樣了。」我從皮夾裡拿出二十英鎊給他。「給妳，付計程車。」

她看著鈔票，又看看我，然後嚥嚥口水。她撥了撥頭髮，慢慢地走回客廳。我脫下外套，站著從抽屜櫃上方的小鏡子裡看著自己：我看起來很蒼白、很疲倦、很洩氣。「鑰匙留下來。」我說。

屋內安靜了一陣。我聽到鑰匙放在廚房流理臺上的聲音，然後，喀啦一聲，前門關上，她離開了。

16

威爾，我全搞砸了。

我的膝蓋抵著胸口，努力地想像著他如果看到我會怎麼說，但我的腦海中已經再也聽不到他的聲音了，這點小事讓我更傷心。

我現在該怎麼做？

儘管我用威爾的遺產買了一間房子，我知道我不能住在那裡。我覺得那間房子好像充滿了我的失敗，我不該獲得這份大獎。我完全沒有理由得到這間房子，那要怎麼把這裡當成家呢？我想把房子賣了，把錢投資在其他地方，但我該去哪裡呢？

我想起了我的工作，我現在幾乎一聽到凱爾特風笛，胃就不由自主地打結，就算是電視上傳來的風笛聲也會讓我胃抽筋；而且理查讓我覺得自己很沒用、毫無價值。

我想起了莉莉，當妳很清楚家裡別無他人，只有妳自己的時候，那份寂靜特別沉重。我有時很好奇她在哪裡？但又會立刻打消念頭。

雨勢稍歇，天空幾乎是帶著歉意般地減少了雨量和頻率，好像連天氣都承認自己哪裡不對勁。我整理了衣服、吸了地板、把狂歡派對後的垃圾拿出去丟。我走往花市，其實只是為了幫自己找點事做。馬克說過：出去走走逛逛總是比較好。或許在人潮密集的哥倫比亞路上看著熙來攘往的人群和俗氣華麗的裝置，我的心情會比較好。我在樓下買蘋果時，擠出一抹笑容，嚇壞了薩米爾（老兄，妳嗑藥了嗎？），然後就前往花海。

我在一間小巧的咖啡廳裡買了一杯咖啡，然後從蒸氣瀰漫的窗戶內往外看著花市，忽略我孤身一人的事實。我走過氤氳的市場，在飽和的濕氣中呼吸著百合馥郁的香氣，欣賞著清綺待放的牡丹與玫瑰，雨滴像玻璃珠點綴著花苞，我買了一束大理花給自己，整個過程中我都覺得自己好像在演戲，像廣告演員：單身女孩活出倫敦夢。

我捧著大理花走回家，儘量讓兩腳平均施力，不要一跛一跛的，同時還要避免腦海中的小劇場不斷重複著：喔，妳以為妳在騙誰啊？

夜幕初籠，夜色淡漠，一如所有孤寂的夜晚。我打掃完公寓，把馬桶裡的菸蒂都撈了起來，看了一會兒電視，還把制服給洗乾淨了。我準備了滿滿的泡泡浴，不到五分鐘就從浴缸內爬出來，因為我不敢和我的思緒獨處。我沒辦法打電話給我媽或我妹：我知道我沒辦法在她們面前假裝幸福快樂。

最後，我走向床頭桌，拿出一封信。威爾事前安排這封信要我到巴黎後才能收到，當時的我還滿懷希望。這封信已經皺了，我溫柔謹慎地攤開信紙。第一年，有時候我會在夜裡讀這封信，想讓他回到我的生活裡。這一陣子我規定自己不能太常打開來看：我告訴自己，我不需要一直看——我怕這封信失去魔力，我怕他的話失去意義。不過，我現在很需要他的力量。

電腦打出來的字對我來說就像他手寫的信箋般誠摯珍貴；雷射列印出來的字句還保留著他殘餘的活力。

在妳的新世界裡，剛開始一定不太習慣。離開自己熟知的環境本來就會有點茫然……妳心中有渴望，克拉克，無畏無懼。妳只是把慾望埋起來，就和多數人一樣。

只要好好的活著，只要活著。

這個男人曾經那麼相信我，我閱讀著他的信息，額頭抵著膝蓋，最後，不禁啜泣了起來。

電話響了，太吵，太靠近我的頭，嚇得我跳起來。我手忙腳亂地抓起話筒，順便看了一下時間：凌晨兩點。一股熟悉的、反射性的恐懼。「莉莉？」

「什麼？小露？」納森低沉又緩慢的聲音從另一頭傳來。

「納森，這邊現在凌晨兩點。」

「喔，天啊，我每次都算錯時間。對不起，妳要我掛掉嗎？」

我撐著身體站起來，揉揉我的臉。「不，不用……聽到你的聲音真好。」我扭開床頭燈，「你好嗎？」

「好得很！我回到紐約了。」

「真棒。」

「對，看看熟朋友當然很好，不過幾週之後我就忍不住想趕快回到這兒。這座城市太美好了。」

我硬擠出笑容，希望他能聽見。「納森，這真是太好了，我真替你開心。」

「妳在那間酒吧工作還順心嗎？」

「還可以。」

「妳難道不……想做點別的？」

「這個嘛，你知道現在景氣不好，你就會跟自己說『喔，其他工作搞不好更糟。我說不定下一份工作要去鏟狗屎。』嗯，現在我寧願是鏟狗屎的人。」

「那我有個建議[5]。」

「我的客人也經常那樣說，納森，但我的答案永遠是『不』。」

「哈哈，我跟妳說，這裡有一個職缺，替我的雇主一家工作，我第一個就想到妳。」他說高普尼克太太不是一般華爾街銀行家的夫人。她不喜歡成天「逛街或和朋友吃飯」，她是波蘭移民，有點輕微憂鬱症傾向。她很寂寞，而她的瓜地馬拉籍幫傭卻不願意陪她多說幾句話。高普尼克先生想找個信得過的人來陪他太太，也幫忙帶小孩，在他們旅行的時候能夠有個幫手。「他想找個女管家，值得信任又能散發正面能量的人，而且這個人不能拿他們的私生活在外面八卦。」

5. 原文為proposition，有「建議」與「求歡」之意，下一句露薏莎故意用「求歡」之意揶揄納森。

「他知不知道——」

「我們第一次見面的時候我就提過威爾的事情，不過他已經做過背景調查了。他沒打退堂鼓。不但沒有，他說他還很欣賞我們遵照威爾的遺願，從來都沒把我們的故事賣給媒體。」納森又繼續說，「我全都打點好了，小露，上流社會的人最重視信任感和口風緊不緊，其他什麼都不在意。我是說，他們當然不會雇用白痴，妳要能夠把工作做好，但是，對，基本上操守最重要。」

我的腦袋瓜一直轉，像是園遊會裡失控繞圈圈的咖啡杯。我把話筒放在面前，然後才貼回耳邊。「這是……我是不是睡著了？」

「這工作不是肥缺。工時很長、工作很雜。但我跟妳說，老兄，我真的做得很愉快。」

我的手梳著頭髮，我想著酒吧裡輕蔑的顧客和理查尖酸的模樣；我想著這間公寓，每個晚上擠壓著我的眼界。「我不知道……這……我是說，這好像……」

「小露，這是個好機會，」納森壓低聲音，「這裡包吃包住。這是紐約呢！聽我說，這老闆實事求是，工作很認真又會照顧員工。他不但聰明而且明事理。快點過來，讓他看看妳的價值，妳絕對不會相信妳有這麼好的機會。說真的，不要把這當成是保姆那種工作，這是妳生命中的另一道門。」

「我不曉得……」

「妳有捨不得離開的人嗎？」

我猶豫了一下。「沒有，只是發生了很多事……我還沒……」凌晨兩點要解釋這麼多好像太恐怖了。

「我知道過去發生的事情會讓人卻步，我們都會，但妳總得往前。」

「別說這會是他希望我做的事。」

「好。」我們靜靜地聆聽著對方，最後他說。

我努力整理思緒，「我要去紐約面試嗎？」

他們這個夏天在漢普頓度假，所以希望可以九月到職。基本上就是六週內。如果妳有興趣，他可以用視訊面試妳，幫妳搞定簽證那些文件，然後我們就從九月開始。他還會有其他人選，這份工作太優了。不過高先生信得過我，小露。只要我推薦的人，錄取的機率一定很高。

我到底要不要推薦妳？要吧？要，對吧？」

我還沒想清楚就脫口說。「呃……要，好。」

「太棒了！如果妳有問題就發電子郵件給我。我會傳些照片給妳。」

「納森？」

「不講了，小露，那傢伙剛剛打過來。」

「謝謝你，謝謝你先想到我。」

他回應我之前先稍停了一下。「兄弟，我只想和妳一起工作。」

他掛上電話之後我一直睡不著，不確定這段對話是不是我的想像，未來充滿太多未知，讓我的腦子嗡嗡響。凌晨四點，我坐起來，寄了一大堆問題給納森，他立刻就回信了。

這家人很好。有錢人本來就不正常（！）不過世界上還是有好人。他們的生活不算太戲劇性。

妳會有自己的臥室和衛浴，我們和管家共用廚房。她也好相處，年紀大了一些，不會干涉別人。

工時很規律。一天八小時，頂多十小時，妳可以定期休假，可能還會想學一點波蘭語！

天光破曉的時候，我終於睡著了。我滿腦子都是曼哈頓的雙拼豪宅和喧囂街道。當我醒來的時候，有封電子郵件正等著我。

親愛的克拉克小姐，

納森說您可能有意願來寒舍工作。請問您星期二倫敦時間傍晚五點（美國東岸中午）可以視訊面談嗎？

祝好，

李奧納多・高普尼克

這封信我看了足足二十分鐘，證明不是我的夢。我起床沖個澡，給自己煮了一杯超濃烈的咖啡，然後回信給他。參加個面試無妨，我對自己說，如果有很多專業的紐約人選，我應該不會被錄取，就算什麼結果都沒有，這還是個練習的好機會。這樣一來我就會覺得自己總算做了點什麼，我總算開始往前進。

我上班前小心翼翼地從床頭桌上拿起威爾的信，印下我的吻，然後仔細地摺好放回抽屜裡。

謝謝你，我悄聲對他說。

這禮拜參加「繼續向前」的人少了一些。娜塔莎去度假了，傑克也是。我知道他去度假之後有點鬆了一口氣，但又覺得自己已經出局了，這感覺很難受。那天晚上的主題是「如果我能讓時光倒轉」，威廉和桑尼爾在這一個半小時內總會不經意哼著雪兒[6]的歌。

我聽到佛瑞德說他希望能少花點時間工作，然後桑尼爾說他希望能更瞭解他哥哥（「你以為他們會一直都在，你知道嗎？然後有一天他們就突然消失了」），然後不知道花時間參加團體輔導到底值不值得。

好幾次，我覺得團體輔導真的很有用，但多數時間其實我只是坐在其他人中間，我和這些

6. Cher，美國女歌手和演員。早期與搭檔及丈夫 Sonny 組成 Sonny & Cher，在六〇年代中期興起，後解散。她有二十二首單曲排到《告示牌》排行榜前四十名（包括十二首十大單曲及四首冠軍單曲）。

人沒有共通點，只是魂不守舍地陪伴這些人度過幾個小時。我覺得又暴躁又疲憊，塑膠椅讓我的屁股很痛，我覺得如果我在家裡看倫敦同志版的「慾望城市」影集應該也會得到一樣多的啟示。再說，這裡的餅乾真的有夠難吃。

黎安是個單親媽媽，她正在講她在姊姊過世的前兩天還在跟她爭一件垮褲。「我怪她拿走我的垮褲，因為她經常擅自拿我的東西。她說她沒有，但她每次拿了都否認啊。」

馬克稍等了一下，而我在想我的包包裡是不是有止痛藥。

「然後呢，你知道，她就被公車撞了，我再見到她的時候就是在太平間。而我得找一件深色的衣服穿去她的喪禮，你知道我在衣櫥裡看到什麼嗎？」

「垮褲。」佛瑞德說。

「當事物無法圓滿的時候最難熬。」馬克說，「有時候為了保持冷靜理性，我們得看大方向，別往細節裡鑽。」

「你可以很愛一個人，同時又指責他們偷走你的垮褲。」威廉說。

那天我不想發言。我會出席只是因為我無法面對小公寓裡的寂靜。我突然懷疑自己很可能會變成那種在火車上和陌生人聊些尷尬話題的人，只因為我太想要和人互動、接觸，或者是在商店裡面挑三撿四只為了和店員多講幾句話。我太專心地想著我在便利商店裡和薩米爾聊起我新的復健繃帶，這是不是一種渴望互動的跡象？結果我沒聽到達芙妮說她希望那天她能提早一小時回家，當我回過神的時候，達芙妮已經靜靜地落下成串眼淚。

「達芙妮？」

「對不起，不好意思。但我經常一直想著『要是怎樣就好了』。要是我沒停下來和花店小姐聊天就好了。要是我沒把帳做完，提早一點下班回家就好了。要是我準時回到家……或許我可以說服他別這麼做，或許我可以勸他生命很值得繼續。」

馬克往前遞出面紙盒，我輕輕地放在達芙妮大腿上。「達芙妮，亞倫之前曾經自殺過嗎？」

她點點頭，擤擤鼻子。「喔，有啊，好幾次，他從年輕的時候就經常『耍憂鬱』。當他低潮的時候，我不喜歡離開他，因為那就像……他聽不到妳在說什麼，不管妳說什麼都一樣。通常我會打電話到公司請病假，留在他身邊，替他打氣，你們知道嗎？我會做他最喜歡的三明治，陪他坐在沙發上，真的，做什麼都好，只要讓他知道我在他身旁。我一直覺得這就是為什麼我沒辦法升遷，其他女同事都升遷了。但妳看，我一直請假。」

「憂鬱症很辛苦。不只是得憂鬱症的人辛苦。」

「他有服藥嗎？」

「喔，沒有，不過，這個，那不是……你知道……藥物能控制的。」

「妳確定嗎？我是說，早期憂鬱症經常被忽略——」

達芙妮抬起頭。「他是同性戀。」她咬字清晰，直視著我們，臉頰微微泛紅，好像在賭我們能不能把話題接下去。「我從來沒對任何人提起。他是同性戀，我覺得他很難過正因為他是同性戀。他人這麼好，絕對不想傷害我，所以他不會……你知道……做那些事，他怕我覺得丟臉。」

「達芙妮，妳為什麼認為他是同性戀？」

「我在找他的領帶時發現了一些東西，那種『男人對男人』的雜誌，在他的抽屜裡。我想這種東西應該只有同志才會看吧？」

佛瑞德僵了一下。「當然不會。」

「我從來沒提過這件事。」達芙妮說，「我發現以後又默默放回去，但一切開始愈來愈合理了。他對那種事情一直都不太熱衷。我還以為是我很幸運，因為，你看，我自己也是不太感興趣的人。都是因為學校裡的修女啦，她們讓妳覺得這種事很髒。所以當我嫁給一個好男人，他又不會每五分鐘就把我撲倒，這時我就覺得我真是地表上最幸運的女人。我是說，我也很想要小孩，那樣很好，但是……」她嘆口氣，「……我們從來沒討論過這種事。在那些日子裡，我們絕口不提，但現在我倒希望我們聊過。現在回想起來，我只是一直想著，這實在太浪費了。」

「妳覺得如果你們開誠布公的話，一切會有所不同？」

「這個嘛，時代不一樣了，對吧？現在當同性戀也沒關係。我的乾洗店老闆就是，他經常提起他的男朋友，不管是湯姆、迪克或哈利走進來都一樣。失去老公當然會很傷心，但如果他不快樂是因為他被困在婚姻裡，我願意讓他自由。我一定會。我從來不想束縛任何人，我只希望他快樂一點。」

她的臉垮了下來，我環抱著她。她的頭髮有油漆味和燉羊肉的味道。

「好了，好了，這位熟女，」佛瑞德站起來略顯尷尬地拍拍她的肩膀，「我相信他知道妳自責。」

「佛瑞德，你真的這樣想嗎？」她的聲音發顫。

佛瑞德堅定地點點頭。「喔，一定的，而且妳說的沒錯。當時風氣不一樣。妳不該一直為他著想。」

「達芙妮，妳願意說出來真的很勇敢。」馬克悲憐地對她一笑，「我很佩服妳撐過來，並且往前進。有時候光是熬過每一天就需要超人般的力量。」

當我低下頭，達芙妮握著我的手。我感覺到她豐潤的手指扣著我的指頭。我捏捏她的手。在我還沒準備好開口之前，我就說：「我做了一些我很想改變的事情。」

五、六張臉轉過來看我。「我遇見了威爾的女兒。她突然出現在我的生活裡，我以為這樣我就能對他的死亡釋懷一點，但結果我只覺得——」

他們都瞪大了眼睛。佛瑞德拉長了臉。

「什麼？」

「誰是威爾？」佛瑞德說。

「妳說他的名字是比爾。」

我在座位上縮了起來。「威爾就是比爾。我以前覺得用他的本名很彆扭。」大家似乎鬆了一口氣。

達芙妮拍拍我的手。「親愛的，別擔心，那只是個名字。我們上一個團體裡面有個女生，滿口胡言，全部都是捏造的。她說她的孩子死於白血病，結果她根本連金魚都沒養過。」

「露薏莎，沒關係，妳可以跟我們說。」馬克露出他特別同情的眼神。我回他一道淺淺的笑容，讓他知道我接收到他的關心，也能理解。還有，威爾不是一條金魚。搞什麼？我心想。我的生活和他們比起來沒有比較紊亂。

所以我提起莉莉突然出現在我家，我以為我可以幫她，讓她和爺爺奶奶團圓，這樣皆大歡喜，但我發現我太天真、太愚蠢了。「我覺得我讓威爾和每個人都失望了。」我說，「現在莉莉離開了，我只能一直問自己當初有沒有不同的處理方式，但真相是：我根本無法應付。我不夠堅強、沒辦法處理這一切，也沒辦法讓情況好轉。」

「那妳的首飾呢！妳珍貴的首飾都被偷了！」

達芙妮另一隻豐滿、濕潤的手蓋在我的手上。「妳絕對有權利發脾氣！」

「她沒有爸爸不代表她就可以沒家教。」桑尼爾說。

「我覺得妳光是讓她借宿就已經夠好了，如果是我的話辦不到。」達芙妮說。

「露薏莎，妳覺得她爸爸會有什麼不同的做法呢？」馬克給自己倒了一杯咖啡。

忽然間我希望我們的感情更堅強一些。「我不知道，」我說，「但他總有辦法控制場面，就算他沒辦法控制四肢，妳還是可以感覺到他的魄力。他應該會阻止她做那些蠢事，他應該可以想辦法把她導回正途。」

「妳確定妳沒把他『過度美化』嗎？我們會在第八週討論到過度美化的情結。」佛瑞德說，「我一直把潔莉想成聖人，對不對啊，馬克？我忘了她總是把褲襪擱在浴室扶手上，我一看到就抓狂。」

「她爸搞不好根本拿她沒輒，妳怎麼曉得？他們搞不好很討厭對方。」

「她聽起來好像是個複雜的小女孩，」馬克說，「或許妳已經給她很多機會了。但是……露薏莎，有時候，往前進表示我們得保護自己。或許妳內心深處明白這點。如果莉莉帶來的只有混亂和負面能量，那麼，現在，讓她離開可能是妳唯一能做的事。」

「喔，對。」好幾個人點了點頭。「對自己仁慈一點。妳畢竟只是凡人。」他們好窩心，為了讓我安心，他們都對著我微笑，想讓我好過一點。

我差點就要相信他們了。

星期二，我問薇拉能不能給我十分鐘（我籠統地說是女生的麻煩事兒，她點點頭，好像同意女人的生活就是麻煩，然後又低聲地說她晚點會告訴我她得子宮肌瘤的事情）。我帶著包包進了最安靜的那間女廁——只有這裡我才能確定理查看不到我——然後拿出包包裡的筆記型電腦。我在制服外面套了一件上衣，把筆記型電腦擱在洗手臺上方，登入機場的免費無線網路，再仔細檢查自己在螢幕前的儀容。高普尼克先生準時在五點打過來，我才正脫下愛爾蘭舞女的假髮。

雖然我只能看到李奧納多．高普尼克的臉，而且畫質粗糙，但我可以確定他很有錢。他灰白的頭髮經過髮型師設計，電腦螢幕雖小，他自然流露的權威感絲毫不打折，說話一點贅字也沒有。喔，他背後那道牆上還有金框名畫。

他完全沒問起我的學經歷，或我為什麼要在烘手機旁邊面試，他低頭翻了幾份文件，然後問起我和崔諾一家的關係。

「很好！我是說，我很確定他們願意推薦我。我最近才……因為個人原因……分別見過他們夫婦。我們交情不錯，儘管——這個狀況……」

「讓妳結束那份工作的狀況。」他的聲音很低沉、很果斷。「對，納森解釋過了。捲入這樣的事也辛苦你們了。」

「是啊。」我在尷尬的沉默之後說，「但我覺得很幸運，能參與威爾的人生。」

他認真聽進這句話。「後來妳做了什麼？」

「嗯，這個嘛，我四處旅行，主要都在歐洲，還……蠻有趣的。旅行很不錯，增廣見聞。當然了。」我努力微笑，「我現在在機場工作，但其實不是真的——」我話說到一半，後面的門就開了，一個女生拉著滾輪行李箱走進來。我挪挪電腦，希望他別聽到她進廁所的聲音。

「這並不是我想長期投入的工作。」拜託別尿得太大聲，我在心中無聲地拜託她。

他又問了我一些問題，多半是關於我目前的職責和薪水。我想忽略沖水聲，儘量直視鏡頭，忽略剛剛出現的那個女生。

「那妳想要多少——」高普尼克先生開口問，她繞過我身後開始用烘手機，震耳欲聾，高普尼克先生皺起眉頭。

「請稍等一分鐘，高普尼克先生。」我用拇指按住應該是麥克風的地方。「對不起，」我對那女生大叫，「那臺不能用，那臺……故障了。」

她轉頭看我，揉揉保養得宜的手指，然後又看著機器。「沒有啊，沒壞啊，哪裡有故障的標示？」

「燒掉了。就在剛剛，很可怕，這東西很危險。」

她盯著我瞧，然後又瞅著烘手機，滿臉狐疑，放下她的手，拎著行李箱走出去了。我拿椅子擋住門，免得其他人進來，然後又調整電腦的角度，讓高普尼克先生可以看到我。「我很抱歉，我在上班時間和您面試，所以有一點……」

他正在研究他的文件。「納森說妳前一陣子出過意外。」

我嚥了嚥口水。「對，但我現在好多了。我完全沒事了。嗯，除了走路有點跛。」

「意外總是難免。」他淺淺一笑，我也以笑容回應。有人想打開門，我挪動了一下，用身體的力量阻擋她。

「妳覺得最難的部份是什麼？」高普尼克先生問。

「抱歉？」

「替威爾．崔諾工作時，最難的是什麼？這份工作聽起來挑戰性很高。」

我遲疑了一下。整個洗手間忽然變得很安靜。「讓他走。」我說完就發現自己強忍著淚水。

李奧納多．高普尼克從幾千英哩外諦視著我。我忍住擦去淚水的衝動。「克拉克小姐，我的祕書會再和妳聯絡，謝謝妳寶貴的時間。」然後，他點點頭，畫面停在他臉上，螢幕一暗，留下我一個人看著畫面，思忖著我又搞砸了。

那天晚上，在回家的路上，我決定不去想面試的事情。我在腦海中不斷重複著馬克的話，像唸經一樣。我回想著莉莉做過的事情：擅自邀請訪客、偷竊、嗑藥、通宵不睡、借用我的東西，我用團體輔導學到的觀念一一檢視她做的事。莉莉代表著混亂、失序，這個女孩強取豪奪，卻又什麼都不付出。她年紀還小，又和威爾有血緣關係，但這不代表我要為她負全責或忍受她清醒時造成的混亂。

我好過一點了。真的。我提醒自己馬克說過的話：離開悲傷的道路不是直線。我們的狀況總時好時壞。今天只是差了一點，就如路上的坑洞，只要走過去就能活下來。

我開門進了公寓，放下我的包包，看到這個家和我離開的時候一模一樣，就突然很感激；我願意任時光流逝、我可以傳簡訊讓她知道以後來訪前要先約定好、我會把精力都投入在尋找新工作、我會為自己好好改變、我會讓自己療傷、我得喊停了，否則我擔心我會開始變得像譚雅・霍頓－米勒。

我朝防火梯瞥了一眼，第一步就是要回到那該死的屋頂。我要自己爬上去，絕對不能恐慌，我會在那裡坐上半小時，呼吸新鮮空氣，不要讓家的一個小角落限制了我的想像力。

我脫下制服，換上短褲，為了給自己更多信心，我穿上威爾的喀什米爾毛衣，他過世之後我從他家裡拿走這件上衣，這柔軟的觸感總能讓我安心。我沿著走廊，打開窗。從這裡到屋頂才不過兩級，然後我就在上面了。

「不會有事的。」我大聲說，然後深呼吸。我爬上防火梯的時候覺得腿好軟，但我堅定地對自己說這只是一種感覺，源自過去的焦慮感。我可以克服這種緊張，就像我可以克服一切。我聽到威爾在我的耳中說：

克拉克，來吧，一步一步來。

我兩手用力地抓著扶手，開始往上走，絕不往下看。我不允許自己去想現在有多高，也不准自己回想出事那個晚上一樣有陣陣涼風，也不准自己去感受臀部反覆發作的疼痛。我想起了山姆，那股怒意刺激著我繼續走。我不必當受害者，那晚就是自然地發生了。

我對自己說了這麼多，爬到第二級的時候，雙腿開始發抖。我很不優雅地翻過矮牆，深怕它們會突然崩塌，最後雙掌雙膝著地。我覺得很軟弱很濕冷。我四肢著地，緊閉雙眼，任自己消化已經在屋頂的事實。我辦到了，我能控制命運；我想待多久就待多久，直到感覺恢復正常。

我跪坐在屋頂，伸手扶著堅實的牆壁，往後一靠，深呼吸，感覺很好。牆壁和地面都沒移動。我辦到了，我睜開雙眼，呼吸梗在胸口。

屋頂花團錦簇。我荒廢的盆栽被奼紫嫣紅的花朵取代了，繁花似錦地直往屋頂的邊緣延伸，就像五顏六色的小瀑布。兩個新盆栽開出藍色的小花瓣，一株日本楓樹端坐在漂亮的花盆裡，緊挨著一張長椅，楓葉在微風中舞動。

南面那道牆照得到陽光的地方有兩袋培養土，就放在水缸旁邊，枝椏上垂釣著小小的紅色櫻桃番茄；另一袋則倒在瀝青上，中間冒出綠色的嫩芽。我開始慢慢地朝植栽走過去，呼吸著茉莉的香氣，然後停下來坐下，我的手緊抓著鐵製長椅，身體陷進一顆抱枕，我認得這是我客廳裡的抱枕。

我不敢置信地看著原本荒蕪的屋頂成了美麗又恬靜的小綠洲。我想起莉莉曾經折下盆栽的枯枝，很認真地說放任盆栽死去是一種罪過，還有她才朝崔諾太太的花園瞄一眼就能說出那是「大衛奧斯丁玫瑰」，我也想起了走廊上曾經出現無法解釋的泥巴。

然後我把頭埋進雙手裡。

17

我傳了兩則訊息給莉莉。第一則是謝謝她改造了我的陽臺：空中花園好美，我希望妳有告訴我。隔一天，我在簡訊裡說我很抱歉我們之間的情況變得這麼麻煩，如果她想多聊聊威爾的事情，我會盡我所能回答任何問題。我還說我希望她可以去探望崔諾先生和他的新生兒，因為我很清楚和家人保持聯繫有多麼重要。

她沒回。我一點也不意外。

接下來的那兩天，我發覺自己經常往屋頂跑，好像是擔心掉牙的人。我會替這些植物澆水，一股愧疚感一直悄悄冒出來。我沿著妍豔的花叢散步，想像著她偷偷花了好幾個小時在屋頂，她一定是趁我上班時把一袋又一袋的肥料和陶盆搬上來。但每次當我回想起我們的相處方式，我還是原地繞圈圈。我能怎麼做？我不能逼崔諾一家人用莉莉想要的方法接納她。我沒辦法讓她更快樂，唯一能讓她更快樂的人已經走了。

我家外面停了一輛重機。下班後，我把車子鎖好，一跛一跛地過了馬路去買一盒鮮奶。我累到體力全失，天空正滴滴答答地下著雨，我一直低著頭。當我抬起頭，我看到一件熟悉的制服站在我家門口，我的心跳漏了一拍。

我走回馬路上，直接經過他面前，在包包裡翻找著鑰匙。為什麼在壓力之下手指都會變成香腸呢？

「露薏莎。」

鑰匙不肯現身。我又在包包裡翻了一次，扔出一把梳子、幾張面紙、一些銅板，我不禁暗罵髒話。我拍拍口袋，想找出鑰匙到底在哪裡。

「露薏莎。」

接著，我感到一陣胃疼，我想起鑰匙在哪裡了：我上班前換下的那條牛仔褲口袋裡。哦，太好了。

「認真的？妳就當做沒看到我？我們打算要這樣嗎？」

我深呼吸，然後面對他，稍微挺直肩膀。「山姆。」

他看起來也很累，他的下巴有灰白色的鬍渣。或許是剛下班，我去注意這些細節真的很不智，我把注意力放在他肩膀左邊的一個小點。

「我們可以談一談嗎？」

「我不覺得那有什麼意義。」

「沒意義？」

「我都明白一切了，可以嗎？我甚至不知道為什麼你還會出現在這裡。」

「我會在這裡是因為我剛連續值完十六小時的班，我剛剛在路邊讓唐娜下車，我想或許可以在這裡遇見妳，搞清楚我們之間到底發生了什麼事？因為我真的毫無頭緒。」

「是這樣嗎？」

「真的。」

我們怒目相對。我之前怎麼沒看出他多麼討人厭呢？真刺眼。我不懂我以前怎麼會被情慾所矇蔽，而我現在只想離開他。我又白費工夫地翻找了包包一次，強壓著想踹開大門的衝動。

「那，妳至少給我一點提示吧？露薏莎，我累了，而且我不想玩遊戲。」

「你不想玩遊戲。」這句話隨著苦笑一起出口。

他吸了一口氣。「好，一句話。一句話說完我就走，我只想知道妳為什麼不回我電話。」

我不可置信地看著他。「雖然我有很多不同的個性，但我絕對不是個傻子。我是說我當時一定很傻——我看到這麼多警訊，卻視而不見——但是，基本上，我沒回電話因為你是個徹頭徹尾的王八蛋，行了嗎？」

我彎腰撿起被我扔在地上的東西，感覺全身迅速發燙，好像體內的溫度計已經完全失調了。「喔，你很棒，你知道嗎？棒得不得了。如果沒有這些噁心可悲的事，我真的對你印象很好。」我直起身，拉上包包的拉鍊。「看看山姆，好爸爸、超級暖男。但實際上呢？你忙著和半個倫敦的人上床，連自己的兒子這麼不開心都沒注意到。」

「我兒子。」

「對！因為我們真的會聽他說話，你懂嗎？我是說，我們不應該把團體輔導的內容告訴其他人，他不願意告訴你，因為他是個青少年。但他很痛苦，不只是因為他失去了媽媽，更因為你忙著利用女人來沖淡你的悲傷。」

我開始咆哮，說出來的話一直翻滾，我的手在空中不斷揮舞。我可以看到薩米爾和他的堂弟從商店窗戶內看著我。我不管，這或許是我最後一次表達意見的機會了。

「還有，對，對，我知道，我蠢到變成那種女人，所以對他來說，對我來說，你就是個王八蛋。這就是為什麼我現在不想和你說話，以後也不想。」

他揉揉頭髮。「我們還在討論傑克嗎？」

「我當然講的是傑克啊。你有幾個兒子？」

「傑克不是我兒子。」

我瞪著他。

「傑克是我姊姊的兒子。」他繼續說，「他是我外甥。」

這些話花了好幾秒才讓我理解。山姆認真熱切地盯著我，他的眉毛蹙在一起，好像他也很想知道自己哪裡沒搞懂。

「可是——你來教堂接他、他和你一起住。」

「我星期一負責接送，因為他爸爸要上班。他有時候會到我那裡過夜沒錯，但他沒和我一起住。」

「傑克……不是你的兒子？」

「我沒有小孩，至少據我所知沒有，不過莉莉的事情可能會讓妳以為我也當爸爸了。」

我想著他抱傑克的樣子，在心中重播好幾段對話。「但我們第一次見面的時候，我看到他……我們在講話的時候他翻了翻白眼，就好像……」

山姆低下頭。

「喔，天啊，」我摀著嘴巴說，「那些女人……」

「不是我的。」

我們就站在街道中央，薩米爾站在門口看熱鬧，他堂弟也加入他了。在我們左側，公車站裡的每個人發現我們知道他們在看的時候就不約而同地別開視線。山姆朝我身後的門點了點頭。「妳覺得我們可以進去聊嗎？」

「好，好啊。喔，不行，我沒辦法。」我說，「我把自己鎖在外面了。」

「備用鑰匙呢？」

「在公寓裡。」

他的手撫過臉頰，然後看看手錶。他看起來累慘了，疲倦到骨子裡。我往門的方向退一步。「聽我說——回家去，多休息。我們明天再談。我很抱歉。」

雨勢突然加劇，夏季的暴雨在水溝裡產生好多漩渦，淹上了街道。街道對面，薩米爾和他的堂弟都回室內躲雨了。

山姆嘆了一口氣，看著天空後直視著我說，「等等。」

山姆向薩米爾借了一把大型螺絲起子，跟著我爬上防火梯。我在濕滑的金屬階梯上踩空了兩次，還好有他扶著。當他扶著我的時候，有一股溫熱的電流意外地竄過全身。我們抵達我的樓層時，他用力把螺絲起子插到窗框下，當做槓桿往上撐。我的窗戶馬上就開了。

「喏。」他一手撐起窗戶玻璃，然後轉過來示意我爬進去，他的表情略顯不悅。「單身女子住在這區太不安全了。」

「你看起來不像是住在附近的單身女子。」

「我是說真的。」

「山姆，我沒事。」

「妳沒看見我看見的威脅，我希望妳安全。」

我想微笑以對，但我的雙膝發軟，緊抓著欄杆的手掌又很濕滑。我經過他身邊的時候晃了一下。

「妳還好嗎？」

我點點頭。他半抬起我的手臂，半撐著我笨拙地爬進公寓。我跌坐在窗邊的地板上，等待所有知覺恢復正常。我這幾天都睡不好，覺得自己像行屍走肉，似乎支撐我活過每一天的怒意和腎上腺素都消失了。

山姆爬進公寓後關上窗，朝窗框上壞掉的鎖看了一眼。屋內很暗，屋頂的雨聲悶悶的。我看著他在口袋裡翻找了一陣，在五花八門的雜物裡挑了一支小釘子。他拿起螺絲起子，用把手的部份把釘子敲下去，這樣以後從外面就打不開了。然後他腳步沉重地走到我坐的地方，伸出手。

「兼差當建築工人的好處，身上隨時有釘子。來吧，」他說，「如果妳坐在這裡，就永遠都起不來了。」

他的頭髮被雨水壓平了，他的肌膚在微弱燈光下發亮，我靠他的力量直起身跪著。我表情痛苦，他發現了。

「臀部會痛嗎？」

我點點頭，他嘆了一口氣。「我真希望妳願意對我說話。」他眼窩泛紫，看來真的是倦了。他的左手手臂有兩條長長的抓痕，不曉得昨晚發生了什麼事。他進了廚房，我聽到水龍頭的聲音。他走回客廳的時候，手上有一杯水和兩顆藥。「我真的不應該給妳藥，但妳吃下去今晚就不會痛了。」

我心懷感激地吃了藥，他看著我吞下去。

「你守過規矩嗎？」

「當我覺得規矩是有道理的時候。」他從我手上接過水杯。「露薏莎．克拉克，我們沒事了吧？」

我點點頭。

他長嘆一聲。「我明天打給妳。」

接著，我不知道我怎麼會這麼做，我伸出手，牽起他的手。我感覺到他的指頭慢慢地扣著我的。「別走，太晚了，騎重機很危險。」

我從他另一隻手上接過螺絲起子，任它落在地毯上。他凝視著我好長一段時間，然後撫著臉頰，「我現在狀況也不是很好。」

「那我保證絕對不會拿你來洩慾。」我繼續望著他，「這次不會。」

他的微笑來得很慢，但是當他的笑容出現時，我身上的一切防備都卸了，好像我一直扛著重擔卻不自知。

妳永遠不知道從高處墜下會發生什麼事。

他跨過螺絲起子，我安靜地帶他走進我的臥室。

我在小公寓裡，躺在黑暗中，我的腿掛在一個熟睡的男人身上，他的手臂閑適地擱在我身體，我注視著他的臉龐。

——致命的心肌梗塞、重機意外、有自殺傾向的青少年、街頭幫派械鬥。有時候值班真的太……

——噓，沒關係，睡吧。

他快要連脫下制服的力氣都沒有了。他身上只剩一件T恤和短褲，輕吻我一下就閉上眼睛睡死了。我不確定我是不是應該煮點東西給他吃，或是稍微打掃一下，這樣當他醒來的時候，我或許看起來像是個能打理生活的人。但我決定脫去我的外衣，穿著內衣窩在他身邊。這種時候我只想留在他身邊，我赤裸的肌膚貼著他的上衣，我的呼吸拌著他的呼吸。我躺著聽他均勻的吐納，不曉得他怎麼可以這麼平靜？我端詳著他鼻樑的線條、鬍渣的顏色、捲翹的濃密睫毛。我回想著過去的對話，搭配上最新的資訊：他是個單身男性、一個疼外甥的舅舅。我真想大笑嘲弄這愚蠢的誤會，為自己的錯誤道歉。

我摸了他的臉兩次，輕輕地、呼吸著他肌膚的氣息，淡淡的殺菌藥皂味，男性汗水誘人的原始訊號。我第二次撫摸他的臉時，我感覺到他的手反射地摟緊我的腰。我調整姿勢仰躺著，往外眺望著街燈，感覺到，終於有那麼一次，我在這城市裡不是孤單的異類。最後，我的思緒飄散……

他睜開眼睛看著我，過了一會兒才想起自己在哪裡。

「嘿。」

他轉過身，醒過來。這幾個小時內我一直覺得自己在做夢。他在我的床上。他的腿貼著我的腿。微笑勾起了我的嘴角。「嘿什麼嘿。」

「現在幾點？」

我轉過身去看鬧鐘。「四點四十五。」時間逐漸恢復秩序，這個世界儘管不情願，也開始合情合理了。外頭路燈點亮街道，計程車和夜班公車轔轔前行。在這上面，只有他和我，相擁在溫暖的被窩裡，只有他呼吸的聲音。

「我連怎麼進來的都不記得了。」他看著外面，路燈微微照亮他的臉，他皺著眉。我看著他的腦海裡柔柔地浮現出前一天的回憶，他的心裡悄悄地想起來了：噢，對。

他轉過頭，他的唇只距離我幾公分。他的呼吸溫暖又甜蜜。「露薏莎．克拉克，我想妳。」

我當下就好想告訴他，我想讓他知道我不清楚自己是怎麼樣的感覺。我想要他，但我又害怕。我不希望我的幸福完全建立在別人身上，我不希望我的幸福寄生在我無法控制的人身上。

他的雙眼鎖著我的臉，閱讀著我的表情。「別想了。」他說。

他抱緊我一些，我放鬆了。這個男人每天都在外面，每日來往著生死之間的橋樑，他懂。

「妳想太多了。」

他的手沿著我的側臉往下滑。我轉身面對他，不由自主地親吻著他的手掌。「只要活著？」我悄聲說。

他點點頭，然後吻我，又長又慢又甜，直到我的身體弓起來，什麼都不想，只有渴求和慾望。他低沉的聲音傳進我的耳中，低喃著我的名字，讓我更靠近他一點。他讓我的名字聽起來好珍貴獨特。

接下來的三天過得極快，我們把握所有的空檔和夜晚見面，我錯過了團體輔導講「過度美化」的那堂課，因為我要出發前他出現在我家門口，最後我們手忙腳亂成一團，趕在我的水煮蛋計時器鈴聲大響時穿好衣服，讓山姆衝去接傑克。有兩次，我下班的時候他都在等我；他的脣落在我的頸間，他的手環在我的臀間，我在「酢漿草與幸運草」所受的委屈若還記得，也早就和前一晚的空瓶一同拋諸腦後了。

我想拒絕他，但我辦不到。我樂得暈淘淘、輕飄飄的，無法專心工作，捨不得入睡。我連膀胱都發炎了也絲毫不在乎。我上班的時候哼著歌，和商務客眉來眼去，就連理查發牢騷的時候我也帶著微笑。我幸福得讓他發怒：我可以從他鼓脹的腮幫子看出來，他愈來愈想找我的碴來好好數落一番。

我壓根兒不放在心上。我一邊洗澡一邊唱歌，躺在床上樂不成眠地做著快樂的夢。我穿起了以前的洋裝，罩上亮黃色的羊毛衫，踩著緞面高跟鞋。我任由自己被幸福的泡泡環繞，我知道泡泡稍縱即逝。

「我告訴傑克了。」他說。他有半小時的空檔，就和唐娜帶了午餐一起出現在我家門口，趁我值晚班前見一面。我和他一起坐在救護車前座。

「你告訴他什麼？」他做了三明治，夾馬扎瑞拉乳酪、櫻桃番茄和羅勒。櫻桃番茄是他在院子自己種的，在我口中爆出香甜的果汁。當他發現我一個人生活都吃得很隨便時簡直無法接受。

「說妳以為我是他爸。我這幾個月來第一次看他笑得那麼開懷。」

「你沒讓他知道我說他爸爸在上床之後會哭吧？」

「我認識這樣的男人，」唐娜說，「但他真的哭到抽抽噎噎，蠻窘的。第一次看到的時候我還以為是我弄斷了他的老二。」

我轉過去看她，嘴巴張得好大。

「不是不可能，真的，我們碰過好幾個，對不對？」

「對。我們見過各種生殖器的慘狀，妳想都沒想過。」他朝我腿上的三明治點點頭，「我等妳嘴巴裡沒東西在說。」

「『生殖器傷害』。哇塞，難道他們的生活裡沒其他事需要煩惱了嗎？」

他咬下三明治的時候左顧右盼了一下，讓我瞬間臉紅。「相信我，我可以讓妳體驗看看。」

「我先講清楚喔，我的老搭檔，」唐娜拿起她身邊永遠不缺的能量飲料，「如果是你出事了，絕對不要第一個打給我。」

我喜歡待在救護車裡，山姆和唐娜見過太多也處理過太多意外和事故，有種不把玩笑當玩笑的幽默感。他們笑料很多，又有點陰沉，我坐在他們兩人中間感覺異常地自在，好像我的人生雖然有這麼多光怪陸離的經歷，其實也還算正常。

我在幾次偷閒的午休時光裡學到了這些事：

—只要過了七十歲，不分男女，幾乎都不會喊痛，也不會抱怨醫護人員處理的方式，就算是斷臂幾乎搖搖欲墜。

—這些老人幾乎都會為自己「給大家添麻煩了」而一直道歉。

—「自摔病患」不是醫學術語，也不是指哪個器官衰竭，而是指「尿在地上結果自己滑倒摔跤」的病患。

—產婦很少在救護車內生產（這點讓我相當失望）。

—現在已經沒有人講「救護車司機」了，尤其不是救護車司機的人。

—男人被問到現在痛苦程度從零到十來算的話有幾分，總是會有人答「十一」。

不過，當山姆值完長班回來以後，通常最令人意外的案件都很淒涼：靠退休金過活的獨居老人、罹患肥胖症的男子黏在電視前面，體積大到連站都站不起來、不會講英文的年輕媽媽被關在狹小的公寓裡，養了幾百個小孩，需要協助的時候卻不知道該怎麼做，還有消沉的、重病的、沒人愛的傷患。

他說，有些日子裡，這感覺像病毒：你得用消毒劑的味道把憂鬱一起從肌膚表面刷洗掉。除此之外還有自殺的人；那些在鐵軌上或在安靜浴室裡終結的生命，他們的屍體通常要過好幾週或好幾個月才會因為腐臭味被人發現，或是等到有人懷疑為什麼那戶人家的信件一直從信箱裡滿出來時。

「你怕過嗎？」

他躺在我的小浴缸裡顯得特別高大。病患受槍傷後濺灑在他身上的血液讓洗澡水呈淡淡的粉紅色。我有點驚訝我怎麼那麼快就習慣身邊有個裸體的男人，而且這個男人還能活動自如。

「會怕就不能做這份工作。」他說得很簡單。

他成為醫護人員之前曾經從軍，這種職場轉折很罕見。「他們喜歡我們這種，因為我們不容易畏懼，而且我們什麼都見過了。跟妳說，有時候我覺得那些喝醉的小屁孩比塔利班還可怕。」

我坐在馬桶上陪他，看著他泡在變色的洗澡水裡。儘管他這麼魁梧、這麼強壯，我還是打了個寒顫。

「嘿，」他發現我臉上閃過的表情，於是伸出手，「這些都沒關係，真的。我對麻煩很敏感的。」他的手指覆上我的手。「不過，對感情來說這的確不是個好工作，我前女友就受不了。工時很長、又有夜班，還經常搞得一團亂。」

「還把洗澡水染成粉紅色。」

「就是說啊。對不起，護理站的浴室壞了，我真的應該先回家再過來。」他看著我的眼神告訴我他根本無法讓自己先回家。他拔掉塞子，讓浴缸裡的水流掉一些，然後再打開水龍頭。

「那，妳前女友是怎樣的人？」我聲音小小的。我不打算變成那樣的女人，即使他最後不是那樣的男人。

「艾歐娜。在旅行社工作，個性很甜美。」

「但你不愛她。」

「妳怎麼會這麼說？」

「沒有人會用『個性很甜美』來描述他們愛的人。這就好像是說『我們還是朋友』一樣，表示你對她沒感覺。」

他被逗樂了。「那如果我曾經愛著她，我要怎麼說？」

「你會看起來很正經，然後說『凱倫，根本惡夢一場』或閉上嘴，然後說『我不想談』。」

「或許妳說的沒錯，」他想了一下。「但老實說，我姊姊過世以後我就不想有太多感覺。

愛倫最後那幾個月，我都在她身邊照顧她，有點讓我麻木了。」他的目光掃過我。「癌症是一種很殘酷的死法。傑克的爸爸崩潰了。很多人都會崩潰，所以我覺得他們需要我。老實說，我之所以能撐下來是因為我們不能全部都崩潰。」我們不發一語地坐了一會兒。我不知道他眼眶泛紅是因為悲傷或是因為肥皂。

「總之，所以，對，或許那時候我不是好男友。那妳的呢？」他終於轉頭看我。

「威爾。」

「這我知道，後來沒其他人了嗎？」

「其他人不值得提。」我聳聳肩。

「每個人都可以有自己的方法回到生活常軌，露薏莎，別對自己太嚴苛。」他的肌膚又熱又濕，讓我很難握緊他的手。我鬆開他的手指，他開始洗頭髮。我坐著看他，讓心情愈來愈好，享受著他雙肩糾結的肌肉，充滿光澤的濕潤肌膚。我喜歡他洗髮的樣子：很認真、很仔細，像小狗一樣甩掉多餘的水份。

「喔，我面試了一份工作，」我在他洗完的時候說，「在紐約。」

「紐約。」他挑起眉毛。

「我不會錄取。」

「好可惜，我一直希望能有個藉口去紐約。」他慢慢地潛到水裡，只有嘴巴留在水面上，慢慢揚成一道笑容。「但妳可以繼續穿妖精裝，對吧？」

我感覺到心情不一樣了。毫無理由，只為了讓他驚喜，我衣服都沒脫就爬進浴缸吻他，他喜不自持地大笑，一直潑水。我忽然間很慶幸他在這個容易崩潰的世界裡顯得那麼堅強。

我終於花點功夫打理這間公寓。我趁休假的時候買了一張扶手椅、咖啡桌還有一幅畫，就掛在電視旁邊，這些家飾拼湊起來竟然能塑造出有人住在這裡的居家感。我買了新床單和兩個抱枕，把精品服飾都掛起來，一打開衣櫥就看到繽紛的色彩，以前只看得到廉價牛仔褲和金銀蔥織紗短裙。我竟然把這個空空蕩蕩的小公寓變得還像個家，就算不像，至少住起來很溫馨。

負責排班的天神大發慈悲，山姆和我竟然在同一天休假。十八個不受打擾的小時內，他不必聽到警笛聲，我不必聽到風笛聲，也聽不到客人抱怨花生太乾。我發現和山姆在一起，時間過得比我獨處的時候快兩倍。我想出了一百萬種我們可以一起做的事，又把其中一半「太情侶」的活動刪掉。我不知道花那麼多時間相處是否睿智。

我又傳了一則簡訊給莉莉。

莉莉，請聯絡我。我知道妳生我的氣，但請妳回電。妳的花園好美！我需要妳教我怎麼照顧這些花，還有番茄，現在真的長很高了（這樣正常嗎？），或許園藝課上完我們可以去跳舞。親

我按下「傳送」鍵，然後盯著手機螢幕看。這時門鈴響了

「嘿。」他擋著門口，一手捧著工具箱，一手捧著一袋蔬果。

「喔，我的天啊，」我說，「你簡直就是女性幻想的完美化身。」

「架子，」他面無表情地說，「妳需要幾個架子。」

「喔，寶貝，繼續說吧。」

「還有家常料理。」

「就是這個，我高潮了。」

他哈哈大笑，把工具放在玄關就開始吻我，當我們終於不再纏綿，他走向廚房。「我本來想去看電影。妳知道休假最棒的地方就是電影院空無一人，對吧？」

我低頭看手機。

「但不要血腥的，我平常已經看到很多血了。」

當我抬起頭，他正盯著我。

「怎麼了？不喜歡？還是妳原本打算看《吃人殭屍十五隻》……怎麼了？」

我蹙著眉，兩手在身邊晃。「我搞不定莉莉。」

「我以為妳說她回家了。」

「她是啊，但她不肯接我電話。我覺得她一定很氣我。」

「她朋友偷妳的東西，妳才應該生氣吧！」

他開始從袋子裡拿出生菜、番茄、酪梨、雞蛋、香草，整齊地排在我幾乎空無一物的冰箱裡。他抬頭看我的時候，我正送出第二則簡訊。「拜託，她搞不好弄丟手機了，扔在夜店裡，或沒繳電話費。妳知道青少年都是那個樣子啊，或她就是鬧彆扭。有時候妳只能靜觀其變。」

我牽起他的手，關上冰箱。「我得給你看個東西。」

他的眼睛立刻發亮。

「不是那個，不是啦，你這個壞蛋。那個要晚點。」

山姆站在屋頂，環顧著周圍的群花。「妳完全不知情？」

「完全不知情。」

他用力地坐在長椅上。我挨著他坐下，一起欣賞這個小小花園。

「我覺得好糟，」我說，「我指責她走到哪裡就破壞到哪裡。但其實她都在打造這個空中樓閣。」

他彎腰摸摸番茄的葉子，然後站直後搖著頭說，「好，那我們去找她聊聊。」

「真的？」

「對，先吃午餐，然後看電影，然後我們出現在她家門口，這樣她就沒辦法迴避妳。」他牽起我的手，放到脣邊。「嘿，不要看起來那麼擔心。花園是個好消息，這表示她腦子沒那麼殘。」

他放開我的手，我瞇著眼睛看他。「為什麼你總是可以讓每件事情變好？」

「我只是不喜歡看你難過。」

我沒辦法告訴他，我在他身邊就不難過；我沒辦法告訴他，他讓我幸福到我會怕。我想著我多麼喜歡他放了食物在我的冰箱裡，我一天會看手機二十次只希望能盼到他的簡訊，我在工作空檔會想像著他的裸體，然後得很努力地想著地板打蠟或收銀機發票才能避免自己臉紅發傻。

慢一點，有個警告的聲音說，別一下靠太近。

他的眼神變得柔和。「妳的笑容很甜，露薏莎·克拉克。這是我喜歡妳的幾百個理由中的其中一個。」

我允許自己這分鐘內和他四目相對。我心想，這男人。然後我用力地拍了膝蓋一下。「來吧，」我輕快地說，「我們去看電影。」

電影院幾乎沒人。這個座位中間的扶手被敲掉了，我們並肩坐著，山姆抱著和垃圾桶一樣大的爆米花桶一顆一顆餵我，我儘量不去想他另一隻手就擱在我光滑的大腿上，因為只要一想，我就跟不上劇情。

這部電影是美國喜劇，講兩個不合的警察竟然被當做犯人。其實沒有很好笑，但我還是一直笑。山姆的手指出現在我面前，捧著一大球鹽味爆米花，我接了過來，又一球，再一球。後來我突發奇想，含住他的手指頭。他看著我，慢慢地搔頭。

我吃完爆米花後吞下去。「沒人會看到。」我悄聲說。

他挑起眉毛。「我年紀太大了，這招不適合我。」他喃喃地說。但當我在黑暗、燠熱的空氣裡，將他的頭轉過來面對我，開始吻他時，他放下了爆米花，大手攀上了我的背。

這時我的電話響了。我們前方的兩個人很不以為然地發出噓聲。「對不起，對不起，兩位！」（因為整個戲院只有我們四個人。）我離開山姆的大腿，接起電話，這號碼我不認得。

「露薏莎？」

我花了一秒鐘才認出她的聲音。

「給我一分鐘。」我對山姆做了個鬼臉，然後走了出去。

「抱歉，崔諾太太。我只是得——妳還在嗎？喂？」

影廳外完全沒人，排隊區毫無人影，冰沙機在櫃檯後面無精打采地轉著彩色飲料。

「喔，謝天謝地，露薏莎？我不曉得我能不能和莉莉說話呢？」

我站在那兒，手機貼在耳邊。

「我一直在想前幾週發生的事，我實在很抱歉。我當時一定很……」她遲疑了一下，「聽我說，我在想，妳覺得她會不會同意見我呢？」

「崔諾太太——」

「我想向她解釋清楚。這一年多來我已經……嗯，我已經不是我自己了。我一直在服藥，這些藥會讓我迷迷糊糊。妳們突然出現在我家門口又讓我太驚愕了，我真的沒辦法相信妳們說的事。這一切似乎不太可能。但我……嗯，我後來跟史蒂芬通過話，他證實了這整件事。我在家坐了好幾天、消化這一切，我只是覺得……威爾有個女兒，我有個孫女。我一直反覆說著這句話。有時候我覺得這一切都是我夢出來的。」

我聽著她難得地叨唸。「我知道，」我說，「我也這樣覺得。」

「我一直想她想個不停。我實在很想好好地見見她。妳覺得她會同意再見我一次嗎？」

「崔諾太太，她已經不住在我家了，不過，會的，」我撥著頭髮，「我當然會問她。」

後來我都無法專心看電影，最後，或許山姆發現我只是看著會動的螢幕，就建議我們離開。我們在停車場裡，站在他的重機旁邊，我重複了崔諾太太說的話。

「喏，看吧？」他說，好像我做了很值得驕傲的事。「我們走。」

他把重機停在對面，坐在機車上等，我敲著莉莉家的門。我揚起下巴，暗下決心，這回絕對不被譚雅．霍頓－米勒的氣勢嚇跑。我回頭看，山姆鼓勵地點點頭。

門開了，譚雅穿著巧克力色亞麻洋裝和希臘風涼鞋。她上下打量我，就和我們第一次見面的時候一樣，好像我的衣著沒通過某種看不見的測試。（這有點討人厭因為我穿著我最喜歡的格紋棉質無袖洋裝。）她的微笑留在唇間不超過一秒就立刻褪去。「露薏莎。」

「很抱歉我來之前沒先通知妳，霍頓－米勒太太。」

「發生了什麼事嗎？」

我眨眨眼。「嗯，對，其實，」我撥開臉上的頭髮。「我接到崔諾太太的電話，威爾的媽媽。很抱歉拿這件事打擾妳，不過她真的很想聯繫莉莉，但莉莉又不接電話。不曉得妳可不可以請她打給我？」

譚雅的眼神從修整完美的眉毛下射出來。

我表情儘量淡定。「或者我們可以和她很快聊一下。」

又是一陣短暫沉默。「妳為什麼覺得我會去問她？」

我深呼吸，小心用字遣詞。「我知道妳對崔諾一家有成見，但我認為這關乎莉莉的權益。我不知道她有沒有告訴妳，她和崔諾太太前幾週第一次見面的時候不太愉快，崔諾太太真的很希望能從頭開始。」

「她想做什麼都可以，露薏莎，但我不知道妳為什麼希望把我拖下水。」

我儘量保持禮貌。「嗯……因為妳是她媽媽？」

「但她這一個多禮拜來根本也懶得聯絡我。」

我僵了。我的胃裡有個又冷又硬的東西壓著。「妳剛剛說什麼？」

「莉莉。她根本懶得聯絡我。我以為我們度假回來以後她至少會想要過來打個招呼，但，根本沒有，她簡直太放肆了。隨便她，跟以前一樣。」她伸出手檢查她的指甲。

「霍頓－米勒太太，她應該要跟妳在一起啊。」

「什麼？」

「莉莉，應該要搬回來妳這裡，在妳們度完假回家的時候。她十天前……就離開我家了。」

18

我們站在譚雅．霍頓－米勒光潔無瑕的廚房裡，她的咖啡機有一百零八種口味設定，或許比我的車還昂貴，我注視著這機器，腦中不知道第幾次回想著前一週的波折。

「當時大概晚上十二點半，我給了她二十鎊搭計程車，叫她把我家鑰匙留下來。我以為她會回到這裡。」我好想吐。我沿著廚房吧臺走過去又走過來，我的大腦高速運轉。「我早該確認的，但她一直都想來就來、想走就走。我們……我們又起了爭執。」

山姆站在門邊，揉著眉毛。「妳們兩個在那之後都沒有她的消息。」

「我傳了四、五次簡訊給她，」我說，「我以為她還在生我的氣。」

譚雅沒倒咖啡給我們喝。她踱步到樓梯間，往樓上瞟一眼，然後又看了一下手錶，好像在等我們離開。她看起來一點都不像剛剛發現孩子失蹤的家長。我時不時就聽到吸塵器單調的噪音。

「霍頓－米勒太太，到底有沒有人知道她的下落？妳從妳的手機可以看出來她究竟有沒有讀取這些簡訊嗎？」

「我跟妳說過了，」她的聲音異常冷靜，「我跟妳說過她就是這樣，但妳偏不聽。」

「我覺得我們——」

她舉起手，阻止山姆。「這不是第一次。喔，不，她之前也曾經失聯好幾天，她應該待在寄宿學校，人卻不在那。我當然責怪校方啦。他們應該要隨時清楚她的行蹤。他們只有在她離開了四十八小時之後才打電話給我們，我們還得動用警力。那時候是她宿舍室友替她撒謊。我也搞不清楚學校怎麼會連哪些學生在校、哪些不在都不曉得，更何況學費還貴得離譜。法蘭西斯一直想告他們，他當時在開年度董事會，還得為這件事情離席，實在太丟臉了。」

樓上傳來碰撞聲，有人開始哭。譚雅走向廚房門口。「蕾娜！帶他們去公園，天啊！」她回到廚房，「妳知道她會喝酒，也會抽大麻，她還偷走我的玫蘋與韋伯鑽石耳環[7]，偷了又不肯承認，那可是皇室御用珠寶品牌，一對價值好幾千鎊。我連她怎麼脫手都不知道。她還拿過一臺數位相機。」

我回想起被偷走的首飾，心頭不安地揪了起來。

「對，沒錯，這一切都在我預料之中，我早跟妳說過了，現在，不好意思，我真的得去看我兒子了。他們今天很辛苦。」

「那妳會報警吧？她才十六歲，而且她失蹤了接近十天。」

「警察才沒興趣，只要他們知道是莉莉的事情就根本懶得管。」譚雅舉起纖纖蔥指，「曠課曠到被退學、曾經持有一級毒品被告誡、酒醉鬧事、順手牽羊；他們是怎麼說的？我女兒有『案底』。我老實跟妳說，就算警察找到她，把她帶回來，只要她不爽，她還是會離家出走。」

我的胸口一緊，勒住呼吸。她會上哪兒去？那個曾經出現在我公寓外面的年輕男子和這件事有關係嗎？還是莉莉喝醉那個晚上在夜店認識的朋友呢？我怎麼會這麼不留意呢？

7. Mapping & Webb，為英國知名珠寶品牌。

「我們還是報警吧，她年紀還那麼小。」

「不，我不要驚動警方。法蘭西斯現在工作上碰到瓶頸，他很努力要保留董事席次。如果他們聽到風聲，發現他和什麼案件有牽連，那他的董事資格就沒了。」

山姆繃緊下顎。他忍了一陣子才開口。「霍頓－米勒太太，妳女兒很危險，我真的覺得應該找人幫忙了。」

「如果你們找人幫忙，我就把剛剛跟你們說的話再跟他們講一次。」

「霍頓－米勒太太——」

「你見過她幾次，菲爾汀先生？」她靠在爐具上。「你難道比我還了解她嗎？你曾經好幾個晚上不睡覺，就在等她回家嗎？你曾經為了她失眠嗎？你曾經向老師和警察解釋過她的行為嗎？在她偷竊後替她向店家賠罪？結清她的信用卡帳單？」

「行為最脫序的孩子通常最危險。」

「我女兒最懂心機。她一定是和朋友在一起，就和以前一樣。我保證過一、兩天，莉莉就會三更半夜醉醺醺地出現在這裡鬼吼鬼叫，或狂敲露薏莎的門，或拜託你們給她錢，你們到時候或許會希望她根本沒出現。總會有人替她開門，她會一直道歉，說她要痛改前非，一副委屈可憐的樣子。不出幾天，她又會帶著一群朋友回家，偷拿一些東西。整齣道歉的戲碼又重演一次。」

她把臉上金黃色的髮絲往後撥，和山姆互瞪著對方。「我女兒把我的人生搞得一塌糊塗，我還得去心理諮商，菲爾汀先生。她的弟弟和他們的……行為問題就已經夠難應付了，但在諮商的過程中妳會學到一件事：某個時間點過後，妳就要開始照顧妳自己。以莉莉的年紀說，她已經可以自己決定——」

「她是個小孩。」我說。

「喔，對——沒錯。妳還在三更半夜把一個小孩趕出公寓。」譚雅．霍頓－米勒攫住我的目光，那輕蔑的態度像是我剛剛證明了她才是對的。「不是每件事都非黑即白，儘管我們都希望對錯分明。」

「妳一點都不擔心，是嗎？」我說。

她迎著我的視線。「不擔心，坦白說，我已經經歷過太多次了。」我還想再開口，但她搶先我一步。「露薏莎，我看妳的救世主情結蠻重的嘛，是不是？嗯，我女兒不需要妳的救贖。就算她需要，以妳的紀錄來說我也信不過妳。」

我連氣都還來不及吸，山姆的手臂就先圈住我。我正要惡毒地反擊，她已經轉身離開。

「走吧，」山姆連拖帶拉地，「我們走。」

我們沿著西區騎了好幾個小時，看到嬉笑連連、或走路搖搖晃晃的一群女生就慢下速度，見到在路邊睡覺的遊民，我們也會多看幾眼，最後我們把車停下來，肩併肩走在橋下幽暗的拱道。我們探頭到夜店裡，問大家有沒有看到我手機照片上的女孩。我們去了上次一起跳舞的那間夜店，山姆說有幾間夜店不檢查證件，會讓青少年喝酒，我們也去看了。我們經過公車站和速食店，愈走下去我就覺得愈不可能在繁忙的倫敦市中心找到她。她可能在任何一個角落，她似乎到處都能去。我又傳了簡訊給她，兩則，說我們急著找她。當我們回到公寓時，山姆打電話去幾間醫院，看她有沒有入院紀錄。

最後，我們坐在我的小沙發上吃土司，他煮了一杯茶給我，我們安靜地坐了一會兒。

「我覺得自己好像全世界最惡劣的家長，而我甚至還不是家長。」

他微往前傾，手肘擱在膝蓋上。「妳不能怪自己。」

「可以，我可以。哪種人會在三更半夜把十六歲的小孩趕出公寓，也不問她要去哪裡？」

我閉上雙眼。「我是說，她曾經消失過並不代表她現在安全無恙，對吧？她就像那種脫軌的青少年，失蹤以後就沒消沒息，直到有人遛狗的時候發現狗在樹叢裡挖出他們的骨骸。」

「露薏莎。」

「我應該更堅強一點、我應該更瞭解她、我應該認真想清楚她年紀有多小。哦，天啊，如果她出了什麼事，我一定不會原諒自己。現在外面某個單純無辜在遛狗的人或許不知道他的人生即將被毀滅——」

「露薏莎，」山姆把手放在我腿上，「別這樣，妳一直在鑽牛角尖。莉莉再怎麼容易讓人生氣，譚雅・霍頓-米勒也不可能都是對的；莉莉大概三個小時之內就會聯絡妳或按妳家門鈴，我們到時候都會覺得自己很蠢，忘記這一切，直到下次重蹈覆轍。」

「那她為什麼不接電話？她一定知道我很擔心。」

「或許就是這樣她才不理妳。」他故作輕鬆地說，「她或許看妳急得焦頭爛額還更開心。

聽我說，我們今晚能做的很有限，而且我得走了。我明天值早班。」他收拾餐盤，放入水槽，然後倚著櫥櫃。

「對不起，」我說，「這不是展開一段感情最有趣的方法。」

他低下頭。「所以我們在談感情了？」

我覺得自己的臉漲紅。「嗯，我的意思不是——」

「我逗妳的。」他伸出手把我拉進懷裡。

「我很喜歡妳這麼明確地說服我，妳只是拿我來洩慾。」

他聞起來好香，雖然有淡淡的消毒藥水味，他還是好香。他親親我的頭頂。「我們會找到她的。」他離開前說。

他走了以後，我爬上屋頂，坐在黑暗中，嗅著她沿著水塔周圍栽種的茉莉花，輕柔地撫著陶盆裡的紫色南庭芥。我望著矮牆，俯瞰城市街道在夜裡眨眼睛，我的腿竟然沒發抖。我又傳了簡訊給她，然後準備上床，感覺到這公寓裡的寂靜覆蓋著我。

我又檢查了手機第一百萬遍，然後又檢查電子郵件。什麼都沒有，不過有一封納森寄來的信：

恭喜！高普尼克那老頭今天早上跟我說他要錄取妳了！兄弟，紐約見！

19

莉莉

彼得又在等了。她看到他在窗外，斜倚著他的車。他發現她了，他朝上方做了個手勢和嘴型：「妳欠我的。」

莉莉打開窗，朝街道掃視了一眼，角落是薩米爾放鮮橙的地方。「彼得，別煩我。」

「妳知道接下來……」

「我已經給你夠多了，別煩我，行嗎？」

「莉莉，妳用錯招了。」他揚起眉毛，很有耐心地等到她開始不安。他太常在這附近盯梢，她很確定他一定知道小露再半小時就回到家了。他回到車上，完全沒回頭就把車開走了。

他一邊開車，一邊拿出手機。簡訊上寫著：莉莉，妳用錯招了。

轉酒瓶，這遊戲聽起來很單純。剛開始只有她和四個女同學，她們向學校請假來倫敦一趟。她們在藥妝店偷了唇膏，又在平價服飾店買了超短裙，沒付門票就直接進了夜店，因為她們既年輕又可愛，只要五個年輕又可愛的女孩出現，門口的警衛根本不會問太多問題，到了夜店裡面喝了幾輪蘭姆酒調可樂以後，她們就認識了彼得和他的朋友。

最後，她們凌晨兩點到了馬里波恩區，某個人的家裡。她不太記得他們怎麼去的。大家坐成一圈，有菸抽、有酒喝。任何東西端到她面前，她都說好。音響播著蕾哈娜的歌。藍色的懶骨頭聞起來有柔軟精的味道。妮可在浴室裡吐了，這白痴。時間過得很快，兩點半、三點十七、四點……她漸漸忘了。有人建議大家玩真心話大冒險。

酒瓶一轉，撞到了菸灰缸，把菸蒂和菸灰都灑在地毯上。有個人講了真心話，莉莉不認識這個女生，她說：前一年度假的時候她和前男友一邊講電話一邊自慰，而她奶奶當時就躺在她旁邊，同一張雙人床上。其他人驚嚇得往後退，莉莉卻大笑了起來。

「換妳。」有人說。

彼得的目光沒有離開過莉莉，她剛開始的時候還很得意，他是這裡最帥的男生。甚至是方圓一哩內最帥的男人。當他望著她，她也不願別開目光。她不像其他女孩。

「轉！」

瓶子指向她的時候，她聳聳肩，「大冒險，」她說，「永遠選大冒險。」

「莉莉從來不會說不。」潔麥瑪說。這下她不確定潔麥瑪說這話的時候是不是刻意看著彼得。

「好，妳知道這代表什麼。」

「真的？」

「不行啦！」琵琶摀著臉，她每次大驚小怪都會這樣。

「那就選真心話。」

「不要，我討厭真心話。」怎樣？她知道這些男生一定會怯場。她漫不在乎地站起來。

「在哪？這裡嗎？」

「噢，我的天啊，莉莉。」

「轉酒瓶。」一個男生說。

她沒想過要緊張，她有點頭昏眼花，但反正她挺喜歡站在那裡，不當一回事，其他女生又尖叫又鼓掌，表現得和白痴一樣。她們好假。這些女生在曲棍球場上可以橫衝直撞、可以大談政治、聊她們將來要走法律或研究海洋生物學，但一見到男生她們就犯傻，只會撥頭髮、抿嘴脣，好像她們突然間拋棄了那個有趣的自己。

「彼得……」

「哦，我的天，彼得，兄弟，是你。」那群男生又叫又鬧，掩飾自己的失望，或有人可能因此鬆了一口氣。彼得站了起來，細長的貓眼和她四目相對，與眾不同：他的口音像是來自比較粗獷的地方。

「這裡？」

她聳聳肩。「我不在乎。」

「隔壁房間。」他指指臥室。

他們走向隔壁房間的時候，她跨過其他女生的腿。其中一個抓住她的腳踝，叫她別這麼做，她甩開她的手往前走，步伐有點搖晃，她感覺到大家的視線都在她身上。大冒險，永遠選大冒險。

彼得關上門，她環顧四周。床單很皺，被子的花色難看至極，從五碼以外就可以看得出來這輩子已經好多年沒洗了，整個房間裡都有股霉味。角落有一堆髒衣服，床邊有個滿滿的菸灰缸。這房間很安靜，外頭的鼓譟暫停了。

她揚起下巴，把頭髮往後撥。「你真的想做？」她說。

他笑了，慢慢的、輕蔑的。「我就知道妳不敢。」

「誰說我不敢？」

但她並不想這麼做。她眼中的他不再那麼帥氣了，只有雙眼裡輕浮的笑意，嘴角輕薄的弧度。他把手放在拉鍊上。

他們安靜地站了一分鐘。

「妳不想做也沒關係，我們走出去，就說妳不敢。」

「我又沒說我不做。」

「那妳到底想怎樣？」

她無法思考，她的後腦杓傳出低沉的嗡嗡聲，她真希望自己沒進到這房間裡。他誇張地打了個哈欠。「莉莉，我開始覺得無聊了。」

有人狂亂地敲著門，是潔麥瑪。「莉莉——妳不必這樣。來吧，我們可以現在回家。」

「妳不必這樣，莉莉。」他嘲弄般地模仿著。

權衡得失。最糟又會怎樣——頂多，就兩分鐘？整段人生裡的兩分鐘。她不必認輸，她可以證明給他看，她可以證明給所有人看。

他手上握著一瓶傑克丹尼爾威士忌。她從他手上搶過來，旋開瓶蓋，灌下兩口，她直視著他的雙眼。然後她把酒瓶還給他，就伸手解他的皮帶。

「有圖有真相。」

她聽到外頭男生鼓譟著，儘管她頭皮發疼，因為他用力地抓著她的頭髮。太遲了，當時，已經太遲了。

她一抬頭正好聽到手機喀嚓。

一對鑽石耳環、現金五十鎊、一百鎊。幾週後，他還是繼續勒索她。他一直寄簡訊給她：

不曉得我放到臉書上會怎樣？

她看到照片的時候好想哭。他一次又一次地傳給她：她的頭髮、充滿血絲的雙眼、暈開的睫毛膏。那東西在她嘴裡。露薏莎進門的時候，她得把手機藏在沙發抱枕下。這東西就像是有放射性的毒害物質，她得自己看守。

不曉得妳朋友會怎麼想。

那天以後，其他女生都不和她說話了。她們知道她做了，因為彼得一走出去就把照片給大家看，還刻意拉拉鍊，他早就把褲子穿好了。她得假裝她不在乎。其他女生一見到她就別開目光，她當下就曉得她們口中的男友、口交、性生活都是虛構。她們好假，她們滿口都是謊言。

沒有人覺得她很勇敢、沒有人因為她完成了大冒險而欣賞她，她只不過是莉莉，那個人渣、含著屌的那個女生。她光是用想的，胃就要打結了。她又灌了好幾口傑克丹尼爾威士忌，叫他們都去死。

到車站的麥當勞來見我。

那時候她媽媽已經換掉了家中大門的鎖，她再也沒辦法從她的皮夾裡拿錢了。他們還凍結了她的帳戶。

我什麼都沒有了。

大小姐，妳以為我是笨蛋嗎？

她媽媽從來就不喜歡那對玫蘋與韋伯鑽石耳環。莉莉本來以為她少了那對耳環也不會發現。當屎臉男法蘭西斯送耳環給她的時候，她裝出受寵若驚的表情。但她後來又咕噥著說她真搞不懂他怎麼會買心型鑽石給她，大家都知道心型的最普通，水滴型才適合她的輪廓。

彼得攢攢亮晶晶的耳環，好像收到幾個銅板一樣，然後塞進口袋裡。他吃大麥克吃到一半，嘴角還有美乃滋。她每次見到他都想吐。

「想過來見見我朋友嗎？」

「不了。」

「想要喝飲料嗎？」

她搖頭。「夠了，這是最後一次，這對耳環值好幾千鎊。」

他拉長了臉。「我下次要現金，鈔票。我知道妳住哪裡，莉莉，我知道妳有錢。」

她覺得她好像永遠都無法擺脫他。他總是在奇怪的時間傳簡訊給她，把她叫醒，不讓她睡覺。那張照片，一次又一次，反覆烙印在她的虹膜上。她不再上學了，她和陌生人喝個爛醉、去夜店瘋狂地玩。只要不讓自己胡思亂想、只要不繼續聽到手機鈴聲。

她搬到他找不到的地方，他還是找到她了，他把車停在露薏莎公寓外面，就是無聲的訊息。她甚至好幾次想告訴露薏莎。但露薏莎又能做什麼？她有一半的時間就是個單身災區。所以莉莉張開了嘴，但是什麼都沒說，然後露薏莎就喋喋不休地說要去找她奶奶或是問她吃過了沒，她知道她只能靠她自己。有時候莉莉醒來仍躺著，心想如果她爸爸還在會怎樣？她可以想像他的模樣；他可能會走到外面去，揪起彼得的領子，叫他永遠都不要靠近他的小寶貝。他會抱著她說沒事，她很安全。

只不過他沒辦法，因為他是個憤怒的四肢癱瘓患者，根本不想活下去。他或許看那照片一眼就覺得噁心。

她不能怪他。

上一次，她什麼都沒給他，他就在卡納比街上的人行道上對她咆哮，說她賤、蠢婊子、一文不值。他把車子停在路邊，她因為不敢見他，先喝了兩杯威士忌。當他開始對她大吼大叫，說她撒謊，她就哭了。

「露薏莎把我趕出來了、我媽把我趕出來了，我什麼都沒有。」

路人快步經過，目光迴避著他們。沒人停下來，沒人多說什麼，因為星期五的晚上在蘇活區見到一個大人大罵一個酒氣沖天的小女孩沒什麼稀奇。彼得飆髒話，轉身作勢要離開，但她知道他不會走。一部黑色轎車停在街道中間，迴轉，白色的燈光照著他們，電動窗緩緩降下來。「莉莉？」

她隔了幾秒鐘才認出他來，那是她繼父的同事，嘉賽德先生。是他老闆嗎？合夥人？他看著她，又看著彼得。「妳還好嗎？」

她瞄了彼得一眼，然後點點頭。

他不相信，她看得出來。他把車停在路邊，就在彼得的車子前面，然後穿著深色西裝慢慢地過馬路。他有種權威感，好像什麼都不畏懼。她想起來了，不知為何，媽媽提到他有自己的直升機。「莉莉，要搭便車回家嗎？」

彼得舉起手，手上握著手機，距離她才幾公分，只要這樣她就懂了。她一開口，話就脫口而出，「他手機裡面有一張我的不雅照，他威脅說要給大家看，他要錢，我已經沒錢了。我能給的都給了，我真的什麼都沒有了。請你幫我。」

彼得張大了眼睛，他完全沒料到。但她已經不在乎過去發生的事了。她只覺得很急迫、很疲倦，她不想再繼續這樣下去了。嘉賽德先生注視著彼得。彼得挺起肩膀，好像準備隨時衝回車上。

「是真的嗎？」嘉賽德先生說。

「手機裡面有女生照片不犯法。」彼得嘻皮笑臉，顯然在虛張聲勢。

「這我很清楚。不過勒索取財就是犯罪行為。」嘉賽德先生的聲音低沉而冷靜，好像當街討論別人的裸照很合情合理。他把手放進西裝內袋裡。「那你要多少錢才肯罷手？」

「什麼？」

「你的手機，開個價吧。」

莉莉的呼吸梗在喉頭。她先看著他，又看著他。彼得不敢置信地瞪著他。

「我用現金跟你買這支手機，前提是你沒有複製那張照片。」

「我不會賣手機的。」

「那我建議你，年輕人，我會通知警方，根據你的車牌號碼查出你的身分，我在警界有很多朋友，高層的朋友。」他笑了，但那不是笑容。

街道另一端，一群人從餐廳內湧出來，談笑風生。彼得看著她，又看著嘉賽德先生。他翹起下巴。「五千。」

嘉賽德先生伸手到口袋裡，搖搖頭。「我不同意這價碼。」他拿出皮夾，點了幾張鈔票。

「我覺得這應該夠了。聽起來你之前已經拿了不少。手機，給我吧？」

彼得好像被催眠了一樣。他猶豫了一下，就把手機遞給嘉賽德先生。就這樣，嘉賽德先生檢查了門號卡，把手機放進西裝內袋，替莉莉開車門。「我想妳該離開了，莉莉。」

她爬進車子裡，像個溫順的乖孩子，聽到車門紮實地砰一聲關上。他們就離開了，在狹長的街道上平順地往前滑行，留下驚愕的彼得——她可以從後照鏡裡看到他——好像他也不能相信剛剛發生的事。

「妳還好嗎？」嘉賽德先生說話的時候沒看著她。

「就……這樣結束了嗎？」

他看著兩側，又看著前方路況。「我想是的。」

她不敢相信，她不敢相信糾纏她好幾週的惡夢就這樣解決了。她轉頭看著他，突然很焦慮。「請不要告訴我媽和法蘭西斯。」

他微微蹙眉。「如果妳想這樣的話。」

她安靜地長嘆一聲。「謝謝你。」她小聲地說。

他拍拍她的膝蓋。「卑鄙的傢伙，妳交友要注意啊，莉莉。」

在她注意到之前，他把手放回自動排檔桿。

她說她沒地方可住的時候，他連眼皮都沒眨一下。他送她到貝水區的旅館，輕聲地囑咐櫃檯，交給她一把房間鑰匙。她見他沒堅持送她回家就鬆了一口氣，她不想向其他人解釋這麼多。

「等妳清醒，明天我來接妳。」他把皮夾塞回外套口袋裡。

她步伐沉重地走向三一一號房，衣服都沒換就倒在床上，連睡了十四個小時。

他打電話來說會和她碰面吃早餐。她洗了個澡，從包包裡拿出幾件衣服，熨燙了一下，希望看起來體面一點。她不擅長燙衣服——這種事情都是蕾娜在做。

當她下樓抵達餐廳的時候，他已經坐在裡頭，看著報紙，面前的咖啡喝了一半。他其實比她印象中更老，頭髮很稀疏、頸子很鬆弛，她上次在公開場合見到他的時候是公司舉辦的賽馬大會，那時法蘭西斯喝多了，她媽媽趁沒人看到的時候在一旁發怒，嘉賽德見到了，就挑著眉毛看莉莉一眼，好像是說，爸媽嘛，對吧？

她滑進他對面的椅子上，他放下報紙。「啊哈，妳今天好嗎？」

她覺得很丟臉，好像昨晚她太矯情了、好像她太大驚小怪了。「好多了，謝謝你。」

「妳睡得好嗎？」

「很好，謝謝你。」

他透過眼鏡端詳了她一會。「很拘謹。」

她微微笑，不知道還能怎麼做。這太怪了，她和繼父的同事在一起。服務生替她倒了咖啡，她一飲而盡。她朝早餐吧看了一眼，不知道她要不要付錢？他好像察覺到她的不安。「吃點東西吧，別擔心，已經付過了。」他又繼續看報紙。

她不確定他會不會告訴她爸媽，她不確定他怎麼處理彼得的手機；她希望他經過泰晤士河的時候慢下車速，放下車窗，把手機丟進滔滔河水裡。她希望再也不要看到那張照片了。她起身去拿了一個可頌和一些水果，她實在餓慘了。

他看著她吃。她不曉得外人怎麼看他們──或許像父女，她不知道他有沒有小孩？

「你不必上班嗎？」

他微微笑，讓服務生替他添咖啡。「我說我在參加重要的會議。」他整齊地折起報紙放下來。

她坐立難安。「我得去找份工作。」
「工作。」他往後一靠。「嗯，怎麼樣的工作？」
「我不知道，我考試都考壞了。」
「那妳爸媽怎麼想？」
「他們不……我不能……他們現在對我很不高興，我一直住在朋友家。」
「妳不能回去嗎？」
「現在不能。我朋友也對我不高興。」
「喔，莉莉。」他說完就嘆了一口氣。他看著窗外，想了一分鐘，然後瞄一眼昂貴的手錶，又想了一下，然後打電話到辦公室說他下一場會議會遲到。
她等著聽他接下來要說的話。
「妳吃完了嗎？」他把報紙收進公事包裡站起來，「我們去做點計劃。」

她沒想到他會進到飯店房間裡，所以很難為情：濕毛巾扔在地上、電視聒噪地播放著日間節目。她把最難堪的都扔進浴室裡，其他的東西匆忙地塞進背包。他假裝沒注意，只看著窗外，等她坐在椅子上才轉頭回來，好像第一眼看到房間內部。
「這間旅館還不賴，」他說，「我以前沒辦法開車到溫徹斯特的時候就會在這裡過夜。」
「你住在那裡嗎？」

「我太太住在那裡，對，我的小孩都大了。」他把公事包放在地上，坐在床沿。她站起來，拿起床頭桌的飯店筆記本，準備做筆記。她的手機響了，她低頭看：莉莉，打給我。露莎（親）

她把手機塞進屁股口袋裡，然後坐下來，筆記本放在腿上。

「你覺得呢？」

「莉莉，我覺得妳現在很為難，老實說，妳年紀太小了不好找工作，我不知道誰會雇用妳。」

「我手腳很俐落、我很認真，我會園藝。」

「園藝！嗯，或許妳可以找到園丁的工作。但那薪水夠不夠妳用就不一定了。妳有經驗嗎？放假的時候打過工嗎？」

「沒有，我爸媽一直都會給我零用錢。」

「嗯。」他敲著膝蓋。「妳和爸爸關係不太好，對不對？」

「法蘭西斯不是我真正的父親。」

「對，我知道。我曉得妳幾個禮拜前就離開家了。這一切真令人難過，非常難過，妳一定覺得很無依無靠。」

她突然哽咽，一時之間以為他要拿出手帕，但他其實是從外套口袋裡拿出手機，彼得的手機。他按按手機，一下、兩下，她看到了她自己的畫面，她胸口淤塞無法呼吸。

他點了點螢幕，放大那張照片。她的臉頰立刻發燙。他一直看著那張照片，感覺好像過了很多年。「妳真是個壞女孩，是不是啊？」

莉莉的手指在飯店床單上握成拳頭。她抬頭看著嘉賽德先生，兩頰發燙。他的雙眼不曾離開過那張照片。

「壞透了。」他終於抬頭看她，他的眼神淡定，聲音柔和。「我想我們要討論的第一件事就是妳要怎麼還我手機和飯店的錢？」

「但，」她開口，「你沒說——」

「噢，莉莉，少來了，像妳這麼聰明的人會不懂？妳一定知道天下沒有白吃的午餐。」他低頭看著照片。「妳一定很久以前就明白這道理了……妳看起來很擅長。」

莉莉的早餐反胃到喉頭。

「妳看，我可以幫妳。在妳自力更生之前，我可以給妳留宿的地方。妳償還的方法很簡單。對價關係——妳知道是什麼意思嗎？學校裡有教過吧？」

她霍然起身，拿起背包，他立刻伸出手抓緊她的手臂，另一隻手則把手機慢慢地放回口袋裡。「莉莉，先別急。我們可不希望我把這張小照片交給妳爸媽，對吧？天曉得他們會如何解釋妳這陣子的行為。」

她的話卡在喉嚨裡。

他拍拍床單。「我會很謹慎地想想下一步，現在，我們何不——」

莉莉的手臂立刻縮回來，用力甩開他，然後敞開房間的門衝出去，在旅館走廊上不停往前奔，背包在後面甩著。

倫敦進入下半夜之後生命力更旺盛。大車小車和夜間公車不耐煩地在大馬路上推擠著，計程車在車流裡穿梭，西裝男不是在回家的路上就是在聳入雲霄的辦公大樓裡加班，無視身旁安靜的清潔工。她走在倫敦街道上，低著頭，背著包包。當她在深夜在漢堡餐廳吃飯的時候，總會把帽子拉下來，假裝讀著眼前的免費報紙，否則老是會有人擅自坐下來，想要聊幾句。來嘛，親愛的，我只不過想對妳友善一點。

她在腦中不斷重播著上午的風波。她做了什麼？她送出什麼訊號？她是怎麼搞的，為什麼每個人都把她當婊子？他用的那些字讓她好想哭。她感覺到自己在帽子下面縮了起來，恨他，恨自己。

她拿出學生證搭上了地鐵，不過當周遭空氣開始發熱並散發酒氣時，她就回到安全的地面。接下來的時間她一直走著——經過皮卡迪里區閃爍的霓虹燈、經過髒兮兮的馬里波恩路、經過肯頓市集附近的深夜酒吧，她邁開大步好像她有個目的地，一直到不平整的人行道讓她的雙腳發疼才慢下腳步。

她實在太累了，只好請朋友幫忙。她在妮娜家住了一晚，但妮娜問太多問題了，而且當莉躺在浴缸裡洗去一身塵垢的時候，她聽到妮娜和她爸媽在樓下聊天，頓時覺得自己是地表上最孤單的人。她吃過早餐後就離開了，儘管妮娜的媽媽歡迎她再多住一晚，她充滿母愛的眼神裡滿是擔憂。接下來那兩個晚上，她睡在一個女生的沙發上，那是她在夜店裡認識的朋友，不過那間公寓裡還有另外三個男的室友，她沒辦法放心入睡，只能穿著所有的衣服，手臂圈著膝蓋窩在沙發上看著無聲的電視，直到天亮。有一個晚上，她住在救國團青年旅舍，聽著兩個女孩在隔壁床爭執，她只能在被單下面緊緊地把背包抓在胸前。他們說她可以去洗個澡，但她不願意把包包留在寄物櫃裡，然後自己光溜溜濕答答。她領了一晚免費的湯就離開了。但大部分的時間，她一直走著，最後一點現金拿去買了便宜的咖啡和蛋堡，她愈來愈累、愈來愈餓，最後根本無法思考，當門口的男人講了一些噁心的話，她無法立刻反應過來，或餐廳服務生說她那杯茶喝太久了，小姐，妳該離開了。

她實在太笨了，

她應該偷走那支手機、

她應該把那支手機踩爛、

她應該狠狠地踹他幾腳。

她那天晚上根本不該去那群男孩的家，表現得跟個白痴一樣，摧毀了她原本就夠愚蠢的生活，通常這時她就會開始哭，拉上帽子遮住臉，然後——

20

「她怎麼了？」

我在崔諾太太的沉默中聽到了懷疑，或許（可能是我太敏感）還有一點責怪我沒保護她的安全。

「妳有打過電話嗎？」

「她不接。」

「她也沒聯繫她父母？」

我閉上雙眼，我一直很擔心這段對話。「顯然她之前也曾經離家出走，霍頓－米勒太太相信莉莉不必找，過一陣子自然會出現。」

崔諾太太消化著這資訊。「但妳不這麼想。」

「我覺得不太對勁，崔諾太太，我知道我不是家長，但我只是……」我說不下去，「總之，我寧願多做點什麼，也不要空等，所以我會回到街頭去找她，我只希望讓妳知道真相和現況。」

崔諾太太沉默半晌，但當她開口時，她的聲音很慎重而且異常堅定。「露薏莎，妳出門找她之前，可不可以先給我霍頓－米勒太太的電話號碼？」

我打電話請病假，隨即發現理查冷淡地說「我知道了」，反而比平常碎碎念更讓人不安。我印出莉莉的照片——一張是她在臉書上的大頭照，另一張是她自拍我們的合照。我整個上午都開車在倫敦市中心繞。我把車停在路邊，閃著黃燈，然後走進酒吧、快餐店、夜店裡，清潔人員在昏暗、難聞的室內空間裡，狐疑地盯著我。

—你見過這個女孩嗎？

—是誰在打聽她？妳是她的誰？

—你見過這個女孩嗎？

—妳是警察嗎？我不想找麻煩。

有些人根本是在尋我開心。

—噢，那個女生啊！棕色頭髮嗎？對，她的名字是什麼來著？……沒，根本沒見過。

好像沒人見到她，我愈走下去愈覺得希望渺茫。她在倫敦還能消失到哪裡去？這個大都會裡有上百萬扇門，她可以躲進去，或混在深不見底的人群中。我抬頭看著高樓，納悶著她這時會不會穿著睡衣躺在別人的沙發上？莉莉經常隨便搭訕別人，不管開口要什麼都沒在怕——她可能和任何人在一起。

但是。

我也不知道是什麼讓我一直找下去，或許是我對譚雅．霍頓－米勒這種半放牛的教養方式感到憤怒，或許是我怪自己批評譚雅但是我也沒做好，或許只是我太清楚年輕女孩有多麼脆弱。

不過，最主要，是因為威爾。我繼續走、繼續開車，繼續問、繼續走，心裡不斷和威爾對話。我的臀部開始痛了，我在車裡暫歇，嚼著無味的三明治和巧克力，吞下止痛藥，讓我能繼續。

威爾，她會去哪裡？

你會怎麼做？

我又再次對他說——對不起，我辜負你了。

有消息嗎？我傳了簡訊給山姆。一邊和他說話，一邊內心又和威爾對話的感覺很奇怪，莫名有種偷情的感覺。我只是不確定我不忠於誰。

沒有，倫敦的急診室我都問過了。妳呢？

有點累。

屁股呢？

吃了止痛藥以後都不要緊了。

要我下班後過去嗎？

我想繼續找。

別去我不會去的地方（啾）

很好笑（啾啾啾）

「妳去醫院找過了嗎？」我妹趁十五分鐘的下課空檔打給我，上一節是「英國皇家稅務與海關總署：營收狀況的變化」，下一節是「營業稅：歐洲觀點」。

「山姆說所有教學醫院都沒有她的入院紀錄，他也請大家四處找她了。」我一邊說話一邊往後看，好像期待著莉莉出現在人群中朝我走來。

「妳找了多久？」

「幾天了。」我沒讓她知道我幾乎沒睡。「我——呃——向公司請了假。」

「我就知道！我就知道她會惹麻煩。妳的老闆在意妳請假嗎？對了，另一份怎麼樣了？紐約那個？妳去面試了嗎？拜託別說妳忘了。」

我花了一分鐘才聽懂她在講什麼。「喔，那個，有——我錄取了。」

「妳什麼？」

「納森說他們要錄取我了。」

西敏寺周圍都是觀光客，他們徘徊在插滿英國國旗的俗氣禮品店，拿著手機和昂貴的相機拍攝朦朧的英國國會大樓。我看著交通警察朝我走過來，不曉得是不是什麼反恐的法律規定我不可以把車停在這裡。我舉起手，表示我就要離開了。

電話那頭安靜了一下。「等等——妳該不會說妳——」

「我現在沒辦法想這件事，翠娜，莉莉失蹤了，我得找到她。」

「露薏莎？妳給我聽清楚了。妳得接下這工作。」

「什麼？」

「這是畢生難得的機會。要是妳知道我多麼希望能有機會搬去紐約就好了……還保證有工作？有地方住？妳卻『現在沒辦法想這件事』？」

「這件事沒那麼簡單。」

交通警察直直地朝我走過來。

「喔，我的天啊！就是這樣，我一直跟妳講的就是這樣；妳每次有機會往前進的時候，妳就會綁架自己的未來。就好像——就好像妳根本不想往前進。」

「莉莉失蹤了，翠娜。」

「一個妳根本不熟的十六歲女孩，她有父母和祖父母，她蹺家個幾天，就和之前一樣，青少年都會這樣。妳要為了這件事失去這輩子最大的機會？天啊，妳根本不想去，對不對？」

「這句話是什麼意思？」

「繼續做那份可悲的工作然後發牢騷容易多了。妳寧願癱坐著，什麼風險也不冒，然後說妳對身邊每一件事都無能為力。」

「我不能在她失蹤的時候說走就走。」

「妳要為自己的人生負責，小露。妳表現得好像人生永遠都被妳無法控制的事情給填滿了。這是怎樣——愧疚感嗎？是妳覺得妳虧欠威爾嗎？是妳在贖罪嗎？難道妳因為不能拯救他的生命就要放棄妳的生命嗎？」

「妳不懂。」

「不，我太懂了，我比妳還懂妳自己。他女兒不是妳的責任，妳有沒有在聽？這一切都不是妳的責任。如果妳不去紐約——我甚至沒辦法跟你討論這個機會，因為這讓我真的很想殺了妳——我就不會再跟妳講話了，再也不會了。」

交通警察站在我窗外，我把車窗降下來，擺出當妳妹妹在電話上嘮嘮叨叨，妳又沒辦法叫她少講幾句，實在很抱歉的那種表情。他敲敲手錶，我點點頭，要他放心。

「夠了，小露，妳想清楚，莉莉不是妳女兒。」

我盯著斷訊的手機，我先謝謝交通警察，然後又升起車窗。這句話突然出現在我腦子裡：

「我不是他女兒。」

我繞過轉角，停在加油站旁邊，翻著車子抽屜深處那本老舊的地圖，努力回想著莉莉提過的那條路名——派莫爾、派克特、派克羅福特。我的手指沿著聖約翰伍德——走過去大約十五分鐘？一定就是那裡。

我拿起手機，用人名和地名一起搜尋；找到了，五十六號。我興奮地打起精神，發動引擎，又開始上路。

雖然相隔不到一英哩，莉莉媽媽的家和她前任繼父的家實在差太多了。霍頓－米勒住的那條街上都是白色灰泥或紅磚豪宅，以黃色圍籬或名貴轎車相隔，那些車似乎永遠都不會沾上灰塵。馬丁．史帝爾住的這條路好像決意永遠不會都更，都是兩層樓高的房子，倫敦的房價一直在漲，但這裡房子的外牆絲毫襯不上價格。

我慢慢地開，這裡路邊的車子都用帆布罩著，垃圾車還被翻了過來，終於我找到了一個停車位，靠近一間有維多利亞式露臺的小房子，這種房子在倫敦非常普遍。我看了一眼，注意到大門上斑駁的油漆，門前階梯上有小孩的澆水器。拜託讓她出現在這裡，我禱告著，安全地在這幾面牆裡。

我走下車，鎖上車門，走上前門臺階。

我聽到鋼琴聲從屋內傳出來，破碎的和弦一遍又一遍地重複著，聲音悶悶的。我遲疑了一下，才一下下，然後就按下門鈴，聽到音樂突然停下來。

走廊上傳來腳步聲，然後門開了。一名年約四十歲的男子站在門口，穿著鄉村襯衫配牛仔褲，還有前一天沒刮的鬍渣。

「有什麼事嗎？」

「不曉得……莉莉在這裡嗎？」

「莉莉？」

我伸出手，露出微笑。「你是馬丁．史帝爾，對吧？」

他打量了我一陣才回答。「可能是，請問妳是哪位？」

「我是莉莉的朋友。我——我一直想聯絡她，我知道她可能住在這裡，或者你可能知道她在哪裡？」

他皺起眉頭。「莉莉？莉莉．米勒？」

「嗯，對。」

他搔搔下巴，回頭看了玄關一眼。「請妳在這裡等一下好嗎？」他走回去，我聽到他對鋼琴前的人交代了幾件事，當他回到我面前，裡面傳出音階，有點遲疑，後來又加了重音。

馬丁．史帝爾半掩著門。他低頭沉吟了一下，好像想搞清楚我剛剛問他的問題。「對不起，我可能有點狀況外，妳是莉莉的朋友？那妳為什麼來這裡？」

「因為莉莉說她會來這裡見你。你是——以前是——她的繼父？」

「不算是，但這麼說也沒錯，很久以前。」

「而且你是音樂家？你以前會帶她去幼稚園？但你們還繼續聯絡吧？她說你們以前很要好，要好到她媽媽不爽。」

馬丁瞇著眼睛看我。「這位——」

「克拉克。露薏莎．克拉克。」

「克拉克小姐。露薏莎，我最後一次見到莉莉．米勒的時候她才五歲，譚雅覺得我們分手之後最好斷絕往來。」

我盯著他瞧。「所以你是說她沒來過這裡？」

他想了一下。「她來過一次，好幾年前，但那時很不巧。我們剛生小孩，我又在上課，所以，老實說，我那時候也搞不懂她想從我這裡得到什麼。」

「那你之後都沒再見過她或和她說話？」

「就只有那次短暫的會面就沒了。她還好嗎？她碰到什麼麻煩了嗎？」

屋內鋼琴繼續彈著——Do Re Mi Fa So La Si Do——Do Si La So Fa Mi Re Do，爬高又爬

低。

我揮揮手，沿著階梯往下走。「沒事，沒關係，是我的錯，對不起打擾你了。」

我又花了一個晚上開車在倫敦繞，我妹打來我都沒接，理查發了電子郵件來，主旨是：緊急，非公告，但我沒打開來看。我一直開著車，直到兩眼因為一直看著車燈而發紅，我才發覺這區我已經來過了，而且我加完油以後就沒現金了。

午夜之後我開車回家，提醒自己一定要帶上銀行提款卡、喝杯茶、讓眼睛休息半小時，然後才能再繼續。我脫下鞋子，烤了幾片吐司，但我根本吃不下。我又吞了兩顆止痛藥，躺回沙發上，腦子轉個不停。我漏了什麼？一定有線索。我的腦子累得嗡嗡響，我的肚子現在焦慮地直打結。我漏了哪條街？她有沒有可能離開倫敦？

別無選擇了，我心想。我們得讓警方知道，寧可被當做笨蛋，太小題大做，也不要冒任何風險讓她出意外。我躺著閉上眼睛休息五分鐘。

三個小時後，手機鈴聲把我叫醒。我立刻跳起來，不確定我在哪？我看著身邊發亮的螢幕，然後貼到耳邊。

「喂？」

「我們找到她了。」

「什麼？」

「我是山姆，我們找到莉莉了。妳能過來嗎？」

英格蘭隊剛剛輸了球，夜間人潮相當暴躁，很多人酒後鬧事受了傷，沒人注意到角落裡有兩張椅子排在一起，一個小小的身軀就躺在上面，拉起帽子遮住臉。檢傷分科的護理師一個個檢查病患確定他們是否符合入院條件時，才有人把這小女孩搖醒，她才吞吞吐吐地承認自己會在醫院裡是因為這裡很溫暖、乾淨、安全。

護理師正要問她更多問題時，山姆帶了一個呼吸不順的老太太就醫，在櫃檯發現了她。他不動聲色地指示護理師別讓她離開，然後匆匆走到醫院外打給我，沒讓她看見。我們會合以後衝進醫院大樓的途中他才告訴我來龍去脈。等候區的人潮漸漸散去，發燒的小孩安全地和家長在病床上等候，酒醉的人都送回家去睡覺了。入夜之後，只有交通事故和持刀傷人事件的患者。

「他們給了她一些茶，她看起來累壞了。我覺得她只要能好好坐下來就很開心了。」我這時一定看起來很焦慮，因為他補了一句，「沒關係，他們不會讓她離開。」

我半走半跑地穿越明亮的走廊，山姆在我身旁跨開大步。她在那兒，看起來比平常還嬌小，她的頭髮編成蓬亂的辮子，細瘦的手掌貼著塑膠杯。護理師坐在她身邊，整理著一疊檔案，當她看到我也認出山姆的時候，暖暖地笑了，站起來準備離開。我發現莉莉的指甲都是黑黑的汙垢。

「莉莉？」我說。她空洞的深色眼睛看著我。「怎麼——怎麼回事？」

她看著我，又看著山姆，大眼睛裡透露出害怕。

「我們四處在找妳。我們……我的天，莉莉，妳去哪了？」

「對不起。」她聲音細細的。

我搖搖頭，想告訴她不要緊。這一切都不要緊，只要她安全，只要她在這裡。

我伸出雙臂，她看著我的眼睛，往前一步，溫柔地走過來靠著我。我抱緊她，感覺到她靜靜地啜泣，最後連我也一起哭了。我只能感激不知名的神祇，並喃喃地複誦著：威爾。威爾——我們找到她了。

21

回家的那個晚上，我帶莉莉上床，她連睡了十八個小時，傍晚醒過來喝了一些湯，洗個澡，又倒回去睡了八小時。我睡在沙發上，鎖上前門，不敢出去，甚至不敢動，就怕她又消失了。山姆上班前和下班後都來過，他提了一瓶牛奶過來，順便看看她的狀況。我們在玄關低聲交談，好像在討論病患的情況。

我打給譚雅．霍頓－米勒，讓她知道她女兒平安無事。「我跟妳說過了，妳就不聽我的話。」她趾高氣昂地，我趕緊掛上電話免得她說更多，或我說更多。

我打給崔諾太太，她顫抖著嘆了好長的一口氣，心頭一鬆之後久久無法開口。「謝謝妳。」當她終於開口時，聽起來好像來自內心深處，「我什麼時候可以過去看她？」

我終於打開理查的電子郵件，他說「妳已經被記了三次警告，有鑑於妳的出勤率太低，而且妳無法履行合約內的要求，『酢漿草與幸運草（機場分店）』即日起予以解職。」他要我儘早歸還制服（「包括假髮」），否則依市價賠償。

我打開納森的電子郵件，他問著：妳究竟在哪裡？妳有沒有看到我上一封信？

我想著高普尼克先生的工作，嘆了口氣，關上了電腦。

第三天，我在沙發上醒過來，發現莉莉不見了。我的心臟立刻狂跳，然後我發現窗戶開著，我沿著防火梯往上爬，看到她坐在屋頂上，往外眺望著這座城市。她穿著我洗好的睡褲，和威爾的大毛衣。

「嘿！」我跨進屋頂走過去找她。

「冰箱裡有食物了。」她注意到。

「來自救護車山姆。」

「妳替所有盆栽澆水了。」

「那也都是他弄的。」

她點點頭，好像不意外。我坐在長椅上，靜靜地陪著對方一會兒，嗅著薰衣草的香氣，紫色的花朵從緊緻的綠色花苞裡綻放了出來。這個小小空中花園的每一株生命都在繽紛怒放。花瓣和颯颯私語的葉子替原本灰撲撲的柏油地帶來了色彩、動感和馨香。

「對不起，我佔用了妳的床。」

「妳比較需要。」

「妳把衣服都掛起來了。」她盤坐著腿，把頭髮塞到耳後。她看起來還是很蒼白。「比較好看的。」

「嗯，我猜妳讓我想清楚了，我不應該繼續把這些衣服藏在箱子裡。」

她朝旁邊看了一眼，然後露出淺淺的、哀傷的微笑，不知怎地反倒讓我覺得比沒有笑容的時候更悲傷。燠熱的空氣保證今天一定很熾熱，街道的喧囂聽起來像是被太陽溫度給矇住了。妳可以感覺到熱氣已經鑽進窗戶、滲透到空氣裡。我們下方，垃圾車慢慢地靠近人行道，像定音鼓一樣發出嗶嗶聲，夾雜著人聲。

「莉莉，」我小聲地說，好像聲音散逸到了遠方。「怎麼了？」我儘量聽起來不像是在質問她。「我知道我不應該過問太多，我也不是妳真正的家人什麼的，但我看得出來事情不太對勁，我覺得……我覺得……嗯，我覺得我們也算有點淵源，我只希望妳信任我，我希望妳覺得妳可以告訴我。」

她的眼神一直停在手上。

「我不會因此評斷妳，不會把妳說的話報告給任何人。我只是……嗯，妳要知道，如果妳把真相說出來，一切都會好轉。我保證，每件事都會好起來。」

「誰說的？」

「我。莉莉，沒什麼是妳不能告訴我的。真的。」

她看了我一眼，又轉過頭。「妳不會懂的。」她輕輕地說。

我當下就明白了，我知道了。

我們下方的城市變得異常安靜，又或許是我再也聽不到一旁的雜音了。「我來跟妳講我的往事，」我說，「全世界只有一個人知道這件事，因為我這麼多年來都沒辦法對任何人說起。告訴他之後，我的想法還有我對自己的看法都改變了。所以，這樣吧——妳什麼都不必告訴我，但我信任妳，所以我會告訴妳我的事，我只希望能幫上妳。」

我停了一下，莉莉沒抗議、沒翻白眼，沒說這一定很無聊。她的手臂環抱著膝蓋聽我說話。她聽著我說起那個年輕女孩在熱情的盛夏夜晚，在一個她以為很安全的地方過度狂歡了一些，她以為女生朋友都在身邊，還有幾個看起來很不錯的男生，好像家教不錯，也守規矩，她以為這個夜晚很有趣、迷亂、狂野，但幾杯酒以後，她才發現幾乎所有女生都離開了，笑聲愈來愈大，那些笑話其實都是在開她玩笑。我沒描述太多細節，但我讓她知道那個晚上如何結束：她妹妹安靜地扶她回家、她弄丟了鞋子、身體的某些祕密部位淤血了，她那幾個小時的記憶都變成黑洞；唯一的記憶既閃爍又黑暗，每天出現在她腦中，提醒自己有多蠢，一切都是活該。接下來的那幾年，她任由這個想法主宰她做的事、去的地方、判斷她能做什麼？有時候，其實只需要有個人清楚地說：不，這不是妳的錯。這真的不是妳的錯。

我說完了，莉莉還看著我，從她的表情看不出她的反應。

「我不知道妳是怎麼了，莉莉，」我小心翼翼地說，「或許和我剛剛對妳說的事情完全無關。我只希望妳曉得，沒有哪件事情糟到妳不能對我說。妳不管做什麼，我絕對不會再關上門。」

她還是不說話。我看著屋頂天臺，刻意不看向她。

「妳知道嗎，妳爸對我說了一句我永遠不會忘的話：『妳可以選擇不讓那晚侷限了妳。』」

「我爸。」她抬起了下顎。

我點點頭。「不管發生了什麼事，就算妳不想告訴我，妳也要知道他說的沒錯。這幾個禮拜或這幾個月所發生的事情，妳不必因此被侷限。即使我對妳的認識不深，我也知道妳很開朗、有趣、善良、聰明，如果妳過得了這一關，妳可有大好的將來。」

「妳又知道了？」

「因為妳很像他，妳正穿著他的毛衣。」我溫柔地說。

她的臉龐靠向手臂，讓臉頰貼著柔軟的羊毛，思考著。

我在長椅上往後一坐，不曉得我提起威爾是不是太逼迫她了？

不過莉莉吸了一口氣，以難得平淡的口氣，小聲地告訴我她這幾天去了哪裡。她提起那個男孩子，提起那個男人，夢魘般的手機照片，還有她這幾天都躲在霓虹街道的陰影裡。她說到一半開始哭，整個人縮成一團，皺著臉像個五歲小孩，我挪過去一點，讓她更靠近我；她繼續說著，我撫著她的頭髮。她的話都夾雜在一起，太快、太多。她又抽抽噎噎，講得斷斷續續。等她說起最後一天，她已經躲在我懷中，縮在毛衣裡，被自己的恐懼、悲傷、罪惡感給吞沒。

「對不起，」她啜泣著，「我真的很抱歉。」

「沒什麼好道歉，」我堅定地對她說，「妳不必為任何事道歉。」

那天晚上山姆來了。他心情很好，面對莉莉的時候很自在親切，莉莉說她不想出門，山姆就替我們煮了奶油培根蘑菇義大利麵。我們一起看了一部喜劇電影，劇中的家庭在叢林裡迷了路，和我們自己的家庭真是意外地相似。我微笑的、大笑著，然後煮了些茶，但其實心裡藏著怒氣不敢透露。

等莉莉一上床，我就要山姆一起爬上防火梯到頂樓，在確定沒有人聽得到以後，他一在熟鐵長椅坐下來，我就把莉莉幾個小時前在同樣位置對我說的話重述給他聽。「她以為這件事會糾纏她一輩子。山姆，手機還在那人手上。」

我不確定我這輩子有沒有這麼憤怒過。整個晚上，電視在我面前聒噪著，而我用一種全新的眼光回顧著前幾週：那男孩子在樓下徘徊、莉莉以為我會看她手機就立刻把手機藏在抱枕下面、有時候她一收到簡訊就面露懼色。我想起她吞吞吐吐地說她以為有人出面拯救她的時候她真的鬆了一口氣，但後面又發生了更可怕的事。我覺得這人真的傲慢得可惡，看到受難的女孩竟然當做是一種機會。

山姆要我坐下，但我無法冷靜。我在頂樓天臺來回踱步，握緊拳頭，頸子僵硬；我好想把東西扔下去，我想找出那個嘉賽德。山姆過來站在我後面，揉揉我的肩膀。我猜想這是他讓我冷靜下來的方法。

「我真想殺了他。」

「這可以安排。」

我轉過身去面對山姆，看他是不是在開玩笑，當我發現他在開玩笑的時候不禁感到很失望。

頂樓開始有點涼了，夜晚微風凝滯，我希望我帶了一件外套上來。「或許我們應該去找警察，這是勒索，對不對？」

「他會否認，他要藏一支手機太容易了。如果她媽媽說沒有人會相信莉莉是真的，更何況他可是所謂中流砥柱。這些人就是這樣把事情壓下來。」

「那我們要怎麼從他那裡拿回手機？她只要知道他還握有把柄，就一定沒辦法跨過這關。」我渾身發抖，山姆脫下外套披在我的肩上，衣服上還留著他的體溫，我心裡很感激但我儘量不表現出來。

「我們不能去他辦公室堵他，要不然她爸媽就會知道了。我們可以寄電子郵件給他嗎？跟他說他得把手機寄回來，不然呢？」

「他連個噴嚏也不會打，他或許不會回信——那就變成證據了。」

「哦，那沒希望了。」我長長地哀號了一聲。「或許她得學著接受這件事，或許我們可以說服她，他和她一樣也想忘掉之前發生的事情。因為確實是這樣，對吧？或許他自己就會把手機給處理掉了。」

「妳覺得她聽得進去嗎？」

「不會。」我揉揉雙眼。「我沒辦法接受，我沒辦法接受他就這樣沒事了。那個變態、骯髒、耍心機、開轎車的王八蛋……」我站起來看著下方的城市，一時之間好絕望。我可以看得到未來：莉莉防備心很重又很狂野，她努力地想擺脫過去的陰影。那支手機是她行為的關鍵，她未來的鑰匙。

用力想，我對自己說，想想看威爾會怎麼做。他不會讓這男人得逞。我得和他一樣想出策略。我看著家門前緩慢的車流，心想著嘉賽德的黑色轎車悠遊在蘇活區的街道上。我想像著這個男人一輩子都這麼安逸、不動聲色，他很有把握一切都會按照他的意思進行。

「山姆，」我說，「有沒有讓人停止心跳的藥？」

他讓這句話停留在空氣中。「拜託告訴我妳是在開玩笑。」

「不，聽我說，我有個點子。」

她一開始的時候什麼都沒說。「妳會很安全的，」我說，「這樣一來不會有任何人知道。」我最感動的就是她沒問什麼問題，其實自從我把計劃告訴山姆之後，我就一直問自己這個問題：妳怎麼知道這會成功？

「我全部都打點好了，小甜心。」山姆說。

「但其他人都不曉得——」

「任何事情。只會知道他騷擾妳。」

「你不會惹上麻煩嗎？」

「別擔心我。」

她捲起袖子，喃喃地說，「妳不會留我和他獨處，完全不會。」

「一分鐘也不會。」

她咬著下唇，然後看著山姆，再看著我。她心定了一點。「好，我們就這麼做吧。」

我買了一支便宜手機，搭預付卡，打電話到莉莉繼父的辦公室，然後假裝我們要和嘉賽德喝咖啡，從嘉賽德的祕書那裡要到了他的手機號碼。那個晚上我在等山姆前來的時候，傳了一則簡訊給嘉賽德。

嘉賽德先生，很抱歉我打了你，我只是嚇壞了。我希望能解決這件事。莉莉他半小時後才回覆，或許是為了讓她緊張。

我為什麼要和妳說話，莉莉？我這麼幫妳，妳卻如此粗魯失禮。

「混蛋。」山姆咕噥著。

我知道。對不起，但我真的需要你的幫助。

這不是一條單行道，莉莉。

我知道，我只是被嚇到了。我需要時間想清楚。我們見面吧，你想要的，我會給你，但你得先把手機還我。

莉莉，我覺得妳沒資格開條件啊。

山姆看著我。我回望著他，然後開始打字。

就算……我真的是個壞女孩也不行嗎？

過了許久。

現在妳讓我感興趣了。

山姆和我互看了一眼。「我剛剛差點吐了。」我說。

那明天晚上，我打著字，我等朋友出門以後會傳地址給你。

等我們確定他不會回訊以後，山姆把手機放入口袋裡，這樣莉莉就看不到，然後抱了我好久。

隔天，我幾乎緊張到要吐了，莉莉更慘。我們早餐根本吃不下，我讓莉莉在家裡抽菸，自己也好想點一支。我們看了一部電影，心不在焉地做了點家事，到了晚上七點三十分，山姆來了以後，我的頭疼到根本無法說話。

「你把地址傳給他了嗎？」我問他。

「傳了。」

「給我看。」

那則訊息只有我的地址和莉莉的名字。

他回覆了：我在市區開會，八點多過去。

「妳還好嗎？」他說。

我的胃發疼，我覺得我好像無法呼吸。「我不想害你惹上麻煩。我是說——如果你被發現了怎麼辦？你會丟了這份工作。」

山姆搖搖頭。「不會。」

「我不該讓你淌這渾水的。你那麼聰明，我卻一直給你添麻煩。」

「我們沒事的，繼續呼吸。」他對我微笑，要我放心，但我想我看到他眼中閃過的一絲壓力。

他望向我肩膀後方，我轉過身。莉莉穿著黑色上衣、牛仔短裙和黑色絲襪，她化了妝，看起來嬌豔又青春。「親愛的，妳沒事吧？」

大。

她點點頭。她的肌膚通常和威爾一樣呈橄欖棕色，這時卻異常蒼白。她的眼睛看起來特別

「一定會很順利，我想不會超過五分鐘。小露會一直在這裡陪妳，對吧？」山姆的聲音很冷靜，讓人很放心。

我們已經演練了數十遍。我希望她熟練到不會傻住，讓她可以不假思索就說出臺詞。

「我知道我在幹嘛。」

「好，」他合掌，「七點四十五分了，我們來準備吧。」

他很守時，我得老實說。八點零一分，我的門鈴就響了。莉莉吸了一口氣，連我都聽得見，我捏捏她的手，然後她靠近對講機。對。對，她走了，上來吧。他完全沒料到她可能和他想的不一樣。

莉莉讓他進來。只不過我從臥室門縫裡可以看得出來她去開門的時候手在發抖。嘉賽德撥撥頭髮，朝玄關很快地看了一眼。他穿著上好的灰色西裝，把車鑰匙放進胸前的內側口袋裡。我的目光離不開他；他昂貴的襯衫、綠豆般的小眼睛，而他掃視著我的公寓。我繃緊了下顎，哪種男人覺得自己可以壓在比自己小四十歲的年輕女孩身上？勒索自己同事的小孩？

他看起來不太自在，一點也不放鬆。「我把我的車停在後面，安全嗎？」

「應該吧。」莉莉嘶嘶口水。

「應該吧？」他往門口退了一步。這種男人把車當成渺小自尊的延伸。「那妳朋友呢？這地方的主人。他們不會回來嗎？」

我屏住呼吸。在我身後，我感覺到山姆的手扶著我的後腰。

「哦，不會，沒關係的。」她笑了起來，突然有了自信。「她好一陣子都不會回來。進來吧，嘉賽德先生，你要不要喝點什麼？」

他看著她，好像第一次見到她一樣。「很拘謹。」他往前一步，關上了門。「妳有威士忌嗎？」

「我去看看，先進來嘛。」

她朝廚房走去，他跟在後面，脫下西裝外套。他們走進客廳時，山姆從我身後走出了臥室，穿著沉重的靴子大步走過玄關，鎖上公寓的門，把叮叮噹噹的鑰匙放進口袋裡。

嘉賽德驚駭不已，轉過身就見到他，現在還多了唐娜。他們穿著制服站在那裡，靠近門口。他看著他們，又看著莉莉，顯得有點退縮，不確定現在是什麼情形。

「嘉賽德先生，你好啊，」我從門後走出來，「我相信你有個東西要還給我朋友。」

他真的冒出一顆汗珠。在那之前，我不曉得人真的會緊張地冒汗。他的目光射向莉莉，但我一走出去，她就靠了過來，所以現在她躲在我後面。

山姆往前一步。嘉賽德先生的頭才到他的肩膀。「手機，謝謝。」

「你不能威脅我。」

「我們沒有要威脅你。」我的心臟跳個不停。「我們只是要那支手機。」

「你們擋住我的出路就是在威脅我。」

「哦，不，這位先生，」山姆說，「其實威脅你的意思是，如果由我和我同事來選的話，我們會把你壓在地上，替你注射生脈散，這樣讓你的心跳慢下來，最後停止跳動，那才算是威脅。尤其沒有人會質疑醫護人員的話，我們傾全力相救，但還是回天乏術。生脈散是少數進到血管以後就檢查不出來的藥品。」

唐娜雙臂交叉在胸前，難過地搖搖頭。「真可惜，中年商務人士就像螻蟻。」

「什麼健康問題都有，喝太多、吃太好，又不常運動。」

「我相信這位先生不是那樣。」

「妳希望不是，但誰曉得？」

嘉賽德先生好像一時之間矮了幾十公分。

「別想威脅莉莉了，嘉賽德先生，我們知道你住哪裡。所有的醫護人員有需要的話都可以查到這些資料，絕對不要得罪醫護人員哪！」

「這太過分了。」他動怒咆哮，臉上毫無血色。

「沒錯，太過分了。」我伸出手。「手機，謝謝。」

嘉賽德環顧四周，然後終於伸手到口袋裡拿出手機交給我。

我扔給莉莉。「檢查一下，莉莉。」

我顧慮到她的感受，在她檢查手機的時候別過頭。「刪掉。」我說。

「已經刪了。」當我回過頭，她持著手機，螢幕一片空白。她微微點頭，山姆示意要她把手機扔過去。他任手機墜落在地上，右腳用力跺著，塑膠殼都碎了。他用力到地板都在震動。我發覺每次山姆的靴子踏下去，我和嘉賽德都不禁一縮。

最後，山姆彎下腰，謹慎地撿起滑到暖氣下方的門號卡，檢查了一下，舉到老頭面前。「你沒有另外存檔吧？」

嘉賽德搖搖頭，汗水讓他領子的顏色都變深了。

「這當然是唯一的檔案了，」唐娜說，「一個盡責的好公民可不希望冒著風險讓這東西散佈到四處，對吧？你想想如果嘉賽德先生的家人發現了他骯髒的小祕密會怎麼說呢？」

嘉賽的的嘴唇抿成一條細線。「你們已經得到想要的了，現在讓我走吧。」

「不，我要說點話。」我發覺自己為了壓抑怒氣，聲音其實微微發顫。「你這個無恥變態的小人，如果我——」

嘉賽德輕蔑地勾起嘴角，這種男人絕對沒料到自己會被女人威脅。「噢，閉嘴，妳這可笑的小——」

山姆的眼中閃爍了一下，他大步邁向前，我伸出手臂阻擋他，卻不記得自己另外一隻手已經揮拳出去，我只記得指節砸向嘉賽德的臉時傳來的痛楚。他踉蹌地往後跌了一步，上半身撞到門，我左搖右晃，沒料到有後座力。當他站直的時候，我很驚訝看到鮮血從他鼻孔流出來。

「讓我出去，」他遮著臉嘶吼，「馬上。」

山姆對我眨眨眼睛，然後開了門。唐娜往旁邊一站，讓他過去。她身體前傾靠近他說，「你確定離開前不整理一下儀容嗎？」

嘉賽德離開的時候保持著步伐穩定，但是當門一關上，我們就聽到他昂貴的皮鞋在走廊上奔馳。我們安靜地站著直到他的腳步聲消失為止，然後，大家同時吐了一口氣。

「那一拳揮得好，泰森，」山姆一分鐘後說，「讓我檢查一下妳的手？」

我說不出話，彎下腰，小聲地在胸口罵髒話。

「總是沒想到揍人會這麼痛，對吧？」唐娜拍拍我的背。「不要有壓力，親愛的。」她對莉莉說，「不管那人對妳說了什麼，那老頭什麼屁都不是，他滾了。」

「他不會回來了。」山姆說。

唐娜大笑。「他去吃屎吧。我覺得從今以後他看到妳就會閃得遠遠的。親愛的，忘了這件事吧。」她輕輕地抱了莉莉一下，就像妳會對從單車上摔下來的人抱一下那樣，然後她把碎裂的手機交給我丟掉。「好了，我答應我爸上班前去看他。晚點見囉。」然後揮揮手就離開了，走廊上傳來她雀躍的腳步聲。

山姆翻著他的急救包，要包紮我的手。莉莉和我走進客廳，她跌坐在沙發上。「妳做得很好。」我對她說。

「妳也很有本事。」

我看著流血的指節。當我抬起頭，她嘴角輕輕地勾出一道笑容。「他完全沒料到。」

「我也沒有，我從來沒打過人。」我正色說。「妳知道，妳不可以學我。」

「我永遠不會拿妳當任何榜樣，小露。」她調皮地笑了，儘管有點不情願。

山姆這時拿著消毒繃帶和剪刀走進來。

「莉莉，妳還好嗎？」他揚起眉毛。

她點點頭。

「好，那我們來討論比較有趣的事情吧。誰想吃奶油培根義大利麵？」

當她離開房間以後，他慢慢舒了一口氣，然後看著天花板一會兒，好像是在讓自己穩定下來。

「怎麼了？」我說。

「感謝老天是妳先揍他，我怕我動手會要了他的命。」

過了一陣子，等莉莉上床以後，我到廚房陪山姆。那是連續好幾週以來我第一次覺得這個家很平靜。「她已經開心多了。我是說。她雖然在嫌棄新的牙膏，然後把浴巾扔在地上，但以莉莉的方式來說，她現在好多了。」

他點點頭，把碗都洗好了。有他在我的廚房裡真好。我看著他一分鐘，心想著走過去環住他的腰會是什麼感覺。「謝謝你，」我沒那麼做，「所做的一切。」

他轉身，拿毛巾擦乾手。「妳也挺聰明的嘛，小拳師。」他伸出手拉我入懷。我們相吻。他的吻好可口，他這麼堅硬雄壯，吻卻如此柔軟甜膩。我沉醉了一會兒，可是——

「怎麼了？」他往後一退。「哪裡不對勁？」

「我這樣講你一定會覺得很怪。」

「呃，比今晚還怪？」

「我一直在想生脈散的事情。要多少劑量才會殺死一個人？那種東西你常常攜帶嗎？這實在……聽起來……太危險了。」

「妳根本不必擔心。」他說。

「你是這樣說的啊，但如果有人真的很討厭你怎麼辦？他們會不會加進你的食物裡？恐怖分子拿到怎麼辦？我是說，他們會需要多少量？」

「小露，沒有這種藥。」

「什麼？」

「我編的，沒有生脈散這種東西，是我發明的。」他咧嘴看著我驚訝的臉。「好笑的是，我覺得其他藥都沒生脈散來得有效。」

22

今天的「繼續向前」團體輔導，我是最後一個到的。我的車子沒辦法發動，我得等公車。我到的時候他們剛關上餅乾桶，表示今天的課程才正要開始。

「我們今天要談我們對未來有沒有信心，」馬克說。我低聲和大家道歉，然後坐下來。「噢，還有今天只有一小時，因為童軍總會臨時有會議，對大家真不好意思。」

馬克用他那個招牌同理心眼波看著我們每一個人。他很愛用同理心眼波，有時候他實在盯著我看太久了，我都懷疑是不是有東西從我鼻孔跑出來。他低著頭，好像在整理思緒——又或者只是拿著先寫好的稿子唸開場白。

「當我們頓時失去最深愛的人，我們常常覺得很難做計劃。有時候人們會覺得自己對未來失去了信心，或可能因此變得迷信。」

「我以為我會死掉。」娜塔莎說。

「妳是會死掉啊。」威廉說。

「威廉，你這樣是在幫倒忙。」馬克說。

「不，說實在的，歐勒夫死後的那一年半，我以為我得癌症了。我記得我很確定我得了癌症，還去醫院十幾趟。腦瘤、胰臟癌、子宮癌、甚至小指癌。」

「沒有小指癌這種東西。」威廉說。

「哦，你又曉得了？」娜塔莎厲聲道，「威廉，你什麼都知道，但有時候真的應該閉嘴，行嗎？每次團體輔導只要有人發言，你就一直接一些酸溜溜的話實在很煩。我的家庭醫生讓我做了各種檢查，最後發現我沒有罹癌；或許是我無來由的恐懼，對，但你不必一直潑我冷水，因為，不管你以為自己多聰明，你並不是什麼都懂，可以嗎？」

大夥兒安靜了一下。

「其實，」威廉說，「我在腫瘤科工作。」

「那也一樣，」她在一毫秒之後接著說，「你根本讓人忍無可忍，你就是專門惹毛別人，讓人不爽。」

「那倒是真的。」威廉說。

娜塔莎盯著地板，又或許我們都全盯著地板，很難講，因為我認真地在研究地板。她把臉埋進手掌中，然後抬頭看著他。「威廉，你不是這樣的人，我很抱歉。我想我只是今天特別不順，我不是故意要對你發飆的。」

「不過，還是沒有小指癌這種東西。」威廉說。

「那……」馬克開了口，我們全都假裝沒聽到娜塔莎小聲地不停罵髒話，「……不知道你們有沒有辦法思考五年以後的生活會是什麼樣？你覺得自己會在哪裡？你覺得自己會在做什麼？你們現在有辦法想像未來嗎？」

「如果我的老心臟還願意繼續跳我就很高興了。」佛瑞德說。

「網路性愛讓心臟負荷不了了嗎？」桑尼爾說。

「說到這個！」佛瑞德大聲了起來，「根本就是浪費錢。第一個網站，我花了兩個禮拜寄電子郵件給一個住在里斯本的女人——根本是幌子——我最後建議我們見個面，先老套地從瞭解對方家庭背景開始，結果她竟然想推銷我一間佛羅里達的公寓。有個叫做巴夫·安東尼斯的男人私訊我要我小心一點，說她其實是波多黎各人，叫做拉美妮絲。」

「佛瑞德，那其他網站呢？」

「唯一一個願意見面的女人看起來像我姨婆艾希，她總是把鑰匙藏在球鞋裡。我是說，她很和藹什麼的，但那個熟女實在老到我都看不下去了。」

「別放棄，佛瑞德。」馬克說。「可能只是你找錯了地方。」

「找鑰匙嗎？噢，不，我鑰匙就掛在門邊。」

達芙妮決定過幾年就退休到國外去——「這裡太冷了，讓我關節不舒服。」

黎安說她希望能完成博士學位，我們刻意不做任何反應，就是你想故做淡定的那種表情，因為沒人想承認我們都以為她在超市或屠宰場工作。威廉說，「哇，真看不出來。」沒人笑，當他發現沒人接他的梗，他就往後倒，貼著椅背，或許只有我聽到娜塔莎低聲地哈哈兩下，就像辛普森家庭裡的小屁孩尼爾森。

剛開始，桑尼爾不願意說話，後來他才說他想過，他認為五年之內他應該會結婚。「我覺得過去這兩年我都封閉了自己，好像我因為過去發生的事，不再願意讓任何人接近我，我的意思是，讓人接近你，但是你又遲早會失去他們，這有什麼意義呢？但有一天，我開始想著，我在這段生命中到底想要什麼？我發現我想要有個人愛。畢竟，你總得往前進，對吧？你總是得替未來著想。」

這是自從我來參加團體輔導以後聽桑尼爾講最多話的一次。

「這很正面，桑尼爾。」馬克說，「謝謝你分享。」

我聽著傑克說他要去上大學，想當一名動畫師，然後心不在焉地說不曉得他爸到時候會在哪裡？是不是還在為了亡妻啜泣？還是開心地擁著他的新妻子？我猜是後者。然後我想到了山姆，不知道我不假思索就想到了感情是否明智。然後我又納悶著如果我們現在不是在談感情，那我們算什麼？我愈是想弄清楚，就發現如果他問起的話，我也不確定我們的關係算是哪一類？我不禁懷疑，這麼認真地尋找莉莉是不是像一種廉價的膠水，在短時間之內就把我們黏在一起。我們到底除了墜樓之外還有什麼共通點？

兩天前我到救護站去等山姆，唐娜站在她的車子旁邊陪我聊了幾分鐘，山姆在收拾他的東西。「不要耍他。」

我轉過頭，不確定我有沒有聽錯。

她看著救護車開進來，醫護人員趕緊卸下傷患，然後揉揉鼻子。「他不賴，是個不錯的男人，而且他真的很喜歡妳。」

我不知道要說什麼。

「是真的，他開口閉口都是妳，他不會聊起其他人。別告訴他我講了這些，我只是……他不賴，我只想讓妳知道。」她揚起眉毛看著我，然後點點頭，好像自己在確認什麼。

「我現在才發現，妳沒穿妖精裝。」達芙妮說。

大家低聲認同。

「升遷了嗎？」

我從思緒中被拉回來。「哦，不是，我被開除了。」

「那妳現在在哪裡工作？」

「沒工作，還沒。」

「那妳的衣服……」

我穿著白領黑色小洋裝。「哦，這個，這是我自己的洋裝。」

「我以為妳在祕書主題酒吧工作，或女傭主題。」

「佛瑞德，你夠了沒有？」

「妳不懂啦，在我這個年紀，梗不用就沒了。我搞不好只剩下二十個好笑的梗可以發揮。」

「我們有些人一輩子也沒有二十個梗。」

我們不說話，讓佛瑞德和達芙妮笑個夠。

「那妳的未來呢？聽起來好像有很多變化。」馬克說。

「嗯……其實我錄取了另一份工作。」

「真的啊？」一串掌聲渲染開來，讓我臉紅了。

「喔，但我不會接下那份工作，可是沒關係，我覺得光是有人願意雇用，我就已經往前進了。」

威廉說：「什麼樣的工作。」

「只是紐約的差事。」

他們全都睜大眼睛看著我。

「有人要妳去紐約工作？」

「對。」

「有薪水？」

「還包括住宿。」我靜靜地說。

「妳還不必穿著閃亮亮的綠色妖精服？」

「我壓根兒沒想過服裝是個出國工作的好理由。」我大笑，沒人笑出來。「哦，拜託。」我說。

大家還是睜大眼睛瞪著我。黎安的嘴真的闔不起來，

「美國紐約那個紐約？」

「你們不知道來龍去脈，我現在不能去，我要處理莉莉的事。」

「妳上一個雇主的女兒。」傑克皺著眉頭看我。

「嗯，他不只是我的雇主，但沒錯。」

「露薏莎，她難道沒有自己的家人嗎？」達芙妮身體往前傾。

「這很難解釋。」

他們面面相覷。馬克把筆記本放在大腿上。「露薏莎，妳覺得妳真的從這幾次輔導課程中學到了多少？」

我收到了紐約寄來的包裹：一疊文件。有工作簽證和健康保險的申請表，全都裝訂在一起，上頭有一張厚厚的奶油色錄取信函，李奧納多．高普尼克先生在上頭慎重地邀請我去為他的家人服務。我把自己鎖在浴室裡面慢慢讀，又讀了一次，把薪水從美金換算成英鎊，嘆了一口氣，然後答應自己絕對不會在谷歌地圖上搜尋這個地址。

我在谷歌地圖上搜尋這個地址後，忍住衝動不用胎兒的姿勢躺在地板上。我牙一咬，站起來沖馬桶（以免莉莉懷疑我在廁所裡做什麼），洗了手（這是習慣）就把整個包裹拿進房間，塞進床底下的抽屜，對自己說我不會再多看一眼。

那天晚上，她在午夜之前敲了我房門。

「我可以留在這裡嗎？我真的不想回去我媽那邊。」

「妳想待多久都可以。」

她躺在我床上縮成一小球。我看著她入睡，然後替她蓋上被子。

威爾的女兒需要我，就這麼簡單。不管我妹說了什麼，這是我欠他的。這樣一來我就不會覺得自己完全沒用，我還能為他做點什麼。

那個信封證明了有人願意給我一份好工作，這就是進步。我有朋友，甚至還有一個類似男友的伴，這也是一種進步。

納森打來我都沒接，我把他的語音留言都刪了，等過一兩天再向他解釋。如果這稱不上未來計劃，至少是我目前最接近計劃的作法。

我星期二回到家以後，山姆還在上班。他七點的時候傳簡訊來說他會遲到，八點十五分又傳了一則簡訊來說他不確定幾點能到？我一整天都有點無精打采，因為沒班可上，又很擔心沒收入，還和別人一起被困在公寓裡，那個人也一樣無處可去，我又不願意放她一個人。九點半門鈴響了。山姆在樓下大門口，還穿著制服。我替他開門，然後往外踏上走廊，關上門。他出現在樓梯口，朝我走過來，頭低低的，看起來很疲憊，還散發出一股很不尋常的不安的能量。

「我以為你不來了。怎麼了？你沒事吧？」

「我今天因為紀律問題被叫去管制處。」

「什麼？」

「我們和嘉賽德見面那天，另一個工作人員在妳家外面看到我的車，他們就跟管制處說。他們問我們為什麼會出現在這裡，明明系統上沒有這個通報地點，我說不出個好答案。」

「那怎麼辦？」

「我瞎掰說有人衝出來求救，結果是惡作劇，唐娜替我撐腰，謝天謝地。但他們還是不高興。」

「這，不會太嚴重吧？」

「上次那間醫院的護理師問莉莉怎麼認識我的，她說我曾經讓她從夜店搭便車回家。」

我的手立刻捂著嘴。「這是什麼意思？」

「協會在討論我的案子。如果他們覺得我有錯，我會被停職，或更糟的處置。」他的雙眉之間出現了一條深深的皺紋。

「都是為了我們，山姆，對不起。」

他搖搖頭。「她也不曉得。」

我準備往前一步抱住他，雙臂環著他，把我的臉貼在他臉上，但有個念頭阻止了我：威爾的身影突然不請自來——他別過臉不看我，鬱悶地讓我碰不著。我畏縮了，然後來不及了，我只伸出手碰碰山姆的胳臂。他低頭看了一眼，略蹙著眉，我那時有一種很挫敗的感覺，我覺得他知道我剛剛在想什麼。

「你隨時都可以放棄這份工作去養雞、去蓋房子啊。」我聽到自己的聲音，太刻意了。

「你有很多選擇！像你這樣的男人，做什麼都可以！」

他淺淺一笑，卻沒有牽動眼角，繼續盯著我的手。

我們尷尬地站在那裡。「我得走了，喔，」他拿出一個包裹，「有人把這個留在大門口，我怕被別人拿走了。」

「進來嘛，拜託，」我從他手上接過包裹，覺得自己讓他失望了，「讓我替你煮點難吃的東西，拜託嘛。」

「我得回家了。」

我還沒能多說什麼他就走下去了。

我從窗內看著他離開，步伐遲滯地走向他的重機，頓時又覺得烏雲罩頂。不要太靠近，然後我回想起馬克在上次團體輔導最後給的建議：妳要知道當妳的大腦很悲傷、很焦慮的時候，它只會對皮質醇有反應，妳會害怕和別人太靠近很正常。有時候我覺得我的頭左右兩側有兩個卡通人物在不斷爭執著。

莉莉在客廳看電視，這時轉過來問我，「是救護車山姆嗎？」

「對。」

她又繼續看電視，不過她注意到了這個包裹。「那是什麼？」

「喔，送到樓下的，收件人寫妳。」

她一臉狐疑地看著包裹，好像還是很擔心會有不愉快的驚喜。她撕開包裝後看到一本皮革相簿，封面上燙著：給莉莉（崔諾）。

她慢慢地翻開相簿，第一頁，在透明描圖紙的覆蓋下，是一張黑白的嬰兒照，下方有一行手寫字：

你爸爸出生的時候重四千一百克。他長得那麼大實在是讓我太難受了，醫生之前還說這嬰兒很小呢！他是個很難應付的嬰兒，讓我忙了好幾個月，可是當他笑的時候……哦，對街的老太太都會刻意過馬路來逗逗他的眉眼（當然了，他可不喜歡）。

我坐在她身邊。莉莉往前翻兩頁，看到了威爾穿著海軍藍的預校制服，戴了一頂小帽子，對相機張牙舞爪。下方的小字寫著：

威爾討厭極了學校的帽子，他甚至還把帽子藏在狗窩下面。新買了一頂他又「弄丟」在池塘裡。第三次，他爸爸威脅著再弄丟就不給他零用錢，後來他就開始販售足球卡。就連學校也不能逼他戴上帽子——我記得他十三歲前，還因此被停學一週。

莉莉撫著相片中他的臉。「我小的時候看起來像他。」

「嗯，」我說，「他是妳爸爸呀。」

她允許自己淺淺一笑，然後又翻到下一頁。「妳看，妳看這張。」這張照片裡，他直接對著相機微笑——我們第一次見面的時候，我就在他的臥室裡看過這張滑雪度假時拍下的照片。我凝視著他俊美的臉龐，那股熟悉的悲傷又回到我身邊。莉莉這時卻笑了出來。「妳看！你看這一張！」威爾打完橄欖球，滿臉都是泥，另一張則是扮成惡魔，準備衝刺跳向乾草堆。這頁很傻氣——威爾是個愛惡作劇、愛笑的人。我想起討論「過度美化」的那一週我沒去，後來馬克打了一張筆記給我：千萬別把往生者當成聖人，沒人可以在聖人的影子下行走。

我希望讓妳看看妳爸爸發生意外前的樣子。他充滿強烈的企圖心又很專業，沒錯，我也記得他跌坐在椅子上哈哈大笑的樣子，或是和狗一起跳舞，或和朋友打賭之後滿身傷痕地回到家。他還曾經把他妹妹的臉埋進一大碗雪莉酒奶油鬆糕裡（右邊那張照片）因為她說他一定不敢這麼做，我很想生他的氣，因為我花了很多時間才做好這道甜點，但妳真的沒辦法氣威爾氣太久。

沒錯，妳真的沒辦法。莉莉翻著其他照片，旁邊都有手寫註解。威爾在這個相簿裡復活了，而不是報紙上那兩行字標題的報導，也不是一則恭謹的訃聞或法律爭端新聞旁邊附帶的嚴肅照片；這是個活生生、立體的男人。我凝視著每一張照片，感覺到自己喉頭一緊，又慢慢鬆開。

一張卡片滑落地面。我撿起來，看著上面的兩行訊息。「她想來見妳。」

莉莉的目光離不開相簿。

「莉莉，妳覺得呢？妳想嗎？」

她過了一會兒才聽到我說的話。「我不太想，我是說，見面很好，可是……」

氣氛變了，她闔上相簿的皮革封面，整齊地放在沙發旁邊，又繼續看電視。幾分鐘以後，她不發一語地挪到我身旁，把頭靠在我肩上。

那個晚上，莉莉上床以後，我寄了一封電子郵件給納森。

對不起，我沒辦法接下這份工作。說來話長，但威爾的女兒現在和我住在一起，發生了很多事，我沒辦法留下她說走就走，我得做對的事。我會講辦法解釋……

我最後寫下：

謝謝你推薦我。

我發了另一封電子郵件給高普尼克先生，謝謝他錄取我，然後說因為情況不一樣了，我很抱歉但我沒辦法接下這份工作。我想寫多一點，但我的胃打了一個大結，好像把我指頭的力氣都吸乾了。

我等了一個小時，他們兩人都沒回信。當我走回空蕩蕩的客廳關燈時，相簿已經不見了。

23

「瞧瞧這是誰呀……不就是年度最佳員工？」

我把袋子放在櫃檯上，裡面有我的制服和假髮。「酢漿草和幸運草」在早餐時段就已經客滿了，一個胖嘟嘟的商務客，看起來大概四十幾歲，從他有氣無力的樣子就可以猜出他打清早就開始了一場硬仗，他困倦無神地抬頭看我，肥胖的雙手捧著眼鏡。薇拉在另一頭，氣呼呼地在餐桌之間周旋，用力地在顧客雙腳之間拖地，好像在獵殺老鼠。

我穿著男生款藍襯衫——我認為，只要穿著男性服飾就比較容易有信心——而且我隱約察覺到我的襯衫和理查的上衣好像幾乎同色。「理查——我想和你談談上週的事。」

在我們身邊，這座機場滿了一半，都是要出門度假的旅客，穿西裝的人比平常少，倒是有一波又一波愛哭的小孩。櫃檯後方有個新横幅寫著「讓自己度個假，給自己一個好的開始！咖啡、法式牛角麵包和一段異國戀曲！」理查在吧臺後面俐落地走來走去，把剛倒好的咖啡和塑膠包裝的堅果麥片棒放到托盤上，眉頭靠在一起，很專心地樣子。「省省吧。制服洗乾淨了嗎？」

他伸手過來拿走塑膠袋，取出綠色洋裝，在日光燈管下仔細地檢查了一番，表情一直很苦悶，好像決心要找到裂痕或汙漬。我還有點期待他拿起來聞。

「當然洗乾淨了。」

「必須是可以給新員工穿戴的潔淨程度。」

「昨天洗好的。」我強勢地說。

我忽然注意到酒吧內播著新的風笛音樂，比較少豎琴的弦樂，長笛多了一些。

「好。我們後面還有一些文件得給妳簽。我去拿過來，妳可以在這裡簽，這樣就行了。」

「或許我們可以選個比較……隱密的地方？」

理查沒看我。「恐怕我們太忙了，我還有好幾百件事情要做，而且我今天還少一個人手。」他刻意忙碌地經過我身邊，大聲數著櫃子上還掛著幾包洋芋片。「六……七……薇拉，妳可不可以過來服務這位先生，麻煩妳？」

「好，嗯，這就是我想和你談的事情。我在想你有沒有辦法——」

「八……九……那頂假髮。」

「什麼？」

「那頂假髮呢？」

「哦，在這。」我伸手到袋子裡拿出來。我把假髮放進專用袋前還刻意梳了一下。這頂假髮像是在公路旁被棄屍的金髮妞坐在袋子裡，等著讓下一個人頭皮發癢。

「洗過了嗎？」

「洗假髮？」

「對，如果妳沒洗就讓其他人戴很不衛生。」

「這假髮是用廉價合成纖維做的，比芭比娃娃的還便宜。我覺得放進洗衣機裡面一定會散掉。」

「如果沒辦法給新員工配戴，我就必須請妳照價賠償。」

我瞪著他。「你要我賠假髮？」

他舉起假髮，塞回袋子裡。「二十八鎊四十分。當然，我會給妳收據。」

「哦，我的天。你真的要我付假髮的錢？」

我笑了出來，就站在擁擠的機場中間，當飛機起飛時，我想著我為這個男人工作後到底把自己的生活搞成什麼樣子了？我從口袋裡拿出皮夾。「行。」我說。「二十八鎊四十分是吧？告訴你，三十鎊不必找，把你的行政開銷算進去。」

「妳用不著——」

我點完鈔票後用力地當著他的面砸在吧臺上。「理查，你知道嗎？我喜歡工作。如果你花五分鐘的時間把眼光放在那該死的業績目標之外，你就會發現其實我也是很想把事情做好的人。我上班很認真、我穿著你們那可怕的制服，搞到頭髮都是靜電，走在路上連小孩都瞧不起我。你要求的我都照做，包括清潔男廁所，我很確定合約裡沒有這一項，而且根據勞基法規定，你要我去清潔的話應該至少要提供我一套生化防護裝。你對每個走進這道門的新員工都那麼機車，結果找不到新酒保，那時我也願意多上一點班。烤花生的味道明明像是有人放屁，我還是願意推薦給顧客。

但我不是機器人。我是人、我有生活，有那麼一陣子，我有一些責任要扛，那表示我沒辦法變成你心目中或我心目中的最理想員工。我今天來原本是希望可以請你再給我一次機會，老實說，我是來拜託你的，我還是有責任要承擔，我想要工作、我需要一份工作。但我剛剛才發現我不想要了，我寧願去當免錢的義工也不要在這可悲可恥、踐踏靈魂的風笛酒吧裡待上一天。我寧願免錢去幫別人掃廁所也不願意替你工作一天。

所以，理查，謝謝你。你其實替我做出我人生中第一個正面積極的決定。」我把皮夾塞回包包，把假髮扔給他，準備離開。「你可以把你的工作塞在你塞花生的地方。」我轉過身。「哦，還有你的髮型？擦那麼多髮膠然後每天梳那麼平？醜死了，你看起來就像玩具公仔。」

那個商務客站起來鼓掌，理查無法抑制地摸了摸頭髮。

我朝商務客看了一眼，又看著理查。「其實，最後一點當我沒說，那樣講太惡劣了。」

然後我就走了。

我在機場大廳昂首闊步，心臟仍然噗通噗通地跳個不停，這時聽到他的聲音。「露薏莎！露薏莎！」

理查在我身後半走半跑。我不打算理他，但我還是在香水專櫃前面停下了腳步。「怎樣？」我說。「我少還了一粒花生屑嗎？」

他停下步伐，微微喘著。他端詳著商店櫥窗幾秒鐘，好像有點猶豫，然後面對著我。「妳沒錯，好嗎？妳說的沒錯。」

我注視著他。

「『酢漿草與幸運草』是個恐怖的地方。我知道我不是最好相處的主管，但我可以告訴妳：我給了妳很多可惡的指令，那背後代表著總部給我十倍大的壓力，我的老二都要被捏爆了。我老婆恨我，因為我始終不在家；供應商恨我，因為我每個禮拜都在削他們的毛利，但那也是股東給我的壓力。我的區域經理說我們這分店的表現不夠好，如果我不想點辦法就要被調去北威爾斯渡輪站分店了，到時候我老婆一定會離開我，我也怪不得她。

我不喜歡管人。我的人際關係技巧和路燈差不多，所以我不會和人相處，薇拉之所以會留下來是因為她的臉皮和犀牛一樣，我懷疑其實她想要我的工作。所以說——我很抱歉，我其實很想繼續用妳，因為不管我之前說了什麼，妳一直做得很好，顧客也都喜歡妳。」

他嘆了一口氣，看著我們周邊熙來攘往的人群。「但露薏莎，妳知道嗎？妳應該把握機會出去走走。妳很漂亮、妳很聰明、妳很勤快——妳絕對可以做些更好的工作；如果我不是被根本還不起的房貸綁住，再加上我老婆快生了，而我們之前又買了一部讓我覺得自己好像老到一百二十歲的喜美車，相信我，我一定搶著比那些人更早搭上飛機。」他拿出一個薪資袋。「妳的休假獎金。走吧！說真的，露薏莎，快走。」

我低頭看著我手上的小小牛皮信封。我們身旁的旅客緩慢地移動著，在暢貨中心的櫥窗前停下腳步，有些人在翻找著消失的護照，顯然沒注意到這裡發生的事。我知道接下來要發生的事簡直太老套。

「理查？太謝謝你了，不過……我可以繼續工作嗎？就算只是一陣子？我真的很需要這份工作。」

理查看起來好像不相信我所說的話，然後嘆了一口氣。「如果妳可以做幾個月，那真是幫了我一個大忙，我現在忙得焦頭爛額。其實，如果妳現在上工，我就可以去批發商那邊拿新的杯墊。」

我們談判位置互換了，兩個挫折的人跳了一段短短的華爾茲。

「先讓我打電話回家。」我說

「哦，這個，」他說。我們看了對方一眼，這次眼神停留久一點，然後他把裝著制服的塑膠袋遞給我。「我想妳會需要。」

理查和我找到了合作的方式，他現在比較體恤我，只有當新來的清潔工諾亞沒出現的時候才要求我清潔男廁，他現在不會嫌我花太多時間陪顧客聊天（儘管他看起來很難受）。相對地，我則儘量準時上班、心情愉悅，大力推銷顧客各種餐點。我不知為何覺得對他的老二有責任在。

有天他把我拉到一旁說，雖然現在講這個有點太早，但總部說他們想提拔一名全職員工為副理，如果事情順利的話，他們願意提我的名字。（「我不能冒這個風險提拔薇拉，她為了奪取我的工作或許會在我的茶裡面加地板清潔劑。」）我謝謝他，儘量看起來比實際上更欣喜一點。

同時，莉莉請薩米爾給她一份工作，他說若她願意免費工作半天，就當做是試用期。我上午七點半給她一杯咖啡，確定她衣著整齊地準時離開家上八點的班。我那天傍晚回到家的時候，顯然她已經被錄取了，儘管時薪才二點七三英鎊，我發現這是法律規定的最低工資。她整天都在儲藏室裡面搬箱子，拿著古老的標價槍在易開罐上面貼標籤，薩米爾和他的堂弟則用平板看足球比賽。她又髒又累卻開心異常。「如果我撐得過一個月，他說他會考慮讓我站櫃檯。」

我換了班，所以我們星期四下午開車到莉莉爸媽的家，我在車上等，莉莉進去收拾了她的衣服，還有那幅康丁斯基的版畫，她之前掛保證說這幅放在我的公寓裡一定很好看。二十分鐘後她走了出來，看起來很氣憤、很難溝通。譚雅走到前廊，雙臂交疊，靜靜地看著莉莉打開後車廂把快要撐破的行李袋扔進去，再小心翼翼地把版畫放進去。然後她爬進前座，直勾勾地瞪著空蕩蕩的馬路。譚雅關上門，有那麼一絲絲可能，她在門後擦眼淚。

我把車鑰匙插下去。

「等我長大，」莉莉說，或許只有我能察覺到她的聲音微微發顫，「我絕對不要有任何一點像我媽。」

我等了一會兒才發動汽車，安靜地開回我的公寓。

要不要一起看電影？我今晚可以稍微脫離現實。

我覺得我不應該離開莉莉。

帶她過來？

最好不要，山姆，對不起（啾）

那天晚上我在防火梯上找到了莉莉，她一聽到我開窗就抬起頭，揮揮手上的菸。「我覺得一直在妳家抽菸太過分了，畢竟妳不抽。」

我把窗戶高度固定好，小心地爬出去，挨著她坐在金屬階梯上。我們下方的停車場在八月暑氣中冒著煙，熱柏油的味道在凝滯的空氣中往上飄。有一輛車掀開了引擎蓋，大聲地播音樂。金屬梯晒了一整個月的太陽，仍保留著下午的溫度。我往後坐，閉上雙眼。

「我以為會撥雲見日，」莉莉說。

我睜開雙眼。

「我以為如果彼得離開了，我的問題就解決了。我以為如果我可以找到我爸爸，我就會有歸屬感。現在彼得滾了、嘉賽德也滾了、我更瞭解我爸了，我還有妳。但這一切都和我期待的不一樣。」

我想叫她別傻，我想指出她在那麼短的時間內已經走了很遠：找到了第一份工作，還有美好的未來——標準大人會說的話，但這聽起來好迂腐、好敷衍。

馬路底端，酒吧後門外，一群上班族圍著一張金屬桌。等一下倫敦最潮的人和無家可歸的人就會擠爆這條馬路，他們會端著酒站在人行道上，在我的窗內也能聽到他們大呼小叫。「我懂妳的意思。」我說。「自從妳爸過世以後，我一直等著要恢復正常；我覺得我像活屍，我還繼續這份鳥工作、還繼續住在這間公寓裡——妳覺得永遠不會像家的地方。我差點摔死，但這次瀕死的經驗沒讓我增長智慧或對生命更加感激。我去團體輔導，那些人和我一樣困頓。我其實什麼都沒做。

莉莉忖度著。「妳幫了我。」

「我這些日子只能靠這件事情撐過來。」

「妳還交了個男朋友。」

「他不是我男朋友。」

「當然了，露薏莎。」

我們看著車流緩慢地行經倫敦。莉莉抽了最後一口，就把菸熄在金屬階梯上。

「這是我下一個任務。」我說。

她至少還看起來有點內疚。「我知道，我會戒，我保證。」

屋頂另一頭，太陽開始往下滑，橙色餘暉溶在倫敦傍晚鉛灰色的天空裡。

「妳知道，莉莉，或許有些事就是會多花點時間。不過，我想我們終究會走到目的地。」

她勾著我的手臂，頭倚在我肩上。我們看著太陽優雅地西沉，影子愈來愈長，我想著紐約的天際線，沒有人能真正自由。或許所有的自由——人身自由或行動自由——都需要犧牲其他事，或其他人。

太陽不見了，橘色天空轉成汽油般的藍色。當我們站起來，莉莉順順裙擺，檢視著手上的菸包。她霍地抽出剩下的菸，對折後灑到空中，菸絲和紙屑像乾燥花瓣一樣緩緩飄下。她驕傲地看著我，舉起手。「好了，我現在正式進入禁菸區了。」

「就這麼簡單。」

「要不然呢？妳說有些事就是會多花點時間。好，這是我的第一步。妳的呢？」

「哦，天啊，或許我會說服理查讓我不要再戴可怕的尼龍假髮了。」

「這是很棒的第一步，如果每次摸門把都不會被電到就太好了。」

她的笑容有傳染力。我從她手中接過菸包免得她又扔下停車場，然後往後一站讓她能爬回窗內。她停下腳步轉頭看我，好像她突然想到了什麼事。「妳知道，和別人相愛不代表妳對我爸的愛變少了。妳不必為了留住他而一直那麼悲傷。」

我睜大眼睛看著她。

「我只是突然想到。」她聳聳肩爬了回去。

我隔天起床的時候莉莉已經去工作了。她留了張紙條說她午休會帶麵包回來，家裡快沒了。我喝了點咖啡，吃了早餐換上運動服準備去走走（馬克：「運動對身體好，也對精神好！」），這時手機響了——是我不認識的門號。

「喂？」

我花了一分鐘才聽出來。「媽？」

「看窗外！」我走過客廳往外瞧，我媽在人行道上用力招手。

「什麼——妳在這裡做什麼？爸呢？」

「他在家。」

「爺爺沒事吧？」

「爺爺好得很。」

「但妳從沒自己來倫敦過。如果沒有老爸陪，妳連加油站以外的地方都不去。」

「這個嘛，我也該做點改變了，不是嗎？我可以上去嗎？我不想把新手機的通話餘額都講完了。」

我開門讓她進來，在客廳裡團團轉，把昨晚的髒碗盤端走，等她出現在門口的時候，我就站在那兒敞開雙臂，準備迎接她。

她穿著她喜歡的那件禦寒外套，包包斜揹在肩膀上（「這樣搶匪比較難下手」），頭髮在頸間弄了個溫柔的波浪。她露出溫暖的微笑，脣上仔細地用珊瑚粉脣膏勾勒出脣型，手上拿著家裡的舊地圖，大概是一九八三年買的。

「我不敢相信妳自己來了。」

「這不是很棒嗎？我其實覺得很興奮。我在地鐵上跟一個年輕人說這是我三十年來第一次搭地鐵沒牽著別人的手，結果他立刻換位子到另一排去，我笑到歇斯底里。妳可不可以煮點熱水？」她脫了外套坐下來，環顧四周。「嗯，現在嘛，這綠色……很特別。」

「莉莉選的。」我一時之間懷疑著她是不是在開我玩笑，我爸等一下就會從前門闖進來，笑我是個大笨蛋，竟然會相信喬絲一個人大老遠跑到這裡。我在她面前放了個馬克杯。「我不懂。妳怎麼沒和爸一起來？」

她啜了一口茶。「哦，真好喝。妳最會泡茶了。」她放下茶杯，拿了本輕裝書當杯墊。「這個嘛，我早上醒來想了想我要做哪些事——洗衣服、刷窗子、換爺爺的床單、買牙膏——然後我突然想著，不，我不能這麼做。我不能浪費一個晴朗的星期六做三十年來一直在做的事情。我得去冒險。」

「冒險。」

「所以我想，我們可以去看場表演。」

「表演。」

「對——表演。露薏莎，妳變成鸚鵡了嗎？那個賣保險的克森太太說萊斯特廣場那邊有個售票亭，如果劇院沒滿，當天的票就有打折。不知道妳要不要和我一起去？」

「翠娜呢？」

我媽擺擺手。「哦，她在忙，妳覺得怎麼樣？我們要不要去看看今天有沒有打折的票？」

「我跟莉莉說一聲。」

「去說吧，我把茶喝完，妳頭髮也得好好整理一下我們再出發。我有一日通，妳知道嗎？我今天在任何地鐵都可以隨意上下。」

我們買到了半價的《舞動人生》。不是這齣就是另一齣俄國悲劇，我媽說自從有人給她喝冷的甜菜根湯還假裝俄國人都是這樣喝湯之後她對俄國人就沒好感。

她整場表演都全神貫注、如癡如醉，中場休息時她推我一下低聲說，「露薏莎，我記得礦場罷工的真實事件，那些窮困的家庭真的很難過。柴契爾夫人啊，妳記得她嗎？哦，她真是個壞女人。不過她每次都拎著很好的包包。」劇中的小比利充滿企圖心地一躍衝天時，她默默地在我旁邊拭淚，拿出剛洗好的白色手帕摀著鼻子。

我看著那男孩的舞蹈教練威金森太太，她的企圖心從來沒讓她走出那個小鎮，我儘量不當做她在演出我的人生。我是個有工作還有個「類男友」的女人，週六下午坐在西區的劇場裡。我把這些事情當做我人生中的小小勝利，贏過了我不知名的對手。

我們走進午後陽光裡，有點輕飄飄的，又有點耗盡了情緒。「好了，」我媽把手提包緊緊地夾在腋下（有些習慣很難改）。「去飯店喝下午茶。來吧！我們今天要儘量把握。」

我們沒辦法去頂級飯店，但我們在乾草市場附近找到一間別緻的飯店，我媽覺得那裡的茶還行。她請服務生安排餐廳中間的餐桌，坐在那兒對每一位上門的顧客品頭論足，她觀察著他們的衣著，看他們像不像是「國外來的」，是不是笨到帶著幼兒一起喝茶，或他們的小狗其實看起來像老鼠。

「嘖，妳看看我們！」她時不時就驚呼一陣，然後又安靜了下來。「這樣不是很好嗎？」

我們點了英式早餐茶（媽：「那就是一般茶，取個時髦的名字，對嗎？沒添加那些奇怪的香味吧？」）還有下午茶精緻點心套餐，我們吃著去邊的迷你三明治和迷你鬆餅，其實都沒有我媽做的好吃，還有金箔蛋糕。我媽花了半小時回顧《舞動人生》，還說她覺得我們應該每個月看一齣戲，她敢說如果我們能把我爸拉來的話，他一定也會喜歡。

「爸好嗎？」

「哦，他很好，你知道你爸就是那樣。」

我很想問，但實在不敢問，當我抬起頭，她微瞇著雙眼凝視我。「哦，不，露薏莎，我沒有要刮腿毛；而且，對，他不開心，但生命中還有更重要的事情。」

「妳今天來這裡他有沒有說什麼？」

她鼻子噴氣，然後又假裝咳嗽。「他不相信我會來。我今天早上倒茶給他的時候就說我要來倫敦，他一聽就笑，我老實跟妳說，我看了有夠氣，我換好衣服就出門了。」

我睜大的雙眼。「妳沒告訴他？」

「我已經告訴他了，他今天在這支手機裡留了一大堆訊息，那笨蛋。」她瞄了螢幕一眼，然後仔細地把手機收回口袋裡。

我坐在那兒，看她謹慎地叉了個鬆餅到盤子上，咬下去的時候享受地閉上了眼睛。「這真是可口極了。」

我嚥了嚥口水。「媽，你們沒有要離婚吧，有嗎？」

她雙眼睜開。「離婚？露薏莎，我可是個虔誠的天主教徒。我們不會離婚，我們只會讓我們的男人痛苦一輩子！」

我付了帳單後我們走進洗手間，偌大的房間裡有堅果色大理石和昂貴的鮮花，一名安靜的服務生站在水槽旁邊負責維持清潔。我媽洗手洗了兩次，很徹底，還聞一聞洗手臺上各種不同的護手乳，在鏡子前擺出各種她喜歡的表情。「我不應該這樣講，因為我現在反對父權，但我還是希望妳和妳妹能有個好男人。」

「我遇到了一個人。」在我還沒意識到前已經脫口而出。

她轉過來看我，手上握著一瓶乳液。

「真的啊！」

「他是個醫護人員。」

「哦，真不賴。醫護人員呢！和水電工一樣能幹。我們什麼時候能見見他？」

我退縮了。「見他？我不確定這……」

「這怎樣？」

「嗯，我是說，現在還早。我不確定我們的關係——」

我媽旋開唇膏的蓋子，瞪著鏡子。「你們只在床上作伴，是這個意思嗎？」

「媽！」我匆匆瞥了服務生一眼。

「要不然呢？」

「我不確定我是否準備好要認真談感情。」

「為什麼？妳還在忙其他事情嗎？妳的卵子又沒凍起來，妳知道的。」

「翠娜怎麼沒一起來？」我趕緊轉移話題。

「她找不到人照顧湯瑪士。」

「妳說她在忙。」

我媽瞥向鏡中的我。她抿了抿嘴唇，把唇膏放回包包裡。「她現在好像在生妳的氣，露薏莎。」她啟動了媽媽掃描模式。「妳們兩個吵架了嗎？」

「我不知道為什麼我做每件事她都有意見？」我聽著自己的聲音，氣嘟嘟的音調好像只有十二歲。

她定定地看著我。

所以我全說了。我坐在大理石洗手臺上，媽拿了把安樂椅，我講起了紐約那份工作，還有我為什麼沒辦法接下工作，我們發現莉莉失蹤，又把她找回來，現在她終於要好好生活。「我安排好讓她和崔諾太太再見一面了，所以我們都在往前進，但翠娜聽不進去，但如果今天有一半的事情發生在湯瑪士身上，她一定會第一個說她不能就這樣離開他。」

我覺得說出來之後心頭一鬆。在所有人裡頭，媽最懂責任的羈絆了。「這就是為什麼她不跟我講話。」

我媽直直地瞪著我。

「天啊，耶穌基督和聖母啊，妳是腦袋壞掉了嗎？」

「怎麼了？」

「有一份紐約的工作，一切都還打點好了，但妳卻要留在這裡，在機場那個爛地方工作？

妳有聽到嗎？」她轉頭對服務生說。「我不敢相信這是我女兒。老實對上帝說，我真懷疑我生給妳的腦子去哪了？」

那服務生慢慢地搖著頭。「不妙。」她說。

「媽！我在做對的事！」

「為了誰？」

「為了莉莉！」

「妳覺得除了妳之外，沒有其他人能幫那女孩站起來了嗎？再來，妳有沒有問過那個紐約人可不可以緩幾個禮拜再去報到呢？」

「這種工作沒辦法那樣啦！」

「妳怎曉得？妳不爭取怎麼有機會。是不是啊？」

那服務生慢慢地點頭。

「哦，老天，我一想到……」

那服務生給我媽一條擦手巾，她放在頸邊猛烈地搧。「露薏莎，聽我說，我現在就有一個聰明的女兒被責任綁在家裡，因為她之前做了糟糕的選擇——不是我不愛湯瑪士，但我告訴妳，我只要想到翠娜原本大有可為就忍不住哭到心碎，要是她晚點生孩子就好了。我這輩子就註定只能照顧妳爸和妳爺爺，但這不打緊，我會找到我的方向。但妳的人生不能只有這樣，妳聽清楚了沒？不能只有半價票券，偶爾喝杯茶就心滿意足。妳應該要走出去！妳是我們家唯一有這種難得機會的人！沒想到妳會為了個根本不熟的女孩放掉這種機會！」

「媽，我做了對的事。」

「或許吧，又或許妳不必二選一。」

「沒爭取就沒機會。」服務生說。

「妳聽聽！這小姐很懂事。妳只需要回去問那位美國的紳士看有沒有轉圜的餘地……露薏莎，不准妳這樣看我，我一直對妳太溫柔了，我以前應該要嚴格一點。妳得自己走出那個沒有發展的工作，然後開始過生活。」

「美國那工作已經沒了，媽。」

「我說沒了才算數，妳有問過他們嗎？」

我搖搖頭。

我媽吐了一口氣，調整頸間的絲巾。她從皮夾裡拿出兩英鎊，放在服務生手中。「哦，我得說呀，妳把工作做得真是好！食物就算掉在這地上我也敢吃。而且這裡聞起來好香。」

那服務生溫暖地回她一抹微笑，然後她舉起手指，好像是想到了什麼，朝門外看了一眼，走到櫥櫃那兒，取出鑰匙打開。她回到我們身邊的時候把一塊花皂放到我媽手上。

我媽聞了一下，輕嘆著。「哦，這簡直就是天堂。這是一小片天堂。」

「送妳。」

「送我？」

那女人把香皂放在我媽手中，又握著她的手。

「哦，妳人實在太好了！可以告訴我名字嗎？」

「瑪莉亞。」

「瑪莉亞，我是喬絲。我一定會再回來倫敦，而且下次還要來用妳的洗手間。露薏莎，妳有沒有看到？誰曉得妳敞開一點心胸之後會怎樣？這是不是很棒的冒險啊？我可愛的新朋友瑪莉亞還給了我一塊質感最好的香皂呢！」

她們親熱地握著手，就像捨不得道別的老朋友，然後我們才離開飯店。

我沒辦法告訴媽。我沒辦法說我從早上醒過來到入睡之前都一直想著那份工作。不管我對別人講得多麼裡直氣壯，我知道錯過了在紐約工作和生活的機會我一定會嘔死，就算我一直對自己說還會有其他機會、其他地方可去，我會一直帶著遺憾，就像後悔買下的廉價包包一樣附在我身上，跟著我到天涯海角。

我揮手送她上火車，讓她回去見我爸，想當然爾爸一定覺得又氣又好笑；回到家後，我用山姆留在冰箱裡的食材替莉莉做了一份沙拉，夜晚，當我檢查電子郵件時看到了納森傳來的訊息。

我沒辦法說我認同妳的決定，但我明白妳在做什麼。我猜威爾會以妳為榮吧？克拉克，妳是個好人。（抱）

24

我學到了幾個當爸媽的道理，雖然我並沒有小孩；那就是不管你做什麼都不對。如果你很殘酷或冷漠或怠於教養，你會在孩子身上留下傷痕；如果你很關心他們、支持他們、鼓勵他們、讚美他們，就算是最小的成就，像是準時起床或一整天都沒抽菸，你也是在用另一種方式毀了他們。我發現如果你真的是家長，這些觀察都成立，但你如果是在照顧別人，至少還有一點權威感，照顧自己的孩子就好像全部都理所當然。

我謹記著這些心得，休假那天把莉莉塞進車子裡面說我們要出門吃飯。我對自己說，這麼做或許錯得離譜，但至少是我們兩個一起承擔。

因為莉莉太忙著看手機，又把耳機戴上，足足過了四十分鐘以後她才看著車窗外。她看到路標的時候皺了皺眉頭，「這條路不會去妳爸媽家。」

「我知道。」

「那我們要去哪？」

「我說過了，去吃中飯啊。」

她瞪了我好久才發現我真的不打算講太多，就瞇著眼睛看窗外，過了一會兒才說，「天啊，妳有時候真的很討厭。」

半小時後我們把車子停在「皇冠與吊襪帶」門口，這是一間紅磚飯店，座落在牛津南方車程二十分鐘外的森林公園裡，佔地約二十英畝。中立地帶，我覺得這裡很適合修復關係。莉莉下了車，關上車門的力度正好讓我知道這趟車程真的很討人厭。

我不理她，補了一點口紅，信步走向餐廳，讓莉莉跟在後面。

崔諾太太已經入座，當莉莉一見到她就悶哼了一下。

「為什麼又要見面？」

「因為情況不一樣了。」我推著她往前。

「莉莉。」崔諾太太站起來，她刻意去了髮廊一趟，頭髮再次經過精心修剪吹整，還化了一點淡妝，髮型和妝容讓她看起來就像往日的崔諾太太：鎮定沉著，她知道雖然外貌不能代表一切，但少了優雅的儀容就少了一切。

「哈囉，崔諾太太。」

「嗨。」莉莉囁嚅著，她沒伸出手，還選了我旁邊的位子坐下。

崔諾太太看在眼裡，微笑了一下就坐下請服務生過來。「這是妳爸爸最喜歡的餐廳之一。」她把餐巾攤在大腿上。「我難得可以請他離開倫敦市區的時候，就會在這裡碰面。料理很不錯，是米其林餐廳喔。」

我看著菜單——鰈魚酥芙蕾與淡菜小龍蝦塔、煙燻鴨胸佐黑甘藍與以色列小米——並暗自希望既然這是崔諾太太挑的餐廳，她會請客。

「看起來好矯情。」莉莉看著菜單沒抬頭。

我瞄了崔諾太太一眼。

「這就是威爾會說的話。但這裡的菜餚真的很美味，我想我會點鵪鶉。」

「我點鱸魚。」莉莉說完就闔上皮革菜單。

我盯著眼前的美食列表，幾乎沒有一樣認得。什麼是黃肉蕪菁？什麼是骨髓與海蘆筍義大利餃？不知道我可不可以請他們做一份三明治就好。

「您準備點餐了嗎？」服務生出現在我身旁。我讓她們先點，然後我發現一個我認得的字，幸好我去過巴黎。「請幫我點一份這個牛肉的。」

「佐馬鈴薯麵疙瘩與蘆筍嗎？沒問題，小姐。」

牛肉，我心想，牛肉絕對不會出錯。我們一邊等前菜，一邊閒聊。我告訴崔諾太太我還在機場工作，不過有個升遷的機會，我儘量讓這聽起來像是積極的職涯抉擇而不是我在求救。我還說莉莉找到了一份工作，當她聽到莉莉在做什麼的時候沒有顫抖，我本來很擔心她會嫌棄，但她卻點點頭說，「聽起來好極了。剛入社會的時候從基層做起絕對不會錯。」

「這又沒什麼發展。」莉莉堅定地說，「除非妳覺得站在櫃檯後面算是一種進步。」

「這個嘛，送報紙也沒什麼發展，但妳爸爸畢業前送報送了兩年，培養操守和責任感。」

「就像大家總是需要德國香腸罐頭嘛。」我附和著。

「真的嗎？」崔諾太太看起來有點驚訝。

我們看著隔壁桌的客人就座，一位老太太很辛苦地坐下來，雖然有兩個男生幫她，她還是唉聲連連。

「我們收到妳的相簿了。」我說。

「喔，收到了！我還有點擔心呢。妳……妳喜歡嗎？」

莉莉看著她，眼神有點閃爍。「很精緻，謝謝妳。」她說。

崔諾太太喝了一口水。「我想讓妳看看威爾的另一面。我有時候覺得他過世時發生的事情幾乎成了他生命的全部；我只想讓妳看到他不只是輪椅上的病患，我不想讓他離開的方式定義了他這個人。」

我們安靜了一陣。

「那很好，謝謝妳。」莉莉又說。

我們的食物送上來，莉莉又安靜了。服務生過於殷勤地一直在餐桌旁周旋，杯子裡的水位只要下降一公分就立刻來添水。他送來麵包盤、端走麵包盤，五分鐘後又送了麵包來。這間餐廳裡都是像崔諾太太這樣的人：衣著講究、言行合宜，他們都知道鰈魚酥芙蕾嚐起來是什麼味道，不是對話中的地雷。崔諾太太問起我的家人，提到我爸爸的時候口氣很和煦。「他在城堡做得很好。」

「妳不回去的感覺一定很奇怪。」我說完就不禁暗做了苦臉，不曉得我有沒有跨越那條無形的界線。

但崔諾太太只盯著眼前的桌布。「是啊。」她也同意地點點頭，笑容有點勉強，然後又喝了點水。

我們在吃前菜的時候對話一直這樣繼續著（莉莉吃煙燻鮭魚，我和崔諾太太吃沙拉），我們有時對話很順利，有時很遲滯，就像學開車的人一樣。我看到服務生端主菜過來的時候有點鬆了一口氣，但是當他把我的盤子放下來的時候我的笑容就消失了。這看起來不像牛肉，看起來像是軟爛的棕色肉片漂在黏膩的棕色醬汁上。

「不好意思，」我對服務生說，「我點的是牛肉吧？」

他任由目光在我的臉上停留了一會兒。「小姐，這就是牛肉。」

我們一起看著我的盤子。他用法文重複了我的餐點，然後說，「牛頰？」

「牛頰？」我們一起看著我的盤子，我的胃一陣翻攪。

「哦，當然了，」我說，「我——對。牛頰，謝謝你。」我實在不敢問他們這盤料理有沒有包括其他部位。我對崔諾太太微微一笑，然後開始嚼我的麵疙瘩。

我們吃飯的時候近乎安靜，崔諾太太和我都快要沒話題可以聊了。莉莉話很少，她開口的時候又很尖銳，好像在測試她奶奶的底線。她玩弄著食物，就是青少年不情願地被大人拖到高級餐廳的那副死樣子。我小口小口地叉著我的食物，盡力忽略耳道中尖叫連連的小聲音：妳在吃牛頰！牛的臉頰！

最後我們點了咖啡，服務生一離開，崔諾太太就拿起餐巾，放在桌上。「我不能再這樣下去了。」

莉莉抬起頭。她先看看我，又看著崔諾太太。

「餐點很好吃，聽妳聊起妳的工作和生活也很棒，但我們的關係並沒有比較好，對吧？」

我不確定她是不是要離開，是不是莉莉把她逼得太緊了。我看到莉莉臉上的驚訝，我知道她也有同樣的疑惑。但崔諾太太卻把杯碟推到一旁，身子往前傾了一些。「莉莉，我不是要用精緻的午餐來討好妳。我今天來這裡是想告訴妳，我很抱歉。我很難解釋妳出現在我家的那天我是怎麼了，但那天見面不順利不是妳的錯，我很抱歉，妳介紹妳另一邊的家庭的時候……他們是如此不適任。」

服務生端了咖啡過來。崔諾太太沒轉頭就舉起手說，「請你給我們獨處兩分鐘好嗎？」

他立刻端著托盤快步離開了。我坐得很直，崔諾太太深吸了一口氣後臉色緊繃、聲音急促地說：「莉莉，我失去了我的兒子——妳的父親——事實上我或許在他過世前好一陣子就已經失去他了。他離開以後，我這輩子的基礎也都崩壞了：母親的角色、我的家庭、我的職業、甚至我的信仰。老實說，我一直覺得自己好像掉到了黑洞裡，但突然發現他有個女兒——我有個孫女——讓我覺得或許我沒有失去一切。」

她吞了吞口水又繼續說，「我不是說妳讓他回到我身邊，因為那樣對妳不公平。我很明白，妳就是妳，為我帶來了一個我可以關心的新對象。我希望妳願意再給我一次機會。莉莉，因為我非常盼望——不，該死——我非常渴望能和妳相處。露薏莎說妳個性很強硬。這個嘛，妳應該知道這其實是血脈相承，所以或許我們相處的時候會硬碰硬，就像我和妳爸爸一樣。但基本上，如果我們沒有血緣的話，今天就不會坐在這了，至少妳該知道這一點。」

她牽起莉莉的手，捏了一下。「我很高興能認識妳，妳的存在就改變了一切。我女兒，妳姑姑喬琪娜下個月要飛過來見妳，她已經在問我們能不能去雪梨和她住一陣子了。我的包包裡有封信就是她寫給妳的。」

她的聲音降了下來。「我知道妳爸爸不在，我們也無法彌補，但我知道我不——嗯，我自己也還在爬出來的過程裡——但……妳覺得……或許……妳的生命中還容得下一個難搞的奶奶嗎？」

莉莉睜大眼睛盯著她。

「妳至少願意……試一試嗎？」崔諾太太講到最後聲音都嘶啞了。沉默許久之後，我可以在耳中清楚地聽到心跳。莉莉看著我，然後似乎過了永恆，她才看著崔諾太太。「妳……妳希望我過來和妳一起住嗎？」

「如果妳願意的話，沒錯，我很希望妳能過來和我一起住。」

「什麼時候？」

「妳什麼時候能來？」

我每次見到卡蜜拉．崔諾，她總是顯得很沉著穩重，但這一刻她眉頭深鎖，整張臉皺在一起，她的另一隻手爬過餐桌，莉莉遲疑了一秒鐘後握起她的手，她們在白色桌布上十指緊扣，像船難後的生還者，而服務生捧著托盤，不確定自己能不能安全地靠近餐桌。

「我明天下午帶她回來。」

我站在停車場裡，莉莉徘徊在崔諾太太的車子旁邊。她吃了兩份甜點——她的巧克力熔岩蛋糕和我的布丁（我當時已經完全沒有食慾了），然後隨意地看著牛仔褲的腰帶。「妳確定嗎？」我不確定我在問誰。我很清楚這種剛修復好的友善關係有多麼脆弱、多麼容易擦槍走火。

「我們沒事的。」

「露薏莎，我明天不必上班。」莉莉大聲說。「星期天是薩米爾的堂弟當班。」

把她們留在那裡的感覺很奇怪，儘管莉莉笑容滿面。我很想說「不要抽菸」還有「不要講髒話」，或許再加上「哪時候換我們？」但莉莉揮揮手，就爬進崔諾太太的福斯汽車乘客座，幾乎沒回頭多看一眼。

就這樣，脫手了。

崔諾太太轉身要上車。

「崔諾太太？我可以問妳一件事嗎？」

她停下動作。「叫我卡蜜拉。我想我們已經不必那麼客套了，是吧？」

「卡蜜拉，妳和莉莉的媽媽通過話了嗎？」

「啊，有。」她彎下腰，「我說我希望未來能花點時間和莉莉相處。我很清楚在她眼中我不是那種好媽媽，但老實說，我們兩個都不是理想的媽媽，她有責任要認真地把孩子的幸福放在第一位，至少一次也好。」

我的下巴掉下來了一點點，等我能開口的時候，「『責任』這話教訓得好。」我說。

「是啊，不是嗎？」她站直了起來，眼中閃過一絲絲難以察覺的淘氣。「對，嗯，那個譚雅・霍頓－米勒嚇不倒我。我想我們會好好磨合的，我是說莉莉和我。」

我開始走向我的車，但這次換崔諾太太攔住我。「露薏莎，謝謝妳。」

她按著我的手臂。「我沒——」

「妳有。我很清楚我要謝謝妳的地方太多了，我希望我有機會能為妳做點什麼。」

「哦，不用啦，我很好。」

她的雙眼對上我的眼睛，給了我一抹淺淺的微笑，我注意到她完美的唇妝。「嗯，我明天送莉莉回去之前會先打給妳。」

崔諾太太把包包夾到腋下就走回車上去了，莉莉在車內等。

我看著她的福斯汽車消失在眼前，然後打給山姆。

紅頭美洲鷲慵懶地在牧場上方的蔚藍天空繞啊繞，碩大的翅膀攤在閃著微光的藍色背景上。我說我要幫他鋪磚頭，但我們只弄了一排（我負責把磚頭遞給他）他就悶熱到說要休息喝冰啤酒。我們在草地上躺了一會兒，就發現不可能再站起來。我告訴他牛頰肉的事情，他笑了整整一分鐘，當我反駁說：如果他們菜單寫清楚就好了，我是說就好像有人直接跟你說你在吃雞屁股或什麼的，他努力地想要看起來正經一點。我伸直了四肢躺在他身旁，聽著鳥鳴和青草溫柔的低喃，看著蜜桃色的太陽緩緩地滑向地平線，心想著如果人生這樣其實還不賴，儘管我心裡默默擔心著莉莉會不會在崔諾太太面前說出賤女人或臭婊子這種話。

「有時候像這樣的天氣，我都會覺得乾脆不要蓋房子了，」山姆說，「就這樣躺在草地上一直到老就好。」

「好主意。」我嚼著一根青草。「而且一月還有超豪大雨可以順便淋浴。」

我感受到他的笑聲，很低沉。

我離開餐廳後直接過來找他，不知道為什麼因為沒預期到莉莉會離開，反而有點不平衡，我不想一個人待在公寓裡。當我把車停在山姆那片牧場的門口時，我坐在車內等引擎慢慢熄火，同時看著他悠然自得地把灰泥鋪平在每一塊磚頭上，堆疊起來，抓起舊T恤的衣角擦汗。我感覺到身上的每一個細胞都放鬆了。我們前幾次的對話很尷尬，但他沒多說什麼，我很感激。

一片結實的白雲飄過藍天，他挪動他的腿，靠我近一點，他的腳比我的大了一倍。

「不曉得崔諾太太是不是又把照片拿出來了？你知道，為了莉莉。」

「照片？」

「相框裡的照片啊，我之前跟你說過，我和莉莉去她家的時候，她連一張威爾的照片都沒有擺出來。所以當她把相簿寄給我們的時候我蠻驚訝的，因為我心裡偷偷懷疑過她是不是把照片都毀了。」

他安靜地思考著。

「好奇怪，但後來我仔細想想，我也沒有把威爾的照片擺出來。或許只是需要花一點時間……才能讓他們再度看著你。你姊姊過世後多久你才把她的照片放在床邊？」

「我從未收起來。我喜歡有她在那裡，尤其是她看起來……和以前一樣。」他抬高手臂放頭頂。「她以前很愛管我，標準的大姊頭，當我覺得做錯事的時候，我看著她的照片就可以聽到她的聲音。**山姆，你這大壞蛋，快振作一點。**」他轉過頭看著我，「而且，妳知道，讓傑克常常看到她也很好，他應該要覺得聊起她沒關係。」

「或許我應該放一張，對莉莉來說，如果公寓裡面有一張她爸爸的照片也不錯。」

母雞群都很悠哉，幾英呎以外，兩隻母雞縮在一片沙丘上，拍打著翅膀扭來扭去，撢出一片片煙塵。原來家禽也有個性；有愛管閒事的、有黏人的、也有兇巴巴的，每個晚上都要從樹上抓下來，哄牠們進雞舍睡覺。

「你覺得我應該傳簡訊給她嗎？看現在怎樣？」

「誰？」

「莉莉。」

「別管她們，她們沒事的。」

「我知道你說的對。好奇怪，我在餐廳裡面看著她，她真的好像他，我本來都沒發現。我想崔諾太太——卡蜜拉——也看得出來。她見到莉莉有些小動作，就會眨著眼睛，好像突然想起威爾做過的那些事情。有一次莉莉挑起眉毛，我們兩個都目不轉睛地看著她，她挑眉毛的神態和他一模一樣。」

「妳今晚想做什麼？」

「哦……我沒意見，你選吧。」我伸展四肢，感覺到青草搔著我的頸子。「我可能只想躺在這裡，如果你躺著躺著就貼到我身上，那也很好。」

我等他笑出來，但他卻沒有。

「那……我們要不要……討論我們？」

「我們？」

他咬著一根草。「對。我只是在想……嗯，不知道妳覺得我們現在的關係是怎樣？」

「你把我們講得好像是一道數學題。」

「只是想確定我們沒有其他誤會，小露。」

我看著他把草扔掉，又拔了一根新的。「我覺得我們現在很好啊，」我說，「我這次不會怪你都忽略兒子的感受了，或有一大堆我想像出來的女朋友。」

「但妳還是放不開。」這句話說得很溫柔，我卻覺得撞擊力道強勁。我用手肘把自己撐起來，低頭看著他。「我在這兒，不是嗎？我今天一忙完就馬上打給你、我們有空的時候就見面，我覺得這不算放不開啊。」

「對。我們會見面、我們會上床、我們會一起吃飯。」

「我以為這是每個男人夢想中的感情關係。」

「小露，我不是每個男人。」

我們安靜地凝視著對方。我沒辦法放輕鬆了，我覺得措手不及，防備心突然好重。

他嘆了一口氣。「不要用這種表情看我，我又不是要馬上結婚什麼的。我只是說……我從來沒碰過哪個女人比妳更不想討論現在的關係。」他用手遮著眼睛，瞇起來看太陽。「如果妳不想要一段長期的關係，那也無所謂。嗯，好吧，有所謂，但我只是想瞭解妳在想什麼？我猜，自從愛倫走了以後，我就發現人生很短暫。我不想……」

「你不想怎樣？」

「不想浪費時間在沒有未來的地方。」

「浪費時間？」

「我用錯字了啦，我不擅長這種話題。」他把自己撐起來。

「為什麼一定要講清楚？我們在一起的時候很開心。為什麼我們不能繼續下去，然後……

我不知道，看看會怎樣？」

「因為我是人，可以嗎？因為我喜歡的人還愛著鬼魂就已經夠難受了，而且還只把我當做洩慾的工具！」他舉起手，遮住雙眼。「天啊，我不敢相信我剛剛把那句話大聲說出來了。」

當我冒出聲音的時候，我嘶啞了。「我沒有愛著鬼魂。」

他這次沒看著我，他撐著身體坐起來。「那就放手讓他走，小露。」

他費盡力氣站起來，走向列車車廂，留下我在原地看著他的背影。

莉莉隔天晚上回來了，有點輕微晒傷。她自己開門走了進來，經過廚房，看到我正在把洗碗機裡面的乾淨餐具拿出來，我正在猶豫第十五遍到底要不要打電話給山姆？然後莉莉就跳到沙發上去了。我站在流理臺前看，她把雙腳翹在咖啡桌上，拿起遙控器就猛看電視。

「怎麼樣？」我過了一陣子後問她。

「還行。」

我期待她講更多，準備看她扔下遙控器嘟囔著說，那一家人真是不可理喻，但她唯一的動作就是轉臺。

「妳們做了什麼？」

「沒什麼，聊了一些。還有，我們弄了點園藝。」她轉過頭，手臂擱在沙發椅背上，下巴又靠在手臂上。「嘿，小露，我們還有那種堅果麥片嗎？我餓死了。」

25

我們可以聊聊嗎？

當然，妳想聊什麼？

有時候我看著周圍的人過著什麼生活，然後納悶著我們是不是註定要留下一道傷痕？會搞砸妳人生的可不只是妳的爸媽。我環顧四周，就像有人突然遞給我一對清楚的眼鏡，然後我清楚看見每個人都帶著愛情留下的殘酷印記，不管是妳曾經失戀、被迫離開心愛的人，或妳的心上人直接消失在墳墓裡。

威爾在我們身上都留下了殘酷的印記，我現在明白了，他不是故意的，但就因為他拒絕活下去，他狠狠地傷了我們。

我愛上了一個男人，他為我打開了全世界，但他卻沒有愛我愛到願意留在這世界。現在我不敢去愛一個可能會愛我的人，以免……以免什麼呢？莉莉回到房間去讓數位生活分散她的注意力，我靜靜地在腦中思考著這些問題。

山姆沒打給我，我不能怪他。我又能說什麼呢？事實上，我不想討論我們現在的關係，因為我不知道我們是什麼關係。

我不是不喜歡和他在一起。我擔心自己在他身邊的時候太三八——我的笑聲太蠢、笑點太低，有時候又太激情連自己都很意外。他在我身邊的時候，我比較開心，我喜歡那樣的自己、我喜歡那樣的生活，不過……

不過。

要對山姆付出真心就表示要接受我可能會失去更多。就統計來說，多數的戀情都無法開花結果，照我這兩年的心智狀態來說，我應該沒什麼機會超越統計數字。我們可以聊一聊、我們可以沉醉在甜蜜的瞬間，但愛情終究代表著更多痛苦、更多傷害——傷害我，或更糟的是，傷害他。

誰堅強到可以面對這一切？

我又睡不好了，結果鬧鐘沒把我叫醒，儘管我在高速公路上已經極速狂飆，我抵達爺爺的慶生會時還是遲到了。我們要慶祝他八十大壽，爸爸刻意把摺疊露臺搬出來，我們在湯瑪士受洗的時候用過，現在看起來髒髒舊舊扁扁的，他放在院子底端，把連接後巷的門打開以後，鄰居陸陸續續過來打招呼，送上蛋糕和祝福。爺爺坐在中間的塑膠涼椅上，雖然他已經不認得這些人了，但他還是向大家點點頭，偶爾神情渴望地看著摺好的賽馬週報。

「那這次升遷，」翠娜負責替大家倒茶，她一手提著大茶壺，一手分發茶杯。「到底有什麼？」

「嗯，職稱不一樣了，每次輪班結束之後由我來清點收銀機，然後我要保管一串鑰匙。」

這責任重大，露薏莎，理查慎重莊嚴而且表情誇張地把鑰匙交給我，好像遞給我的是聖杯。

務必善用。我實在很想說，要不然我還能拿酒吧鑰匙做什麼？犁田嗎？

「薪水呢？」她遞給我一杯茶，我啜了一口。

「每個小時多一鎊。」

「嗯。」她不當一回事。

「而且我不必再穿制服了。」

她上下檢視著我為了今天刻意穿上的霹靂嬌娃連身裝。

「嗯，那還不錯。」她告訴拉思洛太太三明治放在哪裡。

我還能說什麼？不過就是一份工作，也算有點進展。我沒讓她知道有時候在那裡工作，逼著自己看飛機在跑道上滑行，像大鳥一樣補充燃料，然後航向天際，那種日子簡直是折磨。我沒讓她知道每天穿上綠色制服上衣讓我覺得自己好像失去了什麼。

「媽說妳交了個男朋友。」

「他不算我男朋友。」

「這她也說了，所以是什麼？你們有空就一起上床？」

「不是。我們是好朋友——」

「所以他長得很醜。」

「他長得不醜，他很帥。」

「那他是豬頭。」

「他人很好，儘管這不關你的事，而且他很聰明，妳別再——」

「那他已經結婚了。」

「他還沒結婚，天啊，翠娜，妳要不要聽我解釋？我喜歡他，但我不確定是否要投入感情。」

「因為有一大堆又帥又有工作又單身的性感男人在排隊追妳？」

我怒視著她。

「我只是說，送上門的就別挑了。」

「妳什麼時候放榜？」

「不要轉移話題。」她嘆了一口氣後開了一瓶牛奶。「幾個禮拜後。」

「怎麼了？妳成績一定很好的，妳自己知道。」

「那又怎樣？我被困在這裡了。」

我皺著眉頭

「斯坦福堡這裡沒有工作機會，我又付不起倫敦的房租，再說還有湯瑪士的托育費用。大家剛進職場找工作的時候起薪都不高，就算在校成績很好。」

她又倒了一杯茶。我想反駁說其實不然，但我太清楚了，現在就業市場真的很冷清。「那妳要做什麼？」

「目前先待在這裡，我想。或許通勤吧？希望媽蛻變成女性主義份子的過程不會讓她不願意去接湯瑪士放學。」她露出淺淺的微笑，但那根本不是微笑。

我從來沒見過我妹這麼低落。就算她感覺到低潮，也會奮發向前，就像機器人一樣，她面對挫折感的時候很相信「往前一小步，就可以跳脫困境」這類的話。我還在想著要怎麼鼓勵她就聽到餐桌那邊一陣吵鬧，我們抬起頭，看到爸媽都盯著巧克力蛋糕。他們刻意壓低音量，用氣音說話，你不希望別人知道你們在吵架，但是又吵個不停的時候就會用這種聲音交談。

「媽？爸？沒事吧？」我走過去。

爸爸指著餐桌。「這不是自家做的手工蛋糕。」

「什麼？」

「這蛋糕，不是自己做的，妳瞧瞧。」

我看了蛋糕一眼——這個佈滿精緻糖霜的大巧克力蛋糕上有巧克力豆，蠟燭就插在中間。

媽媽怒氣沖沖地搖著頭。「我要寫作文啊。」

「作文。妳又不是小學生！每年爺爺生日妳都會親手做蛋糕。」

「這蛋糕很好吃，是我去蛋糕店買的。就算不是親手做的，爺爺又不介意。」

「會，他會介意，他是妳爸爸啊！爺爺，你會介意，對吧？」

爺爺輪流看著他們，然後輕輕地搖搖頭。我們周圍的對話漸漸停了，鄰居緊張地互看對方。柏納·克拉克和喬絲·克拉克從來不吵架的。

「他那樣講只是因為不想傷害妳的感受。」我爸大不認同。

「如果他不覺得很受傷，柏納，那你幹嘛覺得很受傷？這就是個巧克力蛋糕，我又沒忘掉他生日。」

「我只希望妳把家人擺第一！喬絲，這樣要求太過份了嗎？不過就是一個手工蛋糕？」

「我在這裡！有蛋糕、有蠟燭！還有三明治！我又不是跑去巴哈馬晒太陽！」媽媽用力地把一大疊餐盤放在摺疊桌上，交叉著雙臂。

爸爸還想說話，但她舉起手堵住他的嘴。「行，柏納，你這個顧家的好男人，你，究竟為了今天這個小小的慶生活動付出多少？說啊？」

「哦噢……」翠娜朝我靠近一步。

「爸爸的新睡衣是你買的嗎？是嗎？是你包裝的嗎？不是。該死的你根本不知道他的尺寸，你這該死的根本也不知道自己褲子穿什麼尺寸，因為都是我替你買的！你有沒有因為昨晚有個白痴從酒吧回來以後說要吃兩片吐司結果害整條吐司全部乾掉，然後今天早上七點就要起床去買麵包做三明治？沒有。你一屁股坐下來就開始看報紙的體育欄。你這幾個禮拜一直在埋怨我，不過就因為我想要取回我人生最後的百分之二十，我想自己掌握、我想知道我還能不能做點其他的事情，我不想要這樣拖著老邁的身體渾渾噩噩過日子，同時我還是繼續替你洗衣服、繼續照顧爺爺、繼續每天洗碗，你只會在那裡唸我從蛋糕店買了現成的蛋糕。好啊，柏納，你就把那個現成的蛋糕當成是我不尊重家人、冷落家人的象徵，然後塞進你的——」她怒吼著，「——塞進你的……嗯……廚房在那裡，我該死的攪拌碗也在那裡，你可以自己做一個！」

話一說完，我媽就把整個蛋糕盤掀起來，正面朝下摔在我爸面前，她在圍裙上抹抹手，然後用力踱步走進院子。

她一走到露臺就停下腳步，脫下圍裙扔地上。「哦，對了，翠娜！妳可能得讓妳爸知道食譜放在哪裡。他才在這裡住了二十八年，妳不可能指望他知道這種事情。」

在那之後，爺爺的慶生會沒有持續很久，鄰居紛紛離開，壓低音量對話，過分客套地謝謝我們安排了這個溫馨的慶生會，他們的目光不時地注意著廚房。我可以看得出來他們和我一樣意外。

「他們已經醞釀好幾週了。」翠娜在我們擦桌子的時候嘟囔著，「他覺得自己被忽略了，她不能理解為什麼他不讓她成長一點點。」

我爸餘怒未消地在草地上撿餐巾紙和啤酒罐，我朝他看了一眼，他看起來很慘。我回想著我媽在倫敦飯店裡因為新生活而綻放光彩的模樣。「但他們都老了！他們的感情應該很穩定了！」

我妹妹挑著眉毛。

「妳該不會覺得……」

「當然不會。」翠娜說，但她聽起來沒有自己想得那麼有說服力。

我幫忙翠娜收拾廚房，然後花了十分鐘陪湯瑪士玩超級瑪莉。媽待在房間裡，顯然是在寫作文，爺爺有賽馬頻道陪伴，閑適得很。我不知道我爸是不是又去酒吧了？但是當我踏出前門準備離開的時候，我看到他坐在工作用的廂型車駕駛座上。

我敲敲車窗，他跳了起來。我打開車門滑到他身旁坐，我原本以為他在聽比賽結果，但收音機關著。

他吐了好長的一口氣。「我敢說你一定覺得我是個老糊塗。」

「你不是個老糊塗，爸。」我推推他。「至少，你不老。」

我們安靜地坐著，看著鄰家男孩在街道上來來回回騎單車，當小男孩衝太快在馬路中間摔倒的時候我們的臉都皺起來了。

「我希望一切照舊，這樣要求太過份了嗎？」

「沒有任何事情能照舊，爸。」

「我只是……我只是很想念我太太。」他聽起來好淒涼。

「你知道嗎，你應該覺得很高興，你娶的人還很認真過日子。媽很興奮，她覺得她現在透過全新的視線看這個世界，你只是要給她一點空間。」

他的嘴脣抿成一條冷漠的直線。

「爸，她還是你太太。她愛你。」

他這時終於轉頭看著我。「如果她覺得我的人生很平淡呢？如果這些新課程讓她想法完全不一樣了，然後……」他壓抑著情緒，「如果她決定拋下我呢？」

我捏捏他的手，然後我想了一下，靠過去給他一個擁抱。「你不會讓這種事情發生的。」

他虛弱的笑容一路上陪我開車回家。

莉莉回來的時候我才正要準備出門去「繼續向前」團體輔導，她又去卡蜜拉那邊了，她現在經常回來的時候指甲都因為種花的關係而黑黑的。她們在自宅和鄰宅之間用花圃闢了一條新邊界，她雀躍地說，鄰居太太開心到給了莉莉三十英鎊。「其實，她還給了我們一瓶酒，但我說奶奶應該自己留下來。」我注意到她不自覺地稱她「奶奶」。

「哦，我昨天晚上還和喬琪娜視訊了。我的意思是，當時是她那裡的白天，因為她在澳洲，但我們聊得很開心。她說她會傳很多她和我爸小時候的照片給我，還說我真的長得和他很像。她很漂亮，還養了一隻狗，叫做雅各，她彈鋼琴的時候雅各會在旁邊嚎叫。」

她一邊吱吱喳喳，我一邊把沙拉、麵包、乳酪放在餐桌上給她。不曉得要不要告訴她史蒂芬·崔諾又打電話來了，這幾週內他打了四次，希望能說服她過去看看小嬰兒。「我們都是一家人，寶寶平安到來以後黛拉也放鬆多了。」或許下次再提吧，我伸手去找鑰匙。

「哦，」她說，「妳走之前我要跟妳說，我要回學校去了。」

「什麼？」

「我要回我奶奶家附近的那間學校。妳記得嗎？我跟妳提過的那一間？我很喜歡的那一間？週間寄宿、只限高年級生，然後我週末就會去和奶奶住。」

我在拌沙拉的時候把一片菜葉給撥了出來。「噢。」

「對不起，我很想告訴妳，但這一切發生得太快了，我才剛提起這件事，奶奶就立刻打電話給校方，他們說歡迎我復學，而且妳絕對猜不到——我朋友荷莉還在那裡！我在臉書上和她聊過了，她說她等不及要我回去。我是說，我沒告訴她之前發生的一切，或許我不會讓她知道，但這真的很棒。她在這些事情發生之前就認識我了，她真的……嗯，妳懂嗎？」

我聽著她手舞足蹈地講著，努力想壓抑自己脫了一層皮的感覺。「什麼時候？」

「嗯，我必須在九月開學之前到，奶奶說我最好趕快搬進去，或許下禮拜？」

「下禮拜？」我感覺自己快要站不穩。「那——妳媽怎麼說？」

「她聽到我要回去上學就很高興啊，更何況是奶奶付學費。她得讓新學校知道我在以前那學校的狀況，還得讓他們知道我沒參加期末考，再說妳也可以感覺得出來她不太喜歡奶奶，但她說沒關係。『只要能讓妳開心就好，莉莉。我真的希望妳不要用對待每個人的方式對待妳奶奶。』」

她模仿完譚雅說話之後自己就笑了。「她講這些話的時候我注意到我奶奶的眼睛，她的眉毛稍微往上抬了一點點，妳完全可以看出她心裡在想什麼。我有沒有跟妳說她染了頭髮，大概是栗子棕，她現在看起來好多了，沒那麼像癌症病患。」

「莉莉！」

「沒關係，我這樣講的時候她還笑了。」她對自己微微笑。「我爸也會說一樣的話。」

「嗯，」我能規律呼吸的時候小聲地說，「聽起來妳都規劃好了。」

她看了我一眼。「別這樣講。」

「對不起。只是……我會想妳。」

她笑容滿面，突然笑得好燦爛。「妳不必想我，傻瓜，因為我放假就會回來啊，我才沒辦法一直跟老人家相處，我會瘋掉。但這樣很好，她……她就像我的家人，不會很奇怪，我以為會很奇怪，可是卻沒有。嘿，小露……」她神采奕奕地抱了我一下。「妳還是我的朋友，妳就像我從來沒有過的大姊姊。」

我也抱著她，想要保持臉上的笑容。

「總之，妳需要妳的隱私。」她抽身往後，吐出口香糖，小心地用皺皺的包裝紙收起來。「聽著妳和性感救護車男在另一頭親熱其實挺噁心的。」

莉莉要走了。

走去哪？

和她奶奶住，我覺得好奇怪，她好開心。對不起，我不是故意要一直講和威爾有關的事情，但我真的沒有其他人可以說。

莉莉打包好行李，興高采烈地卸除第二間臥室裡所有她曾經存在過的痕跡，除了康士坦丁版畫、行軍床、一疊精緻的時尚雜誌和一瓶用完的除臭噴劑。我送她到車站，聽著她滔滔不絕，儘量不要顯得太心理不平衡。卡蜜拉．崔諾會在目的地等她。

「妳有機會應該來看看的，我們把我房間布置得很好；隔壁有養一隻馬，對面的農夫說可以給我騎。哦，那邊還有一間很不錯的酒吧。」

她踮著腳抬頭看著發車時刻表，突然注意到時間。「慘了！我的火車，好了，十一號月臺在哪裡？」她開始快步在人群裡穿梭，背包掛在肩上，長腿包覆在黑色褲襪裡。我站著發愣，看著她離開，她步伐愈來愈大。

突然間她轉過身，發現我在入口處，她揮揮手，露出大大的微笑，髮絲飛揚。「嘿，小露！」她大聲說。「我一直想告訴妳，往前進不代表妳對我爸的愛變少了，妳知道嗎？我相信他也會說一樣的話。」

她說完就走了，被人群淹沒了，她的微笑就和他一樣。

她從來就不是妳的，小露。

我知道，只是我一直覺得她給了我一個目標。

只有一個人能給妳目標。

我給自己一分鐘消化這句話。

我們能見面嗎？拜託？

我今晚要值班。

下班後來我這呢？

或許過幾天吧，我再打給妳。

因為那句「或許」，他慢慢地關上門，畫下了句點。我盯著手機，通勤的乘客從我身旁匆匆經過，我的態度也開始產生了變化。我可以回家去哀悼我又失去了一樣東西，或就擁抱這意外的自由。好像有人為我點了一盞燈：唯一避免自己被拋棄在後的方法就是前進。

我回到家，替自己煮了咖啡，盯著綠色的牆壁，然後拿出筆記型電腦。

親愛的高普尼克先生您好，

我的名字是露薏莎．克拉克，上個月謝謝您慷慨地給了我一份工作，但我卻推辭了。若您已找到人接下這分工作，我完全能理解，但如果我不寫這封信給您，我會後悔一輩子。

我真的很想要為您工作。若不是因為我前任雇主的小孩陷入麻煩，我一定二話不說就接下這份工作。我不是要怪她害我做了這個決定，其實能夠幫她一把是我的殊榮，我想說的是：若您還有人力需求，我希望您能考慮我。

我知道您很忙碌，所以我言盡於此，但我真的很希望能說明清楚。

祝您闔家安康

露薏莎．克拉克

我不確定我在做什麼，但至少我在做了點什麼。我按下「傳送」，這個小小的動作讓我突然充滿了目標。我衝進浴室裡打開蓮蓬頭，脫掉身上每一件衣服，因為太急著脫下長褲還差點絆倒。終於我站在熱水下，我開始在頭髮上擠泡泡，腦子裡已經開始計劃：等一下要去救護站、等一下要去找山姆，然後我——

門鈴響了，我罵了聲髒話，趕快抓起浴巾。

「我受夠了。」我媽說。

我花了一會兒才看懂真的是她站在門口，拿著一個過夜包。我裹緊浴巾，頭髮還一直把水滴到地毯上。「受夠什麼？」

她跨步走進來，關上前門。「妳爸。我不管做什麼他都要碎碎唸，好像我只不過想要給自己一點時間就十惡不赦。所以我跟他說我要來這裡放個假。」

「放假？」

「露薏莎，妳根本不曉得。他一直唸一直唸一直唸。我不可能完全不改變，妳知道嗎？其他人都可以有些改變，我為什麼不行？」

這感覺好像別人已經對話了一個多小時，我才突然加入。就像在酒吧裡，別人已經聊了好幾個小時。

「當我剛開始上女性覺醒課程的時候，我還覺得女性主義可能有點誇張了。男性的父權宰制女性？甚至在無意識的情況下？哼，她們才體會了一半。你爸除了在餐桌上和床上之外根本沒把我當人看。」

「呃——」

「哦，講太多了嗎？」

「可能太多了。」

「我們邊喝茶邊討論吧。」我媽走過我身邊直接進了廚房。「嗯，這看起來好多了，只不過，我一直不太喜歡這種綠色就是了，感覺空間都被沖刷掉了。好了，妳的茶包放哪？」

我媽坐在沙發上，隨著她的茶愈來愈涼，我也聽了愈來愈多她的不滿與挫折，我儘量不去想我究竟聽了多久。山姆再半小時就要值班了，我從這裡到救護站要二十分鐘；等一下我媽會愈講愈大聲，她的手最後會在前面揮啊揮，我知道我哪裡都去不了。

「妳知道如果有人跟妳說妳絕對沒辦法做出改變，那感覺幾乎要窒息嗎？說妳這輩子就這樣過了？因為其他人都不希望妳改變？妳知道被困住的感覺有多糟糕嗎？」

我點頭如搗蒜。真的，我一直猛點頭。「我很確定爸沒那個意思，不過，聽我說——」

「我甚至建議他去報名夜間部的課程。他可以學——妳知道，修理古董或人物寫生或什麼的。我不介意他去看裸體模特兒！我以為我們可以一起成長！我想要當那種太太，很開明的那種，不介意先生盯著裸體模特兒，如果是為了文化素養……但他總是說『我怎麼會想去上那種課？』好像是他正歷經更年期一樣。還有他一直抱怨我不刮腿毛！哦，我的天啊，他真是太偽善了！妳知道他鼻毛有多長嗎？露薏莎？」

「不——不知道。」

「我告訴妳，他的鼻毛長到可以洗碗盤了。這十五年來，只有我會跟理髮師說記得幫他修剪鼻毛，妳知道嗎？好像他是小孩一樣。我在意嗎？沒有！因為他就是這個樣子。他是人！鼻毛就是他的一部分！但如果我膽敢不刮毛，沒有像嬰兒屁股一般滑嫩，他就一副好像我是大猩猩的樣子。」

再十分鐘就六點了。山姆會在六點半離開，我嘆了一口氣，把浴巾圍好。

「那……嗯……妳覺得妳打算待多久？」

「這個嘛，現在問我，我也不知道。」我媽啜了一口茶。「我們已經請社工來帶爺爺去吃午餐了，所以現在我不必一直待在家。我可能會住個幾天吧！上次我來的時候我們挺開心的，不是嘛？我們明天可以去見在飯店洗手間工作的瑪莉亞，那不是很好嗎？」

「超棒的。」

「好了，嗯，我去鋪妳另外那張床。在哪啊？」

我們才剛站起來，門鈴又響了。我一開門就看到翠娜和湯瑪士站在門口，他們身後有個人，雙手插在口袋裡面，像是個叛逆不聽話的青少年，那就是我爸。翠娜沒看我，她直接從我面前走過，「媽，這太扯了！妳不能就這樣離開爸爸。妳幾歲了？十四歲嗎？」

「我沒有要離開他，翠娜。我要給自己呼吸的空間。」

「嗯，我們就坐在這裡等你們兩個把這荒謬的事情給搞清楚。小露，妳知道他一直睡在廂型車裡嗎？」

「什麼？妳沒告訴我。」我轉身看我媽。

她揚起下巴。「妳一直講話，我沒機會說。」

我爸媽站在那裡，不肯看對方。

「我現在對妳爸無話可說。」我媽說。

「坐下。」翠娜說。「你們兩個。」

他們往沙發挪一挪，雖然不發一語，卻不時嫌惡地互瞪對方。她轉身看著我，「好，我們來泡茶，然後就像一家人，搞定這件事。」

「好主意！」我發現了我的機會。「冰箱裡有牛奶，茶就在旁邊，你們自己來。我得出去半小時。」他們還來不及攔我，我就穿上牛仔褲，套了件上衣，抓緊車鑰匙往外衝。

我的車才剛要轉進救護車停車場時就看到他了。他大步邁向救護車，背包掛在肩上，我暗自抖了一下。我知道那副結實的身軀多麼可口，也熟悉那臉龐的溫柔稜角。他一轉身腳步就停了，好像他最不想見到的就是我。他又轉回去面對救護車，打開後車門。

我穿越停車場走向他。「我們可以聊一聊嗎？」

他扛起氧氣筒，好像拿起一瓶髮雕一樣，輕鬆地固定在架子上。「當然，但要改天，我正要出去。

「這件事情不能等。」

他表情完全沒變化，只彎下腰拿起一包紗布。

「聽我說。我只是想解釋一下……我們之前討論過的事情，我很喜歡你，我真的很喜歡你。我只是——我只是有點怕。」

「小露，我們都會怕。」

「你天不怕地不怕。」

「會，我會怕，只是妳沒注意到。」

他低頭盯著靴子，然後看到唐娜朝他跑過來。「啊，糟了，我得走了。」

我跳上救護車後座。「我和你一起去。不管你去哪裡，我再從那裡搭計程車回家。」

「不行。」

「啊，拜託，來嘛。」

「要害我被管制處找更多麻煩嗎？」

「紅色回報兩起，年輕男性的持刀傷人事件。」唐娜把她的背包扔進救護車後座。

「露薏莎，我們得走了。」

我要失去他了，我感覺得出來；從他的語調裡，從他不肯直視我的眼神裡。我爬下車，暗咒著自己來得太晚，但唐娜揪著我的手肘，把我推到前方。「老天啊，」她不顧山姆的抗議，「你這禮拜都像隻頭痛的熊！把這件事情給講清楚，我們抵達之前讓她下車就行了。」

山姆快步繞到副駕駛座，打開車門，朝管理人員的辦公室瞄了一眼。「她很適合做情侶諮商師，」他口氣變得緊繃，「如果說，妳知道，我們算情侶的話。」

我不需要他教訓我兩次。然後山姆爬進駕駛座，看了我一眼，好像有什麼話要說又改變了心意。唐娜開始整理裝備。他發動車子，打開警示燈。

「我們要去哪裡？」

「我們要去救人，一路開警示燈的話大概需要七分鐘。妳要去市中心，距離金斯柏里兩分鐘。」

「所以我有五分鐘？」

「還有一大段路要自己走回去。」

「好。」我說，然後當我們急速向前的時候我才發現其實我不知道接下來要說什麼。

26

「好，事情是這樣的。」我說。山姆打了方向燈，開到馬路上。因為警笛太大聲，我得用吼的。

他的注意力都放在前方道路上，朝儀表板上的電腦螢幕看了一眼。

「唐娜，什麼狀況？」

「可能是持刀傷人事件，有兩起，年輕男性臥倒在樓梯間。」

「現在真的適合講話嗎？」我說。

「看妳想講什麼。」

「我不是不想要談感情，」我說，「我只是感覺很混亂。」

「每個人都很混亂，」唐娜說，「我每個新對象幾乎都有缺乏信任感的問題，」她看了山姆一眼，「哦，對不起，不要管我。」

山姆繼續直視前方。「上一分鐘妳說我是混蛋因為妳覺得我和很多女人上床，下一分鐘妳又把我推得好遠因為妳還依戀著別人。這實在——」

「威爾走了，我知道。我只是沒辦法和你一樣跳下去，山姆。我覺得我過了這麼久還沒站起來……我不知道……我真是一團亂。」

「我知道妳摔得一團亂，是我接起來。」

「如果要怪，就怪我太喜歡你了。我喜歡到如果這段感情最後出了差錯，我就又會有同樣的感覺，我不知道我夠不夠堅強。」

「這種事怎麼會發生？」

「你可能會離開我、你可能會改變心意；你這麼帥，其他女人也可能會墜樓，摔到你身上，搞不好你很喜歡。你可能會生病，或可能會被其他摩托車撞。」

「在兩分鐘後抵達。」唐娜盯著衛星導航說，「老實說，我沒偷聽。」

「這些事會發生在任何人身上，那又怎樣？那我們就坐在這裡，每天什麼都不做以免發生意外嗎？妳真的要這樣過活嗎？」他往左急轉彎，我得用力抓緊。

「我還是一個空洞沒餡的甜甜圈，好嗎？」我說。「我想當個奶油麵包，我真的想，但我還只是一個空洞的甜甜圈。」

「小露，老天啊！我們都是甜甜圈！妳以為我沒看過我姊姊被癌症生吞活剝，妳以為我不知道我會心碎嗎？每天看著她還有她兒子都心碎到不行？妳以為我不知道這種感覺嗎？我們只能有一種回應，我可以說得很清楚，因為我每天都在看。那就是活下去。妳全心投入每一件事情，不要去擔心瘀青。」

「哦，說得好。」唐娜點點頭。

「我在努力了，山姆。你不曉得我走了多遠。」

我們到了，金斯柏里的路標出現在我們前方。我們穿過一條巨大的拱道，經過停車場，駛進昏暗的廣場，山姆把車停在路邊，小聲地咒罵著，「該死，我們剛剛應該讓妳先下車。」

「我不想打斷你們。」唐娜說。

我把手臂交叉在胸前說，「我在這裡等你們回來。」

「沒必要。」山姆跳下駕駛座，抓起背包。「我不會費盡脣舌說服妳和我在一起。噢，他媽的，那該死的指標不見了。要怎麼找他？」

我看著令人生畏的紅磚建築物。這裡大概有二十座樓梯，如果沒有個魁梧的保鏢你大概永遠都不會想要走進去。

唐娜瑟縮地穿上外套。「我上次來這裡——心臟病發患者——我們爬了四座樓梯才找到病患，大門還上鎖，我們得找管理員開鎖才有辦法把機動小組帶進去。等我們進到正確的那一戶，病患已經死了。」

「上個月這裡有兩起幫派槍擊。」

「你要我請警察支援嗎？」唐娜說。

「不用，沒時間。」

這裡安靜地出奇，儘管才晚上八點。

這些社區幾年前還可以讓小孩在外面騎單車、偷抽菸、夜裡仍繼續熱鬧，現在住戶在天黑前就會鎖上兩道鎖，窗戶外面一定加裝鐵欄杆，一半的街燈都被砸熄了，沒被砸壞的則一閃一閃，好像不確定一直發光安不安全。

山姆和唐娜下車後低聲交談，唐娜打開駕駛座的門，探頭進來，給我一件反光背心。

「好，穿起來，跟我們一起去。他不放心留妳一個人在車上。」

「為什麼他不——」

「哦，你們兩個！夠了！聽我說，我要往這邊去，妳跟他走那邊，可以嗎？」

我盯著她瞧。

「晚點再把話說清楚。」她大步離開了，手上的對講機發出訊號。

我緊跟在山姆後面，我們在水泥人行道上走了好長一段又一段。

「薩佛內克大樓，」他嘟囔著。「我們怎麼會曉得哪一棟是薩佛內克大樓？」對講機發出聲音。

「派遣中心，可以給我們一點指示嗎？這幾棟都沒標示，我們也不曉得傷患在哪裡？」

「對不起，」對講機裡的聲音抱歉地說，「我們的地圖上沒顯示每一棟的名字。」

「要我往那邊去找嗎？」我指著前方。「這樣我們就分三路，我有帶手機。」我們在樓梯口停了下來，這裡有尿騷味和外帶食物腐敗的味道。前方的人行道很暗，窗戶後面偶爾傳出悶悶的電視聲透露出每間小公寓中可能有生命。我以為遠方會有騷動，或空氣中的震動讓我們找到傷患，但這裡靜得出奇。

「不。跟著我，好嗎？」

我發覺有我在讓他很緊張。我不曉得我是不是該離開，但我也不想自己出去。

山姆在人行道底端停下來，轉過身，搖搖頭，抿著嘴。

無線電傳出唐娜的聲音：「這裡沒有。」然後我們聽到有人大叫。

「那裡。」我順著聲音的來源。廣場的另一頭，在一半的燈光下，我們看到一個人影在爬，街燈下有個人在地上。

「我們過去吧。」山姆說完我們就開始跑。

他曾經說過，速度對他的工作最重要。醫護人員學到的第一件事就是這個——幾秒鐘的差異可以決定一個人的生死。如果傷患失血過多、中風或心臟病發，要活下來就看這關鍵的幾秒鐘。我們在水泥人行道上狂奔，順著又髒又臭的樓梯而下，然後我們穿越光禿禿的草坪，跑向那個趴在地上的人。

唐娜已經蹲在她旁邊了。

「是個女生。」山姆放下背包。「但我很確定他們說是男的。」

唐娜檢查她的傷勢，他呼叫派遣中心。

「對，年輕男性，不到二十歲，非洲裔加勒比人的外型。」派遣人員說。

山姆關掉無線電。「他們一定聽錯了，有時候通報的人好像在講火星文。」

她大約十六歲，頭髮編成整齊的辮子，四肢往外攤開好像剛剛墜樓。她看起來格外安詳，我這時不禁納悶著，他發現我的時候是不是看起來也像這樣？

「親愛的，妳聽得到我說話嗎？」

她沒動。他檢查了她的瞳孔、脈搏、呼吸道。她還有呼吸，也沒有明顯外傷，但她顯然沒反應。他又檢查了一次，盯著他的設備。

「她還活著嗎？」

山姆的眼睛看著唐娜的雙眼。他站起來，環顧四周，想了一下。他抬頭看著周圍的窗戶。這些窗戶就像空洞且不友善的眼睛俯視著我們。然後他要我們到旁邊一點，壓低了聲音說，

「不太對勁。聽我說，我會做個放手的測試，我做的時候希望妳們走去救護車那邊發動引擎。如果是我想的那樣，我們得趕快撤退。」

「要偷我們車上的藥？」唐娜低聲含糊地說，眼神掃向我後方。

「可能，或爭地盤。我們應該找對地方了。我很確定這就是安迪．吉布森被槍擊的地方。」

我儘量保持聲音平靜。「什麼是放手測試？」

「我會把她的手舉起來，從頭上放下去。如果她是裝的，她的手就會往旁邊落，不會掉在臉上。一定會，這是反射動作。但如果有人在旁邊看，我不希望他們看出來我們已經發現事有蹊蹺。露薏莎，妳假裝要回去拿更多醫療用品，可以嗎？上車就傳簡訊給我，然後我開始測。如果有人在救護車附近，別上車，轉過來直接找我。唐娜，拿著妳的包包準備好。妳跟在她後面。如果他們看到我們一起離開就會知道我們發現了。」

他把鑰匙交給我。我拾起一個包包，假裝那是我的，然後快步走向救護車。我突然察覺到暗處有我看不到的人在觀察我們；我耳中聽見隆隆的心跳聲，我想要面無表情地假裝我很知道自己在做什麼。在充滿回音的廣場走這段路真是痛苦地漫長。當我走到救護車旁邊，我放鬆地呼了一口氣。我拿出鑰匙，打開車門，正要往上爬，有個聲音從暗處發出來，「小姐。」我回頭看，沒人。「小姐。」

一個男孩從水泥柱子後面冒出來，又一個，拉上了帽子遮住臉。我往救護車靠近一步，心跳加速。「我有後援，」我想保持聲音穩定。「車上沒有藥品。你們兩個得往後退，行嗎？」

「小姐，他在垃圾桶旁邊。他們不希望你們靠近他。他流血流很多，小姐，所以艾密卡的表妹才要在那裡假裝，為了分散你們的注意力，這樣你們才會離開。」

「什麼？什麼意思？」

「他在垃圾桶旁邊。妳得去救他，小姐。」

「什麼？垃圾桶在哪裡？」

但那男生緊張地往後看，當我轉過頭要問清楚的時候，他們已經消失在陰影裡了。我環顧四周，想要搞清楚他指哪裡？然後我發現了，就在車庫旁邊——亮綠色的塑膠垃圾桶露了出來。我沿著一樓走道的陰影往前進，離開了廣場的視線，然後我看到一扇敞開的門，通往禁止進入的區域。我跑過去，在那裡，卡在回收桶後面，有一雙腿癱著，垮褲浸在血液裡。他的上半身被壓在回收物下面，所以我得蹲下來，那男生轉過頭小聲地哀號著。

「嘿？你聽得到我的聲音嗎？」

「他們逮到我了。」他的腿上有兩個傷口，血液黏黏地冒出來。「他們逮到我了……」我抓起手機打給山姆，聲音又低又急。「我在垃圾桶附近，你的右方。拜託，快點來。」我可以看得到他，慢慢地東張西望直到發現我。兩個老人，好像是上個世代來的薩馬利坦人出現在他身旁，我看得出來他們在問那個墜樓的女生怎麼了？他們的臉上很關切，他溫柔地拿毯子蓋在那假裝墜樓的女生身上，請他們看著她，然後拿起急救包快步走向救護車，好像要拿更多醫療用品。唐娜不見了。

我打開他給我的急救包，撕開一包紗布，蓋在那男孩的腿上，但他實在流太多血了。

「好，有人會過來幫忙，我們馬上把你抬上救護車。」我聽起來好像蹩腳演員，不知道還能說什麼。快點啊，山姆。

「妳一定要把我弄出去。」那男孩呻吟著。我把手放在他的手臂上，努力保持冷靜。快啊，山姆，你到底在哪？突然間我聽到救護車的引擎發動，然後救護車出現了，倒車進了車庫，往我的方向駛來，引擎低聲抗議著。救護車突然停下來，唐娜往外一躍，跑向我，打開後門。

「幫我把他抬進去。」她說。「我們趕快離開這裡。」

沒時間用擔架了。我聽見上方傳來叫喊聲，還有很多人的腳步聲。我們扛著那男孩上救護車，推他進去。唐娜立刻關上門，我跑向前座，我的心跳加速，躍進前座後鎖上門。我現在可以看到他們了，一群男人，從樓上迅速朝我們跑來，手上高舉著——什麼？槍嗎？刀嗎？我感覺肚裡一陣濕。我看著窗外，山姆在空曠的地方走著，他的臉朝向天空：他也看到他們了。

唐娜比他更早看到：槍，舉在其中一人手中。她大罵了一句髒話，立刻倒車，在車庫裡轉彎，朝山姆的那片草坪前進。我可以認出他的身影，綠色制服在後視鏡裡愈來愈大。

「山姆！」我從我的車窗內大喊。

他抬頭看著我，又看著他們。「別動救護車。」他對那些人喊著，聲音蓋掉了救護車倒退的噪音。「後退，可以嗎？我們只是在執勤。」

「不要啊，山姆，現在不要。」唐娜屏著呼吸說。

那些人繼續跑，一邊打量著哪個方向最快，他們像一波波潮水持續湧來。有個人敏捷地翻過牆，輕鬆地越過好幾階。我太想要離開那裡，反而動彈不得。
山姆還繼續朝他們走去，舉高雙手，手掌向外。「各位，放過救護車，好嗎？我們只是來幫忙的。」他的聲音很冷靜，透著權威，但我還是感到無比恐懼。我從後車窗看到他們慢了下來。他們現在用走的，不跑了。我隱約地想著，哦，謝天謝地。我們後面躺著的那個男孩還在哀號。
砰。
「夠了，」唐娜靠過來，「山姆，走了，快上車，過來這裡。我們就可以——」
那聲響劃過夜空，在空曠的廣場上更為尖銳，我一瞬間覺得整顆頭都炸開來，又跟著那聲響強烈收縮。接下來，太快了——
砰。
我尖叫。
「搞屁——」唐娜大喊。
「我們得離開這裡，老兄！」那男孩大叫著。
我回頭看，希望山姆上車。現在就上車，拜託。但山姆不見了。不，不是不見，地上有個東西：反光背心，黃黃的癱在灰色水泥上。
一切都停了。
不，我心想。不。
救護車緊急煞車。唐娜下了車，我在她後面跑。山姆一動也不動，有血，好多血，汩汩地往外流，血泊愈來愈大。遠處有兩個老人倉促又蹣跚地回到門後安全的地方，那個應該動彈不得的女孩以運動員的速度在草地上狂奔。那群男人還持續往前逼近，從上方往我們這裡跑過來。我感覺口中有金屬的味道。

「小露！抓住他！」我們把山姆扛到救護車後車廂。他全身僵硬，好像刻意在抵抗。我抓著他的領子、扣著他的腋窩，我的呼吸很短促。他一臉蠟白，半閉的眼睛下面有大塊的黑色陰影，好像他這一百年來都沒睡過。他的血液黏在我身上。為什麼我以前不知道血液這麼溫暖？唐娜已經在車上，扛著他，我們一邊推，一邊施力，我拉著他的手臂、他的雙腿，喉間喊出「幫幫我！」好像真有人可以幫忙。「幫我！」

他終於上了車，他的腿擺放角度不對，車門在我身後關了起來。

碰！有個東西砸到車頂。我尖叫一聲，壓低了身體。我有一部分心不在焉地想著，就這樣了嗎？這就是我死去的方式嗎？穿著破爛的牛仔褲，我爸媽在幾英哩以外的地方為了生日蛋糕爭執，然後我妹妹就在旁邊？輪床上的男孩尖叫著，聲音中透著恐懼。救護車往前滑行，急轉向右，因為那些人從左邊攻來。我看到一隻手舉起來，又聽到一聲槍響。我直覺地低下頭。

「該死！」唐娜罵了髒話又開始飆車。

我抬起頭，我可以看到出口了。唐娜向左轉，再右轉，救護車繞過轉角的時候幾乎要側翻。側邊的鏡子刮傷了一旁的車輛。有人跳下來落在車子前方，唐娜左閃右閃繼續往前。我聽到乒乓的拳頭聲敲在救護車側邊。我們終於開上了馬路，那些人被拋在後面，慢下速度，變成憤怒洩氣地慢跑，只能眼睜睜看我們離開。

「天啊。」

警示燈亮了，唐娜用無線電通知醫院，那些話我聽不清楚，耳中的脈搏聲太大。我捧著山姆的臉，他面如死灰，反射著燈光；他的眼睛很迷濛，完全不出聲。

「我要怎麼做？」我對著唐娜大叫。「我該怎麼做？」

她急駛過圓環，回頭看了我一下。「找傷口，妳看得到嗎？」

「在胃部，有個洞，是兩個洞。好多血。哦，天啊，好多血。」我的手拿起來的時候又黏又紅。我的呼吸很急促，我覺得隨時會暈倒。

「我需要妳現在保持冷靜，露薏莎，可以嗎？他有沒有呼吸？妳摸得到脈搏嗎？」

我檢查了，感覺到自己鬆了一口氣。「有。」

「我不能停車，我們和他們太靠近了。把他的腳舉起來，可以嗎？抬高他的膝蓋，讓血液流往他的胸口。現在確定他的上衣開著，撕開，直接撕。妳可以描述一下傷勢嗎？」

他的腹部，曾經那麼溫暖、結實、柔軟地貼著我的肚子，現在有個好大的洞，紅通通的一團模糊。啜泣聲從我的喉間竄出來。「哦，天啊……」

「露薏莎，現在不准妳驚慌，妳聽到沒有？我們快到了，妳得施壓。來吧，妳做得到，用急救包裡的紗布，大片的。都可以，只要幫他止血都好，可以嗎？」

她開回馬路上，救護車在單行道裡逆向。輪床上的男孩低聲地咒罵著，他已經在痛苦的世界裡失了魂。前方的車輛聽話地在街燈下讓開一條路。警笛聲，一直都有警笛聲。「醫護人員重傷。重複一次：醫護人員重傷。腹部中槍！」唐娜對著無線電大喊。「三分鐘內抵達，我們需要緊急搶救。」

我打開繃帶，雙手不斷發抖，撕開山姆的襯衫，在救護車經過轉角的時候穩住身體。這怎麼是十五分鐘前和我吵架的男人呢？這麼強壯的人怎麼會在我面前逐漸衰弱？

「山姆？你聽得到我的聲音嗎？」我跪著趴在他身上，牛仔褲被染成深紅色，他的眼睛閉著。當他打開眼瞼的時候，雙眼好像看著遠方。我把臉放低，這樣我就直接在他的視線裡，有那麼一秒鐘，他的雙眼鎖著我的雙眼，我看到他眼神一閃，可能是認出我了。

我握著他的手，就像他曾經在另一輛救護車裡握著我的手，感覺已經是幾百萬年前。「你沒事的，聽到了嗎？你沒事的。」

毫無反應，他根本沒認出我的聲音。

「山姆？看著我，山姆。」

仍無反應。

我彷彿回到了瑞士診所的病房裡，威爾別開他的臉。我一點一點地失去他了。

「不，我不准你！」我的臉貼著他的臉，我的話傳進他耳裡。「山姆，你給我留在我身邊，聽到沒有？」我的手按著紗布，我的身體靠在他身上，跟著救護車的顛簸一起晃動。我聽見啜泣的聲音，才曉得那是我在哭。我扶著他的臉，逼他看著我。「留在我身邊！你聽到了沒有？山姆？山姆！山姆！」我從來沒見識過這種程度的畏懼，他呆滯的眼神、濕潤的血液，恐懼一波一波襲來。

關門的聲音。

「山姆！」

救護車停了。唐娜跳進後車廂，她撕開一個塑膠袋，拿出藥、紗布、針筒，注射在山姆的手臂裡。她雙手發抖地掛好點滴，把氧氣罩戴在他臉上。我可以聽到外面的嗶嗶聲，我渾身激烈地發抖。「留在這裡！」她命令著，我爬到旁邊去不妨礙她。「保持血壓。就是這樣——很好，你做得很好。」她伏低著臉靠近他。「拜託，兄弟，拜託，山姆，快到了。」她一邊急救，一邊對山姆喊話，動作很敏捷地操作設備，完全沒停下來，我聽到警笛聲。「你沒事的，老夥伴，撐著點，可以嗎？」螢幕閃爍著綠色和黑色，嗶嗶聲不停。

門又開了，救護車閃爍的霓虹燈湧入，醫護人員穿著綠色制服和白袍，把那男孩架出去，他還繼續罵著髒話，然後他們又溫柔地把山姆從我身邊抬出去，進入了黑夜中。救護車車廂地板上都是他的血，我要站起來的時候差點滑倒，伸出手穩住身體的時候發現我的手呈黑紅色。

他們的聲音漸退。我看到唐娜的臉，焦慮地慘白。有人吼著：「直接送進手術房。」我被留下來站在兩扇車門中間，看著他們推著他往前跑，他們的靴子用力踏在柏油上。醫院的門開了，吞了他，又關了。我一個人在寂靜的停車場。

27

坐在醫院裡，時間會變得很奇怪、很有彈性。我在等威爾做檢查的時候幾乎從來沒注意到時間；我翻翻雜誌、查查簡訊、到樓下去買又貴又濃的咖啡、擔心著停車的費用。我可能會因為這些檢查很花時間所以發發牢騷，但其實我不介意。

這時我坐在塑膠椅上，思緒麻木，我雖然望著牆壁，但眼神已死。我不知道我到底坐了多久？我無法思考，我無法感受，我只能存在於當下：我、塑膠椅、沾滿血的網球鞋在亞麻油地氈上發出吱嘎聲。

頭頂上方的日光燈是個尖銳的對比，照亮著匆匆行去的護理師，他們根本不會多看我一眼。在我進來之後，其中一個人很友善地指出淋浴間的方向，讓我可以去洗手，但我還可以看到指甲縫裡殘存著山姆的血液，血鏽顏色的手指肌膚暗示著不久之前我們才經歷了一場暴行。他身體的一部分在我身體裡，他身體的一部分不該在這裡。

當我閉上雙眼，我可以聽到各種聲音：尖銳的子彈敲擊著救護車車頂、槍聲的回音，警笛聲、警笛聲、警笛聲。我看到了他的臉，那瞬間，當他看著我，眼神卻很空洞——沒有緊張害怕，什麼都沒有，除了或許他覺得自己躺在地上不能移動很好笑。

傷口的畫面也揮之不去，不是個精準的小洞，像電影裡面的槍傷那樣，是個有脈搏有跳動的部位，不斷地把血液推送出來，好像所有的血球都故意要離開他體內。

我一動也不動地坐在塑膠椅上，因為我不知道要怎麼做其他事情？長廊底端某處就是手術房，他就在裡面。他還活著，或他已經死了；他被推到某個遠處的病房，周圍都是鬆了一口氣的同事在歡呼，或是有一個人拿起綠色的床單蓋住他的——

我的頭陷進手掌裡，我聽著自己的呼吸，吸氣、吐氣，吸氣、吐氣。我的身體有種很不熟悉的味道：混合著血液和清潔劑，還有五臟六腑深處因為畏懼而傳出來的酸味。我時不時發現自己的雙手在顫抖，但我不確定那是因為我血糖過低還是體力衰竭，不知為何我一點都不想吃東西，一點都不想動。

我妹妹好久以前傳了簡訊給我。

妳在哪？我們要去吃披薩。他們開始說話了，但我需要妳在這裡當聯合國。

我沒回訊。我不知道要說什麼。

他又在提她的腿毛了。拜託過來，這樣下去場面很難看。她拿麵糰砸人都瞄不準。

我閉上雙眼回憶起一週前和山姆一起躺在草地上是什麼感覺。他舒展著四肢，雙腿比我的長好多，他溫熱的襯衫上有令人安心的味道，他的聲音很低沉，當時陽光灑在我的臉上，他轉過頭來偷偷親我，每吻一下他就露出竊竊幸福的表情。他走路的姿態如此沉穩，他是我見過最結實的男人——好像沒有人能擊倒他。

我感覺到手機震動，從口袋裡拿出手機，打開我妹妹的訊息。*妳在哪？媽開始擔心了。*

我看了一下時間：晚上十點四十八分。我今天早上醒過來以後才送了莉莉去車站，我不敢相信當時的我和現在的我是同一個人。我在椅子上往後倒，想了一下，然後開始打字。*我在市立醫院。出了意外，我沒事，晚點回去，等我知道*

等我知道

我的指頭在鍵盤上游移，我眨了眨眼睛，過了幾秒鐘，直接按下傳送。

然後我閉上雙眼開始禱告。

我聽到旋轉門的聲音後張開眼，我媽步伐匆匆地從長廊另一頭走過來，穿著她珍惜的那件外套，遠遠地就張開了雙臂。

「究竟發生了什麼事？」翠娜緊跟在後，拖著湯瑪士，湯瑪士還穿著睡衣，罩上一件厚夾克。「媽說爸不能不來，我又不想被丟下來。」湯瑪士睡眼惺忪地看著我，揮了揮濕潤的小手。

「我們完全不知道妳怎麼了！」媽坐在我旁邊，端詳著我的臉。「妳怎麼不告訴我們？」

「發生了什麼事？」

「山姆中彈了。」

「中彈？妳那個救護男？」

「被槍打到嗎？」翠娜說。

這時候我媽才注意到我的牛仔褲，她凝視著紅色的血漬，不敢置信，然後無言地轉頭去看著我爸。

「我當時和他在一起。」

她立刻捂著嘴巴。「妳還好嗎？」然後，就當她看出我沒事，至少沒外傷時，她就繼續問，「那……他還好嗎？」

他們四人站在我面前，驚愕又關切到臉部都不能動彈。我忽然心頭一鬆，因為他們就在我身邊。「我不知道。」我爸往前一步，摟我入懷，我終於開始哭出來。

我們坐了好幾年，我的家人和我，坐在塑膠椅上；或感覺像是過了好幾年。湯瑪士在翠娜的大腿上睡著了，他的臉在日光燈下顯得很蒼白，毛茸茸的貓咪玩偶被擠扁在滑嫩的脖子和下巴間。我爸媽分別坐在我的兩側，他們不時地握緊我的手，或撫著我的臉頰，告訴我一切都會沒事。我倚著我爸，任淚水安靜地滑落，媽拿著永遠乾淨的手帕擦著我的臉。她像偵查隊一樣，定時離開醫院去買熱飲。

「她一年前絕對不會這麼做。」我爸在我媽第一次離開醫院的時候說，我聽不出來他的口氣中有佩服還是有遺憾。

我們不太說話，沒什麼好說的，我腦中出現的字句像經文一樣不斷重播——他一定要撐過來，拜託讓他撐過來，請保佑他能撐過來。

災難的影響是什麼？讓妳忘記一切小病小痛、無關緊要的煩惱、「我究竟該不該……」和「但要是……」，我想要山姆，我痛苦且深切地明白了這件事。我想要感覺到他的手臂環抱著我、我想要聽到他說話、我想要看到他坐在救護車駕駛座、我想要他用自己種的蔬菜替我做沙拉、我想要感覺到他溫暖赤裸的胸膛在睡著的時候平穩的起伏。我為什麼之前沒辦法告訴他這些事？我為什麼以前浪費了那麼多時間去擔心不重要的瑣事？

然後，就當我媽從遠處走來，端著紙杯架上的四杯熱茶，手術房的門開了，唐娜走出來，制服上、手上、髮上仍都是血跡。我站了起來，她慢慢走到我們面前，神色凝重，眼中充滿血絲，看起來疲憊不堪。那一刻我以為我會暈倒，她的眼睛對上我的雙眼。「那傢伙，命大。」

我不禁啜泣了起來。她撫著我的手臂說，「小露，妳做得很好。」她徐徐地在顫抖中呼了一口氣。「妳今晚做得很好。」

他那個晚上待在加護病房，隔天上午再轉到重症照護病房。唐娜撥了電話給他爸媽，還說她補眠以後會去他家餵養他牧場裡的動物。過了午夜，我們一起進去看了他一下，但他睡著了，面如死灰，氧氣罩擋住了他的臉。我想要靠近他一點，但我不敢碰他，因為他身上都是管線，連結著偵測儀器。

「他真的沒事嗎？」

她點點頭。護理師安靜地在病床旁邊移動，檢查他的指數、測量他的脈搏。

「我們很幸運，那是舊式手槍。很多小屁孩現在都能拿到半自動步槍了。如果被那打到就沒救了。」她揉揉眼睛。「說不定會上新聞，如果當天沒有其他重大事件的話。我跟妳說，另外一組醫護昨晚在雅典娜大道處理母子雙屍命案，所以我們的事情沒鬧上新聞。」

我的視線從他身上移到她臉上。「妳會繼續嗎？」

「繼續？」

「當醫護人員。」

她板著面孔，好像她不太懂這個問題。「當然，這是我的工作。」她拍拍我的肩膀，轉身對著門口。「小露，睡一下吧，他或許明天才會醒過來，他現在體內有百分之八十七都是止痛藥。」

我回到走廊上的時候，我爸媽在那裡等著，他們什麼都沒說。我輕輕地點了點頭，我爸挽著我的手臂，媽拍拍我的背。「親愛的，我們帶妳回家吧。」她說，「換上乾淨的衣服。」

如果妳的老闆幾個月前聽到妳沒上班是因為從五樓掉下來，現在想換班是因為一個可能或不可能成為妳男友的人腹部中了兩槍，那他的聲音裡可能會透出很奇妙的口吻。

「妳——他——什麼？」

「他中了兩槍，現在已經離開加護病房了，但我希望今天早上能留在這裡，等他醒過來，所以我不曉得我可不可以和你換班？」

他安靜了一下。

「好……呃。沒問題。」他遲疑了一下。「他真的被子彈打到？被真的槍打到？」

「你想的話，可以過來檢查彈孔。」我的聲音平靜到我差點笑出來。

我們討論了幾件工作事項——要打哪些電話、總部有人要來巡視，在我掛電話之前理查安靜了一陣子以後才說，「露薏莎，妳的生活一直都是這樣嗎？」

我回想著兩年半前的自己，每天行走的距離就侷限在我爸媽家和咖啡廳中間，每個星期二晚上固定看著派屈克跑步或陪我爸媽吃飯。我低頭看著角落的塑膠袋，裡面包著我那雙沾滿血污的網球鞋。「可能吧，雖然我覺得這只是一個階段。」

吃過早餐以後，我爸媽就回家了，我媽不想走，但我再三保證說我沒事，還說我接下來這幾天不知道會在哪裡，所以她留下來也沒必要。我還提醒她上次爺爺超過二十四小時沒人看顧的時候，竟然自己嗑掉兩罐覆盆莓果醬還有一大瓶煉乳，正餐一口都沒吃。

「不過，妳真的沒事。」她托著我的臉。她的口氣好像不是在問問題，不過那明明就是一個問句。

「媽，我沒事。」

她搖搖頭，準備拎起包包。「我不知道，露薏莎，是妳選擇的。」

我笑的時候嚇到我媽了，或許是餘驚未退，但我覺得是我終於明白我什麼都不怕了。

我洗了個澡，儘量不去看從我腿上沖下來的粉紅色血水，也洗了頭髮。薩米爾的雜貨店裡每一束鮮花看起來都快枯了，我買了最不萎靡的那一束之後就回去醫院。我十點到醫院，護理師說山姆的爸媽幾小時前就來過了，他們現在和傑克與他爸爸前往郊區的列車車廂拿點山姆的行李。

「他們來的時候他還不是很清醒，但他現在清醒多了。」她說。「以剛離開手術房的人來說這也不算罕見，有的人就是恢復得比較快。」

我們靠近門口的時候，我慢下了腳步，我從玻璃窗外就可以看到他閉著眼睛，和昨晚一樣手就擱在身體兩側，連結著很多偵測儀器。他的下顎開始有鬍渣，他仍然蒼白得和鬼魂一樣，但看起來比較像他了。

「妳確定我可以進去嗎？」

「你是小露，對吧？他說他想見妳。」她微微笑後皺起鼻頭說，「等妳膩了之後跟我們講一下，他很迷人。」

我慢慢推開門，他睜開雙眼，頭緩緩轉向我。他盯著我看，好像想把我吸進雙眼，我身體中的某部分鬆懈了。

「她們為了搶你，可能會把我打昏。」

「對，那麼，」他的聲音好低沉好沙啞。「等妳們結束我也差不多沒命了。」他淺淺地、無力地勾起笑容。

我站在那裡，在雙腳之間調整重心。我痛恨醫院，如果能再也不進醫院，我什麼都願意做。

「過來。」

我把花束放在桌上，走到他身邊。他動動手臂，示意要我坐在床沿。我坐下來，但因為從上往下看著他感覺很奇怪，所以我往後躺，小心翼翼地別碰撞任何東西或傷害到他。我把頭依在他肩上，然後感覺到他欣然地把頭靠過來。他舉起下臂，輕輕地挽著我。我們安靜地躺了一會兒，聽著護理師的軟鞋在外面走來走去，夾雜著模糊的對話。

「我以為你死掉了。」我悄聲說。

「顯然有個很厲害的女生，本來不應該在救護車上的，但她盡力幫我止血了。」

「這女生真了不起。」

「我也這樣覺得。」

我閉上雙眼，感覺著他的體溫傳遞到我的臉頰上，討厭的化學殺菌劑味道從他身上冒出來。我什麼都不想，只任自己存在當下，光是能在他身邊就有一股幸福從心底深處不斷漾出來，我感覺著他在我身邊的份量，感覺著他佔據的空間。我挪挪我的頭，親吻著他手臂外側柔軟的肌膚，感覺到他的指頭溫柔地撫著我的髮絲。

「救護車山姆，你嚇壞我了。」

我們靜靜地躺了好長一陣子。我可以聽到他尋思著，有上百萬句話想說卻選擇不說。最後他說，「我很高興妳在這兒。」

我們又躺了一陣子，靜靜地。當護理師進來看到我離這些重要管線那麼近的時候挑了一下眉頭，我不情願地爬下床，依照她的指示去吃點早餐，讓她可以做些醫護人員的事情。我親親他，有點不自在，當我揉著他的頭髮，他的眼角往上提了一點點，我發現的時候心中很感激，原來在他眼中我很獨特。「我下班就過來。」我說。

「妳可能會碰到我爸媽。」他警告我。

「放心，」我說，「我會保證不穿那件寫著『警察去吃屎』的上衣。」

他噗哧大笑，然後又臉色很難看，好像大笑會很痛。

護理師在照顧他的時候，我就在旁邊裝忙了一下，做些大家在病床邊做的事情，其實只是想要有個藉口可以待久一點：我擺出了水果、更換了面紙、整理了雜誌，明知他不會看。到了我該離開的時候，我都走到了門邊他才說，「我聽到了妳的聲音。」我伸出了手準備要開門，這時轉過身。「昨晚，大量失血的時候，我聽到了妳的聲音。」

我們四目相對，那一刻，一切都變了。我明白我做了什麼。我明白我也可以是別人的重心、別人留下的理由。我明白有我就很足夠。我走回去，牽起山姆的手，狂熱地吻他，感覺到熱淚落在他臉上，他的手臂緊緊地摟著我、回吻著我。我們的臉頰貼在一起，我又哭又笑，完全不在意護理師，不在意任何一切，只在乎我面前的男人。最後，我轉過身走下樓，擦著我的臉，笑著流淚，無視於身邊的行人露出納悶的表情。

這一天很美，就算在日光燈下。外頭鳥兒在歌唱，全新的早晨降臨了，大家活著、成長著、進步著，期待著自己慢慢變老。我買了一杯咖啡，吃了一塊過甜的瑪芬蛋糕，但在我口中這是我嚐過最美味的食物。我傳了簡訊給我爸媽、翠娜、理查，讓他知道我馬上就會到酒吧。我也傳了一則簡訊給莉莉：我認為妳或許想知道，山姆住院了。他受了槍傷，但現在沒事了。我相信如果妳能捎張卡片給他，他一定會很高興，或如果妳在忙，一則簡訊也就夠了。

幾秒鐘內我就收到了莉莉的回覆。我笑了，這年紀的女生怎麼能打字打那麼快，但其他事情都慢吞吞？

噢，我的天。我剛剛告訴了其他女同學。現在我簡直是她們眼中最酷的人。說真的，幫我把我的愛轉給他。如果妳把他的聯絡資訊傳給我，我可以從學校寄一張卡片給他。哦，我很抱歉上次在他面前換衣服。我不是故意的，不是故意要那麼變態，希望你們兩個真的很幸福（啾咪）。

我等不及立刻回覆她。我看著醫院裡的自助餐廳、魚貫移動的病患、天井外的藍天，我還沒意識過來之前手指就已經按上了鍵盤。

我很幸福。

28

當我抵達「繼續向前」團體輔導時，傑克在入口等我。外頭雨勢兇猛，厚重的石楠色雲層粗暴地撕開裂縫，雷電交加讓下水道都暴漲了起來，我從停車場跑過去才不到十秒就已經全身濕透。

「你不進去嗎？外頭實在——」

正當我準備開門的時候，他往前踏一步，細瘦的手臂立刻尷尬地抱了我一下。

「噢！」我舉起雙手，不想要讓身上的雨水沾濕他。

他放開我，又往後退了一步。「唐娜把妳做的事情都告訴我們了。我只是——妳知道——想要說謝謝。」

他黑眼圈好深，而且神色緊張，我這才曉得他這幾天一定很難受，他才剛失去他媽媽。

「他很堅強。」我說。

「他是鐵打的。」他說完之後我們尷尬地笑了起來，英國人感同身受的時候就會這樣。

這一次在團體輔導的時候，傑克難得地踴躍發言，他說他女朋友不懂他的悲傷。「她不知道為什麼有時候，一大早我只想躺在床上用被單蓋著頭。或是當我愛的人出了一點事情，我就會很驚慌。她從來沒經歷過任何壞事，就連她的寵物兔也都還活得好端端的，我是說，她的兔子已經九歲了。」

「我認為悲傷會讓人厭倦。」娜塔莎說。「就好像每個人都有一段療傷的期限，只是不明說——比方說六個月好了——然後如果你在這期限之內沒有『變好』，大家就開始厭煩了。好像你自怨自艾，耽溺在不幸當中。」

「沒錯！」大家圍著圈圈低聲地同意她。

「我有時候認為如果我們還得披麻帶孝或許比較容易。」達芙妮說。「這樣每個人都知道你還在服喪。」

「或許就像識別證一樣，每一年顏色不一樣，從黑色換成深紫色。」黎安說。

「等到妳真的又能開心起來的時候就變成黃色。」娜塔莎咧嘴笑談。

「哦，不行，黃色和我的膚色不搭。」達芙妮的笑容很謹慎。「這樣我看起來很慘。」

我在潮溼的教堂大廳裡聽著大家的故事——踩著試探的步伐克服微小的情緒障礙。佛瑞德參加保齡球隊，每個星期二又多了個出門的理由讓他很享受，他打保齡球的時候不必提起亡妻。桑尼爾的媽媽要替他介紹女生，他答應了。「我其實不是很喜歡相親，但是，老實說，我用其他方法也不容易認識女生。我一直跟自己說她是我媽媽，不可能把我介紹給太恐怖的人。」

「我覺得這主意很好。」達芙妮說。「我媽媽或許會比我更早看出亞倫的問題，她很會看人。」

我看著他們，好像我是旁觀者。我聽他們說起玩笑話的時候會笑，當他們說起自己在不該流淚的地方哭泣或是說錯話的時候我也會暗自作苦。但是當我坐在塑膠椅上喝著即溶咖啡的時候，我愈來愈清楚自己已經到了另一頭，我已經跨過了那道橋，他們的苦難與掙扎已經不是我的苦難與掙扎。

不是我已經不再為了威爾傷心，或不愛他或不想他了，而是因為我的生活已經開始回到常軌。我帶著愈來愈深刻的滿足感發現了一件事：就算我坐在很熟悉、很信任的人身邊，我還是希望自己在另一個地方，在醫院病床上伴著一個高大的男人，我知道他此刻一定抬頭盯著牆上的時鐘，心想著我要過多久才會回到他身邊，為此我感到無限的感激。

「露薏莎，妳今晚都沒說話？」馬克看著我，揚起一邊的眉毛。

我搖搖頭說，「我很好。」

他微笑著，或許聽出了我的語調。「很好。」

「對，其實，我想我以後不必再接受輔導了。我……好了。」

「我就覺得妳不太一樣了。」娜塔莎往前傾了一點，幾乎猜疑地瞇著我。

「就是性生活，」佛瑞德說，「我覺得那就是解藥。我敢說如果我有性生活的話也可以早點忘卻潔莉。」

娜塔莎和威廉互看了一眼，不以為然。

「但我還是希望能一直參加到最後，如果可以的話。」我對馬克說。「因為……我現在把你們都當做我的朋友。我或許不需要團體輔導，但我希望能繼續來，只是想要放心，而且你知道，我想來看看大家。」

傑克露出淺淺的微笑。

「我們或許應該去跳舞。」娜塔莎說。

「只要妳想來，妳都可以來。」馬克說。「這是我們在這裡的理由。」我的朋友，真是想法、處境各異的一群人，不過大部分朋友都是這樣。

貓耳朵通心粉煮到入口軟爛但保留嚼勁，加上松子、羅勒、橄欖、鮪魚、帕馬森乳酪和自己種的番茄。我做了一道義大利麵沙拉，是莉莉在電話上轉述她奶奶的食譜。

「好吃又適合病人的食物。」卡蜜拉在遠端的廚房裡大喊著。「如果他要長時間臥病在床的話，得吃點好消化的東西。」

「我會直接買餐廳外帶。」莉莉嘟囔著。「這可憐的傢伙已經受夠多苦了。」她偷偷竊笑。「反正，我想妳大概比較喜歡他躺著。」

我那天晚上走在醫院長廊上，其實很得意，我的保鮮盒裡面裝著賢慧。我前一晚就做好了，現在帶著榮譽徽章捧著晚餐，有點希望路人會攔我下來問我那是什麼。對，我男友在療傷，我每天都會帶便當給他。只是一點他喜歡的小東西啦。你知道這是我自己種的番茄嗎？

山姆的傷口開始癒合了，體內的傷害逐漸消褪。他儘量多下床，有時候因為在床上躺太久就會心情不好，他也很擔心他養的牲口，儘管唐娜、傑克和我已經安排好輪流去照顧餵養的班表。

醫護人員說他大概需要兩到三週，只要他能乖乖聽話。以他的傷勢來說，他實在很幸運。

這群專業醫療人員曾經當著我的面前提過不只一次，「只要往旁邊偏一公分就……」我一聽到就在腦子裡唱起啦啦啦啦啦蓋過他們的對話。

我到了他的那一條走廊，按了門鈴進去，拿殺菌泡沫清潔雙手後，用屁股推開門。

「晚安。」戴著眼鏡的護理師說。

「妳遲到了！」

「我剛剛得開會。」

「妳和他媽媽擦身而過了。她帶了全世界最好吃的家常牛排和麥芽派。妳大老遠的就可以聞到香味，我們到現在還一直流口水。」

「喔。」我放下我的保鮮盒。「那很好。」

「他能睡著很好，大概半小時後會有人過來檢查。」

我還沒來得及把保鮮盒收進包包裡，手機就響了。我按下「接聽」的時候還正在拉包包的拉鍊。

「露薏莎？」

「喂？」

「我是李奧納多．高普尼克。」

我花了兩秒鐘才認出這名字。我準備開口說話，然後站得很直，傻傻地環顧四周，好像他就在附近。

「高普尼克先生。」

「我收到妳的電子郵件了。」

「好。」我把保鮮盒放在椅子上。

「內容很有趣，妳沒接下我的工作時我很意外，納森也是。我本來覺得妳很適合。」

「就像我在信裡寫的，我很想要這份工作，高普尼克先生，但我……嗯……後來發生了很多事。」

「那這個小女孩現在沒事了嗎？」

「莉莉，對，她回學校念書了，她很開心，現在和家人在一起，新的家人。前一陣子只是……需要一點調適。」

「妳很認真看待這件事。」

「我不是那種坐視不管的人。」

他沉寂了一陣子。我背對著山姆的病房，看著窗外的停車場，看到一輛龐大的四輪驅動車沒辦法駛入過小的停車格。往前又往後，我很清楚這格子不適合那輛車。

「現在是這樣的，露薏莎，我們的新員工不太適任。她做得不開心，不知道為什麼她和我太太相處起來不自在。我們雙方都同意讓她在月底離職，所以我現在有個問題。」

我認真地聽。

「我想要把這工作機會給妳。但我不喜歡曲折起伏，更不想牽連我身邊親近的人。所以我打這通電話來是想更確定妳想要的是什麼？」

「噢，我真的很想要這份工作，但是我——」

我感覺到有人搭著我的肩膀，我轉過頭，看到了山姆，靠著牆壁。「我——呃——」
「妳有其他工作了嗎？」
「我升遷了。」
「那是妳想待的工作嗎？」
山姆看著我的臉。
「不——不見得，但是——」
「但是顯然妳得好好衡量，好，嗯，我相信妳接到這通電話的時候可能沒有心理準備。不過從妳寫的信看起來，如果妳真的有興趣，我很希望把這份工作交給妳。同樣的待遇，即早開始，只要妳確定這是妳真正想要的工作。妳認為妳能在四十八小時內回覆我嗎？」
「可以。可以的，高普尼克先生。謝謝你，謝謝你打來。」
我聽到他掛上電話後抬頭看著山姆，醫院的睡衣對他來說太短了，他在外面罩了一件醫院的袍子。我們兩個都沒說話。
「你起來啦？你應該躺好的。」
「我從窗內看到妳。」
「只要一陣風過來吹開你的衣角，這些護理師到聖誕節前都不會忘了你。」
「是紐約那個人打來的嗎？」
奇怪，我覺得自己好像被逮個正著。我把手機放回口袋裡，伸手去拿保鮮盒。「那職缺又開放了。」我看到他的視線稍微離開了我身上一下。「不過……我才剛把你撿回來，所以我會拒絕他。聽我說，你覺得吃過超好吃的麥芽派之後你還吃得下義大利麵嗎？我知道你可能很飽，但我很難得做出能吃的東西。」

「不。」

「沒那麼糟啦，你至少可以嚐——」

「不是指義大利麵，我在講那份工作。」

我們凝視著對方，他撥撥頭髮，低頭看著走廊。「小露，妳得接下那份工作，妳心知肚明，我也是。妳得接下來。」

「我之前也試過離開家，但我只是把自己搞得更糟。」

「因為那時候太急了，妳是逃跑。這次不一樣。」

我抬頭望著他，我恨自己明白了我想要什麼、我恨他知道我想要什麼。我們不發一語地站在醫院走廊上。然後我看到他臉上突然沒了血色。「你得回去躺好。」

他沒反對，我攙起他的手臂，慢慢扶他回到床上。他小心翼翼躺回枕頭上時面有難色。我等到他又恢復氣色才在他身邊躺下，牽起他的手。

「我覺得我們才剛解決了問題，你和我。」我把頭靠在他肩上，感覺到喉頭一緊。

「我們解決完了。」

「山姆，我不想和別人在一起。」

「呼，我從來沒懷疑過。」

「但遠距離感情很難維持。」

「所以我們在談感情？」

我想抗議，但他笑了。「我開玩笑的。有些遠距離感情沒辦法維持，但我想還是有些人可以撐過來。我覺得這要看我們多努力去經營。」

他寬大的手臂繞我的頸子，把我擁入他懷中。我發現自己哭了，他用拇指擦去我的淚水。「小露，我不知道會發生什麼事，沒人曉得。妳可能早上起床還好端端的，一出門就被摩托車撞，從此人生再也不一樣。妳也可以週而復始做一樣的工作，或被青少年射傷，只因為他們覺得這是大人會做的事。」

「也可能從高樓墜下來。」

「對啊，或者妳只是去醫院看一個穿睡衣的病人結果得到了全世界最棒的工作，這就是人生。我們不知道未來會發生什麼事，所以得趁我們能掌握的時候抓住機會……我想這可能是妳的機會。」

我緊緊閉上眼睛，不想聽他說話，也不想承認他說的對。我用掌根擦去眼淚，他遞給我一張面紙，耐心地等我擦去臉上暈開的污痕。

「熊貓眼很適合妳。」

「我想我可能有點愛上你了。」

「我敢說妳一定對每個在加護病房的男人都這麼說。」

我轉過身吻他，當我睜開雙眼的時候，他正看著我。

「我願意去嘗試，如果妳也願意。」他說。

我喉頭哽咽的感覺花了一點時間才消褪，讓我能說出話。「山姆，我不知道。」

「妳不知道什麼？」

「人生苦短，對吧？我們都知道這點。嗯，如果你就是我的機會呢？如果能讓我最幸福的就是你呢？」

29

有些人最喜歡秋天，我想他們指的是這樣的日子：黎明的薄霧在颯爽晴朗的日光中逸散，涼風將落葉捲到街角，各處樹木一同散發出潮溼的味道。有些人說在倫敦很難注意到季節更迭，他們說一望無際的灰色高樓和城市裡的微氣候[8]造成霧霾，所以季節交替也沒有明顯差異。只有晴天雨天、白日夜晚。但是在我的頂樓，四季很分明。從廣闊的天空無法觀察到季節的變化，但從莉莉的番茄樹可以，這幾個禮拜已經吐出鮮紅色的果實了；草莓盆栽結實纍纍，經常提供我們甜美的零食。花苞盛開之後又凋落，初夏時的鮮綠已褪，讓出空間給枯枝和簇葉。在屋頂上，你已經可以從微風裡察覺到冬天將至的最細微的訊號。一架飛機在天空中噴了一條長尾巴，我注意到前一晚點亮的街燈還沒熄。

我媽出現在屋頂上，她穿著寬鬆的長褲，環顧四周的賓客，她爬上防火梯的過程中長褲沾上了一些小水珠，她撥掉小水珠後說，「這裡真不錯，露薏莎，這空間很棒。這上頭容得下一百個人。」她提的袋子裡有好幾瓶香檳，她小心地放下袋子。「我有沒有跟妳說過？我覺得妳還能鼓起信心上樓來真的很勇敢。」

「我還是沒辦法相信妳竟然從這裡掉下去。」我妹觀察了一下，繼續倒酒，「只有妳才會從這麼寬敞的地方掉下去。」

「嗯，她當時喝醉了，親愛的，記得嗎？」我媽又回到防火梯上。「露薏莎，妳去哪裡弄

8. 指森林、城市、洞穴等局部地區的氣候。

來這麼多香檳？看起來很貴耶。」

「我老闆給我的。」我們前幾個晚上生意都很好，邊算錢邊聊天（我們現在經常聊天了，尤其在他小孩出生以後，我很清楚他太太水腫的狀況，但我想他太太並不願意讓我知道這麼多）。我提起我的計劃，理查就消失了，好像他不想聽。我本來以為理查還是一個王八蛋，他只是又在發脾氣，結果等他出現的時候，他扛了半打香檳給我。「喏，四折賣給妳，店裡就剩這幾瓶了。」他把箱子遞給我之後又聳聳肩說，「其實，算了。妳就拿去吧。快點，這是妳賺的。」

我支支吾吾地道了謝，他客套地說這些香檳不算特別好的酒，而且又是最後幾瓶，但他的耳根還是很老實地紅了起來。

「妳聽到我沒摔死大可以聽起來開心一點。」我把裝滿玻璃杯的托盤交給翠娜。

「哦，我很早以前就過了『如果我是獨生女該有多好』的階段，嗯，大概兩年前吧？」

媽拿著一疊紙巾走過來。她刻意用悄悄話問我們：「嘿，妳們覺得這種紙巾可以嗎？」

「為什麼不行？」

「崔諾家的人要來，不是嗎？他們不用紙巾的啊，他們用餐巾布，或許還有繡花的那種。」

「媽，他們都跑來東倫敦舊商業大樓的頂樓了，我想他們沒有期待我們拿出銀製餐具。」

「哦，」翠娜說，「我還帶了一套湯瑪士的床單和枕頭。我想我們不妨每次來就搬點東西，我已經預約要參觀課後安親了。」

「女兒啊，妳們把這一切都安排好真是太棒了。翠娜，如果妳需要的話我可以幫妳帶湯瑪士。記得告訴我。」

我們並肩忙著，布置玻璃杯和紙餐盤，我媽又消失去拿一些不合格的餐巾紙。我壓低聲音不讓我媽聽到。「翠娜，爸爸真的不來嗎？」

我妹臉色很難看，我儘量不要表現得太難過。

「真的沒起色嗎？」

「我本來希望我離開的時候他們會開始和對方說話，但他們一直迴避著對方，大部分的時候只和我或湯瑪士說話。這實在太瘋狂了，媽假裝她不在乎爸有沒有一起來，但我知道她其實很在乎。」

「我真的以為他會來。」

槍擊事件之後我和我媽見了兩次面，她報名了新課程——現代英語詩——在成人教育中心上課，現在她看到任何象徵符號都想借文生義：枯黃的樹葉代表著我們即將衰老、飛鳥代表著希望與夢想。我們有一次去南岸河堤聽人朗讀詩詞，她全神貫注地坐在臺下，鼓掌到全場都安靜下來她還一直拍著手。我們又去看了一齣戲，看完之後去上次那間旅館用洗手間，她和瑪莉亞在衣帽間的安樂椅上分食三明治。那幾次，當我們發現只有我們母女獨處的時候，她就會變得異常脆弱。「妳看，我們是不是很開心？」她會一直講一直講，好像要看我會不會反駁。然後她又會安靜下來，或大聲高呼著倫敦的三明治價格貴到離譜。

翠娜把頂樓另一端的長椅拉過來，把她從樓下拿上來的抱枕拍鬆。「我擔心的是爺爺，他不喜歡這種緊張氣氛。他一天換四次襪子，還因為按太用力，壓壞了遙控器的兩個按鈕。」

「天啊——我有個想法。誰要監護權？」

我妹妹驚恐地瞪著我。

「別看我。」我們異口同聲。

我們沒繼續聊下去，因為「繼續向前」的幾個朋友先來了，桑尼爾和黎安爬著鐵梯上來，一直誇著這露臺好寬敞，沒想到能俯瞰東倫敦。

莉莉準時在十二點到，抱個我滿懷，還發出幸福的歡呼。「我愛死這件洋裝了！妳看起來超正。」日光在她身上留下小麥色的吻痕，她笑顏逐開，露出點點雀斑，手上的汗毛好像都染白了，配上淡藍色洋裝和羅馬戰士的涼鞋。我看著她觀察頂樓露臺，顯然很高興能回到這裡。卡蜜拉跟著她慢慢地爬上防火梯，拉了拉外套，然後走到我身邊，臉上有種要教訓人的表情。

「莉莉，妳大可以等等我。」

「為什麼？妳又不是老太婆。」

卡蜜拉和我又氣又好笑地看著對方，然後幾乎是情不自禁地，我往前一步親了親她的臉頰。她聞起來有貴婦精品百貨的香味，髮型很完美。「妳能來真好。」

「妳甚至還照顧了我的盆栽。」莉莉檢查著每一株。「我還以為妳會害死它們。哦，還有這個！我好喜歡。是新的嗎？」她指著我上週在花市買的兩盆花，就是為了今天裝飾用的。我不想買切下來的鮮花，或任何馬上會死掉的東西。

「那是天竺葵。」卡蜜拉說，「妳可不希望讓天竺葵在頂樓過冬。」

「她可以拿毛毯罩住天竺葵，這種陶盆太重了，搬不下去。」

「罩住還是不行，」卡蜜拉說，「太暴露了。」

「其實呢，」我說，「湯瑪士會過來住這裡，我們不確定他在樓上安不安全，因為我就出了意外，所以我們會封閉頂樓。如果今天活動結束之後妳喜歡的話可以帶走……」

「不，」莉莉想了一下說，「我們就把天竺葵留在這裡吧！留住美好的回憶就夠了，記得它們現在盛開的樣子。」

她幫我架起餐桌，聊了點學校的事情——她在那裡上學很開心，不過有點忙不過來——我們也聊到了她媽媽，她最近和一個叫做菲力培的西班牙建築師打得火熱，那是他們在聖約翰伍德的新鄰居，他才剛買下他們家隔壁的房子。「我都快要覺得屎臉男很可憐了，他不知道接下來會有什麼打擊。」

「但妳不在意？」我說。

「我很好，生活很順利。」她把洋芋片放入口中。「奶奶逼我去看那個嬰兒——我有跟妳講過嗎？」

我一定看起來很驚訝。

「我知道，但她說總是要有個人表現得成熟一點，她還陪我一起去，她有夠淡定。她不讓我知道她刻意買了一件名牌外套，我想她那天需要給自己更多信心。」莉莉瞄了卡蜜拉一眼，她正在放食物的那張餐桌旁和山姆聊天。「其實，我有點同情我爺爺。他以為沒人發現，但他一直注意著她，好像事情這樣發展讓他有點難過。」

「小孩怎麼樣？」

「就是個嬰兒，我是說，他們看起來都一樣，不是嗎？不過，我覺得他們都表現得很好。從頭到尾一直在問我『莉莉，學校怎麼樣？妳想不想找一天過來這裡住住？妳想不想抱抱妳的姑姑？』那聽起來根本超詭異的。」

「妳以後還會去見他們嗎？」

「可能吧，他們人不錯啦，我覺得。」

我朝喬琪娜瞥了一眼，她正禮貌地和她的父親對話。他笑了，有點太大聲。打從她抵達之後，他就沒離開過她身邊。「他每個禮拜會打兩通電話來閒聊，黛拉一直說她多麼希望我和小嬰兒可以『建立關係』，好像小嬰兒除了吃睡、尖叫和大便之外還會幹點別的。」她做了個鬼臉。

我哈哈大笑。

「怎樣？」她說。

「沒怎樣。」我說。「只是見到妳真的很好。」

「哦，我有帶東西給妳喔。」

我等著她從包包裡掏出一個小禮盒遞給我。「我奶奶逼我陪她去一個很荒謬的古董展，我一見到這個就想到妳。」

我仔細小心地打開盒子。深藍色絲絨上面有一條裝飾藝術風格的手鍊，黑玉色和琥珀色的圓柱型珠子交錯排列。我拿起來放在手掌上。

「這種設計很少見，對不對？但這讓我想到了——」

「那雙褲襪。」

「就是那雙褲襪。我想向妳道謝，就是——妳知道——謝謝妳做的一切。妳大概是我認識的人裡面唯一會欣賞這手鍊的人，或我吧，眼光也不錯。總之，其實，這和妳的洋裝也很搭。」

我伸出手臂，讓她替我戴上。我慢慢地轉著。「我很喜歡。」

她踢著地板，神色認真了起來。「嗯，我想我欠妳好幾件珠寶。」

「妳什麼也沒欠我。」

我看著莉莉，她繼承了她父親的眼睛，又多了最近培養的自信，我回想著她給了我好多，她卻都不自知。這時她突然輕輕地揍了我的手臂一下。「好了，不要陰陽怪氣的一直那麼情緒化，要不然我等一下睫毛膏都要暈開了。我們下去把那些食物都端上來吧？呃，妳知道我房間裡面貼了變形金剛的海報嗎？還有一張凱蒂佩芮的海報？妳的新房客究竟是什麼咖？」

「繼續向前」的其他成員陸續抵達，他們走上鐵梯的時候緊張害怕的程度各自不同：有些還邊爬邊笑——達芙妮踏上屋頂的時候鬆了一大口氣，佛瑞德扶著她的手臂；威廉則是漫不在乎地躍上最後一階，娜塔莎在他後面翻著白眼。其他人一看到成串的白色氦氣氣球在微光中高高低低地跳躍著便忍不住驚呼。馬克親吻我的手，說這是他主持團體輔導以來第一次在這樣的地方辦活動。我饒富興味地注意著娜塔莎和威廉，他們大部分的時間都兩人獨處。

我們把食物放在摺疊桌上，傑克負責飲料區，他忙著替大家倒香檳，看起來對這份工作感到相當愉快。他和莉莉剛開始一直迴避著對方，假裝另一個人不存在，就像青少年在小型聚會裡一樣，知道大家都在等他們和對方開口說話。當她終於接近他的時候，她伸出手，有點太禮貌了，而他盯了一下才慢慢露出笑容。

「我有一半希望他們能當朋友，另一半則覺得這是世界上最恐怖的事情了。」山姆在我耳中悄聲說。

我的手滑進他後面的口袋裡。「她很開心。」

「她很正，而他才剛分手。」

「這位先生，你不是說生活要充實一點嗎？」

他不禁哀號了起來。

「他很安全啦，她現在大部分的時間都在鄉下奶奶家。」

「只要認識妳們兩個，誰都不安全。」他低下頭吻我，我任一切消失在這奢華的一、兩秒之內。「我喜歡這件洋裝。」

「不會太輕佻嗎？」我撫著條紋裙的折線。倫敦這區有很多精品服飾店。上週六我完全迷失在古董絲質服飾和羽毛飾品之間。

「我喜歡輕佻啊，雖然我覺得很可惜，妳竟然沒穿上妳的性感妖精服。」他往旁邊一站，我媽又拿著一包紙巾走過來。

「山姆，你好嗎？復原得順利嗎？」她去醫院探過山姆兩次，她很關心那些必須依賴醫院膳食的人，還親手做了香腸捲和蛋沙拉三明治給他。

「快好了，謝謝。」

「今天不要太忙了，別提重物。這幾個女孩兒和我就可以應付得過來。」

「我們該開始了。」我說。

媽媽又看了看手錶，然後環顧頂樓露臺。「要不要再等個五分鐘？看看是不是每個人都有飲料？」

她的笑容——太僵硬又太燦爛——簡直讓人心碎，山姆也看出來了，他往前一步，挽起她的手臂。「喬絲，妳可不可以帶我去看看妳把沙拉放在哪裡？我剛剛才想起來我忘了把沙拉醬拿上來。」

「她在哪？」

桌邊那群人很熱鬧，我們循著聲響轉過去。

「老天啊，真的在這上面，還是湯瑪士又騙我上來玩捉迷藏？」

「柏納！」我媽放下餐巾紙。

我爸的臉從矮牆的牆頭冒出來，他正掃視著頂樓。他爬上最後一階，氣喘吁吁地環顧著周遭環境。他的額頭有一層薄汗。「露薏莎，我真搞不懂妳為什麼要這麼麻煩地辦在這屋頂，我的天啊。」

「柏納！」

「這裡又不是教堂，喬絲。再說我有很重要的消息。」

媽媽左顧右盼。「柏納，現在不適合——」

「我的消息就是——妳看！」我爸彎著腰，小心翼翼地拉起褲管，先拉左邊，再拉右邊。我站在水塔的另一側都可以看到他白皙而微微泛紅的小腿。頂樓鴉雀無聲，每個人都瞪大了眼睛。他伸直了一條腿，「像嬰兒的屁股一樣。來啊，喬絲，摸摸看。」

我媽緊張地往前走了一步，彎下腰，手指在我爸的小腿上滑了一下，然後又用整個手掌貼上去。

「妳說只要我去除腿毛，妳就會認真聽我說話，行了，妳看，我去弄了。」

我媽不可置信地瞪著他。「你去做蜜蠟除腿毛了？」

「我去了，要是我知道蜜蠟除毛這麼痛，心愛的，我早就閉上我的狗嘴了。這是誰發明的酷刑？到底是誰提倡要除毛？」

「柏納——」

「我不在乎，我已經熬過來了，喬絲。但如果我們得這樣才能恢復原本的生活，我願意再除一次。我想妳，非常想妳；不管妳是不是想上一百堂進修課程——女性詩選、中東研究、寵物美容、什麼都好——只要我們在一起。為了證明我願意為妳做多少，我還預約了下禮拜去除胸毛、背毛，還有——那什麼？」

「股溝毛。」我妹妹不爽地說。

「哦，天啊。」我媽的手護著頸子。

山姆站在我旁邊，安靜地笑到發抖。「快阻止他們，」他低聲說，「我的縫線都要裂了。」

「我可以做全套，乾淨得像白斬雞，如果那能證明妳對我有多重要。」

「哦，天啊，柏納。」

「我是認真的，喬絲。我就是這麼急切。」

「這就是為什麼我們家不搞浪漫。」翠娜嘟囔著。

「什麼是股溝毛、背毛和蜜蠟？」湯瑪士問。

「哦，親愛的，我也好想念你的每一根骨頭。」我媽擁著我爸的頸子吻他。每個人都可以看到他鬆一口氣的表情。他把頭埋在她肩上，然後又吻了她一下，吻她的耳朵、吻她的頭髮，牽著她的手，就像個小男孩。

「噁。」湯瑪士說。

「那我就不必去——」

我媽捏捏我爸的臉頰。「我們馬上去取消。」

我爸看起來超放鬆。從卡蜜拉·崔諾蒼白又困惑的表情看來莉莉已經解釋了我爸打算以愛之名承受哪些試煉。

「嗯，」我等騷動完全平息後說，「我想我們應該再看一下是不是每個人手上都有杯子，然後或許……我們就該開始了？」

我爸大膽示愛之後，崔諾寶寶又需要換掉已爆炸的尿布，然後湯瑪士承認他把蛋沙拉三明治丟到安東尼・蓋丁納先生的陽臺（黏在他全新的日光躺椅上），足足過了二十分鐘頂樓才靜下來。馬克看了好幾次筆記又一直清喉嚨後終於站到人群中間。他比我想像得高——我只見過他坐著。

「歡迎大家，首先，我想謝謝露薏莎提供這個別緻的場地讓我們辦結業典禮。能夠在更接近天堂的地方舉辦很不錯……」他等我們笑完之後繼續說，「這場結業典禮對我們來說很不同——這是我們第一次有些不屬於諮商團體的人共同參加——但我覺得能開放給更多人和朋友一起慶祝很棒。在場的每個人都知道被疼愛和失去所愛的感受，所以今天我們都是這個輔導團體的榮譽團員。」

傑克站在他爸爸身邊，他爸爸臉上有雀斑，搭配著沙土色的頭髮，但很可惜我每次見到他都忍不住想像著他上床以後哭泣的模樣。他張開雙臂，輕輕地把兒子拉到身邊。傑克發現我注意到了，就翻起白眼，但他臉上有笑容。

「我想和大家分享的是，雖然我們這個課程叫做『繼續向前』，但沒有人在向前邁進的時候不會回頭望，永遠帶著已經失去的包袱。我們這個小團體的目標是要確保大家帶著回憶的時候不是覺得扛著不可承受的負擔、不會被重量壓在原地。我們希望把生命的經歷當成人生的禮物。

我們在分享回憶、分享悲傷、分享勝利的過程中學到了：難過也沒關係、失落也沒關係、憤怒也沒關係。我們有很多感受，其他人不一定能懂，那都沒關係，就算持續很久也沒關係。每個人都有自己的旅程，我們不會妄加評判。」

「除了餅乾，」佛瑞德小聲碎念，「我還要評判那些廉價茶包，實在是太難喝了。」

「還有，雖然一開始很難察覺，但我們遲早會很欣喜地感受到我們討論過、哀悼過的那些人就和我們在一起，他們時時刻刻陪伴在我們身旁——不管他們離開了六個月或六個年頭，我們曾有他們相伴很幸運。」他點點頭，「我們曾有他們相伴很幸運。」

我看著周圍的臉孔，我愈來愈喜歡他們，眾人的注意力讓我欣喜若狂，而我想起了威爾。我閉上雙眼，回想著他的五官、他的笑容、他的笑聲，想起了愛上他讓我付出多少，但最主要，我想起了他給我的一切。

馬克看著我們的小團體，達芙妮不斷拿手帕輕拭眼角。「那……通常我們這時候做的事情就是說些話，講講我們療傷的進度，不必長篇大論，只是你們的旅程在這個階段要關上一道門。你們可以不發言，但如果你們說出來，那感覺很好。」

大家交換著害羞的微笑，然後，一時之間好像根本沒有人要出來講講話。佛瑞德這時往前一站。他調整了襯衫口袋裡的手帕，拉直了一點點。「我想對潔莉說，謝謝妳，妳是個超讚的妻子，我當了幸運的男人當了三十八年。我每一天都會很想妳，親愛的。」

他往後退一步，有一點點尷尬，達芙妮用脣語對他說，講得好，佛瑞德。她拉拉絲巾，然後也往前了一步。「我只想說……我很抱歉，亞倫，你那麼好，我希望我們當初能坦白一點，我希望我能幫得上你，我希望——嗯，我希望你很好，還有——希望你有個好朋友，無論你在哪裡。」

弗烈德拍拍達芙妮的手臂。

傑克揉揉後頸，往前站一步，紅著臉面對爸爸說，「媽，我們都很想妳，但我們會好好過。我不希望妳擔心或什麼的。」他一說完，他爸爸就抱著他，親親他的頭頂，用力地眨眼睛。他和山姆心領神會地互看了一眼。

黎安和桑尼爾也說了一些話，他們眼睛凝視著天空，想隱藏尷尬的淚水，或安靜地點點頭互相鼓勵。

威廉往前一步，在腳邊靜靜地放了一朵白色玫瑰。他一反常態地寡言，稍微低頭看了看玫瑰花，面無表情地又退了回來。娜塔莎輕輕地抱了他一下，然後他忽然哽咽，大家都聽到了，他立刻雙手抱胸。

馬克看著我，我感覺到山姆的手掌包覆著我的雙手。我對他微微笑，搖搖頭。「不是我。但如果可以的話，莉莉想講幾句話。」

莉莉走到人群中間的時候還在咬嘴唇，她低頭看著自己寫下的紙條，然後好像改變了心意，把紙條揉成球。「嗯，我問露薏莎我可不可以說幾句話，儘管，你們知道，我沒參加過你們的團體輔導。我沒親眼見過我爸，我也從來沒機會在他的葬禮向他道別，但我現在覺得我好像多認識他一點了，所以我覺得若能說幾句話也不錯。」她緊張地笑了一下，然後撥開臉上的頭髮。「那。威爾……爸，當我剛發現你是我真正的爸爸時，老實說，我真的被嚇到了。我希望我爸是個很聰明、很英俊的人，我希望他願意教我很多事情、願意保護我、願意帶我去旅行，去看他喜歡的地方；但我發現的卻是一個憤怒的男人，他被困在輪椅上，而且還……你們知道……結束了自己的生命。但因為小露，還有你的家人，這幾個月來，我比較瞭解你了。

一想到我從來沒有機會認識你，我永遠都會很傷心，甚至或許有點生氣，但我現在也想謝謝你，你給了我很多，雖然你並不自知。我想我還蠻像你的，有很多優點——也或許繼承了你的缺點；你給了我湛藍的雙眼、給了我這個髮色、讓我覺得馬麥醬很倒胃口、讓我可以在夜裡滑雪，還有……嗯，顯然你也給了我喜怒無常的個性——那是別人說的，不是我說的。」

輕輕的笑聲蔓延開來。

「但最重要的是，你給了我過去沒有的家庭，這很酷。因為，老實說，他們一個一個出現之前我的生活並不好過。」她的笑容收斂了一些。

「我們很高興妳出現了。」喬琪娜高聲說。

我感覺到山姆的手指捏著我的手。他沒辦法站這麼久，不過他就是不肯坐下來。我又不是該死的病人。我倚著他，感覺喉頭一緊。

「謝了，小喬。那，嗯，威爾……爸，我不打算一直講一直講，因為演講都很無聊，而且那個嬰兒隨時會開始大哭，然後就會破壞這氣氛。但我只想說謝謝，這是你的女兒，還有我……我愛你，我會一直想你，我希望如果你往下看，當你看到我的時候，你會很高興。你會很高興有我的存在，因為我在這裡或多或少也表示了你還在這裡，不是嗎？」莉莉的聲音潰堤，雙眼盈滿淚水。她的目光移到卡蜜拉身上，她輕輕地點了點頭。莉莉吸著鼻子，揚起下巴。

「我想或許現在大家都準備要放氣球了？」

有些人吁了一口氣，不太容易察覺得到，有些人開始移動步伐。在我身後，團體輔導的成員交頭接耳，走過來抓起氣球的繩子。

莉莉率先往前，拿著白色氣球，舉起手臂，然後好像靈機一動，從花盆裡拔下一朵小小的藍色矢車菊，用氣球的繩子繫起來。她舉起手，只遲疑了一下下，就放開了氣球。

我看著史蒂芬．崔諾依樣畫葫蘆，黛拉溫柔地捏捏他的手臂。卡蜜拉放掉了她的氣球，接著佛瑞德、桑尼爾、喬琪娜紛紛放掉了他們的氣球。喬琪娜勾著她媽媽的手臂，然後輪到我媽、翠娜、我爸，他拿起手帕大聲地擤鼻子，最後是山姆。我們安靜地站在屋頂看著氣球緩緩往上飄，一個接一個飄進澄澈的藍天，變得愈來愈小、愈來愈小，最後進入無垠宇宙，逸然無蹤。

我放開了我的氣球。

30

穿著鮭魚色襯衫的男人在吃第四盤甜點，肥敦敦的手指拿起湯匙挖了一大塊放進口中，還不斷地用冰啤酒把甜點給沖下去。「早餐大胃王。」薇拉壓低音量說，她端著一盤玻璃杯從我身邊經過，假裝要吐。我立刻反射性地覺得很感激我再也不必清掃男廁了。

「那，小露！男顧客到底要怎麼做才會有桌邊服務？」我爸就在不遠處，他坐上高腳椅，靠在吧臺上，掃視著各種不同的啤酒。「我要給妳看登機證才能喝一杯嗎？」

「爸——」

「西班牙阿利坎特小旅行？妳覺得怎麼樣，喬絲？喜歡嗎？」

我媽推推他。「我們今年應該計劃一下，我們真的該好好規畫。」

「妳知道，這裡其實不賴，只要妳不在意他們會讓真正的小孩走進真正的酒吧裡。」我爸打了個哆嗦，回頭看著後面的一個年輕家庭，他們的班機顯然延誤了，所以他們的餐桌上灑滿了樂高和葡萄乾，而爸媽只點了兩杯咖啡。「那麼，親愛的，妳推薦什麼呢？生啤酒哪一種好喝？」

我偷看理查一眼，他拿著記事板走過來。「爸，這裡的酒都很好喝。」

「除了制服。」媽媽睨著薇拉過短的金銀蔥織紗短裙。

「是總部。」理查說。他已經忍受了兩番和我媽關於貶抑職場女性的對話。「和我無關。」

「理查，你有黑啤酒嗎？」

「我們有墨菲黑啤酒，克拉克先生，口感很像愛爾蘭的健力士黑啤酒，但我絕對不會對行家這麼說。」

「年輕人，我不是行家，只要瓶子濕濕的，上面寫著『啤酒』那就可以給我喝啦。」

爸爸咂咂嘴巴表示認同，然後一杯啤酒就放在他面前了。我媽用「社交」的聲音接過咖啡。她現在來倫敦幾乎都會用這種口氣說話，好像是個重要賓客在參觀生產線：哦，所以那就是「拿—鐵」，是嗎？嗯，看起來真是可口，這機器挺厲害的。

我爸拍拍他旁邊的高腳椅。「小露，過來坐啊。來啊，讓我請女兒喝一杯。」

我朝理查瞥了一眼。「爸，我要咖啡，」我說，「謝謝你。」

我們安靜地坐在吧臺，由理查服務我們，我爸當成在自己家，他不管到哪間酒吧都一樣，和其他酒客點頭裝熟，不管坐在哪都好像那是他最喜歡最舒服的椅子。只要有一排酒櫥和硬木吧臺讓他可以擱手肘，這地方就立刻有家的感覺。打從他一進來，他和我媽的距離就不超過幾公分，他不時地拍拍她的腿或牽著她的手。他們這幾天幾乎不會離開對方，他們的頭常常靠在一起，像青少年一樣咯咯笑。據我妹描述，實在噁心到不行。她出門上班前跟我說她幾乎希望回到他們不講話的時候。「我上個禮拜六得戴著耳塞睡覺，妳可以想像那有多恐怖嗎？爺爺吃早餐的時候看起來臉色很白。」

外頭，一架小客機降落在跑道上，往航廈滑行，穿著反光夾克的人在替飛機指揮方向。媽媽坐著，她的包包穩穩地放在大腿上，她看著飛機。「湯瑪士一定會喜歡。」她說，「是不是啊，柏納？我相信他可以在那窗前站上一整天。」

「嗯，他現在可以過來啊，不行嗎？他不是住得比較近了？翠娜週末可以帶他過來，如果啤酒好喝的話我搞不好可以一起來。」

「妳做得真好，讓他們過來住進妳的公寓裡。」媽媽看著飛機消失在視線之外。「妳知道這個改變對翠娜來說有多重要，她才剛開始要進入職場。」

「嗯，這個安排很合理。」

「儘管我們會很想念他們，但也知道她不可能一直和我們住。我知道她很感激，親愛的，即使她不喜歡說出來。」

我根本不在乎她有沒有說出來。當她和湯瑪士提著大包小包和海報走進我家前門，我爸跟在後面提著湯瑪士的玩具盒時，我就明白了一件事：那一刻我才覺得用威爾的錢買下那間公寓不必歉疚。

「理查，露薏莎有沒有說過她妹妹要搬到倫敦市區？」我媽現在基本上覺得她在倫敦認識的每個人都是她的朋友，所以都很想知道克拉克的家務事。她今天早上才花了十分鐘教理查怎麼處理他太太的乳腺炎，也不懂為什麼她不能去看看他的小孩。話說回來，在飯店工作的瑪莉亞還真的過兩週後要來斯坦福堡找我媽喝茶，還帶著她女兒，所以我媽其實也沒錯。「我們家翠娜很能幹，又聰明伶俐，如果你需要人幫忙記帳，非她莫屬了。」

「我會記得。」理查的眼神對上我之後就往旁邊瞥。

我抬頭看時鐘，再十五分鐘就十二點了。我突然有點慌。

「親愛的，妳沒事吧？」妳真的得佩服她，我媽觀察入微。

「我沒事，媽。」

她捏捏我的手。「妳真的讓我好驕傲。妳知道的，對吧？妳這幾個月完成了這麼多事，我知道這很難。」她說完就指著，「哦，看哪！我就知道他會來。去吧！親愛的，就是這樣！」

他就在那兒，比所有人都高出一個頭，他穿越人群的時候步伐有點遲疑，手臂在前方擋著，好像很擔心被別人撞到。我先看到他，他才看到我，我立刻綻放出笑容。我用力揮手，他看到我，點了點頭。

當我轉回去，我媽看著我，淺淺的笑容漾在唇邊。「他很不錯，這傢伙。」

「我知道。」

她從來沒望著我那麼久，臉上的表情有驕傲又有點複雜。她拍拍我的手。「好了，」她爬下高腳椅，「該去冒險了。」

我把我爸媽留在酒吧裡，這樣比較好。在這個喜歡引述管理手冊的男人面前很難真情流露。山姆和我爸媽聊了一下——我爸一直打斷他的話，模仿救護車的警笛聲嗚咿嗚咿——理查問起山姆的傷勢，我爸說至少他比我上一個男朋友好，結果理查笑得很緊張。我爸解釋了三次才說服理查，不，安樂死診所的事情不是玩笑，而且這診所經營的是很令人傷心的生意。

或許理查就是在那時候確定我離開是好事。

我抽身離開我媽的懷抱，我們安靜地走過機場大廳，我挽著山姆的手臂，想忽略我的心跳好急，而且我爸媽可能還在看我。我轉身面對山姆，有點驚慌，我以為我們能有多一點時間。

他看看手錶，再抬頭看看班機時刻表。「廣播在提醒妳登機了。」他把我的小滾輪行李箱交給我。我接過來，努力地擠出微笑。

「旅行裝很好看。」

我低頭看著我的豹紋上衣，明星墨鏡插在上衣口袋裡。「我打算走一九七〇年代的機上風格。」

「很好看，適合搭飛機。」

「好，」我說，「我們四個禮拜以後見……秋季的紐約一定很棒。」

「不管在哪裡都很棒。」他搖搖頭。「天啊，『很棒』，我討厭這個形容詞。」

我低頭看著我們的手，十指緊扣。我發覺自己一直看，好像我得記得他的觸感，好像一場重要的考試來得太快，我根本沒複習。一股陌生的恐慌感在我體內膨脹。我想他也感覺出來了，因為他捏捏我的指頭。

「都帶了嗎？」他朝我另一隻手點點頭。「護照？登機證？紐約的地址？」

「納森會在甘迺迪機場接機。」

我不想讓他走。我覺得自己好像是壞掉的磁鐵，在兩極之間拉扯。我往旁邊一站，其他情侶雙雙對對地往出境大廳走去，一起去冒險，或淚眼汪汪地離開對方的懷抱。

他也看著他們。他溫柔地往後退一步，親親我的手指才放開我的手。「該出發了。」他說。

我有一百萬句話想說，但沒有一句能開得了口。我往前一步吻他，就像所有在機場擁吻的情侶，充滿愛意與急切的渴望，這些吻要烙印在他們身上，度過接下來這幾週或這幾個月的旅程。透過這個吻，我想讓他知道他在我生命中的份量，我想讓他知道他就是我一直以來在尋求的答案，儘管連我自己都沒意識到；我想謝謝他一直希望讓我做我自己，雖然他多麼希望我留下。但事實上我或許只會告訴過他我沒刷牙就先喝了兩大杯咖啡。

「你自己保重，」我說，「不要急著回去工作，也不要馬上蓋房子。」

「我弟明天會來幫我鋪磚頭。」

「如果你回去，別受傷了。上次要你別中彈，結果你根本沒做到。」

「小露，我會好好的。」

「我是認真的。我一到紐約就要寄信給唐娜，說如果你怎麼了，我唯她是問。又或許我應該直接叫你老闆把你調去坐辦公桌，或派你去北諾福克那種很容易睡著的救護站又或許叫他逼你穿防彈背心。他們有沒有想過要發防彈背心呢？我敢說我可以在紐約買到一件很好的，只要我——」

「露薏莎。」他撥開我的瀏海，露出我的雙眼，我覺得我的臉都皺了。我挨著他的臉，咬緊牙關，嗅著他的味道，想要把他結實的身軀嵌入我的身體裡。然後，趁我改變心意之前，我哽咽的那聲「拜」或許聽起來像啜泣或咳嗽或愚蠢的強笑。我想連我自己都分不清楚。我轉過身，快步走向安檢門，拉著行李箱，免得我改變心意。

我拿出新護照，還有美國簽證，那是開啟我未來的鑰匙，一起交給穿制服的海關官員，我淚眼朦朧根本看不清楚他的臉，他揮揮手要我通過。就在衝動之下，我轉過身，他在那裡，站在門外，還在看著我。我們四目相對，他舉起手，打開手掌，我也慢慢地舉起手。我牢牢地記下這一幕——他微微往前，光線落在他的髮絲上，他定定地一直望著我——我在孤單的時候就要記得這畫面，因為一定會有孤單的時候，還有難受的時候，還有我懷疑自己究竟同意了什麼工作的時候，因為那都是這冒險的一部分。

我愛你，我用脣語說著，不確定他在那麼遠的地方能不能看得到。

然後，我緊抓著手中的護照，轉身離開。

他會在那裡，看著我的飛機加速，航向遠方廣闊的藍天。幸運的話，他會在那裡等著，當我回家的時候。

致謝

一如以往，我要謝謝我的經紀人雪拉・克勞莉（Sheila Crowley）還有我的編輯露薏絲・莫爾（Louise Moore），謝謝她們如此持續地信任我、不斷地支持我。謝謝《企鵝出版集團》和《邁可・約瑟夫出版社》裡每一位才華洋溢的同仁的付出，才能讓原始的草稿變成書架上一排又一排的嶄新書籍，尤其是麥克辛・希區考克（Maxine Hitchcock）、法蘭西斯卡・羅素（Francesca Russell）、黑澤爾・沃米（Hazel Orme）、海蒂・亞當－史密斯（Hattie Adam-Smith）、蘇菲・艾樂森（Sophie Elletson）、湯姆・韋爾頓（Tom Weldon）以及所有協助作者完成目標的無名英雄，能加入你們的團隊是我的榮幸。

特別要感謝在《柯提斯・布朗版權經紀公司》協助雪拉的每一位同仁，尤其是瑞貝卡・里琪（Rebecca Ritchie）、凱蒂・麥克高文（Katie McGowan）、蘇菲・哈利斯（Sophie Harris）、尼克・馬斯頓（Nick Marston）、凱特・巴寇（Kat Buckle）、雷妮特・亞笏亞（Raneet Ahuja）、潔斯・庫柏（Jess Cooper）、愛麗絲・盧提安（Alice Lutyens）、莎拉・賈德（Sara Gad），還有絕對少不了強尼・蓋樂（Jonny Geller）。謝謝美國獨一無二的《包柏出版》。我終於說出來了，包柏！

謝謝凱西・朗西曼（Cathy Runciman）、麥蒂・威克漢（Maddy Wickham）、莎拉・密利坎（Sarah Millican）、歐爾・帕克（Ol Parker）、波莉・山姆森（Polly Samson）、戴米恩・巴爾（Damian Barr）、艾力克斯・海明斯利（Alex Heminsley）、潔絲・盧斯頓（Jess Ruston）和

所有作家朋友給我的友誼、建議與智趣橫生的午餐約會，你們太強了。

在離家近一點的地方，我要感謝賈姬・提恩（Jackie Tearne）（我保證有一天我會看完所有的電子郵件！）克蕾兒・羅威絲（Claire Roweth）、克里斯・路克利（Chris Luckley）、茱兒・海澤爾（Drew Hazell）和每一個幫我分工的人。

還要謝謝《我就要你好好的》[9]的全體演員與工作人員。你們的存在讓我的角色充滿生命，這真是無上的殊榮，我永遠也不會忘記。你們都如此才華洋溢（尤其是你們：愛蜜莉亞與山姆[10]）。

我要謝謝我的雙親——吉姆・莫伊絲（Jim Moyes）與莉琪・桑德斯（Lizzie Sanders）——我愛你們。還有我最愛的查爾斯（Charles）、薩琪亞（Saskia）、哈利（Harry）、洛奇（Lockie）。你們就是我的世界！

最後我要謝謝在推特、臉書或我的網站上留言過的所有書迷，謝謝你們這麼在乎小露，想知道她接下來要怎麼過。若不是她如此生氣蓬勃地活在你們的想像之中，我可能不會替她寫續集。我很高興她繼續生氣蓬勃著。

9.《遇見你之前》改編電影。

10. 這裡指電影《我就要你好好的》中分別扮演露薏莎和威爾的愛蜜莉亞・克拉克（Emilia Clarke）與山姆・克萊弗林（Sam Claflin）。

國家圖書館出版品預行編目資料

你轉身之後／喬喬．莫伊絲（Jojo Moyes）著；葉妍伶譯. --初版.--臺北市：泰電電業，2016.07
面；公分.--（City Chic；69）譯自：After You ISBN 978-986-405-026-0（平裝)
873.57 105009303

City Chic 69
你轉身之後 After You
作者—喬喬．莫伊絲（Jojo Moyes）
譯者—葉妍伶
系列主編—井楷涵
執行編輯—Emmy
行銷企劃—李思萱
封面設計—賴維明
版面設計—吳怡婷、張裕民
出版—泰電電業股份有限公司
地址—臺北市中正區博愛路七十六號八樓
電話—(02)2381-1180
傳真—(02)2314-3621
劃撥帳號—1942-3543 泰電電業股份有限公司
馥林文化—http://www.fullon.com.tw
總經銷—時報文化出版企業股份有限公司
電話—(02)2306-6842
地址—桃園縣龜山鄉萬壽路二段三五一號
印刷—時報文化出版企業股份有限公司
ISBN—978-986-405-026-0
二〇一六年七月初版一刷
定價—三六〇元

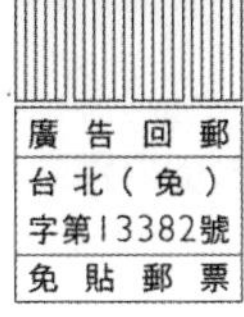

100台北市博愛路76號6樓
泰電電業股份有限公司

請沿虛線對摺，謝謝！

馥林文化

你轉身之後

感謝您購買本書，請將回函卡填好寄回（免附回郵），即可不定期收到最新出版資訊及優惠通知。

1. 姓名

2. 生日　　　年　　　月　　　日

3. 性別　○男 ○女

4. E-mail

5. 職業　○製造業 ○銷售業 ○金融業 ○資訊業 ○學生
○大眾傳播 ○服務業 ○軍警○公務員 ○教職 ○其他

6. 您從何處得知本書消息？
○實體書店文宣立牌：○金石堂 ○誠品 ○其他
○網路活動 ○報章雜誌 ○試讀本 ○文宣品 ○廣播電視 ○親友推薦
○《双河彎》雜誌 ○公車廣告 ○其他

7. 購書方式
實體書店：○金石堂 ○誠品 ○PAGEONE ○墊腳石 ○FNAC ○其他______
網路書店：○金石堂 ○誠品 ○博客來 ○其他__________
○傳真訂購 ○郵政劃撥 ○其他____________

8. 您對本書的評價（請填代號1.非常滿意 2.滿意 3.普通 4.再改進）
書名___ 封面設計___ 版面編排___ 內容___ 文／譯筆___ 價格___

9. 您對馥林文化出版的書籍 ○經常購買 ○視主題或作者選購 ○初次購買

10. 您對我們的建議

馥林文化官網www.fullon.com.tw
服務專線（02）2381-1180轉391